本书为教育部人文社科基金青年项目『春秋笔法与《左传》英译研究』阶段性成果（项目编号：17YJC740104）

春秋笔法与述而不作：训诂、诠释与翻译

薛凌 著

WUHAN UNIVERSITY PRESS
武汉大学出版社

图书在版编目(CIP)数据

春秋笔法与述而不作:训诂、诠释与翻译/薛凌著.—武汉:武汉大学出版社,2022.12(2023.11 重印)
ISBN 978-7-307-23231-0

Ⅰ.春… Ⅱ.薛… Ⅲ. 中国文学—古典文学—文学理论
Ⅳ.I206.2

中国版本图书馆 CIP 数据核字(2022)第 133089 号

责任编辑:邓　喆　　责任校对:鄢春梅　　整体设计:韩闻锦

出版发行:**武汉大学出版社**　(430072　武昌　珞珈山)
(电子邮箱:cbs22@ whu.edu.cn 网址:www.wdp.com.cn)
印刷:武汉邮科印务有限公司
开本:720×1000　1/16　印张:20.5　字数:293 千字　插页:1
版次:2022 年 12 月第 1 版　2023 年 11 月第 2 次印刷
ISBN 978-7-307-23231-0　定价:79.00 元

《春秋》研究之于“我们”的意义
——薛凌新作序

看到薛凌博士新作《春秋笔法与述而不作：训诂、诠释与翻译》，不禁又惊又喜。惊的是，没有想到，在短短几年时间里，她继续推进与博士论文密切相关的课题，有声有色、非常扎实地深入《春秋》之学的堂奥。可以说，“士别三日，当刮目相看”。喜的是，经此研究，薛凌博士已“悠入圣域”而得其自在。

依个人粗浅的理解，这部专著在两大方面有所突破，值得学界注意。

第一，此著追溯《春秋》之学的历史渊源、流派争论及其学理发凡和精神走向，全面而又深入。第二，“圣人之作在《春秋》，《春秋》之作重在发覆‘六经’”。因而，对《春秋》的研究，乃是儒学研究的重中之重。这部专著旗帜鲜明地提出，《春秋》不仅是一种文化象征，更重要的是，它从根本上意味着中华文化的思维方式之于西方思想的特异性。二者合观，此著所欲突出的当是：不论是什么时代，都不可能不坚守《春秋》“大义”所形成的义理导向，否则也就不足以体现中国文化的真精神。

为探究《春秋》的历史地位，本专著掘发其产生的背景，辨析有关争论，并对之与“《春秋》三传”——《公羊》《穀梁》《左传》——的复杂而又纷繁的关系，展开研究。

本专著特别注重的是，《春秋》之于时下的学术意义。薛凌博士在文中着重指出，“《春秋》大义不仅仅是文学笔法、修辞手段、史传的基本命题，更重要的是，它是浇灌史传、经学、儒家生命的源头之水”。因此，《春秋》之作，乃是养育生命的活动。而对之的解释方法当然也就迥然有别于西方的概念化之“普世”情调，绝不是“逻各斯中心主义”所能提示或体示。实际上，后者的“同一化”取向，势必造成对包括它在内的中华文化典籍的“同化”——消解其差异、颠覆其“非历史”的导向，最终取消其滋养人的超历史作用。不论是哲学大家黑格尔，还是翻译大师理雅各，他们的论述莫不呈现这样的倾向。

“经”既为常道之载体，日用伦常之中见其社会意义和实用性；在凸显“人与人”之间的“心心相印”的交流的同时，导向对宇宙消息的接受、吸纳和消化。这也便是夫子所说的“下学而上达”（《论语·宪问》）之意向，而见“天人相合”之精神。这样的取向，当然不是西方人所能够接受甚或理解的。因而，长期以来，中华文化并没有真正“走出去”，也就成为不争的事实。其中一个重要的原因就是，“国人之观”，如《春秋》之所示，始终拒斥着以现代化为名而行西化之实的种种思想僭越。但结果是，在“后经学时代”，中华文化最可珍视、最为宝贵的思想元素，尚未找到机会输出，就已经成为“国故”——“斯国斯家过去的故事”，仅仅是具有“史料”的价值，可以兜售其中的“令人惊异”之处，而其“日常性”则成无谓。

“中华文化的‘根’就是‘六经’，‘六经’所承载的核心价值观就是中华文化的‘魂’。‘六经’去，则学无根；学无根，则国无‘魂’”（姜广辉，《新经学演讲录》）。依此视之，“我们”处于一个非常尴尬的生存局面：一方面，进步主义的呼声依然在耳，要求“我们”时时走向新的时代；另一方面，以“我们”为名的“中华文化”，其思考方式早已被认定为“本质上非逻辑”的东西，相关的那“一堆堆散乱的资料”，有如王安石对《春秋》的讥评——“断烂朝报”，必要经过“概念化”的整理、系统化，才可成为真正的“思想资料”。“我们”在被“逻辑化”的同时，早已抛开“仁”、丢下“心”。

本来旨在突出“生生”（《周易·系辞上》）要义，而且因而成为世界上唯一一个具有连续性的文化，其生命本身却在近代以来遭遇空前的折磨和冲击。“我们”早已近乎于莎士比亚笔下的woman：“脆弱啊，你的名字是女人！”（《哈姆雷特》）。即令“任人宰割”时代已经一去不返，但特有的文化生命却仍然涌动不出多少“特异”的活力。

这一切，意味着，“我们”需要“回归”。而作为“外语学科”的研究人员，这样的要求不止于“脱胎换骨”。原因在于，“我们”根本就不知“中华文化”为何物。比如，钱穆先生坚持，国人应该每年诵读《论语》，但在“我们”所在的这一“研究”领域，不知有几个人读过或读完此著？而且，即令读过，是否将之视为“经”（而不是所谓的“经典”）？在文化信仰不断远离的同时，“中国文化走出去”岂非奢谈？但是，“我们”迷途而不知返，早就成为历史的现实。假若基本书单都成无谓，那么，“文化素养”便不可能成为一种证实认定身份的标记。

如此背景之下，本专著“一反常态”地深入儒学堂奥，给人引来的当然不只是学术的思考和启迪。在笔者看来，本专著突破学科壁垒，体现出一个外语学者罕见的实力。陈寅恪和余光中二位先生都曾强调，学术研究应该坚持中华文化立场。而爱新觉罗·毓鋆则认为，儒学研究之中，像《春秋》和《周易》二者，一向是通过“家传”才得历史性的继承的。因而，选择如此艰难的课题，用心可嘉，的确是值得称道的。

如果允许参与讨论，笔者认为，“春秋”与“述而不作”（《论语·述而》）的意涵特别值得注意。

依“易有三义”之说，可以认为，其一，“春秋”一词为自然变化之循环往复，而得体日月更易之宇宙规律；其二，圣人印证其为左右世人生活的不可违逆的大法；其三，自从夫子“作”《春秋》，此词便成为儒家思想的代名词。由此视之，“春秋”一词当不是儒家本身的事情，它更重要的是体现了中华文化的走向和实质精神：天人相合而人心相契。自然融入文化，乃是对“无为”（《论语·卫灵公》）的印证；文化体现自然，亦即天心的映现。人心沟通天心，才见宇宙真情与人间真意；而人天一体，确保人类的持存。“我们”尽管早就在“思想上”抛却了这一本源之理，但“百姓日用而不知，故君子之道鲜矣”（《周易·系辞上》），其“无意识”始终是“不可须臾离也”（《礼记·中庸》）。“春秋”

之“上达”之功，才是薛凌博士这部专著的根本指向。

至于“述而不作”，在《论语》的语境之中，夫子自道：“述而不作，信而好古，窃比于我老彭。”他要说的是，“接续文化传承”，为的是“坚守天道无言之大言”，而“古之圣贤”早已成为榜样的力量，故而，人类文化生命得见“老彭之寿”“生生不息”之势。所谓“天何言哉？四时行焉，百物生焉，天何言哉？”（《论语・阳货》）天“不言”，而万物得见“生生”之意，“四时”得体“循环往复”之宜。人之生存，无非对此规律的印证。古来圣贤既对之心领神会，我辈何德何能，企图超越之？因而，在《论语・述而》之中，夫子谦称：“若圣与仁，则吾岂敢？抑为之不厌，诲人不倦，则可谓云尔已矣。”

为什么夫子不愿自称“圣人”？他是将“作”视为天地间最为伟大的事业。字源学字典告诉我们，“作”字原为“乍”，“《礼记》有‘卜人坐作龟’之语，此字正是卜人用刀钻刻龟甲，然后烧灼之，视其裂兆进行占卜之意”（谷衍奎，《汉字源流字典》）。这意味着，只有在有能力与上天相沟通的人那里，才见“作”意。《诗・周颂・天作》之中更是歌吟：“天作高山，大王荒之。彼作矣，文王康之。彼徂矣，岐有夷之行。子孙保之。”既然是“天”和“大王”这样的圣人，才有“作意”而且也才有能力“作”，他人何敢妄为？

“我们”不解“作意”，反而不断要求甚至是强求“创新”，岂不知“创”或只能留下“创伤”。而且，在“轴心期”无可超越的意义上，所谓的“创新”岂不是自我欺骗？

先人既已为“我们”打造出“作”之天地，“我们”所能“作”的乃是“述”：在那个广阔的地域，在延续其思其想方面，施展着个体的和集体的能力。果如此，回归儒学才是更新中华文化的出路，而且，也应该是跨文化研究的一条必然的途径。

而薛凌博士在这方面为我们树立起了一个榜样。

蔡新乐

2022年夏于开封

自　序

无论东方还是西方，经典与诠释都是永恒的命题，持续构成稳固、连续的民族文化心理。经典之于中华文明、之于儒家，绝不是尘封于时间背后的万卷简牍，也从不试图包含放之四海而皆准的神旨箴言。从“六经”到“五经”“九经”“十三经”，儒家的经典体系中若存在某种一以贯之的“常道”“大法”，其必然深植于此生此世、际遇伦常的语境之中，提供在当下安身立命的精神皈依，贡献对价值与意义的判断和思索。这就意味着，儒家经典始终处于“一个人生”“一个世界”之中，长久保持对人心、人情开放的理论面向。也正是如此，儒家经典自诞生之日起就开启了永不间断的诠释进程，而从经典到诠释，“述而不作”乃是一大前提。

“述而不作”为《论语·述而》起篇，汉儒以降皆以之为夫子修《诗》《书》，定《礼》《乐》，序《周易》，作《春秋》的精神指南。群“经”之中，尤以《春秋》因居间“经”“史”，最能彰显“作”与“述”间的微妙张力：《春秋》以“述而不作”的史学精神昭示着先圣先王的隐退，又在“其义丘窃取之”的盛大诠释实践之中揭示一个全新时代。正是在此意义上，《春秋》是古与今、“经”与“史”的交汇，是经典，亦是诠释。其所采取的表意模式与书写体例，被奉为春秋笔法，成为儒家经义诞生的起点，统贯中国“经”“史”研究及文学创作。然而，正如儒家一切核心术语一样，春秋大义坚定拒斥与生成、调节、变化相对的“存在式”考察，其旨趣并不在对字、词、句，或者某一抽象概念作定义性的追问，而是提供一种看待意义生发的指向和态度。春秋笔法“微而显”“志而晦”，但其初衷并不是要隔绝思想、阻断交流。相反，它呼唤的是直觉、直观、充满诗意和情感的意义体验，追求的是意义平实朴素的内在性流露。在“显”与“隐”之间，春秋笔法精心平衡和维护着经学诠释生态，滋养着儒家经典的性与命。由是观之，“述而不作”深得春秋笔法的要义精髓，其不以揭示“唯一真相”与“永恒意义”为目的，但却反复展现并证实了意义确实存在超越古今、跨越文化不朽生存的可能。而这也恰是中华典籍外译存在的前提和必然走向。

薛　凌

目　　录

绪　论

孔子取诸侯列国史书记事体例修《春秋》，其采取的“述而不作”（《论语·述而》）、“笔则笔，削则削”（《史记·孔子世家》）、“一字为褒贬”（《春秋经传集解序》）的春秋笔法（又称春秋书法、书例、凡例、义例）经历代经、史学家的推演阐释，渐成统贯中国“经”“史”研究及文学创作的表现手法。在其影响下，“微言大义”“言近旨远”的书写体例不仅成为建构中国史学话语的基本范式，更渗入中华民族话语的言说、意义构建和话语释读机制，形成中国特有的文学审美情趣和文化话语体系。中国史学叙事受春秋笔法长期浸润，将“居今识古”“惩恶劝善”“表征兴衰”的社会与道德功能以“微而显”“志而晦”（《左传·成公十四年》）的书写方式融入对历史事件的具体描述与独特书写体例之中。因此，有别于西方语言的表意结构和线性、显性逻辑结构，中国史学话语的意义往往突破能指与所指范畴，呈现出超越表征语言本身，“睹一事于句中，反三隅于字外”（《史通通释·叙事》）的话语气质。① 本书从春秋笔法的形成与发展入手，通过分析“笔法”的核心要义及其对经学、史学、文学传统的深远影响，展示其在意义建构范式、表意体系、阐释传统与史学叙事等领域与西方思想的激烈碰撞，试图以此阐明除借助语言转换、增补历史语境、梳理庞杂人物关系等传统翻译学、史学、叙事学手段外，如何通过扎根中国经学与史学，在西方语言体系与文化架构下呈现中国

① 刘知幾：《史通通释·叙事》，浦起龙通释，王煦华整理，上海：上海古籍出版社，2009 年，第 120 页。

“经”“传”中的“微言大义”，回应中国史学的基本立场和精神，进而引导西方读者在看似“断烂朝报”式的文字罅隙间窥得中国文化的基本生成与运行机制，抉发异质文化圈间“互识”“互补”的价值。

春秋笔法当下已成为中国文论与史学叙事研究的一大核心焦点，对其内涵的解读，也由体现儒家伦理与史官精神的宏阔体系逐步日常化，广泛用于解读上至外交辞令，下达市井对话中的固定语用模式或修辞手段。本书既以“回到《春秋》”为基本研究理路，对春秋笔法内涵与价值的探寻就不能仅仅驻足当代，而理应包含对中国历史最初记载的整理耙梳，对中国经学元典与本土史学精神“探源”式的求索。诚然，这样的“探源”无法以对史料的考据实现历史意义上的还原，尽管这也并非本书的初衷。但以《春秋》为“元典”与“原点”，我们面向的是具备与现今时代框架交融对话，并不断赋予当下生命启发和点化的思想性“源头活水”。如张祥龙所言：“我无法脱离今天的思想视野去直接理解古代天道，但我却可以不完全受制于任何现成的概念哲学立场，去与古代文献发生那种在活生生的阅读体验中构成的理解关联。”① 只是，这样的“理解关联”不以获取封存于历史时空中的文本原意为目的，更不应是对经典毫无尺度的再造改写，而是中华元典在古今交互之中自然而然呈现出的价值指向。全面认识《春秋》的性质，尤其是其经学与史学价值，也就理应为讨论其笔法、大义的命题之基、应有之义。

综上所述，根植于中国经学“根”与“魂”的春秋笔法不仅是儒家经典的话语风格，是史家臧否人物含蓄幽微的价值选择，更作为中国文化的基本气质和中华传统文论的基石与底色渗透，融汇中国话语解读体系和意义建构模式。其在全球语境中的生成和再现，关乎中国叙事传统在世界范围内的传达，关乎中华

① 张祥龙：《海德格尔思想与中国天道》，北京：生活·读书·新知三联书店，1999年，第3页。

历代史官之志在异域时空中的薪火相传，更关乎中国传统话语体系能否融入世界多元文明交流。为此，从春秋笔法的源头入手，厘清其在经学、史学以及二者交织领域中的渊源、发展与流变就显得尤为重要。

第一章　中国经学与传统史学

对于身处历史之中的芸芸众生而言，上古帝王时代的式微自然是一个缓慢而隐秘的过程。孔子自云“不复梦见周公”（《论语·述而》）、“凤鸟不至，河不出图”（《论语·子罕》）；圣人显然从“礼颓道丧”的周遭政治生活中敏锐地察觉到维系上万年的方国时代即将谢幕，新的政教与宇宙秩序体系亟待构塑，这一进程已成无可更易的历史天命。因此，夫子哀叹“弗乎！弗乎！吾道不行矣”，却仍然“不怨天，不尤人”“下学而上达”（《论语·宪问》），谋求以礼乐黄金时代的文化遗迹奠基新时代的历史意识。① 而上古文明的文字总汇，经孔子的编修、创作，成为“当时中国文化所能达到的对自然宇宙与文化时空最具深度与广度的理解”，成就中国文明在遭遇内部分裂或外来冲击时，能与之持续对话并回归自洽的本源。② 这一本源既是对一系列先王文教政典的记录，也是对历史理想的承继，具有历史的回溯与闭合性，又有面对当下与未来始终开放的意义空间。无论称之为“经”或“史”，其在变易不居的历史长河中架构出的相对稳定的礼乐世界都是一切对中国文化有效讨论的原点，本书的申论亦从此开始。

---

① 子曰：“‘弗乎！弗乎！君子病没世而名不称焉。吾道不行矣，吾何以自见于后世哉?’乃因史记作《春秋》，上至隐公，下讫哀公十四年，十二公。据鲁，亲周，故殷，运之三代。约其文辞而指博。”见司马迁：《史记·孔子世家》，裴骃集解，北京：中华书局，1963年，第1936页。

② 陈赟：“孔子的‘述’‘作’与‘六经’的成立”，《哲学分析》，2012年第2期，第50~80页。

1. 经学的崛起与瓦解

《说文解字》（下称《说文》）解“经”曰：“经，织也。从糸巠声。”段玉裁（1735—1815）注曰“织纵丝也”，并进一步解释道：“织之纵丝谓之经。必先有经而后有纬。是故三纲五常六艺谓之天地之‘常经’。”① 足见“经”可定经纬、明次序，为统摄世间天命人伦的“常理”“常道”，具有最广大的普适性与最高的权威性。汉儒也有以“径”释“经”之说，以为“经”如“路径”，行路之人虽各色各异，但路径恒常，唯有通经晓意，方能四通八达无所不至。② 对“经”“恒常”“不易”的理解，两汉今古文学家皆无异议。清章学诚（1738—1801）则引《易传》中“云雷屯，君子以经纶”申论：“经纶之言，纲纪世宙之谓也。郑氏注，谓‘论撰《书》《礼》《乐》，施政事’。‘经’之命名，所由昉乎！”③ 近代，章太炎（1869—1936）则取“经”中所蕴“丝线”之意，以“古人以丝线编竹简，犹今线订书也”譬喻经学典籍之于中华文化的意义与价值：倘无经学收集规整之功，中华文化顿失骨架，不啻零落竹简残页，不复其整体性。④ 无论采纳何种释读，经学的典范性早已超越了其文字价值，上升为匡正天下、教化人性的正道大法，正所谓“六经者，圣人所以统天地之心，著善恶之归，明吉凶之分，通人道之正，使之不悖于本性者也”⑤。

“圣经”，或“圣人经典”于东西方皆存。然而，儒家之“经”却并非西方文化中弥赛亚式的“神谕”或“天启”，而是远古记载历经时间的淬炼濯洗，经由哲学提炼，逐渐汇聚而成。孔安

---

① 段玉裁：《说文解字注》，上海：上海古籍出版社，1981年，第644页。

② 语出刘熙《释名第一》“‘经’，径也，常典也，如径路无所不通，可常用也”。引自王国珍：《释名语源疏证·释名第一》，上海：上海古籍出版社，1986年，第18页。

③ 章学诚：《文史通义·易教》，北京：中华书局，2010年，第131页。

④ 章太炎：《章太炎说文解字授课笔记》，北京：中华书局，2010年，第539页。

⑤ 班固：《汉书·匡张孔马传》，赵一生点校，杭州：浙江古籍出版社，2000年，第1014页。

国（公元前156—公元前74）定儒家“六经”源于孔子对上古遗典的修束整理，认为：“先君孔子，生于周末，读史籍之烦文，惧览之者不一，遂乃定礼乐、明旧章、删《诗》为三百首、约史记而修《春秋》，赞《易》道以黜《八索》，述职方以除《九丘》，讨论《坟》《典》，断自唐、虞以下讫于周。”① “删定‘六经’，始于孔子”，这是历代经学后儒达成的基本共识。② 章学诚则视“治”与“教”、“官”与“师”的割裂为孔子编修“六经”的初衷，谓：“夫子生于东周，有德无位，惧先圣王法积道备，至于成周，无以续且继者而至于沦失也，于是取周公之典章，所以体天人之撰而存治化之迹者，独与其徒，相与申而明之。”③ 但夫子之时，犹不明“经”，“六经”的定名与其权威地位的形成并非始于孔子。《史记·孔子世家》确有“孔子以《诗》《书》《礼》《乐》教弟子”之语，而在《国语》《孟子》《左传》中也多有涉及“六经”所含典籍的记载，但“六经”作为一个整体的概念却从未出现，其具体所指自然也无从提及。④ 时至《庄子》，方有“丘治《诗》《书》《礼》《乐》《易》《春秋》六经”以“论先王之道，而明周、召之迹”之说。（《庄子·天运》）

① 语出《尚书序》，见孔颖达：《尚书正义》，北京：中华书局，1980年，第114页。

② 皮锡瑞认为是否得孔子之赞修决定了远古典籍能否流传存世：“孔子以前，《周易》与《连山》《归藏》并称，犹鲁之《春秋》与晋之《乘》、楚之《梼杌》并称也。《周易》得孔子赞之而‘传’为‘经’，《连山》《归藏》不得孔子赞之而遂亡，犹鲁之《春秋》得孔子修之而传为‘经’，晋《乘》楚《梼杌》不得孔子赞之而遂亡也。孔子不赞修者，学者可不措意。”见皮锡瑞：《经学通论》，北京：中华书局，1977年，第209页。

③ 章学诚：《文史通义·易教》，北京：中华书局，2010年，第131页。

④ 《孟子·楚语上》中多次提及《诗》《书》《春秋》之处，如《滕文公下》：“孔子作《春秋》而乱臣贼子惧”；《国语》中有：“教之《春秋》”“教之《诗》”“教之《礼》”“教之《乐》”的记载；《左传·僖公二十七年》也载楚军围宋时，赵衰曰：“郤縠可。臣亟闻其言矣，说礼乐而敦《诗》《书》。《诗》《书》，义之府也。礼乐，德之则也。德义，利之本也。”但其中均未正“六经”之名。分见：《国语译注》，上海：上海古籍出版社，1994年；《孟子正义》，北京：中华书局，1987年；《春秋左传注》，北京：中华书局，1990年。

“‘经’名昉自孔子，经学传于孔门。”孔子身后，儒学分八，“有子张之儒，有子思之儒，有颜氏之儒，有孟氏之儒，有漆雕氏之儒，有仲良氏之儒，有孙氏之儒，有乐正乐之儒”（《韩非子·显学》）。① 然而历始皇焚书之劫，“六经”散佚，著学皆不传。至汉初，为继孔子之绝学，循圣人之法度，旧儒经师口传心授今文经。后鲁壁藏书现世，诸子传说纷立，各家自授家法，今古文经并行。至汉武帝一朝，“罢黜百家，章表六经”，“五经”博士立于官学，经学已成“一尊”之势。② 汉元帝、汉成帝后，“公卿之位，未有不从经术进者”。③“六经”已成“承天统地，穷事察微，原情立本，以绪人伦”的“天人原道”，中华文化全面进入经学鼎盛时代。④

“六经”起于《诗》，终于《春秋》，正合孟子“王者之迹熄，而《诗》亡。《诗》亡，然后《春秋》作”之论。（《孟子·离娄下》）无论《乐》从未成书还是秦后失传，儒家经书唯存《诗》《书》《礼》《易》《春秋》“五经”，但历代典籍对“六经”之义理与功效却多有论及。⑤ 如，《礼记·经解》记“六经”对仪态品格的教化意义：“其为人也，温柔敦厚，《诗》教也；疏通知远，

---

① 转引自皮锡瑞：《经学历史》，北京：中华书局，1959 年，第 48 页。

② “五经”博士实际分七家，即《诗》立齐、鲁、韩三家，《尚书》欧阳氏，《仪礼》后氏，《易》杨氏，《春秋》公羊氏。见皮锡瑞：《经学历史》，北京：中华书局，1959 年，第 101 页。

③ 皮锡瑞：《经学历史》，北京：中华书局，1959 年，第 101 页。

④ 陆贾《新语·道基》云：“礼义不行，纲纪不立，后世衰废，于是后圣乃定五经，明六艺，承天统地，穷事察微，原情立本，以绪人伦，宗诸天地，纂修篇章，垂诸来世，被诸鸟兽，以匡衰乱，天人合策，原道悉备，智者达其心，百工穷其巧，乃调之以管弦丝竹之音，设钟鼓歌舞之乐，以节奢侈，正风俗，通文雅。”王利器：《新语校注》，北京：中华书局，1986 年，第 18 页。

⑤ 对《乐经》去向，学界尚存争议，南朝沈约（441—513）称“及秦焚典籍，《乐经》用亡”，后世多有用其说者。然而，也有学者认为该说疑点颇多，不足以据信，对《乐经》是否成书持怀疑态度。《四库全书总目提要》就认为《乐》本为《礼》的一部分，从未单独成书：“大抵《乐》之纲目具于《礼》，其歌词具于《诗》，其铿锵鼓舞则传在《伶官》。汉初制氏所记，非别有一‘经’为圣人手定也。”见纪昀：《钦定四库全书总目》，见《四库全书》（第 1 册），上海：上海古籍出版社，1987 年，第 15 页。

《书》教也；广博易良，《乐》教也；洁静精微，《易》教也；恭俭庄敬，《礼》教也；属辞比事，《春秋》教也。"①《春秋繁露·玉杯》载："《诗》《书》序其志，《礼》《乐》纯其养，《易》《春秋》明其知，② 不仅言明"六经"之效用，更点出了学习"六经"的先后顺序。班固（32—92）更是将"五经"与"五常"对应曰："《乐》仁，《书》义，《礼》礼，《易》知"，《诗》信也。"③ 诸多论述中，尤以《史记·太史公自序》（下称《史记·自序》）对"六经"各册主旨要义的总结最为详尽：

《易》著天地、阴阳、四时、五行，故长于变。《礼》经纪人伦，故长于行。《书》记先王之事，故长于政；《诗》记山川、溪谷、禽兽、草木、牝牡、雌雄，故长于风；《乐》乐所以立，故长于和。《春秋》辨是非，故长于治人。是故《礼》以节人，《乐》以发和，《书》以道事，《诗》以达意，《易》以道化，《春秋》以道义。④

可见"六经"虽所述各异，但各"经"之间却绝非孤立：在时间上，"《易》始于三皇，《书》始于五帝，《诗》始于三王，《春秋》始于五伯"⑤。"《书》始尧舜"，为孔子所认识的上古史的上限，而《春秋》"绝笔获麟"，则为孔子所理解的"现代史"的下限，"六经"首尾接续，完成了对上古文教历史的回溯。迂回穿梭于期间千年的历史之中，孔子用《诗》《书》《礼》《乐》在帝、王之

---

① 孙希旦：《礼记集释》，北京：中华书局，1999 年，第 510 页。

② 董仲舒：《春秋繁露》，周桂钿译注，北京：中华书局，2011 年，第 27 页。

③ 班固：《白虎通义》，北京：中国书店出版社，2018 年，第 53 页。

④ 司马迁：《史记·太史公自序》，裴骃集解，北京：中华书局，1963 年，第 3297 页。

⑤ 邵雍：《皇极经世书·观物外篇》，黄畿注、卫绍生校理，上海：上海古籍出版社，2016 年，第 394 页。

迹熄隐远去的时空中，再造出一个完整的文教、诗教人间境域。身处教化氛围之中，“将眼、耳、鼻、口、身、意诸种官觉，完全交付于一个听、读、讲、唱、修、行的教—学空间”①。身在其中，儒家经义自然内化为对典范人格的体悟、效法与追随，最终臻于世间的至善。而《易》与《春秋》，无疑将这一空间的应用范畴无限拉伸延展，提升至宇宙与超验的深度与广度。《春秋》之于孔子，虽为“现代”的历史，但其中所包蕴的对万物聚散的哲学感悟、对历史变迁的归因与洞察，赋予隐公至哀公230年间的人情世故远超“现代”的意义攸归与礼仪法度。而《周易》的整理与讲授，甚至突破了《诗》《书》《礼》《乐》的人间教化，向着前尧舜时代的伏羲、神农、黄帝观象制器的历史，向着人文历史更为原始、更为悠久的时空境域不断探问宇宙生生变化的终极义理。

也正因“六经”之间丝丝入扣的强韧联系，经学从最初就置身无比宏大且极具自洽的思想体系之中，这一体系始终保留朝向当下的开放诠释路径，却又在历史变革的浪潮中维持相对稳定的意指空间。从这一层面而论，“六经合一”说所突出的，即儒家核心经义在元典间的流通互持。② 因此，经学虽有两汉年间的今古文经学之争，③ 历经

① 陈赟：“孔子的‘述’‘作’与‘六经’的成立”，《哲学分析》，2012年第2期，第50~80页。

② “‘六经’合一”虽不始于清代，但廖平之说却最具代表性：“惟‘六经’合为一书，故此‘经’所详，彼‘经’所略。如明堂辟雍，大典礼也，《诗》言之而《春秋》《书》《礼》可从略。制爵班禄，《春秋》详之，而《诗》《书》《礼》不详言。相济相成，乃能全备。”见李耀仙主编：《廖平选集》，成都：巴蜀书社，1996年，第129~130页。

③ 今文经指汉代学者传述的儒家经籍，战国以来靠儒士传授承续，至汉代成本，以隶书记录。古文经则指汉代在孔宅壁中发现的儒家典籍，用先秦篆文书写，由汉代儒士加以训释。周予同的《经今古文学》对此有较为系统的叙述，主要从使用文字、治“经”旨趣、对孔子身份的认定及解“经”目的等十个方面论述今古文经学的异同。

“汉学”“宋学”之变,①“六经”“七经”“九经”“十经”“十三经”“十四经”的递接,②研究方法也在文献考证（文字、音韵、训诂、目录、校勘、辨伪之学）与重义理辨析之间震荡摇摆，但争议的焦点无外乎治“经”应以“经”为本，重知识探索之真，还是应以用为先，重致用价值之善,③但经学在儒家学说中的核心地位从未动摇。是以，才有荀悦（148—209）“仲尼作‘经’，本一而已；古今文不同，而皆自谓真‘本经’”之说。④足见今古文皆述“圣经”、尊孔教，二者之别不过是“文字说解不同”，其义实为一也。⑤

然而，及至晚清，列强入侵，国朝式微，曾经的家国天下被迫分割为“内诸夏外夷狄”。中国学界随之遭遇“两千年未有之大变局”，西学东渐，政体改革，这一切都猛烈冲击经学“一家独尊”的地位。维新派初尚能借“经”附义，为西学张目，借“六经”中可与西学类通之论，使守旧之徒“乐闻而不为峻拒”。⑥庚子之变后，国人心理悄然发生了微妙变化，“在朝在野守旧之徒，畴昔

① 两汉经学重名物训诂，宋明理学重阐释义理性命，故而，皮锡瑞将汉宋“门户之别”归纳为：“前汉今文说，专明大义微言；后汉杂古文，多详章句训诂。章句训诂不能尽餍学者之心，于是宋儒起而言义理。”皮锡瑞：《经学历史》，北京：中华书局，1959年，第89~90页。

② 自汉以来，“经”的范畴逐步扩大，发展成“七经”（“五经”加入《论语》《孝经》）、“九经”（《左传》《公羊传》《穀梁传》《周礼》《仪礼》《礼记》《易》《书》《诗》）、“十经”（《易》《书》《诗》《周礼》《仪礼》《礼记》《公羊传》《穀梁传》《左传》，以及《论语》《孝经》合为一经）、“十三经”（“九经”基础上添加《论语》《孟子》《尔雅》《孝经》）、“十四经”（“十三经”加《大戴礼记》）。

③ 文献考证与义理辨析一直是经学研究的两大支柱，二者互为依托、联系紧密，但各个时期与流派对二者各有侧重。如汉代经学以文献考证派为主流，训诂学发达，宋代经师则更重义理辨析，发展“心学”。见刘家和：《史学、经学与思想》，北京：北京师范大学出版社，2005年，第79页。

④ 转引自皮锡瑞：《经学历史》，北京：中华书局，1959年，第93页。

⑤ 皮锡瑞：《经学历史》，北京：中华书局，1959年，第93页。

⑥ 熊十力：《读经示要》，长沙：岳麓书社，2013年，第4页。

自信自大之念，已一旦丧失无余”①。知识界或主张“薄旧倡新”，在政治体制上移植西方民主，在文化领域束“六经”于高阁，致“海内风气日变，少年皆骂孔子、毁六经”；② 或以诸子义理暗合心理、人文、政法，乃至声、光、电等外来之学，以子学为基础，倡导“体用之说”，击破“六经”一尊。邓实（1877—1951）记录当时风气之陡转，叹曰：“我国自汉以来，以儒教定于一尊，传之千余年。一旦而一新种族挟一新宗教以入吾国，其始未尝不大怪之，及久而察其所奉之教，行之其国，未尝不治，且其治或大过于吾国，于是恍然于儒教之外复有他教，‘六经’之外复有诸子，而一尊之说破矣。”③

为保经学之本，挽救“六经”于废亡，清末今古文经学大儒开始从本体论角度重新审视经学，试图以整合历代以“一家一姓”为单位的中华学术话语，建构具有连续性的国家叙事，对抗高度体系化和专业化的西学思想，重建中华思想体系。④ 皮锡瑞（1850—1908）虽盛赞清代为“经学复盛”时代，但清代经学之盛主要在古文经学，专攻辑佚、校勘、音韵训诂等“小学”，以其为通“经”达“道”的不二法门：“‘经’之至者道也。所以明道者，其辞也。所以成辞者，字也。必由字以通其辞，由辞以通其道，乃可得之。”⑤ 因此，清世经儒大多“不以经术明治乱，故短于风议；不以阴阳断人事，故长于求是”，追求通过正音读、通训诂、考制度、辨名物，整理圣人之法，探经义之真，无意干预于当下之政教。⑥ 文本路径也遵循自汉以来，古文经学一以贯之的诠释传

① 熊十力：《读经示要》，长沙：岳麓书社，2013年，第8页。

② 熊十力：《论六经》，北京：中国人民大学出版社，2006年，第109页。

③ 邓实：“国学复兴论”，《国粹学报》第9期，1905年10月刊，转引自陈壁生：《经学的瓦解》，上海：华东师范大学出版社，2014年，第11页。

④ 陈壁生：《经学的瓦解》，上海：华东师范大学出版社，2014年，第7页。

⑤ 戴震：《戴震全书》（第6册），合肥：黄山书社，1995年，第370页。

⑥ 章太炎：《訄书详注》，徐复注，上海：上海古籍出版社，2008年，第51页。

统。而清末国运衰微，列强环伺，乾嘉一派古文经学的音训、形训，辨字注“经”便因无法回应中国现实困局，提供救世之道而备受批评，其“毕世治‘经’，无一言几于道无一念及于用，以为‘经’之事尽于此耳”之流弊也日益昭彰。① 所以熊十力（1885—1968）叹清古文学之功不过是发展了治“经”工具，一味拘束于“偏枯考据”，不能于文言之外遥契圣人之心，为新兴社会“端其趣”“定其向”，最终导致“清儒之自负讲明经学者，实所以亡经学也”。② 反观今文经学派，立足阐发《春秋》义理的“公羊”学，尊孔子为托古改革的“素王”，视“经世致用”、谋“万世之法”为治“经”第一要义，始终关注现实社会与外部世界。今文经学的核心义理“三世说”对人类社会演进规律的归纳，与“素王改制论”对孔子修“六经”旨在阐发政治理想的论述，均比埋首于集解、点校古籍的古文经学更能与当下历史语境产生时代共鸣，拉近经学元典与外在时空的疏离关系。

今古文经学间的“道统”之争虽断续绵延千年，但自西汉今文“经”争立官学以来，今古文经学之争从未脱离儒家所框定的“家国天下”体系，始终是儒家士大夫阶层内部的门庭、学派、政见之争，素来无涉国家形态与政治体制。也正因此，郑玄（127—200）才以“三代异物”“王者相变”为原则，“但念述先圣之元意，思整百家之不齐”，泯二家之别，成一家之言，暂时平息今古文经学之争。③ 自东汉末，黄巾起义、三国纷争、八王之乱等内乱纷起，百余年间，中原持续战乱动荡，经籍离散，家学失传，西汉

① 方东树：《汉学商兑》，上海：上海古籍出版社，2018 年，第 7 页。

② 熊十力：《读经示要》，长沙：岳麓书社，2013 年，第 11 页。

③ 陈壁生认为郑玄把经书文献放在第一位，将“先圣”落实到每一代圣王，变“一王大法”之“经”，为“列圣元意”之“经”。郑玄通过强调“三代异物”“王者相变”，从经书文献本身出发，取舍、调和百家经说，构建起一个消弭了内部矛盾的文献体系。而在经学外部，同时建造了一个历史世界，用这个历史世界来注解经文。见陈壁生：“经史之间的郑玄”，《哲学研究》，2020 年第 1 期，第 68~71 页。

所立今文十四博士无一存在，今文经学断绝。至唐代《五经正义》现世，今古文经学就此统一。然而，自清代中后期，现代化进程裹挟着西方科技、宗教、哲学思想汹涌东来，中华学术思想经历了自佛教传入中国以来，最为猛烈的文化震撼。① 加之清王朝内外交困，社会矛盾空前激化，促使今文经学一派中兴崛起，造就了“两千年前汉代王朝中炽热的封建文化的今古经学文化之争，居然在晚清死灰复燃，回光返照”的历史奇观。②

清今文经学发轫之初，以庄存与（1719—1788）、刘逢禄（1776—1829）为代表的今文经学家尚能遵循“依经立意”“通经解义”的原则，从经学内部出发，通过将时代诉求纳入阐释视域，丰盈、加固儒学的地位，为经学“万世之法”谋得现实理据。然而，道光、咸丰以后，清政府在西方武力与文化的夹击下左支右绌、难掩颓势，而与社会现实亦步亦趋的今文经学唯有以更猛烈激进之姿着意诠释微言大义中的变法、改制之道。为提炼出符合时代要求的“一王大法”，凸显经学之现世价值，今文经学家穿凿附会，剔除一切与此价值体系义理相悖的文献注疏，大行“疑古”之风。廖平（1852—1932）的“二篇”（《知圣篇》《辟刘篇》），康有为（1858—1927）的“二考”（《新学伪经考》《孔子改制考》）无不是为达“致用”，借经学之名，填入西学之实，服务改制之需。对此，钱穆的评论一针见血：“若康、廖之治‘经’，皆先立一见，然后搅扰经书以就我，不啻‘六经皆我注脚’矣。”③ 尽管这一全新解“经”范式打破了学术壁垒，对中国思想界而言具有开创性意义，且是否能够有效回应现实也是衡量学术思想是否进步的重要标准，但其过度发展并无助于维持经学内部的稳定性，

① 葛兆光：《中国思想史》（第二卷），上海：复旦大学出版社，2001年，第328页。

② 李泽厚：《中国近代思想史论》，北京：人民出版社，1979年，第362页。

③ 钱穆：《中国近三百年学术史》，北京：商务印书馆，1997年，第726页。

更有与经学自身的现代性背道而驰的风险。解“经”者若以现实矛盾诉诸各“经”，经义本身如何能够保持自身的独立价值不受当下境况所左右？经学框架中一旦填入大量异质文化思想，“六经”如何才能保持其原有学术风貌？遑论长久以来，经学一直是官方政治哲学，承托旧社会体制，宣扬“君臣父子”式的人伦关系。抽其概念重塑而得的清代今文经学如何能在兼容共和与帝制、鼓励民主的同时又宣扬“一王大法”？今文经学以现代性为最后的“救赎”，虽或可暂时纾解现实之困，但经学之变如不立足于内部的培育生发，而寄希望于借用西方现成的理论搭建，非但难以系统持久，反而会动摇经学立足之基本，将经学推出原有“丸之走盘”运行范畴。是以，周予同（1898—1981）认为康氏之后，再无经学，“作为经学，至此完结”①。

如果说清末的今文经学以融合西方思想的“外向”理路将今文经学推向了最后顶峰，章学诚（1738—1801）、章太炎（1869—1936）所代表的古文经学则选择了一条“内向”的反思路径，亦即从古文经学的性质出发，通过对“经”进行重新定义，成就经学的主体自适性。乾嘉学派素有考订古礼的研究传统，章学诚更视习夏商典制、集三代损益为儒家道统所在。在他看来，周公为圣在其成文、武之德，制典作章，承袭先圣政典礼制，而孔子之圣在“学周公而已矣”。② 既然周公“集群圣之大成”，未尝“离事而言理”，“学而尽周公之道”的孔子编修“六经”之意也就本不在为“万世立法”，而是整理、编纂三代政典、国故官书，故有“六经

① 周予同：《中国经学史讲义》，上海：上海文艺出版社，1999 年，第 89 页。

② 章学诚表述周、孔二者之间的关系为：“或问何以一言尽孔子？则曰：学周公而已矣。周公之外别无所学乎？曰：非有学而孔子有所不至；周公既集群圣之成，则周公之外，更无所谓学也。周公集群圣之大成，孔子学而尽周公之道，斯一言也，足以蔽孔子之全体矣。”见章学诚：《文史通义新编新注》，北京：商务印书馆，2017 年，第 96 页。

皆史”之说。① 章学诚之“史”虽立足先王书典，却并未失之当下。读“经”要旨，在“必求当代典章，以切于人伦日用，必求官司掌故，而通于经术精微”，以达到“则学为实事，而非空言，所谓有体必有用”的目的。② 可见，章学诚虽承古文学传统精神，却并不排斥今文学家擅论之“体用”之说，尊先王遗典是为了“贵时王之制度”。章太炎所论之“史”，实为包含了“史实”与“记史”两重意义的史官职责。近代，章太炎更进一步，认为“六经”皆为古史，“经”“史”本为一体：

《尚书》《春秋》固然是“史”，《诗经》也记王朝列国的政捐，《礼》《乐》都是周朝的法制，这不是“史”，又是什么东西？唯有《易经》似乎与“史”不大相关；殊不知道，《周礼》有个太卜的官，是掌周易的，《易经》原是卜筮的书。古来太史和卜筮测天的官，都算一类。所以《易经》也是“史”。古人的“史”，范围甚大，和近来的史部有点不同，并不能把现在的史部，硬去分派古人。这样看来，“六经”都是古史。所以汉朝刘歆作《七略》，一切记事的“史”，都归入《春秋》家，可见“经”外并没有“史”，“经”就是古人的“史”，“史”就是后世的“经”。③

---

① 《文史通义·易教》云：“‘六经’皆‘史’也。古人不著书，古人未尝离事而言理，‘六经’皆先王政典也。”然而“六经皆史”并非章学诚独创，学界论述对此论述颇丰。如刘宗侗总结认为“‘六经’皆史之说，实非章实斋所独自发明”“唐人刘恕、王应麟、陆龟蒙均有此说；王世贞亦曰：‘六经’，‘史’之言理者也。’”刘师培更是将史学视为中国古代一切学问的原点：“《汉书·艺文志·叙列九流》谓道家出于史官，吾谓九流学术皆源于史，匪仅道德一家。”分见章学诚：《文史通义新编新注》，北京：商务印书馆，2017 年，第 1 页；刘师培：“古学出于史官论”，《国粹学报》，1905 年第 4 期，第 32～33 页；李宗侗：《中国史学史》，台北：华冈出版有限公司，1979 年，第 178 页。

② 章学诚：《文史通义新编新注》，北京：商务印书馆，2017 年，第 231 页。

③ 章太炎：《章太炎学术演讲集》，上海：上海人民出版社，2011 年，第 71 页。

自晋代学分“经”“史”“子”“集”以来，政教风俗皆出经部，经学在四科中地位尊崇，是一切学术话语的大本正源、义理渊薮。章太炎主张“经外无史”，不仅仅昭示经学研究全新的史学视角，更是对“经”神圣意义的明确拒斥。以史学为基调重辨“六经”，其中自然有先圣言行、王官之学、前朝政典，有一切具体而切实的史料，但唯独没有今文学家所预设的超越今古、抽象且永恒的“常道”。“六经皆史”之于章太炎不再是对“经”“史”隔阂的委婉劝谏，而是表达其“夷经为史”，消解经学崇圣性与宗教性的决心。

“经”字原意只是一经一纬的经，即是一根线，所谓“经书”只是一种线装书罢了。明代有线装书的名目，即别于那种一页一页散着的八股文墨卷，因为墨卷没有保存的价值，别的就称作线装书了。古代记事书于简。不及百名者书于方，事多一简不能尽，遂连数简以记之。这连各简的线，就是“经”。可见“经”不过是当代记述较多而常要翻阅的几部书罢了。非但没含宗教的意味，就是汉时训“经”为“常道”，也非本意。后世疑“经”是经天纬地之“经”，其实只言“经”而不言天，便已不是“经天”的意义了。①

如果经学不再负载“经天常道”，“一切史籍皆为《春秋》”便意味着历代史传皆为继“孔氏历史之学”所作，孔学即为历史学，经学的内核即为史学。② 章太炎与龚自珍（1792—1841）对史学价值的评断有极为相似之处，后者曾直言不讳地指出：“灭人之国，必先去其史；隳人之枋，败人之纲纪，必先去其史；绝人之材，湮塞人之教，必先去其史；夷人之祖宗，必先去其史。”③ 这样，史

① 章太炎：《章太炎学术演讲集》，上海：上海人民出版社，2011年，第9~10页。

② 章太炎：《答铁铮》，《章太炎全集》（四），上海：上海人民出版社，1985年，第371页。

③ 龚自珍：《古史钩沉论二》，《龚自珍全集》（上），北京：中华书局，1959年，第22页。

学成为承载中华文化“种性”与“国性”之大宗，其中所载人物事迹、战功策论、风俗人情，一砖一瓦铸成了中国整体的形貌。而唯有通过对中国整体形貌的辨识，经学方能真正放下今古文经学之争，关注中西之别，化为现代民族国家的思想根基，在新的世界格局中建构起足以与西学相抗衡的理论体系。

不可否认，章太炎、龚自珍众家抱持“国之有史久远，则灭亡之难”的初衷，化“经”“史”之别，在清末民初的历史背景下，有助于聚合中华文化，在中国强大的史学传统中重塑和提炼民族身份的集体认知。① 但为保“国性”，不惜夷“经”为“史”，虽然客观上起到了对今文学派“釜底抽薪”的功效，却也抹去了经学“至圣经典”的神圣光环，彻底否定其作为一门学科独立存在的价值。经学是中国传统学术文化的核心和正宗，不仅是建构思想的标尺、评判道德的准绳，还提供了中国人“认识宇宙、历史、人生的最初意义和价值之源”②。将经学归入史学，从本源上消解经义的普世价值，对中国传统学术思想的影响无疑是颠覆性的。其结果是，辛亥革命以后，共和肇造，经科废止，今古文经学一道陷入沉寂，中国进入“后经学时代”。③ 1918 年，胡适（1891—1962）作《中国哲学史大纲》，旗帜鲜明舍“六经”而立“百家”，奉“诸子”为中国哲学的源头渊薮。“国家宿儒”“学界领袖”蔡元培（1868—1940）对此高度认可，称其“截断众流”，创中国哲学史之先河。经学衰微，可见一斑：

---

① 章太炎：《国故论衡疏证》，庞俊、郭诚勇注，北京：中华书局，2008 年，第 305 页。

② 蔡方鹿：《经学与中国哲学》，上海：华东师范大学出版社，2009 年，第 1 页。

③ 陈少明认为“后经学时代”的概念包含两层含义：“其一，在社会层次上，经学失却其合法性依据的地位，中国社会形式上走向法理化的时代；其二，在学术文化的层次上，对‘经’的研究不必站在宗‘经’的立场上。”见氏著，《汉宋学术与现代思想》，广州：广东人民出版社，2010 年，第 64 页。

中国民族的哲学思想远在老子、孔子之前，是无可疑的。但要从此，抽取纯粹的哲学思想，编成系统，不是穷年累月，不能成功的。适之先生认定所讲的是中国古代哲学家的思想发达史，不是中国民族的哲学思想发达史，所以截断众流，从老子、孔子讲起。这是何等手段！①

经学的衰落造就了史学的地位的凸显。“五四”以后，众多儒家经典与先王典章相继成为史学研究的对象，对传统史学的反思与对新史学的建构成为自梁启超（1873—1929）以来数代趋新学人为之前赴后继的使命。于是，无论是来自经学内部今古文之间的持续张力，还是汉学、宋学、朴学于治“经”方法上的论争都为如何解《春秋》提供了多样且厚重的研究视角，而在经学外部，史学的超越与反压，传统史学向新史学的推进，又为身处“经”“史”之间的《春秋左传》，展现出全新的研究视角。

2. 中国“经”“史”传统与“新史学”

从无所不包的宗教神话中孕育文化起源，在文化成形发展过程中分化出史学，在这一点上，中西皆同，并无差别。② 但在古印度，强盛的婆罗门教、耆那教与佛教传统视充满恒常的彼岸世界为思想抵达的最终境界，而记录“此岸”变异无常的史学在重压下自然难以获得充分的发展，造就了古印度“重思想甚于行动”“重理想甚于事实”的思想体系。③ 受此影响，史学在古印度从未获得独立的学科地位，留存的历史叙事也大多“人神难分”，充满神话

---

① 蔡元培：《中国哲学史大纲·序》，北京：商务印书馆，2000年，第2页。

② 刘家和：《史学、经学与思想》，北京：北京师范大学出版社，2005年，第71页。

③ E. J. Rapson (ed.). *The Cambridge History of India*. Vol. 1. London: Cambridge University Press, 1935: 58.

传说色彩，只能作为史料而非史学典籍。① 在古希腊与古罗马，虽然在公元前 9 世纪就诞生了叙事史诗《伊利亚特》（*Iliad*），开创了西方历史叙事源头，并在随后的几个世纪中涌现希罗多德（Herodotus，约公元前 484—公元前 430）与修昔底德（Thucydides，约公元前 460—公元前 400）两位框定西方史学基本架构的史坛巨匠，但西方史学界长期盛行的实质主义（Substantialism）之风，局限了史学的地位，遏制其纵深发展。② 自亚里士多德（Aristotle，公元前 384—公元前 322）起，哲学就是“智慧之学”“本体之学”，是一切科学的本源和母体。依亚氏所见，诗叙述“会发生的事情”，“比史更严肃”，有助于提供“一般性真理”，也因此更接近哲学；而史学的价值只有记录“已经发生的事”，提供“特殊的事实”，仅此而已。③ 科林伍德（R. G. Collingwood，1889—1943）以“实质主义的形而上学”（Metaphysical Essentialism）解读亚氏之论，认为其中暗含的知识论，即“唯有不变的东西才是可知的”，与历史学难以相容。这是因为“称其为历史的东西都是瞬息变化的事件”，而“产生了事件的那种实质，或者从其本性中引出了事件的那种实质，对历史学家

---

① 古印度史学从未获得独立的学科地位。一切文化起始于四“吠陀”（Veda），衍生而得文学、音韵、训诂、天文等学科，其中唯独没有史学。现存的史诗、故事及《往事书》（*Puranas*）等著作虽存在历史叙事，但大多富于神话色彩，用以佐证宗教与哲学思想，而非记录王朝更替或历史进程，难以称之为史学典籍。见 R. C. Majumdar（ed.）. *The History and Culture of the Indian People*. Vol. 1, *The Vedic Age*. 转引自刘家和：《史学、经学与思想》，北京：北京师范大学出版社，2005 年，第 72 页。

② 希罗多德以其记载希腊波斯战争的名著《历史》（*History*）被誉为西方“历史之父”。修昔底德则因其在编写《伯罗奔尼撒战争史》（*History of the Peloponnesian War*）中遵循严谨、客观的证据收集与因果推论方法被称为“历史科学之父”，二人对西方史学的走向产生了深远影响。

③ 亚里士多德：《形而上学》，吴寿彭译，北京：商务印书馆，1996 年，第 6 页。

来说是不存在的"①。而亚氏哲学所开创"反历史主义"（anti-historical tendency）传统，在西方思想体系中根深蒂固，是希腊-罗马历史编纂学的一大弊病。②

与上述文明相较，中国具有深厚的人文主义与历史主义传统。对中华民族来说，史学的价值远非限于外在层面的"为鉴"或"资治"，而是安置民族终极理想的精神土壤，是人生价值的圆满归宿。自孔子以来，中华文明的理想从未架设在完美的天国，而在于重建史书所载的"大道之行，天下为公"（《礼记·礼运》）的大同世界，在乎"立德""立功""立言"，在史册中实现久而不废的"不朽"。（《左传·襄公二十四年》）史学之于中国，与其说是一门学科、万册典籍，不如说是中华民族关于社会及个人理想的精神彼岸，构成了以"史"为底色的思维方式和文化模型，激促历代学人在修史、著史、评史的道路上负重远行。黑格尔（G. W. F. Hegel，1770—1831）就曾感叹："中国历史学家的层出不穷、继续不断，实在是任何民族所比不上的。"③ 据中国现存最早的文献《尚书》记载，周人已经开始了对"天命"的追问，并在民心民情中找到了天命变化之中隐含的"恒常"——"天棐忱辞，其考我民，予曷其不于前宁人图功攸终?"（《尚书·康诰》）。在"敬天保民"这一朴素人文主义思想沃土上，外在超越的奥义转化为君主为政的德行，只有在对历史记录的反思中才能得以把握和论证。如果说"经"本身代表着"恒常"，"史"中所蕴含的无疑是变化：时移世易，一切历史事件均不可重复，唯有如实记录变化不居的历史过程，才符合历史书写的客观性。但这并不意味着"经"与"史"之间存在非此即彼的二元对立。这是因为，经学虽为中

① 科林伍德：《历史的观念》，何兆武、张文杰、陈新译，北京：北京大学出版社，2010年，第42页。

② 科林伍德：《历史的观念》，何兆武、张文杰、陈新译，北京：北京大学出版社，2010年，第22~23页。

③ 黑格尔：《历史哲学》，王造时译，北京：生活·读书·新知三联书店，1956年，第161页。

国传统学问的“大本大宗”，展现世间终极的“法理”与“常道”，但这样的“法理”与“常道”绝不是空悬于此间世界之上的抽象教条，或是万年如一的真理。它如同无所不通的“径路”，通往真实世界中的各个领域，为瞬息万变的事情、人情提供常用常新的匡时济世之道，是饱含变化的“不变”。而作为揭示“变化有常”的有力手段，中国史学承担了“承百代之流，而会乎当今之变”的责任与重担，是隐含不变的“变”。① 正所谓“历史有变亦有常，有常亦有变。常与变同时而俱存，一相而两显”②。在“变”与“不变”之间，史学天然地与经学建立起互通互补的密切联系。也正是在这样的基础上，才能解释为何“六经皆史”之论渊源已久，为何朱熹（1130—1200）将史家之“记事”与经学之“义理”等量齐观，云：“史学者记事却详，于道理上便差；经学者于义理上有功，然记事多误。”③ 也才能理解为何王守仁（1472—1529）在《传习录》首卷即言：“以事言曰‘史’，以道言曰‘经’；事即道，道即事” “其事同，其道同，安有所谓异？”④

① 语出郭象注《庄子》：“不能大齐万物，而人人自别，斯人自为种也。承百代之流，而会乎当今之变。其蔽至于斯者，非禹也，故曰天下耳。”刘家和指出，此为古代中国人观照一切现实问题的一个基本的思路或观点。按照这种思路或观点，“历史上的每一当今之变皆非一朝一夕之故，而是源于百代之流；且百代之史亦非一不变的实质，而是一条汇集了一切当今之变的流。”见刘家和：《史学、经学与思想》，北京：北京师范大学出版社，2005年，第88页。

② 钱穆：《历史与时代》，台北：东大图书股份有限公司，1985年，第382~383页。

③ 朱熹本以此论《春秋》“三传”差异，认为《公羊》《穀梁》为“经”，胜于义理，《左传》为“史”，长于记事。史家多引此论“经”“史”密切相关，各有侧重。黎靖德编：《朱子语类》，王星贤点校，北京：中华书局，1986年，第2152页。

④ 王阳明：《传习录》，郑州：中州古籍出版社，2017年，第12页。

在与经学的并生互融中，传统史学获得仅次于经学的重要地位。① 甚至有论者认为“史是中国古代文化的摇篮，是古代文化走向人文的一道桥梁、一条通路”，“欲为中国学术探本溯源，应当说中国一切学问皆出于史”。② 这与刘师培（1884—1919）“中国九流学术均源于史”说遥为呼应。③ 中国史学无论是从发轫时间还是存世典籍数量而言都堪称“举世无俦”。④ 对此，钱穆（1895—1990）总结：“即在今天，我们可以说，中国人的史学成绩，在世界各民族中最为杰出，无与伦比。再没有别一个国家民族在史学方面能超过了中国。”⑤ 此说虽略具文化优越之色彩，但如仅从史官的建制与历史意识的发达程度衡量，却也不失公允。

中国的史官建置，始于上古。《后汉书》中有“唐虞三代，《诗》《书》所及，世有史官，以司典籍”⑥ 的记载。刘知幾

---

① 梁启超在《新史学》“中国之旧史”开篇就言明了经学地位的形成：“于今日泰西通行诸学科中，为西晋时期荀勖、张华编《晋中经簿》始创四分法：‘一曰甲部，纪六艺及小学等书；二曰“经”“史”分割始于西晋曰乙部，有古诸子家、近世子家、兵书、兵家、术数；三曰丙部，有史记、旧事、皇览簿、杂事；四曰丁部，有诗赋、图赞、汲冢书。’（《隋书·经籍志》）此中新创的‘丙部’即是史部。东晋时期李充‘因荀勖旧簿四部之法，而换其乙丙之书，没略众篇之名，总以甲乙为次’（《广弘明集》卷三《七录序》），由此史部称为‘乙部’。以后至《隋书·经籍志》乃正式形成‘经、史、子、集’的四部分类。”梁启超：《饮冰室文集·新史学》，北京：中华书局，2015 年，第 3 页。

② 徐复观：《两汉思想史》（第三卷），武汉：华中师范大学出版社，2001 年，第 140 页。

③ 刘师培论证儒、道、阴阳、法、墨、名、杂、农、小说九家学术均出于史家，其在《古学出于史官论》一文中云：“《汉书·艺文志·叙列九流》谓道家出于史官，吾谓九流学术皆源于史，匪仅道德一家。”见刘师培：“古学出于史官论”，《国粹学报》，1905 年第 4 期，第 32~33 页。

④ 见 W. G. Beasley and E. G. Pulleyblank（ed.）. *Historians of China and Japan*. 转引自汪荣祖：《史传通说》，北京：中华书局，2003 年，第 2 页。

⑤ 钱穆：《中国史学发微》，北京：九州出版社，2011 年，第 211 页。

⑥ 范晔：《后汉书·班彪列传》，张道勤校点，杭州：杭州古籍出版社，2000 年，第 374 页。

(661—721) 也将中国史官制度之肇兴定位于“三代”前：“史官之作肇自黄帝，备于周室”，“昔轩辕受命，仓颉、沮诵实居其职，至于三代，其数渐繁”。① 许慎释“史”为“记事者也。从又执中，中正也”②。自此以后，掌记事之责的史官就成为“史”的意义的原点，从此足以窥见在中国传统史学中史官与史学联系之紧密。是以，金毓黼（1884—1919）断言“史学寓乎史籍，史籍次之，史学居末。而我国最古之史家，即为史官。该盖史籍掌于史官，亦惟史官才能通乎史学，故考古代之史学，应自史官始”③。这或是中国史学以“人”为中心立身宗旨的又一说明。④

历代论者曾从许慎“执中”与“中正”的训释中获得启发，把“史”意义范畴从官职扩张至司职之人所应具备的基本素质，并将其具体化为“秉笔直书”的道德准则。但江永（1681 1762）、吴大澂（1835—1902）从历史考据学的角度先后评注《说文》，论证“执中”之“中”很有可能是记史所用简册或是簿书（“又者右手，以手持簿书”）。⑤ 20世纪甲骨卜辞与青铜铭文研究的突破正面回应了江、吴二人的推论：罗振玉（1866—1940）与王国维（1877—1927）研究商代甲骨文发现，“史”最初是保管典籍的官吏，在各类王室仪式中掌管书记之职（“史为掌书之官”）。⑥ 商代甲骨卜辞中有大量对史官职责的记载，其中出现的“史”“大史”“史人”“御史”等官员频繁现身征伐、祭祀、出使

① 浦起龙：《史通通释》，王煦华整理，上海：上海古籍出版社，2009年，第281页。

② 段玉裁：《说文解字注》，上海：上海古籍出版社，1981年，第644页。

③ 金毓黼：《中国史学史》，石家庄：河北教育出版社，2001年，第7页。

④ 钱穆：《中国史学发微》，北京：九州出版社，2011年，第84页。

⑤ 分见江永：《周礼疑义举要·秋官》，北京：商务印书馆，1936年；吴大澂：《说文古籀补》，北京：中华书局，1988年，第12页。

⑥ 王国维：《观堂集林·释史》，北京：中华书局，1959年，第269页。

等重大活动。① 西周早期铭文中就已经出现了“大史”“大史寮”“卿事寮”“内史”“内史尹”“御史”“作册”等官制，司掌册命、赏赐、天文、历法等诸多事务。② 对甲骨文、金文的考据及来自《周礼》《尚书》等文献的辅证足以证实唐人刘知幾对西周时期史官分工与数量论断的合理性，即“史官之作，肇自黄帝，备于周室，名目既多，职务咸异”③。尽管在宗教仪式中，“史”扮演的角色与“巫”“祝”缠绕纠葛，但大量青铜铭文与文献佐证都显示，记录重大政治事件、军事活动以及自然天象才是“史”最主要的职责。④ 史官的存在甚至成为监督与评价君主为政的重要手段——“古之王者世有史官，君举必书，所以慎言行，昭法式也”⑤。可以认为，“史”是西周文明的记录和见证者，是孔子追思向往的“郁郁乎文哉”的西周典章的缔造者，也是天体、政体与人体的解读者，承担天象与人事、自然时间与社会时间之间往返沟通的使命。如史华兹（B. I. Schwartz，1916—1999）就认为，中国史官的知识体系及职能范畴不仅有助于他们观测天象、提供预言制定历法，更重要的是，在对月相与季节的观察与记录过程中，他们形成了对时间分割、划分以及对时间流动预测的一整套体系理论。而史官的社会身份也将他们的对自然的、历史的时间记载升格为一种官方的、社会的时间观念，从而激发出中国史学意识发展中最为关键，也是中国传统宇宙观中最为基本的天人关系：

---

① 分见董作宾：《甲骨文断代研究例》，《董作宾全集·甲编》（第一册），台北：艺文印书馆，1977 年，第 380～384 页；陈梦家：《殷墟卜辞综述》，北京：中华书局，1988 年，第 11～15 页。

② 谢保成：《传统史学与二十世纪史学》，北京：中国社会科学出版社，2016 年，第 67～74 页。

③ 浦起龙：《史通通释》，王煦华整理，上海：上海古籍出版社，2009 年，第 281 页。

④ Cho-yun Hsu and Katheryn Linduff. *Western Chou Civilization*. New Haven：Yale University Press，1988：46.

⑤ 班固：《汉书·艺文志》，赵一生点校，杭州：浙江古籍出版社，2000 年，第 585 页。

> “史”似乎集天文学家、占星术家、历法专家以及编年史家等职能于一身，在现存被称作“史”的专门官员和智者谈话中，的确发现了关于人类事件与天体运行相关的证据。这促使人们推测，至少在高层文化中，原始占星学之类的学问为相关性宇宙论在中国提供了最初的、极为重要的运用机会。①

在这一天人体系中，民心逐渐成为史官解读政权倾覆与天命转移的历史理性，天命的变迁并非受无常的执掌，而是人心向背的转移。于是，“天视自我民视，天听自我民听”（《尚书·泰誓中》），就不仅是伐纣的檄文，更成为武王以降的君主用以躬身自省的为政准则。自此，历史理性与道德理性统一于史籍，“左史记言，右史记事，事为《春秋》，言为《尚书》”。（《汉书·艺文志》）史事、史文兼备的西周史官走上了对“史义”的深入挖掘之路。西周自昭王、穆王以来渐现颓势，至幽王东迁后，王权衰落已成定局，五霸迭起，“礼乐征伐自诸侯出”。（《论语·季氏》）周公建构的政治与道德秩序的摇摇欲坠与史官对重建秩序的渴望形成了鲜明的对比。周王室在重大政治活动中日益边缘化的地位招致巫祝政治活动的衰落，史官文化代替了巫官文化。周王室以下，各诸侯国皆设史职，私人、士大夫修史渐成趋势。一时间，晋之《乘》、楚之《梼杌》、鲁之《春秋》蜂起，编年体国史连缀成片，成“百国春秋”之局面。各国之中，“臣弑君者有之，子弑父者有之”（《孟子·滕文公下》），文王所订立的政治与道德秩序岌岌可危。诸侯国间频繁的战事与复杂的外交博弈将经济与军事力量的强弱与人的权谋机变托举至影响国运兴亡的首要因素，揣测天命的宗教活动不再具有实用理性。当王权的命运不能简单地从君德人心中获得合理的解释，史官不得不在强烈的文化失落感中重新调整职责范畴，并开始反思历史的价值，即“史义”所在。然而，天子失官，学在四夷，真正将“史实”“史文”“史义”融贯于一体的，

① 史华兹：《古代中国的思想世界》，程钢译，南京：江苏人民出版社，2004年，第365页。

却并非代表“学在官府”的史官之作，而是孔子以私人身份所著之《春秋》。面对风雨飘摇的周王室政权、“八佾舞于庭”的社会现状，孔子在对“天下无道，礼乐征伐自诸侯出”（《论语·季氏》）的焦虑中编撰、修订了鲁《春秋》，以“书法不隐”“秉笔直书”为原则，试图阐明历史中的道义所在。然而，“秉笔直书”与其说意味着史家记录的公正、客观性，不如说是一种对史官道德勇气的高扬，是不畏皇权勇于维护自身独立价值判断的道德勇气。而“书法不隐”也并不等价于对史料来源及内容毫无筛选，反而要求史官对史料有所选择，以便最大程度凸显历史的道德意义。①简而言之，《春秋》“其事则齐桓晋文”“其义则丘窃取之”（《孟子·离娄下》），旨在通过“书”与“不书”、“何以书”与“如何书”之间的微妙话语选择，站在周礼之大宗的角度，属辞比事，昭彰史家对历史事件与人物的评断，“一字定褒贬”。孔子对“人事”的信心赋予史学家无上的责任和权力：一旦记录历史成为一种行为规范、教化手段，史学家的责任就不仅在于描述业已发生之事，还要“在一切恰当的时候，提出可能存在的其他可能性，以及认识不到它们会导致不幸的后果”；② 既要获得并呈现准确无误的事实，又能敏锐洞悉事实背后的公义所在。③ 这样，史官就绝不应是王权的附庸，满足于机械记录内廷要事、贵族言行，而是具有独立之精神，勇于基于史实作出可以作用于当下，乃至影响未来的道德判断的“君子”，亦是定功过是非、论善恶褒贬的“判官”。也正因此，《春秋》兼有“经”的品格与“史”的内涵。

孔子所主张的“别嫌疑，明是非，定犹豫”（《史记·自序》）的史家精神与“微而显，志而晦，婉而成章，尽而不汙”（《春秋左传·成公十四年》）的春秋笔法一道绵延相传。经焚书

---

① 伍安祖（On-cho Ng）、王晴佳（Q. Edward Wang）：《世鉴：中国传统史学》，孙卫国、秦丽译，北京：中国人民大学出版社，2014 年，第 23 页。

② 杜维明：《道、学、政：论儒家知识分子》，钱文忠、盛勤译，上海：上海人民出版社，2000 年，第 8 页。

③ D. Schaberg（史嘉博）. *A Patterned Past: Form and Thought in Early Chinese Historiography*. Cambridge MA: Harvard University Press, 2001: 18.

坑儒之厄，《书》《礼》虽残，但《春秋》独完。西汉初年，经典复出，公羊、穀梁、左氏三家共传《春秋》，今文经学方兴未艾，自董仲舒（公元前179—公元前104）以下，经学大儒纾解《春秋》大义者不知凡几。唯有司马迁（公元前145—?）从《春秋》中看到了“我欲载之以空言，不如见之于行事之深切著名也”的史家情怀，立志“述往事，思来者”，以续《春秋》。(《史记·自序》)他盛赞《春秋》，认为其内含治国之纲纪（“上明三王之道，下辨人事之纪。”）、人伦礼仪之大宗（“故有国者不可以不知《春秋》，前有谗而弗见，后有贼而不知。为人臣者不可以不知《春秋》，守‘经’事而不知其宜，遭变事而不知其权。为人君父而不通于《春秋》之义者，必蒙首恶之名。为人臣子而不通于《春秋》之义者，必陷篡弑之诛，死罪之名”），是史笔之典范（“故因史记作《春秋》，以当王法”）。① 因此，《史记》遥映《春秋》，处处体现“原始察终，见盛观衰”“稽成败兴坏之理”的修史旨趣。(《史记·自序》)而在体例与编撰方法上，《史记》却实现了跨越性突破：不同于方伯割据、文字各异的春秋时代，《史记》诞生于西汉皇权炽盛的汉武帝一代，政治与文化上的空前大一统、经济的大发展都为太史公提供了丰富的物质基础与宽广的视野格局，成就了在时间跨度上“略推三代，录秦汉，上记轩辕，下至于兹”，在思想流派上“厥协‘六经’异传，整齐百家杂语”(《史记·自序》)，在人物取材上不拘一格，记录上至“今上”、下至游侠方士、贩夫走卒的宏大历史叙事。②《史记》的出现最大限度地将社会生活中的方方面面置于史传的考察范围之中，依托本纪、表、书、世家、列传五种题材，创造出以历史洪流之中形形色色的“人”为中心关切的史坛巨著，在开创了极富中国特色的通史传统

---

① 分见《史记·太史公自序》《史记·儒林列传》。司马迁：《史记》，裴骃集解，北京：中华书局，1963年，第3297页，1707页。

② 《史记》十二本纪最后一篇为《今上本纪》，为司马迁记汉武帝所作。《史记》成书后，司马迁上呈汉武帝，武帝见《今上本纪》，“怒而削之”。今存《史记·孝武本纪》，是后人截取《史记·封禅书》并在开头补写六十字而成，已非司马迁原作。

的同时，成为中国史学迈入成熟期的标志。

《史记》完成后一百多年间，汉帝国经历西汉向东汉的转变。王莽（公元前45—23）代汉建“新朝”，随即爆发绿林赤眉起义，严重威胁刘姓宗室统治的合法性，《汉书》在此背景下成书。① 在充分吸收《史记》开创性成就的基础上，《汉书》率先“断汉为史”，以帝纪、表、志、列传四种体例，成百卷史册，立“宗经矩圣之典，端绪宏赡之功”。② 从时间跨度、编修义例，以及与著史精神看，《汉书》都可谓接续《史记》之作。《史记》始于三代、止于汉武帝，《汉书》始于秦末，终于王莽，二者间记载重合之处，《汉书》对《史记》多有参考，许多篇章均从《史记》照录。《汉书》借刘向（公元前77—公元前6）、扬雄（公元前53—公元前18）之口赞司马迁“良史之材”，《史记》中诸多历史人物形象也成为摹写范本，仅“微调肤色”，使其“骨肉丰满”就在《汉书》中登场，二“史”之间趣成应和。③ 其次，《史记》所体现出的“善序事理，辨而不华，质而不俚，其文直、其事核，不虚美，不隐恶”的叙事风格与实录精神始终贯串《汉书》，是班固（32—92）孜孜以求的治史准则。④ 经历王朝易姓危机，班固虽竭力尊孔宣汉，将证明刘姓君主的正统性作为史官的政治使命，但无论是指责当朝苛政的《酷吏传》，展现皇权阶层荒淫残忍的《外戚传》

---

① 班固吸收董仲舒“三统说”，宣称汉代是尧舜圣王时代的再现，因此仿效记载圣王时代历史的《尚书》，为《汉书》命名。后历朝断代史皆效汉例，以“书”命名。

② 刘勰：《文心雕龙·史传》，开封：河南大学出版社，2008年，第156页。

③ 萨金特（C. B. Sargent）. *Subsidized History: Pan Ku and the Historical Records of the Former Han Dynasty*. 转引自伍安祖（On-cho Ng）、王晴佳（Q. Edward Wang）：《世鉴：中国传统史学》，孙卫国、秦丽译，北京：中国人民大学出版社，2014年，第73页。

④ 《汉书》十二“纪”、八“表”、十“志”、七十“列传”，共一百篇。班固死后，《汉书》中的“八表”和《天文志》尚未完成，由其妹班昭补写“八表”，马续补写《天文志》。

《景十三王传》，还是反省前朝政治流弊的《陆温舒传》《食货志》，都彰显“不虚美、不隐恶”的实录精神，称得上“不为汉讳”。① 最后，司马迁“究天人之际，通古今之变”，揭示治乱兴衰背后的历史取向也同样是《汉书》之志。《汉书》虽仅“包举一代”，但上至虞、夏之兴，秦国崛起，下至高祖何以“无土而王”，都是班固极为关注的议题，其自谓“穷人理，该万方。纬‘六经’，缀道纲。总百氏，赞篇章。函雅故，通古今，正文字，惟学林”（《汉书·叙传下》），诚非谬言。然而，不同的历史背景所造就的意识形态及正统观念差异终究在《史记》《汉书》二书上打下了鲜明的烙印。班固因《史记》“论大道则先老黄而后六经”“序游侠则退处士而进奸雄”“述货殖则崇势利而羞贫贱”，评太史公“是非颇谬于圣人”（《汉书·司马迁传》），其责不可谓不重。究其原因，盖因与汉武帝一代相比，班固所在的西汉诸子余波远去，尊儒已成官方认定，且唯一认可的思想形态。维护正统、正宗、正史的强烈政教意愿自然无法兼容折中、个人主义的“一家之言”。伍安祖（On-cho Ng）、王晴佳（Q. Edward Wang）将之归为“竹帛”与“青铜”、史学与历史之别：

如果说在司马迁的描述中，所谓“竹帛之世界”（史学）与“青铜之世界”（历史）在某种程度上还存在冲突，即司马迁试图借助史学呈现历史（哈代，1999），那么在班固的《汉书》中，二者已经融为一体：史学不仅与历史或现实世界相契合，同时它还通过确立一种比现实更为规范的秩序而将历史理想化。②

① 冉昭德：《班固与汉书》，见吴泽主编《中国史学史论集》（第一册），上海：上海人民出版社，1980年，第259页。

② 伍安祖（On-cho Ng）、王晴佳（Q. Edward Wang）：《世鉴：中国传统史学》，孙卫国、秦丽译，北京：中国人民大学出版社，2014年，第74页。文中引哈代（Grant Hardy）. *Worlds of Bronze and Bamboo. Sima Qian's Conquest of History*. New York：Columbia University Press，1999.

以历史作为制度化书写强化秩序，其源本在《春秋》。孔子以西周旧礼为典范，班固视汉代为尧舜圣王时代的再现。但与衰微的周王室不同，汉王朝的强大兴盛足以用史传撬动文化与思想领域的大一统。其结果是，诞生于同一王朝的《史记》《汉书》虽在时间与内容上相承相继，但终在哲学立场上走上殊途，造就二者地位与命运的迥别：成书后，《汉书》即备受推崇，一直是“诸儒共行钻研”之典范，被尊为“修史法式”“五经之亚”、奉为“不祧之宗”。① 而《史记》至汉宣帝（公元前91—公元前48）年间才公之于世。② 在东汉，《史记》甚至一度被视为“谤书”“汉晋名贤未知见重”。③ 此外，就编修难度与查阅方便而言，“断汉为史”的《汉书》比记载“自黄帝以来至太初而讫”的《史记》优势更为明显，也更符合王朝更替的周期性。是以，《汉书》现世六百余年后，刘知幾仍赞其“究西都之首末，穷刘氏之废兴，包举一代，撰成一书，言皆精练，事甚赅密。故学者寻讨，易为其功。自尔迄今，无改斯道”④。而自《汉书》得以确立的“正史”观念，与其纪传体断代史的体例一道经《三国志》《后汉书》因循沿用，直至《明史》刊定完成。

章学诚总结中国传统史学的发展路径，提出“史学三变”说：“《尚书》一变而为左氏之《春秋》”“左氏一变而为史迁之纪传”

---

① 刘知幾述自汉至唐尊奉《汉书》之盛况云：“始自汉末，迄乎陈世，为其注解者凡二十五家。至于专门授业，遂与‘五经’相亚。”见刘知幾：《史通通释·古今正史》，浦起龙通释，王煦华整理，上海：上海古籍出版社，2009年，第235页。

② 《汉书·司马迁传》载《史记》由司马迁外孙杨恽“祖述其书，遂宣布焉”。

③ 唐人司马贞（679—732）在《史记索隐序》中详尽描述了《史记》成书后的传播接受。见司马迁：《史记·史记索隐序》，裴骃集解，北京：中华书局，1963年，第7页。

④ 刘知幾：《史通通释·六家》，浦起龙通释，王煦华整理，上海：上海古籍出版社，2009年，第7页。

“迁书一变而为班氏之断代”。① 如果说以记言为主的《尚书》只是史传的雏形，展现中华先民历史意识的萌发，《史记》《汉书》的出现足以证明中国传统史学已经走向成熟，其中的义例要妙沉降积累，凝结成“修史”“取鉴”“资治”之史学源流滋养后世。自《史记》行世至《明史》修成，历经1800余年，其间史学范围不断扩大，史著数量与门类极大丰富拓展，形成旨在汇集典章制度沿革变迁的专门史系列《通典》《通志》与《文献通考》,② 重总结治乱兴衰的政治性史籍《资治通鉴》，与各皇朝纪传体正史系列“二十四史”。③ 三眼史家活泉，以考异、金石、辨伪等史学方法论，通贯15种史籍类目。④ 史学之盛，可见一斑。

然而，元朝、明朝以后，纪传体“正史”困踬于成法旧例，“史家三才”，亦即“史才”“史识”“史学”反为史例拘牵，渐现

① 章学诚：《文史通义新编新注·书教下》，北京：商务印书馆，2017年，第17页。

② 唐朝杜佑的《通典》首创典制体政书，开典章制度专门史之先河。后有宋代郑樵、元代马端临先后依例作《通志》《文献通考》，与《通典》合称为“三通”，或“上三通”。

③ 《史记》《汉书》《后汉书》并称为“三史”，《三国志》出现后，与“三史”合称为“前四史”。唐时，《三国志》《晋书》《宋书》《南齐书》《梁书》《陈书》《魏书》《北齐书》《周书》《隋书》十部正史合称“十史”。宋代在“三史”“十史”的基础上，加入《南史》《北史》《新唐书》《新五代史》，形成“十七史”。明代又增以《宋史》《辽史》《金史》《元史》，合称“二十一史”。乾隆初年，《明史》刊行，加先前各“史”，总名“二十二史”。后又增《旧唐书》《旧五代史》，合称“钦定二十四史”。“二十四史”共3217卷（《汉书》《后汉书》《魏书》和两《唐书》有复卷，实为3300卷），约4700万字（以中华书局点校本统计）。记自黄帝到明崇祯皇帝，共4000多年的历史。

④ 清乾隆年间编修完成的《四库提要》下设“经”“史”“子”“集”四部，收录中国重要古籍44类6793种。其中史部下设二级类目多达15种，包括正史、编年、纪事本末、杂史、别史、诏令奏议、传记、史钞、载记、时令、地理、职官、政书、目录、史评。

程式化倾向。① “愈袭愈舛，以致圆不可神，方不可智”，终成“宋元二史之溃败决裂，不可救挽”②。明清两代史家，前有顾炎武（1613—1682）、黄宗羲（1610—1695）、王夫之（1619—1692）外感时事之巨变、国朝之倾覆，内省晚明以来空疏之学风，力倡经世致用的为史旨趣、朴实归纳的考据方法，以此创朴学之先河，促成乾嘉考史百年之繁兴；后有章学诚“不以风气为轻重”，针砭考据繁琐之流弊，质疑“舍今而求古，舍人事而言性天”之史学风气，通过高扬“六经皆史”“治史明道”，为中国史学革命擘画全新路径。③ 由内萌发的改革思潮遭遇 19 世纪中叶以后猛拍古老中国大门的西学巨浪，中国社会形态与学术结构双双遭遇大裂变、大冲突、大融合，受传统中国史学浸染的诸多学人“始知世上有所谓新学者”。④ 鸦片战争后，清廷对外一败再败，文化领域的裂荡冲突与民族危机的紧迫感再一次将史学的重心推向“经世”，并在对古典史学的反思中上升成为救亡图存的民族史学观。而中国史学对历史变革背后动因的传统观照，也受到时代的改造变革，与今文

① “史家三材”语出《旧唐书·刘子玄传》：“礼部尚书郑惟忠尝问子玄曰：‘自古以来，文士多而史才少，何也?’对曰：‘史才须有三长，世无其人，故史才少也。三长：谓才也，学也，识也。夫有学而无才，亦犹有良田百顷，黄金满籝，而使愚者营生，终不能致于货殖者矣。如有才而无学，亦犹思兼匠石，巧若公输，而家无楩楠斧斤，终不果成其宫室者矣。犹须好是正直，善恶必书，使骄主贼臣，所以知惧。此则为虎傅翼，善无可加，所向无敌者矣。脱苟非其才，不可叨居史任。自敻古以来，能应斯目者，罕见其人。’”刘昫：《旧唐书·列传第五十二》，北京：中华书局，1975 年，第 3173 页。

② 章学诚：《文史通义新编新注·与邵二云论修宋史书》，北京：商务印书馆，2017 年，第 294 页。

③ 章学诚：《文史通义新编新注·与邵二云论修宋史书》，北京：商务印书馆，2017 年，第 122 页。

④ 在《静安文集续编》的自序中，王国维自述 1898 年中日甲午海战后，21 岁的他方知中学之外还有西学。王国维的经历也成为大批清末民初知识分子的一个缩影。王国维：《静安文集续编·自序》，《中国现代美学名家文丛王国维卷》，杭州：浙江大学出版社，2009 年，第 220 页。

经学深度融合，成为揭露政局腐朽，呼唤政体改革的利器。嘉(庆)、道（光）之际，今文学派龚自珍、康有为、魏源（1794—1857）无不曾深耕《公羊》学，借据乱—升平—太平的“三世说”阐发对当下历史大变局的思考,① 倡导“地气天时变，则史例亦随世而变”的新史观。② 受清代今文经学影响，中国史学界突破清康、乾一代以来主导的“考史”之风，转而背负起介绍西方文明成果的历史重任，开始译介、修著“新史”，诞生了《海国图志》《瀛寰志略》《日本国志》等具有时代价值的史学新作。在此过程中，史学与经学的地位发生了微妙变化，史学在时代浪潮的助推下擢升为中国固有，且“最博大而最切要”之学，是“国民之明镜”“爱国心之源泉”，关乎文明进步、民心聚拢，乃至民族命运。清末学人寄希望于编修历史，以此精确把握中国积贫积弱之症结，找到救亡存国的利器。③ 然而，“试一翻四库之书，其汗牛充栋、浩如烟海者，非史学书居十六七乎！”“上自太史公、班孟坚，下至毕秋帆、赵瓯北，以史家名者不下数百，兹学之发达，二千年于兹也！”④ 我国史学之风不可谓不盛，国运却败落至斯，强烈的现实反差意味着鼎新必先革故，构建“新史学”务必清算与声讨古典旧史学。

20世纪初，激荡百日的戊戌变法落幕，进化论思想经《天演论》糅合抽绎，凝成一股进步史观，推动史学走向近代学术体系。

① 《春秋公羊传》是今文经学的主要论战阵地，其中对历史变异的讨论“所见异辞，所闻异辞，所传闻异辞”为董仲舒深入阐发，提出“张三世”（《春秋》分十二世以为三等，有见，有闻，有传闻；有见三世，有闻四世，有传闻五世），“通三统”（故通三统、存三正者，明三代之政教皆系于天，故存之以待师法也），形成一套解读王权更替、政权改制的历史哲学。“三统三世”经东汉何休（129—182）推演，进一步具体化为据乱世——升平世——太平世更迭往复的历史变异观。见董仲舒：《春秋繁露·楚庄王》，周桂钿译注，中华书局，2011年，第11~12页。

② 魏源：《海国图志》，卷五《叙东南洋》，长沙：岳麓书社，1998年，第347页。

③ 梁启超：《新史学》，北京：商务印书馆，2014年，第3页。

④ 梁启超：《新史学》，北京：商务印书馆，2014年，第3页。

站在新的历史与民族命运观察点上，梁启超著成《新史学》，夏曾佑（1863—1924）出版《中国古代史》。二者虽一为史论、一为通史，但均站在民族意识和进化论哲学角度痛陈史学旧制，为改“君史”为“民史”的史界革命鼓与呼。梁启超书中单辟《中国之旧史》一章，直指旧史“陈陈相因、一丘之貉”，将中国史学未能“辟一新天地，而令兹学之功德普及于国民”之因归为“四病、二蔽、三恶果”：所谓四病：一曰“知有朝廷而不知有国家”，二曰“知有个人而不知有群体”，三曰“知有陈迹而不知有今务”，四曰“知有事实而不知有理想”。所谓二蔽：其一“能铺叙而不能别裁”，其二“能因袭而不能创作”。所谓三恶果：一曰“难读”，二曰“难别择”，三曰“无感触”。① 其结果是，二十四史不过为二十四姓之家谱，“从来作史者，皆为朝廷上君若臣而作，曾无有一书为国民而作者”②。梁启超进而推出对“新史学”的规划蓝图，重新厘定史学之定义与功用，拓宽修史之畴域视野，从人类社会之大背景中求得历史变迁、人物进化之公式公理，“以过去之进化，导未来之进化”③。

如果说梁启超论史之要略与今文经学一脉相承，均从史学与社会的基本关系出发，以时代精神、社会需求叩问史学，近代考古学的引入与文化遗存的发掘发现则为以王国维（1877—1927）、胡适（1891—1962）、傅斯年（1896—1950）、陈寅恪（1890—1969）为代表的新历史考证学派提供了承继朴学遗风的另一种路向，即“不以空论为学问，亦不以‘史观’为急图，乃纯就史料以探史实也”的科学史学派。④ 加之坚持奉行传统史学一派，三者共同构成了近代中国史学界的三种史观。对三家之短长，钱穆有精当的总结：

---

① 梁启超：《新史学》，北京：商务印书馆，2014年，第3~5页。

② 梁启超：《新史学》，北京：商务印书馆，2014年，第1页。

③ 梁启超：《新史学》，北京：商务印书馆，2014年，第1页。

④ 傅斯年：《〈史料与史学〉发刊词》，收于欧阳哲生主编：《中国近代思想家文库傅斯年卷》，北京：中国人民大学出版社，2015年，第277页。

略观中国近世史学，可分三派述之。一曰传统派，亦可谓“记诵派”。二曰革新派，亦可谓“宣传派”。三曰科学派，亦可谓“考订派”。“传统派”主于记诵，熟谙典章制度，多识前言往行，亦间为校勘辑补。此派乃承前清中叶以来西洋势力未入中国时之旧规模者也。其次曰“革新派”，则起于清之季世，为有志功业、急于革新之士所提倡。最后曰“科学派”，乃承“以科学方法整理国故”之潮流而起。此派与传统派，同偏于历史材料方面，路径较近；博洽有所不逮，而精密时或过之。二派之治史，同于缺乏系统，无意义，乃纯为一种书本文字之学，与当身现实无预。无宁以“记诵”一派，犹因熟谙典章制度，多识前言往行，博洽史实，稍近人事；纵若无补于世，亦将有益于己。至“考订派”则震于“科学方法”之美名，往往割裂史实，为局部窄狭之追究。以活的人事，换为死的材料。治史譬如治岩矿，治电力，既无以见前人整段之活动，亦于先民文化精神，漠然无所用其情。彼惟尚实证，夸客观，既无意于成体之全史，亦不论自己民族国家之文化成绩也。①

绾合历史与现实的“革新派”虽能切中时局民心之要害，孕育激发众多专门史著，破解中国传统史学在纪传与编年间混沌往复的困局，然“彼对于国家民族已往文化之评价，特激发于其一时之热情，而非有外在之根据”，过度强调史学的实用主义功效，最终会遗失中国史学所植根的人文关怀。无独有偶，奉行兰克主义（Ranke School）的“科学派”虽将自然科学客观、精密、理性的研究方法引入史学，对“革新派”之激进偏颇有纠偏之功效，但以纯粹的实证主义治史，犹如钱穆所言“以活的人事，换为死的材料”，难免刻板僵化，切断了中国传统史学与文学、哲学灵动互补的天然关系。直至唯物史观在中国广为传播，马克思主义史学发展确立，二者缺陷才得以弥补，中国史学走上了“第四条”道路。

回顾中国“经”“史”二学萌生、发展、成熟、嬗变的过程，

---

① 钱穆：《国史大纲·引论》，北京：商务印书馆，1994年，第3页。

不难发现二者并非在平行轨道上各自发展，互不干预。恰恰相反，无论学界盛行“臣史于经”还是“六经皆史”之风，史家解读变化与经学求索恒常殊途同归，而经学所最终落脚的理想社会与人间大道，也早已在史家典籍中摹写勾勒。“经”“史”相融共存，展现出的是中国哲学周而复始、变异不居的基本思路，也是中国文化始终关注当下、关怀人文的理论品格。立身经学与史学最初的交汇点，身兼“史之大原”与“经学正宗”的《春秋》无疑对“经”“史”而言都极具分量。如何在“其文则史”的基础上理解《春秋》之志、进而梳理《春秋》之义？如何平衡孔子的“述”和“作”、“论”与“辨”？如何在孔子“良史”与“素王”两种身份之间获得解读《春秋》的最佳“观测点”？如何剔抉整理历代累积至今、浩如烟海的《春秋》学研究成果，并在《春秋》“三传”截然相异的释“经”方法中，厘定本书看待《春秋》的基本态度？形成对《春秋》原文本性质与价值的基本判断，是任何涉及《春秋》，特别是涉及《春秋》的跨文化研究都避无可避的焦点议题，本书的研究也不例外。

第二章　“经”“史”之间的《春秋》

若以现代学科分类重视儒家“五经”，《诗》入文学，《易》入哲学，《书》入史学，《礼》杂糅历史、社会、伦理诸学，唯有《春秋》的身份极为微妙：若以名论之，“春秋”有通名、别名、专名，通名如“百国春秋”、别名晋之《乘》楚之《梼杌》，均是以四时更替为时间框架，记录重大历史事件的载笔之作。是谓“史之所记，必表年以首事，年有四时，故错举以为所记之名”①。由是观之，孔子所修之《春秋》（《春秋》之专名），亦应为同属，本可以“史”通论。然新君登基通常为一年之始，“王正月”也惯常为春季，因此由春至秋也彰示王权之正宗、万物之兴废的“大道”，故曰“万物之聚散皆在《春秋》”（《史记·自序》）。如此一来，《春秋》的意义便远超《乘》《梼杌》，其名之下实为“经纶天下之‘大经’”②。若论其实，《春秋》因鲁史而修，孔子“论史记旧文，兴于鲁而次《春秋》”（《史记·十二诸侯年表》，下称《史记·年表》），记录了上至鲁隐公元年（公元前722）下迄哀公十四年（公元前481）242年的史事。孟子评《春秋》之作曰：“其事则齐桓晋文，其文则史。”（《孟子·离娄下》）孟子之论，似足证《春秋》其质为“史”。然而，《春秋》所编内容却又为“王道之大者”，读之足以“上明三王之道、下辨人事之纪”，

---

① 杜预：《春秋左传正义·序》，北京：北京大学出版社，1999年，第5页。

② 《中庸》曰：“惟天下至诚，为能经纶天下之大经，立天下之大本，知天地之化育，夫焉有所倚。”郑玄注云：“至诚谓孔子也，大经谓六艺而指《春秋》也；大本，《孝经》也。”郑玄：《礼记正义·中庸》，孔颖达正义，北京：中华书局，1999年，第878页。

起到“别嫌疑，明是非，定犹豫，善善恶恶，贤贤贱不肖”，乃至“存亡国，继绝世，补敝起废”之功效。（《年表》）以此看来，《春秋》上含天地之经纬，下包人伦之大道，其文不但非“史”，甚至更应是“六经之首”。① 如果说《春秋》书法是文体风格、是修辞原则、是一整套最具中国本土精神的话语体系，那么运乎史家之《春秋》与存乎经法之《春秋》必然指向不同的意义维度。② 本书既以《春秋》笔法为题眼，在中国“经”“史”互生的耦合关系中重新认识《春秋》或许是最初，也是最关键的一步。

1. “经”“史”传统中的“六经”

清亡十六年后，周予同（1898—1981）站在20世纪初回望两千余年经学研究历史，断经学为三家之言：西汉今文、东汉古文与“宋学”。③ 三家之中，西汉今文学首兴，立十四博士于官学，崇信《公羊》《穀梁》，发掘“六经”大义，以达通“经”致用，在西汉大有一家独尊之势。后因郑玄混淆家法，加之曹魏、西晋年间战乱频仍，今文章句多散佚难考，西汉今文学就此没落。东汉古文经学后起而反超，其重名物训诂的核心治“经”思想贯穿六朝南北学、隋唐义疏派，延宕至晚唐。宋代庆历后期，疑“经”之风渐炙。贞观年钦定《五经正义》因只问墨义、注疏，不足以深究心性理气，遭宋儒群起而攻，宋学由此发轫，余风绵延元、明两代，学风渐困于帖括，显高谈性命而蹈于空疏之弊，直至顾炎武（1613—1682）扛“舍经学无理学”大旗，倡朴实归纳，求真于古经，促清代古文经学三百年繁兴。至乾（隆）、嘉（庆）年间，社会危机、民族矛盾层层相叠，潜流千余年的今文经学再度复兴，借

① 康有为：《春秋董氏学》，北京：中华书局，1982年，第1页。

② 李洲良：《春秋笔法论》，北京：中国社会科学出版社，2014年，第i页。

③ 周予同：《经学历史·序言》，北京：中华书局，1963年，第2~3页。

《公羊》之说，倡发顺天应人革命之义。至清帝逊位、共和肇造，今古文经学同归于沉寂。

对三家治学特色与流弊，周予同评价：

> 这三派的不同，简明些说就是，今文学以孔子为政治家，以“六经”为孔子致治之说，所以偏重于微言大义，其特色为功利的，而其流弊为狂妄。古文学以孔子为史学家，以“六经”为孔子整理古代史料之书，所以偏重于“名物训诂”，其特色为考证，而其流弊为烦琐。宋学以孔子为哲学家，以“六经”为孔子载道之具，所以偏重于心性理气，其特色为玄想的，而其流弊为空疏。①

简言之，三派治“经”根本之别在于对孔子身份的不同定位，以及从该定位出发看待“六经”性质及主旨的不同立场：今文学家以孔子为“素王”，“六经”为治世圭臬；古文学家以孔子为“良史”，“六经”为先圣史籍；宋学以孔子为开哲学“道统”先师，“六经”皆为尽性知命的开放之源。此一界定看似条分缕析、简明扼要，然经学历史远非今文、古文、宋学三家各居时空一隅连缀而成，而是更次渐进、交叠而生。在三家研究路径层层堆叠之下，“六经”鉴古、识今、窥性命义理之要旨早已渗透融合。虽有师承家法从中相隔，断经、史、子学相合之势，但“‘经’有数家、家有数说”，各家之言胜义纷披，对“六经”性质的申论不乏抵牾之处：譬如郑玄“究先圣之元义，思整百家之不齐”（《后汉书·郑玄传》），其注“经”立场本以两汉十四博士今文之学为基底。然其“三代异物”“王者相变”的解“经”态度又将群“经”从亘古恒常的万年大法推向变异不居历史语境，“在经文之外创造出一个历史世界，用这个历史世界来注解经文。”这无疑又带有古文经学的特征。② 又如刘知幾“经日史星”之论：

① 周予同：《经学历史·序言》，北京：中华书局，1963年，第3页。

② 陈壁生：“经史之间的郑玄”，《哲学研究》，2020年第1期，第66~75页。

> “经”犹日也，“史”犹星也。夫杲日流景，则列星寝耀；桑榆既夕，而辰象粲然。故《史记》《汉书》之文，当乎《尚书》《春秋》之世也，则其言浅俗，涉乎委巷，垂翅不举，懘籥无闻。逮于战国已降，去圣弥远，然后能露其锋颖，倜傥不羁。故知人才有殊，相去若是，校其优劣，讵可同年？自汉已降，几将千载，作者相继，非复一家，求其善者，盖亦几矣。夫班、马执简，既“五经”之罪人；而《晋史》《宋史》杀青，又“三史”之不若。譬夫王霸有别，粹驳相悬，才难不其甚乎！①

“经”为日，“史”为星，日星互不相见，二者之辉亦不可同日而语，刘氏以此强调“经”“史”殊别，暗含尊“经”卑“史”之意。然而，将“三史”与“五经”相较，以“经”为准绳评判、衡量史家执简之功，刘氏之譬喻似又将“五经”的性质定位于“史家典范”，是经典的史著，足以“师范亿载，规模万古，为述者之冠冕，实后来之龟镜”②。这无异于一方面承认“经”非“史”，另一方面又认定“经”为“经典的史”，前后充满悖论。又如朱子回应“如何读《春秋》”曰：“只如看史样看。”③ 却又在注《孟子·滕文公下》时承认：“孔子作《春秋》以讨乱贼，则致治之法垂于万世。”④ 既如“史样看”，焉非史乎？既是“致治之法”，又岂非“经”邪？时至晚清，虽有今古文经师或为纯化经学、或为抑“经”扬“史”，将“经”“史”之分推向极致。如廖平力陈“经”“史”之隔不可废弃——“以‘经’为古史，则刍

① 刘知幾：《史通通释·叙事》，浦起龙通释，王煦华整理，上海：上海古籍出版社，2009年，第120页。

② 刘知幾：《史通通释·叙事》，浦起龙通释，王煦华整理，上海：上海古籍出版社，2009年，第120页。

③ 黎靖德编：《朱子语类·卷八十三〈春秋〉》，王星贤注，北京：中华书局，1986年，第2148页。

④ 朱熹：《四书章句集注》，北京：中华书局，1983年，第272页。

狗陈迹，不足自存”①。而“二章”（章学诚、章太炎）则以古文经学理路，主张“‘经’外无‘史’”，“‘经’就是古人的‘史’，‘史’就是后世的‘经’”②。即便如此，中国“经”“史”渗透互融之深，也绝非朝夕所能更改。

若暂置三家之畛域，以“经”“史”传统分观“六经”：“《礼》以节人，《乐》以发和，《书》以道事，《诗》以达意，《易》以道化，《春秋》以道义。”（《史记·自序》）视孔子为政治家，“六经”之中最能承托孔子治政理想，且深具微言大义的，唯有精于“治人”之道的《春秋》——“周道衰废，孔子为鲁司寇，诸侯害之，大夫壅之。孔子知言之不用，道之不行也，是非二百四十二年之中，以为天下仪表，贬天子，退诸侯，讨大夫，以达王事而已矣。”（《史记·自序》）若以孔子为史学家，“六经”之中“假日月而定历数，籍朝聘而正礼乐”者也唯有《春秋》③——“令仲尼不次《春秋》，今虽欲观定、哀之世，求五伯之迹，尚荒忽如草昧。夫发金匮之藏，被之萌庶，令人不忘前王，自仲尼、左丘明始。”④若谓孔子为哲学家，《春秋》托始隐公，于其继位书“元年春”，以此首发“一元之义”，“属万物于一而系之元”。⑤除《易经》外，“六经”之中更几无一能“文成数万，其指数千”，积义成海，汇“万物聚散”之理。（《史记·自序》）不难发现，无论通“经”志在“致用”“识古”，还是“穷理”，《春秋》不但从未远离汉、宋学派的视线焦点，反而是经学、史学，古文、今文

---

① 廖平：《廖平全集·尊孔篇》（第2册），上海：上海古籍出版社，2015年，第998页。

② 章太炎：《章太炎学术演讲集》，上海：上海人民出版社，2011年，第71页。

③ 刘知幾：《史通通释·六家》，浦起龙通释，王煦华整理，上海：上海古籍出版社，2009年，第7页。

④ 章太炎：《国故论衡疏证·文学七篇》，《原经》，庞俊、郭诚勇注，北京：中华书局，2008年，第62页。

⑤ 董仲舒：《春秋繁露·重政》，周桂钿译注，北京：中华书局，2011年，第137页。

研究两千余年的核心。这就是为何无论“六经”如何定序，《春秋》始终位于殿军，昭示其在经学序列中的特殊地位。① 而经学历史轨迹中的重大转捩，也确多起自《春秋》：西汉弃老黄、尊儒术、显经学，始于《春秋》经。汉武帝一朝《春秋》学大盛，董仲舒因善治《春秋》位列群儒之首，“凡朝廷决大疑，人臣有献策，必引《春秋》为断”②。建元元年（公元前 140 年），董仲舒以贤良对策，借《春秋》为据向汉武帝建议“罢黜百家，独尊儒术”，建构意识形态大一统的思想体系，进一步确立了《春秋》在经学研究中的核心地位：

《春秋》大一统者，天地之常经，古今之通谊也。今师异道，人异论，百家殊方，指意不同；是以上亡以持一统，法制数变，下不知所守。臣愚以为：诸不在六艺之科、孔子之术者，皆绝其道，勿使并进。邪辟之说灭息，然后统纪可一，而法度可明，民知所从矣。③

至东汉刘歆，古文《春秋左氏传》（下称《左传》）立于学官，

---

① “六经”的排序，大体上有两种：一是以《诗》居首，分别为《诗》《书》《礼》《乐》《易》《春秋》，这也代表了大部分今文学家的观点；一是以《易》居首，分别为《易》《诗》《书》《礼》《乐》《春秋》，古文学家多从此序。周予同以为今古文学派在“六经”排序上的差异体现出的是对经学价值判断的差异——古文经学家以《易》为首，遵循的是时间性的排序，“《礼》《乐》，他们（古文学家）以为是周公制作的，商朝之后，所以列在第四、第五；《春秋》是鲁史，经过孔子的修改，所以列在末了”。而今文经学家认为“六经”皆为孔子所作，不存在时间的先后顺序，“六经”按照内容程度的深浅排列为《诗》《书》《礼》《乐》《易》《春秋》，其中含有“教育家排列课程的意味”。但无论何种排序，《春秋》总是位列最后。见周予同：《经学历史·序言》，北京：中华书局，1963 年，第 6~8 页。

② 唐晏：《两汉三国学案·卷八〈春秋〉》，北京：中华书局，1986 年，第 443~444 页。

③ 班固：《汉书·董仲舒传》，赵一生点校，杭州：浙江古籍出版社，2000 年，第 793 页。

与今文《春秋公羊传》（下称《公羊》）、《春秋穀梁传》（下称《穀梁》）三家争传《春秋》，今古文经学之分渐起，两派辩难影响经学两千余年。作为二者攻讦的中心议题之一，以“义”解《春秋》”，还是以“史”解《春秋》”成为经学界共同关注的重大议题，集中体现今古文经学家殊异的研究法式与论证指归。魏晋时期，杜预（222—285）、范甯（339—401）以不主一家、广集博采之风先后集解《左传》《穀梁》，开义理之学与训诂之学并行之先河，促经学在郑玄“郑学盛而汉学衰”后再次思潮涌动，学风为之一变。① 东晋，经学分南北二派，“五经”除《诗》《礼》外，江左、河洛各有所推。南学以杜预为宗，北学独引服虔，二人所注《春秋》“经”“传”为“南学简约，得其英华；北学深芜，穷其枝叶”的绝佳注解。② 唐初，唐太宗诏命颜师古（581—645）校定“五经”文字，而后唐高宗朝又将孔颖达（574—648）《五经正义》颁定天下，“士子皆遵守官书，莫敢异议矣”③。

然而中唐以后，由啖助（724—770）发端，赵匡羽翼，至陆淳（？—806）集大成的“新《春秋》学派”依托“《春秋》三书”——《春秋集传纂例》《春秋集传辨疑》《春秋集传微旨》首发“舍传求经”之先声，打破孔颖达“疏不破注”注“经”传统，以“裁之圣心，以定褒贬”“虽因旧史，酌以圣心”的全新思路重新阐释《春秋》经义，成为经学由汉学转向宋学的标志性事件。④ 两宋时期，《春秋》仍是“经学研究的主流”，数说并起，各派争鸣。⑤ 北宋大儒孙复（992—1057）专治《春秋》；庆历经学代表刘敞（1019—1068）长于《春秋》“经”“传”之学；王安石（1021—1086）《春秋》“断烂朝报”之论震动学坛；理学大宗

① 皮锡瑞：《经学历史》，北京：中华书局，2008年，第148页。

② 魏徵：《隋书·儒林传序》，北京：中华书局，1973年，第702页。

③ 皮锡瑞：《经学历史》，北京：中华书局，2008年，第207页。

④ 陆淳：《春秋集传纂例》，见《四库全书》第146册，上海：上海古籍出版社，1987年，第383、380页。

⑤ 伍安祖（On-cho Ng）、王晴佳（Q. Edward Wang）：《世鉴：中国传统史学》，孙卫国、秦丽译，北京：中国人民大学出版社，2014年，第32页。

程颐（1033—1107）晚年喜论《春秋》；胡安国（1074—1138）成胡氏《春秋传》，几与“《春秋》三传”并立。诸多例证，足以说明“论《春秋》者莫多于两宋”，此说非虚。① 至元、明、清三代，《公羊》研究鼎盛，《春秋》仍是经学一大关键论域：前有庄存与《春秋正辞》，后有孔广森（1751—1786）《春秋公羊通义》，今文经学借《春秋》再度复兴。清末民初，刘逢禄、康有为皆以《春秋》为理解群“经”之关要，称“‘六经’粲然深美，浩然博繁，汉末将何统乎？统一于《春秋》”②。由此梳理，足可见《春秋》之于经学虽不尽如程颐所言“《春秋》一句即一事，是非便见于此，乃穷理之要，学者只观《春秋》，亦可以尽道矣”，却也纵深深植于儒家的根系命脉，牵动经学研究千年的脉络走向。③ 从《春秋》出发，走入经学深处，探解中国文明的“根”与“魂”，可谓恰如其分。

2.《春秋》成书与《春秋》之志

孔子云：“吾志在《春秋》，行在《孝经》”，二学为“圣人之极致，治世之要务”④。《繁露·仁义法》云：“然则观物之动，而先觉其萌，绝乱塞害于将然而未形之时，《春秋》之志也。”⑤如此，孔子必先存《春秋》之志，而后作《春秋》。换言之，《春秋》之志即谓作《春秋》之志。孔子作《春秋》见于《史记》，《十二诸侯年表序》载孔子周游列国，观周史一事：“干七十余君

---

① 纪昀：《钦定四库全书总目》，北京：中华书局，1997年，第368页。

② 康有为：《春秋董氏学》，北京：中华书局，1982年，第1页。

③ 胡安国：《春秋胡氏传·述纲领》，杭州：浙江古籍出版社，2010年，第9页。

④ 何休：《春秋公羊传注疏》，徐彦疏，上海：上海古籍出版社，2014年，第27页。

⑤ 董仲舒：《春秋繁露·仁义法》，周桂钿译注，北京：中华书局，2011年，第201页。

莫能用，故西观周室，论史记旧闻，兴于鲁而次《春秋》，上记隐，下至哀之获麟，约其辞文，去其繁重，以制义法。"① 孔子何时"西观周室，论史记旧闻"，我们不得而知，但孔子作《春秋》却凿记于《孟子》，《滕文公下》与《离娄下》二篇郑重记载了经学史上这一重大转机②：

世衰道微，邪说暴行有作，臣弒其君者有之，子弒其父者有之。孔子惧，作《春秋》。《春秋》，天子之事也。是故孔子曰："知我者其惟《春秋》乎！罪我者其惟《春秋》乎！"圣王不作，诸侯放恣，处士横议，杨朱、墨翟之言盈天下。天下之言不归杨则归墨。杨氏为我，是无君也；墨氏兼爱，是无父也。无父无君，是禽兽也。公明仪曰："庖有肥肉，厩有肥马，民有饥色，野有饿莩，此率兽而食人也。"杨墨之道不息，孔子之道不著，是邪说诬民，充塞仁义也。吾为此惧，闲先圣之道，距杨墨，放淫辞，邪说不得作。作于其心，害于其事；作于其事，害于其政。圣人复起，不易吾言矣。昔者禹抑洪水而天下平，周公兼夷狄驱猛兽而百姓宁，孔子成《春秋》而乱臣贼子惧。我亦欲正人心，息邪说，距诐行，放淫辞，以承三圣者，岂好辩哉？予不得已也！能言距杨墨者，圣人之徒也。③

又曰：

王者之迹熄，而《诗》亡，《诗》亡然后《春秋》作。晋之《乘》，楚之《梼杌》，鲁之《春秋》，一也。其事则齐桓、晋文，

① 司马迁：《史记·十二诸侯年表》，北京：中华书局，1963年，第57页。

② 本田成之：《中国经学史》，孙俍工译，上海：上海书店出版社，2001年，第61页。

③ 焦循：《孟子正义·滕文公下》，沈文倬点校，北京：中华书局，1987年，第281页。

其文则史。孔子曰：“其义则丘窃取之矣。”①

孟子虽距孔子时代已逾百年，但身为子思（公元前483—公元前402）门下弟子，孟子自谓“去圣人之世，若此其未远也，近圣人之居，若此其甚也”（《孟子·尽心下》）。又曰：“乃所愿，则学孔子也。”“（孔子）贤于尧、舜远矣。”“自有生民以来，未有孔子也。”（《孟子·公孙丑上》）可见无论从时空还是心灵距离，孟子都与孔子极为切近。因此，孟子丝毫不掩对《春秋》的推崇，将圣人作《春秋》与大禹治水和周公兼夷狄、平天下两次重大治乱事件并称，认为其具有上承三圣、下济万民的重大意义。②《娄离下》中，孟子借公都子之问“外人皆称夫子好辩，敢问何也?”剖白“予不得已也”的心志，立论圣人作《春秋》的动机与意义，谈及孔子对道颓礼弛之“惧”、书成后乱臣贼子之“惧”，尤为形象生动，宛如身在现场，诸家皆以此说足可据信。③

更值得讨论的是，孟子以《春秋》接续《诗》《书》曰：“王者之迹熄，而《诗》亡，《诗》亡然后《春秋》作。”后世学者考

① 焦循：《孟子正义·滕文公下》，沈文倬点校，北京：中华书局，1987年，第289页。

② 钱穆认为，“六经”之中孟子唯论《春秋》之作的原因在于孟子对孔子《春秋》的推崇。见钱穆：《秦汉史》，北京：生活·读书·新知三联书店，2005年，第267页。

③ 阮芝生直白道出《孟子》论证可信的原因：“《孟子》一书两言孔子作《春秋》之事，且均为孔子之言，说得异常郑重，若非有所据闻，则岂非造谣生事，强不知以为知乎？……孟子岂非以丧心之人而发为病狂之言乎？孟子岂是如此。若谓孟子之言必不可信据，则天下恐无可信据之人，亦无可信据之书矣。”阮芝生：《从公羊学论〈春秋〉的性质》，北京：华夏出版社，1993年，第41页。然而，也有论者指出，孟子此论并非意在揭示孔子与《春秋》的书写关联，而是一种修辞性、构拟性话语，“思想性比真实性来得强”。详见郑良树：《“孔子作〈春秋〉”说的形成》，《中国经学》（第1辑），第197~207页；郭西安：修辞策略中的“作者”——西汉孔子作《春秋》说的话语实践，《上海师范大学学报》（哲学社会科学版），2014年第5期，第99~106页。

证认为，孟子所言之“迹”实为“遒”之误录，而“遒人”正是“以木铎记诗音”的采诗之官。① “遒人”采诗于路，“以闻于天子”，而天子则“五年一巡守”，“命太师陈诗，以观民风”。(《礼记·王制》)天子、列侯与生民，在诗歌的语域中迂回沟通，在刑罚与政令外，另辟一方诗教空间，是谓“上以风化下，下以风刺上，主文而谲谏，言之者无罪，闻之者足以戒，故曰风”②。然自周平王东迁，“天子不省方，诸侯不入觐，庆让不行，而陈诗之典废”③。诗教不存，礼、乐随之废弛，二帝三王所作之《书》便再无践履的文化场景。如此看来，《诗》亡之于孔子，并不仅仅昭示着一个时代的衰竭，一种政体的式微，更是攸关人类文明教化在新旧时代交替进程中是否存续的危急时刻。显然，在孟子看来，作《春秋》是孔子站在这一重大历史时刻，面对民族文化未来的走向作出的谋断与筹划。《春秋》现世标志着历代君王的政教实践与精神传统在“当代”的延伸，是孔子在“古往今来”的宽广视域中对儒家经典体系的建构，是经学“大经大法”在全新历史境域中的接续与拓展。

孟子之论也成为后世《春秋》学的起点，儒生史家据此阐论发微，忖圣人之心。经师观之，或因孟子将孔子与禹、周公并称，乃推其为“素王”，奉《春秋》为治国理政的“万世律例”，即所谓“《春秋》举世事之道，夫有书天，之尽与不尽，王者之任也”④。或自“其义则丘窃取之矣”见圣人赋义于“史”之心，谓

① “迹”实为“遒”的考证见朱骏声：《说文通训定声》，北京：中华书局，1984年，第171页。《说文解字》丌部云：“古之遒人，以木铎记诗言。”见段玉裁：《说文解字注》，上海：上海古籍出版社，1981年，第644页。

② 毛亨：《毛诗正义·毛诗大序》，郑玄笺、孔颖达疏，北京：北京大学出版社，1999年，第15~17页。

③ 顾镇：《虞东学诗·迹熄诗亡说》，载《景印文渊阁四库全书》(第89册)，台北：台湾商务印书馆，1986年，第383页。

④ 董仲舒：《春秋繁露·俞序》，周桂钿译注，北京：中华书局，2011年，第467页。

《春秋》记事，托义而已，其中所录之事与其本事不必尽合，不过为后王立法之空言。① 又或据“《诗》亡然后《春秋》作”，推《春秋》同样具有“思无邪”之去恶归正、礼乐教化之道德功效。② 又或以“乱臣贼子惧”阐发微惩恶劝善之《春秋》史义，言“古者刊定一史，纂成一家，体统各殊，指归咸别。夫《尚书》之教也，以疏通知远为主；《春秋》之义也，以惩恶劝善为先”③。

孟子之说在前，汉初儒生已视今文“隶定”本《春秋》为圣人“经”，《公羊》《穀梁》二“传”并行，齐学、鲁学各传其“经”，今文学大盛。二“传”之中，尤以《公羊》盛行。董仲舒、何休（129—182）以下，皆传《公羊》之学，称《公羊传》即谓之《春秋》。④ 而《公羊》亦言“孔子作《春秋》”，与孟子说互为辉映：

《春秋·昭公十二年》：春，齐高偃帅师纳北燕伯于阳。

《公羊传·昭公十二年》：伯于阳者何？公子阳生也。子曰：“我乃知之矣。”在侧者曰：“子苟知之，何以不革？”曰：“如尔所

① 皮锡瑞为此派代表，云：“鲁隐非真能让国也，而《春秋》借鲁隐之事，以明让国之义；祭仲非真能知权也，而《春秋》借祭仲之事，以明知权之义；齐襄非真能复仇也，而《春秋》借齐襄之事，以明复仇之义；宋襄非真能仁义行师也，而《春秋》借宋襄之事，以明仁义行师之义。”皮锡瑞：《经学通论·春秋通论》，北京：中华书局，1977 年，第 2 页。

② 此即《史记·自序》所谓“夫《春秋》，上明三王之道，下辨人事之纪，别嫌疑，明是非，定犹豫，善善恶恶，贤贤贱不肖，存亡国，继绝世，补弊起废，王道之大者也”。司马迁：《史记·太史公自序》（第 10 册），裴骃集解，北京：中华书局，1963 年，第 3295 页。

③ 刘知幾：《史通通释·忤时》，浦起龙通释、王煦华整理，上海：上海古籍出版社，2009 年，第 436 页。

④ 汉初，《春秋》与《公羊传》“经”“传”之称相合，称《公羊传》即谓之《春秋》，直至董仲舒始称《公羊》为《春秋传》，后《汉志》引《七略》方有《公羊传》之称。见崔适：《春秋复始·卷一序证》，1893 年影印版，第 2 页。

不知何?《春秋》之信史也，其序则齐桓、晋文，其会则主会者为之也，其辞则丘有罪焉耳!”①

有《孟子》《公羊》为据，“孔子作《春秋》”说师儒相传，两汉学者鲜有异说。如董仲舒论及《春秋》成书，或云：“仲尼之作《春秋》也，上探天正端，王公之位，万民之所欲，下明得失，起贤才，以待后圣”②；或谓：“孔子作《春秋》，上揆之天道，下质诸人情。”③ 再如刘向《说苑》云：“夫子行说七十诸侯，无定处，意欲使天下之民各得其所，而道不行，退而修《春秋》。”④《淮南子》亦云：“王道缺而《诗》作，周室废，礼仪坏，而《春秋》作。《诗》《春秋》学之美者，皆衰世之造也。”（《淮南子·本经训》）各说虽表述各异，但细读之下不难发现孟子说的印记。而身处今文经学鼎盛时期的司马迁，受董仲舒影响极深，《史记》论及《春秋》之学，亦曾转述董仲舒之言：

上大夫壶遂曰：“昔孔子何为而作《春秋》哉?”太史公曰：“余闻董生曰：‘周道衰废，孔子为鲁司寇，诸侯害之，大夫雍之。孔子知言之不用，道之不行也，是非二百四十二年之中，以为天下仪表，贬天子，退诸侯，讨大夫，以达王事而已矣’。”⑤

---

① 何休：《春秋公羊传注疏·昭公十二年》，徐彦疏，上海：上海古籍出版社，2014年，第447页。

② 董仲舒：《春秋繁露·俞序》，周桂钿译注，北京：中华书局，2011年，第127~128页。

③ 班固：《汉书·董仲舒传》，赵一生点校，杭州：浙江古籍出版社，2000年，第793页。

④ 刘向：《说苑·至公》，王天海、杨秀岚译注，北京：中华书局，2019年，第110页。

⑤ 司马迁：《史记·太史公自序》（第10册），裴骃集解，北京：中华书局，1963年，第3297页。

而在《孔子世家》《儒林列传》《三代世表序》《报任安书》中，司马公同样反复提及孔子作《春秋》，称“盖文王拘而演《周易》，孔子厄而作《春秋》”。尽管同样论及《春秋》创作时代背景与圣人作《春秋》之心路初衷，但司马迁与西汉诸儒志趣分异之处在于，相较于“曷以书”，司马公似乎更为关注“如何书”，或者说，夫子如何以旧史托己志，实现“别嫌疑、明是非、定犹豫”的大宗大旨：他观察到《春秋》“文成数万，其指数千”（《史记·儒林列传》），“辞微而旨博”（《史记·年表》）。《春秋》全书万余字，却记载了从隐公元年到哀公十四年，241 年的全部重大历史事件；他发现《春秋》有贬损之义，有讳称之文，刺恶讥微自成义法：“故吴楚之君自称王，而春秋贬之曰‘子’；践土之会实召周天子，而《春秋》讳之曰‘天王狩于河阳’。推此类以绳当世。贬损之义，后有王者举而开之。《春秋》之义行，则天下乱臣贼子惧焉。”（《史记·孔子世家》）因此，司马迁感叹，《春秋》“笔则笔，削则削，子夏之徒不能赞一词”（《史记·孔子世家》）。《孟子》《公羊》《史记》互文互证，织就一张绵密的逻辑网链，即便经历中唐“疑古”、两宋“疑经”、明清“经学革命”，孔子作《春秋》及其编修的时代背景仍是学界定论，鲜有质疑。《春秋》成书两千年后，多数近儒对此仍极为坚定：“是孔子自明述作之怀，为七十子之徒转相传授，《孟子》《公羊》并见称引，绝不容疑。”① 而在世道衰微，暴行频仍之乱世，汲汲于世，周游列国，干七十二君，十四载返鲁而作《春秋》，圣人立法以拨乱之志岂不明哉？因此，今文经基石《公羊传》谓：

---

① 语出熊十力：《读经示要》，长沙：岳麓书社，2013 年，第 128 页。然而，这并不意味着“孔子作《春秋》”命题从无质疑之声。从王安石（1021—1086）“断烂朝报”之论起到顾颉刚（1893—1980）《古史辨》，再到杨伯峻《春秋左传注·前言》，仍有学者不断征用新论据史料论证“孔子修作《春秋》说”的诸多疑点。尽管如此，无论从著述数量还是影响力而言，“孔子作《春秋》说”仍是学界主流。

君子曷为为《春秋》？拨乱世，反诸正，莫近诸《春秋》。则未知其为是与？其诸君子乐道尧舜之道与？末不亦乐乎尧舜之知君子也？制《春秋》之义以俟后圣，以君子之为亦有乐乎此也。①

而恪守古文范式的杜预也明言：

周德既衰，官失其守。上之人不能使《春秋》昭明，赴告策书，诸所记注，多违旧章。仲尼因鲁史策成文，考其真伪，而志其典礼，上以遵周公之遗制，下以明将来之法。其教之所存，文之所害，则刊而正之，以示劝诫。②

“孔子之作《春秋》也，以天下无王而作也，非为隐公而作也。”③圣人之志在明三王之道，立一王之法。虽有王者之德，却无王者之位，故叹曰：“知我者其惟《春秋》乎！罪我者，其惟《春秋》乎！”

然而，若将《春秋》为“一王之法”之志视同为一朝一姓、为帝王君主制法，则为谬误之谈。《白虎通·号篇》释“王”曰：“王者，往也，天下所归往。”孔子精神追随的上古帝王，其功业并非在开疆扩土、分定天下，而是在切近日常中“构木为巢”“钻燧取火”“刳木为舟”“剡木为楫”“服牛乘马”“重门击柝”“断木为杵，掘地为臼”“弦木为弧，剡木为矢”，以“说其民”“济

① 何休：《春秋公羊传注疏·哀公十四年》，徐彦疏，上海：上海古籍出版社，2014年，第677页。

② 杜预：《春秋左传正义·序》，北京：北京大学出版社，1999年，第11页。

③ 孙复：《春秋尊王发微》，转引自沈玉成、刘宁：《春秋左传学史稿》，南京：江苏古籍出版社，1992年，第46页。

天下”“利万民”。①“六经”之中所述的先王政典、礼乐典章，正是三代帝王“给民之需”“宣民之郁”“救民之弊”的真实写照，更是其“神之所向”“人之所乐归”，揽“天下而往之”人格力量的如实传达。② 是以，“王者之迹息而《诗》亡”所呼唤的并不是超越众生的“神”的拯救，而是对儒家天地人合一的“王”的期盼。成就这样的“王”，不需高置庙堂的王座冠冕，而是以高照于世的典范人格，持久浸润文化生命，激发出对于人性完善的自然响应和追随。③ 因此，儒家世界中的“王”是辜鸿铭（1857—1928）眼中“真实意义上最完美的人”。④ 他们超越自身生命的存在，犹如北辰星“居其所而众星共之”（《论语·为政》），以人格魅力

① 《周易·系辞下》记录了上古列位先王纾万民之困的功绩：“古者包牺氏之王天下也，仰则观象于天，俯则观法于地，观鸟兽之文，与地之宜，近取诸身，远取诸物，于是始作八卦，以通神明之德，以类万物之情。……黄帝、尧、舜垂衣裳而天下治，盖取诸《乾》《坤》。刳木为舟，剡木为楫，舟楫之利，以济不通，致远以利天下，盖取诸《涣》。服牛乘马，引重致远，以利天下，盖取诸随。重门击柝，以待暴客，盖取诸《豫》。断木为杵，掘地为臼，杵臼之利，万民以济，盖取诸《小过》。弦木为弧，剡木为矢，弧矢之利，以威天下，盖取诸《睽》。”孔颖达：《周易正义·系辞下》，王弼、韩康伯注，载李学勤主编，《十三经注疏》（第1册），北京：北京大学出版社，1999年，第350~356页。《韩非子》也存与《系辞下》类似记录，谓：“上古之世，人民少而禽兽众，人民不胜禽兽虫蛇。有圣人作，构木为巢，以避群害，而民悦之，使王天下，号之曰有巢氏。民食果蓏蚌蛤，腥臊恶臭而伤害腹胃，民多疾病。有圣人作，钻燧取火以化腥臊，而民说之，使王天下，号之曰燧人氏。中古之世，天下大水，而鲧、禹决渎。”王先慎：《韩非子集解·五蠹》，《诸子集成》（第5册），北京：中华书局，1991年，第339页。

② 陈立：《白虎通疏证》（卷二），吴则虞注解，北京：中华书局，1994年，第2页。

③ 赫伯特·芬格莱特：《孔子：即凡而圣》，彭国翔、张华译，南京：江苏人民出版社，2010年，第137页。

④ “中国人是将孔子当作中华文明曾产生出的最完美的人或人性的类型，当作真实意义上的中国人，就如同欧洲人将会将伟大的歌德当作欧洲文明所曾诞生出的最完美的人或人性类型，或真实意义上的欧洲人一样。”辜鸿铭：《中国人的精神》，转引自张祥龙：《复见天地心——儒家再临的蕴意与道路》，北京：东方出版社，2014年，第222页。

召唤“四方之民襁负其子而至矣”（《论语·子路》）。这样的“王者”以其德而不依其力，“以德行仁者王”（《孟子·公孙丑上》）。从这个角度而言，圣人修《春秋》无异于将自身纳入历代圣贤帝王的政教实践与精神理念的宏大体系中，所谓立一王之法，无外乎延续“含育天下万世之仁道”，使群生万物各得其所。《春秋》之道虽至广至大，却最终归于“去尊以伸齐民”①，又岂在谋“素王”之位乎？汉今文经师以为《春秋》为汉室立法，欧阳修（1007—1072）讥之狭陋，皮锡瑞辩曰：

《春秋》为后王立法，虽不专为汉，而汉继周后，即谓为汉制法，有何不可？且在汉言汉，推崇当代，不得不然。即如欧阳修生于宋，宋尊孔教，即谓《春秋》为宋制法，亦无不可。今人生于大清，大清尊孔教，即谓为清制法，亦无不可。欧阳所见何拘阂之甚乎！汉经学所以盛，正以“圣经”为汉制作，故得人主尊崇。此儒者欲行其道之苦衷，实“圣经”通行万世之公理。②

由是观之，无论是汉儒还是皮论不过是以俗情度圣心，偏颇狭隘，难以为准。若转以“我欲载之空言，不如见之于行事之深切著明也”为绳尺，孔子厄于陈蔡，知弟子有愠心，乃招弟子问《诗》一事或许最见圣人精神：

孔子知弟子有愠心，乃召子路而问曰：“诗云‘匪兕匪虎，率彼旷野’。吾道非邪？吾何为于此？”子路曰：“意者吾未仁邪？人之不我信也。意者吾未知邪？人之不我行也。”孔子曰：“有是乎！由，譬使仁者而必信，安有伯夷、叔齐？使知者而必行，安有王子比干？”

子路出，子贡入见。孔子曰：“赐，诗云‘匪兕匪虎，率彼旷野’。吾道非邪？吾何为于此？”子贡曰：“夫子之道至大也，

① 熊十力：《读经示要》，长沙：岳麓书社，2013年，第354页。

② 皮锡瑞：《经学通论》，北京：中华书局，1977年，第121~122页。

故天下莫能容夫子。夫子盖少贬焉?”孔子曰:“赐,良农能稼而不能为穑,良工能巧而不能为顺。君子能修其道,纲而纪之,统而理之,而不能为容。今尔不修尔道而求为容。赐,而志不远矣!”

子贡出,颜回入见。孔子曰:“回,诗云‘匪兕匪虎,率彼旷野’。吾道非邪?吾何为于此?”颜回曰:“夫子之道至大,故天下莫能容。虽然,夫子推而行之,不容何病,不容然后见君子!夫道之不修也,是吾丑也。夫道既已大修而不用,是有国者之丑也。不容何病,不容然后见君子!”孔子欣然而笑曰:“有是哉颜氏之子!使尔多财,吾为尔宰。”①

“君子之仕也,行其义也”,而“行义以达其道”。(《论语·微子》)孔子求仕所为行道,而“诸侯害之”“大夫壅之”,道而不行且身困陈蔡之地,可谓失意潦倒。然而,子路自疑“吾未仁邪”“吾未知邪”,子贡建议“盖少贬焉”,孔子均坚定豁然,不以“人之不我信”“人之不我行”介怀,更不以“少贬以容于天下”为志。夫子闻颜回语“欣然而笑曰”,不过因颜回道出孔子之志绝不在容于一国一君,而是以天下一家、中国一人之心将“大居正”之道推而行之。倘使道之将行,则仁济天下;若道之不行,则藏道于民。“将群生随时而近于善,万物各得其所”,孔子晚年整理“六艺”,其志皆在此也。②

至此,《春秋》之志彰显无遗,但《春秋》以鲁史为原本,文辞简要,全书并未着一字谈及《春秋》义法,孔子如何借其“行义达道”?《春秋》背后的原旨究竟是“周公之遗志”还是“素王之法度”?《春秋》之“事”与《春秋》之“义”孰先孰后?孔子自云“述而不作”,《春秋》究竟为“述”还是“作”?在上述问题层层包裹之下,何为《春秋》之“义”的基础命题两千余年仍

① 司马迁:《史记·太史公自序》(第10册),裴骃集解,北京:中华书局,1963年,第3301页。

② 熊十力:《读经示要》,长沙:岳麓书社,2013年,第354页。

难有定论，虽有《春秋》“三传”相继面世，历代注疏汗牛充栋，仍是举烛难明。① 富弼（1004—1083）千余年前之说放之今日尤能切题：“(《春秋》) 隐奥微婉，使后人传之、注之尚未能通；疏之又疏之，尚未能尽；以至为说、为解、为训释、为论议，至千余年而学者至今终不能贯彻晓了。”② 但围绕《春秋》之义的纷攘，无论是“事”与“义”、“述”与“作”、“先师”与“素王”，最终还是汇聚在《春秋》身份的元命题上，唯有首先在经学内部的框架逻辑中明确这些基本概念，才能厘定春秋笔法的内涵外延，生成对春秋笔法，及对其相关翻译问题基本立场。

3. 身份的悖论与《春秋》之义

对《春秋》“经”“史”身份的认定，自来不是一个单纯的判断命题。“经学以自治，史学以应世”，二者间的取舍集中体现各家的学术观点与安身立命的价值取向，甚至是构建思想体系的前提。③ 刘歆批评太常博士“信口说而背传记，是末师而非往古”，并以此为宣言颠覆两汉十四博士划定的经学疆域，揭橥千年今古文经学之争，其核心依据就是对“六经”性质的重新认定。④ 而其对《春秋》身份的定位，也成为《春秋》学史上具有深远影响的

---

① 除《公羊》《穀梁》《左传》外，南宋胡安国（1074—1138）所著《胡氏春秋传》也影响颇广。元代延祐二年（1315），《胡氏春秋》与其余“三传”均立于学官，地位承袭至明朝。因此，元明两朝也有“《春秋》四传”之称。后因清康熙后，科考渐弃《胡氏春秋》，论《春秋》仍称“三传”。参见纪昀：《钦定四库全书总目》，北京：中华书局，1997 年，第 345 页。

② 转引自沈玉成、刘宁：《春秋左传学史稿》，南京：江苏古籍出版社，1992 年，第 46 页。

③ 王闿运：《穀梁申义 · 卷 1》，1911 年影印版，第 12~13 页。

④ 刘歆重传记、轻“口说”，重古文而以今文为“末师”。在其收入《艺文志》的《七略》中，“六经”均被描述为先王旧法，孔子所作只是整理和归纳，是“述而不作”的先师。见班固：《汉书 · 艺文志》，赵一生点校，杭州：浙江古籍出版社，2000 年，第 585 页。

标志性事件：①

古之王者世有史官。君举必书，所以慎言行，昭法式也。左史记言，右史记事，事为《春秋》，言为《尚书》，帝王靡不同之。周室既微，载籍残缺，仲尼思存前圣之业，乃称曰：“夏礼吾能言之，杞不足征也；殷礼吾能言之，宋不足征也。文献不足故也，足，则吾能征之矣。”以鲁周公之国，礼文备物，史官有法，故与左丘明观其史记，据行事，仍人道，因兴以立功，就败以成罚，假日月以定历数，借朝聘以正礼乐。②

将《春秋》视为承史官旧录、周公旧法的“记事”之作，无异于将《春秋》等价于史学，在“求义”盛行、《公羊》独霸的西汉《春秋》学界，此举引发《春秋》学界激烈攻讦，《春秋》“经史之辩”由此而生。若以《汉书·艺文志》（下称《汉志》）为《春秋》古文经兴发的起点，杜预作《春秋序》则是对“《春秋》史派”要旨的一次集中统括：

《周礼》有史官，掌邦国四方之事，达四方之志。诸侯亦各有国史，大事书之于策，小事简牍而已。孟子曰：“楚谓之《梼杌》，晋谓之《乘》，而鲁谓之《春秋》，其实一也。”韩宣子适鲁，见《易象》与鲁《春秋》，曰：“周礼尽在鲁矣。吾乃今知周公之德，与周之所以王也。”韩子所见，盖周之旧典礼经也。周德既衰，官失其守，上之人不能使《春秋》昭明，赴告策书，诸所记注，多违旧章，仲尼因鲁史策书成文，考其真伪，而志其典礼。上以遵周

① 刘歆此论除开启《春秋》身份论争外，更将《左传》视为传《春秋》“本事”的正统之作，将其引入由《公羊》《穀梁》主导的《春秋》研究体系，规划出一种全新的经学理论雏形，其余波绵延震荡成为“六经皆史”的思想源头，贯穿经学研究历史。详见陈壁生：《经学的瓦解》，上海：华东师范大学出版社，2014 年，第 67 页。

② 班固：《汉书·艺文志》，赵一生点校，杭州：浙江古籍出版社，2000 年，第 585 页。

公之遗制，下以明将来之法，其教之所存，文之所害，则刊而正之，以示劝诫。其余则皆即用旧史，史有文质，辞有详略，不必改也。故《传》曰："其善志"，又曰："非圣人孰能修之？"盖周公之志，仲尼从而明之。①

杜预之论与刘歆一脉相承，足证《春秋》"古史派"并无意囿《春秋》于历史与文本的世界，割裂其与当下乃至未来的开放性联系。从刘子骏的"借朝聘以正礼乐"到杜元凯的"明将来之法"，二人均不否认《春秋》存辨善恶、正风气的政教功用，也肯定其为将来立法之本旨。然而，刘歆论《春秋》首先申明"古之王者世有史官"，杜预注《春秋》卷首回顾"《周礼》有史官、诸侯有国史"以立论，皆因刘、杜及其背后的《春秋》古文经学传统始终认为，"史"才是《春秋》第一性，而"平乱治世"不过是"史义"连带的社会功效，而非《春秋》的基本性质和出发点。《春秋》虽并非周公之作，但其"因鲁史策书成文"，而"周礼尽在鲁矣"，所以《春秋》大义并非孔子心意，而是假孔子修订而得以"明之"的"周公之志"。无论是"遵周公之遗制""其余则皆即用旧史"还是"非圣人孰能修之"，杜预均在释放周公为"先圣"，孔子为"先师"的古文经学信号。若与《春秋》今文之学相较，两派差异更为显著，且以距杜预百年的范甯所作《春秋穀梁传序》为证：

昔周道衰陵，乾纲绝纽，礼坏乐崩，彝伦攸斁。弑逆篡盗者国有，淫纵破义者比肩。……四夷交侵，华戎同贯，幽王以暴虐见祸，平王以微弱东迁。征伐不由天子之命，号令出自权臣之门，故两观表而臣礼亡，观古乱反朱干设而君权丧。下陵上替，僭逼理极。天下荡荡，王道尽矣。孔子睹沧海之横流，乃喟然而叹曰："文王既没，文不在兹乎！"言文王之道丧，兴之者在己，于是就

① 杜预：《春秋左传正义·序》，北京：北京大学出版社，1999年，第11页。

大师而正《雅》《颂》，大师音泰。因鲁史而修《春秋》，列《黍离》于《国风》，齐王德于邦君，所以明其不能复雅，政化不足以被群后也。于时则接乎隐公，故因兹以托始，该二仪之化育，赞人道之幽变，举得失以彰黜陟，明成败以著劝诫，拯颓纲以继三五，颓鼓芳风以扇游尘。①

“序，绪也。”（《说文》）《左传》《穀梁》二“传”注疏之序既是为全书立论的发端，又点明解“经”的题眼。范甯与杜预二人，均提及《春秋》“周德既衰”“官失其守”“弑逆篡盗”的现世背景，二《序》与孟子《春秋》之论在离合之间。然而，以杜《序》比照范《序》，不难发现，同样从《孟子》出发，二人观点渐行渐远：杜《序》以史官建置开篇，以回顾典章将《春秋》与孔子置入宏远的史记体系中，成为接续史家传统的关键一环；范《序》从春秋时局谋划布局，竭力铺陈华夏内忧外患以呼唤全新历史时期下的新秩序。在杜预看来，因孔子承袭之功，周德衰而未绝；而在范甯眼中“天下荡荡，王道尽矣”。杜《序》以为圣人忧“周德既衰，官失其守”是恐周公之道中落，世人难明其志；范《序》孔子忧“周道衰陵，乾纲绝纽”则是叹“文王既没，文不在兹”。杜《序》以孔子治《春秋》为无奈之举——“官失其守”“赴告策书诸所记注，多违旧章”，孔子自知“知我罪我”，但也只有代史官之职，“刊而正之”；范《序》则视孔子治《春秋》为“沧海横流”中的鲁阳挥戈——世已“下陵上替，僭逼理极”，圣人自领“兴之者在己”的重任拯颓纲常，以“素王”之位继三五王道。

二序大相径庭，各不相谋之处可从上述观其一二。然而摒却种种悖象，《春秋》“经乎史乎”的身份认定随经学确立而生，旧经学走向衰亡仍炽，其间数说并陈，莫衷一是。时至20世纪上半叶，两派论证仍未止歇。20年代至40年代的中国史学界，钱穆、高本

① 范甯：《春秋穀梁传注疏序》，北京：中华书局，1980年，第2~3页。

汉（Bernhard Karlgren，1889—1978）与顾颉刚、胡适、钱玄同仍在就《春秋》《左传》的“经”“传”性质切磋问学，破除古文学派“唯古是信”理念的“古史辨运动”应运而生；而在势衰的经学界，熊十力等人还在痛陈《春秋》为史说之伪佞，称杜预“独以奸心，而造臆说。欲以圣人制万世法之‘大经’，降为记事之史书。又尊周公以抑孔子。无忌惮已极矣”①。然而，自刘歆而起、因杜预得彰的《春秋》史论并非横空出世，如果视《孟子》为《春秋》研究的原点，“其事则齐桓、晋文，其文则史”与“其义则丘窃取之”将“义”与“事”分立，无疑为后世论者首开争议之门。②

诚然，《春秋》其书，“事”“义”并存，‘史’之所记自有其义理，‘经’所言义理，亦必有其本事。然而“事”与“义”二者之间何为《春秋》“第一义”，足以支撑“经”“史”千年之辩。后世治《春秋》之作，也必先从“经”“史”判定入手，高扬基本立场。《经学通论》中皮锡瑞择论《春秋》开篇，便首先言明“经”“史”之别，为《春秋》定性：“‘史’是据事直书，不立褒贬，是非自见；‘经’是必借褒贬是非，以定制立法，为百王不易之常‘经’。”③ 即便如此，也断难廓清《春秋》之中缠绕纠葛的“事”与“义”。也正是因此，汉、宋、清学各执一词，互相抵牾，即便宿儒大家也不乏前后矛盾之语。对此，遍注群“经”，唯云“平生不敢说《春秋》”④的朱子可为明证：“《春秋》之说，向日

① 熊十力：《读经示要》，长沙：岳麓书社，2013 年，第 344 页。

② 也有论者认为孟子《娄离下》拈出《春秋》“事”“文”“义”三要素，其中“文”居“事”与“义”之间，为二者中间媒介，即钱穆所谓“由辞定事，由辞见义”。见张高评：“《容斋随笔》论《左传》《史记》——以《春秋》书法之诠释为例”，收于王水照、朱刚主编：《新宋学》（第八辑），上海：复旦大学出版社，2019 年，第 115~140 页。

③ 皮锡瑞：《经学通论·春秋通论》，北京：中华书局，1977 年，第 2 页。

④ 黎靖德编：《朱子语类·卷八十三〈春秋〉》，王星贤注，北京：中华书局，1986 年，第 2150 页。

亦尝有意，而病于经文之大略，诸说之太烦，且其前后抵牾非一，是以不敢妄为必通之计，而姑少缓之，然今老矣，竟亦未敢再读也。”① 但若论及《春秋》事，他又对今文学一脉“一字定褒贬”、《春秋》“为万世立法”之说颇有微词：

> 《春秋》所书，如某人为某事，本据鲁史旧文笔削而成。今人看《春秋》，必要谓某字讥某人。如此，则是孔子专任私意，妄为褒贬！孔子但据直书而善恶自著。今若必要如此推说，须是得鲁史旧文，参校笔削异同，然后为可见，而亦岂复可得也？②

朱子多处强调《春秋》为记事“旧文”，主张“《春秋》只是直载当时之事，要见当时治乱兴衰，非是于一字上见褒贬”，质疑以“义理”与“书法”探求《春秋》大义的治“经”路径。③ 在他看来，今文经学“却要去一字半字上理会褒贬，却要求圣人之意，你如何得知他肚里事？”④ 由此看来，朱子以《春秋》为史的基本立场显露无遗。然而，朱子又不得不承认，《春秋》中“王法”森严，富含褒贬，称其“严底文字”，“遏人欲于横流，遂以二百四十二年行事寓其褒贬。恰如大辟罪人，事在款司，极是严紧，一字不敢胡乱下”⑤。按照皮锡瑞的界定，这俨然认定了《春秋》“经”的身份。无独有偶，朱子注孟子“知我者其惟《春秋》乎！罪我者其惟《春秋》乎！”曰：

---

① 朱熹：《朱文公文集》卷59，《答龚惟微书》，上海：上海古籍出版社，2010年，第2812页。

② 黎靖德编：《朱子语类·卷八十三〈春秋〉》，王星贤注，北京：中华书局，1986年，第2146页。

③ 黎靖德编：《朱子语类·卷八十三〈春秋〉》，王星贤注，北京：中华书局，1986年，第2143页。

④ 黎靖德编：《朱子语类·卷八十三〈春秋〉》，王星贤注，北京：中华书局，1986年，第2143页。

⑤ 黎靖德编：《朱子语类·卷八十三〈春秋〉》，王星贤注，北京：中华书局，1986年，第1274页。

胡氏曰："仲尼作《春秋》以寓王法。惇典、庸礼、命德、讨罪，其大要皆天子之事也。知孔子者，谓此书之作，遏人欲于横流，存天理于既灭，为后世虑，至深远也。罪孔子者，以谓无其位而托二百四十二年南面之权，使乱臣贼子禁其欲而不得肆，则戚矣。"愚谓孔子作《春秋》以讨乱贼，则致治之法垂于万世，是亦一治也。①

但同时，他又质疑治《春秋》如治"史"的合法性，以为如果《春秋》之义唯在"齐桓晋文"，《春秋》就功利庸俗，沦为论得失成败的权谋机变之书，或是"百将传"，远失其旨：

今之治《春秋》者，都只将许多权谋变诈为说，气象局促，不识圣人之意，不论王道之得失，而言伯业之盛衰，失其旨远矣！……今之做《春秋》义，都是一般巧说，专是计较利害，将圣人之"经"做一个权谋机变之书。如此，（《春秋》）不是"圣经"，却成一个百将传。②

仅以朱子之例足可证明《春秋》"经""史"议题之复杂程度。二者之争至近代几成谋合无日之势，其激烈程度或可从钱玄同（1887—1939）对《春秋》两个截然相反的评断中窥见一斑：

（一）认它是孔二先生的大著，其中蕴藏着许多"微言大义"及"非常异议可怪之论"，当依《公羊传》及《春秋繁露》去解释它。（自然《公羊》及《繁露》的话决不能句句相信，但总是走这一条路去）这样，它绝对不是历史。

（二）认它是历史，那么便是一部鲁国的"断烂朝报"，不但无所谓"微言大义"，并且是没有组织，没有体例，不成东西的史

① 朱熹：《四书章句集注》，北京：中华书局，1983 年，第 272 页。

② 黎靖德编：《朱子语类·卷八十三〈春秋〉》，王星贤注，北京：中华书局，1986 年，第 2173~2174 页。

料而已。这样，便决不是孔子做的，孟子书中“孔子作《春秋》之说”，只能认为与他所述尧、舜、禹、汤、伊尹、百里奚的事实一样，不信它是真事。孔子的著作究竟是怎么样的，我们虽不能知道，但以他老人家那样的学问才具，似乎不至于做出这样一部不是东西的历史来。①

依钱玄同所论，若视《春秋》为“经”，饱含《公羊》所传之“大义”，就决不能以史学的准绳衡量其价值。换言之，《春秋》文本巨大的阐释空间，是成就其经学开放性意义和普世价值的“刻意为之”；若视其为“史”，如此“没有组织”“没有体例”“不是东西”的东西绝难令人信服。言下之意，《春秋》若非伪作，则必然为“经”，“经”“史”有如参商，二端必取其一。

《春秋》“经”“史”两派之间有另辟蹊径者，循“六经皆史”之源头，存会通“经”“史”之心，自出机杼，论“‘经’与‘史’岂有二学哉?”② 执此说者，前有王守仁，后有王船山(1619—1692)。王守仁答弟子徐爱（1487—1518）“先儒论‘六经’，以《春秋》为史，史专记事，恐与‘五经’事体终或稍异”之问，云：“以事言曰‘史’，以道言曰‘经’；事即道，道即事。《春秋》亦‘经’，‘五经’亦史。”③ 船山《春秋家说》卷首开宗明义，欲打通“事”“义”之隔，合“经”“史”为一：“《春秋》有大义，有微言。义也者，以治事也；言也者，以显义也。非事无义，非义无显，斯以文成数万而无余辞。若夫言可立义，而义非事有，则以意生言而附之以事。”④ 二者所取“执中”之论虽看似均衡，但以混同“经”“史”来悬置《春秋》身份归属问题，无异

① 钱玄同：《答顾颉刚先生书》，《古史辨》（第一册），下编，上海古籍出版社，1981年，第275~276页。

② 钱大昕：《廿二史考异·序》，上海：上海古籍出版社，2004年，第7页。

③ 王阳明：《传习录》，郑州：中州古籍出版社，2017年，第49页。

④ 见王夫之：《春秋家说》，收于氏著：《春秋稗疏·春秋家说·春秋世论·续春秋左氏传博议》（卷上），长沙：岳麓书社，2011年，第109页。

于公然宣称哲学与史学无别，经学如同史学，其结果是“经”“史”二学皆无独立存在的价值。尤其是近代西方学科分类大势之下，再论“经”“史”合一，无异于外断中华思想与西方思想交汇的接口，内蚀中华文化的经学基石，终究难以为继。

可见，虽不乏大家居中调停，《春秋》“经”“史”之辩仍历久隆盛。追本溯源，问题最终仍落脚于“经”的本体界定，如不能正视何以为“经”的基本命题，仅仅围绕固有的“经”“史”传统论证二者间的天然血脉联系，无法从根本上弥缝两派分野。然而，“六经”自创立之初夫子就从未对“经”的概念进行权威厘定。“夫子之时，犹不名经也。”① “经”之为“经”的特征形态，内涵外延从不曾是孔子的设想。而伴随经学的崛起，崇圣性与排他性敦促后学对“经”不断赋义划界，最终造就了“经”“史”相隔的历史语境。若对“经”身份的追问必须在中国经学话语框架内，必须回到对其“赋义划界”的“原点”，“传”也许是我们最为明确的目标：在中国经学诠释话语体系中，“传”凭借与“经”时序与谱系上的亲缘关系优先于“注”“疏”“笺解”，构成了对“经”最初也最为系统的解释，也自然成为经义分野的渊源。②《春秋》尤是如此：《春秋》“三传”虽皆因“经”而起，附“经”而生，然诸“传”各立其义，各传其说，从者甚众。尤其汉魏之后，崇信“传”注，“传”其影响之深，大有“以‘传’代

① 章学诚：《文史通义·经解上》，北京：中华书局，2010年，第27页。

② 在中国经学诠释体例中有“传注”“笺解”“义疏”诸多体例。其中“传”大多创作于春秋战国，是“六经”系统化、经典化过程中产生的对经义的直接解释，无论是从解“经”谱系还是创生渊源而言均构成对“经”第一层级的解释；汉魏以降，故训、章句、义疏之学兴起，经学以文字训释为主要关切，往往“经”“传”合注，为“经”第二层级的解释。“经”“传”“记”“注”“疏”之间的诠释关系详见景海峰：《儒家经典诠释的四个层次》，收于杨乃乔主编：《比较经学：中国经学诠释传统与西方诠释学传统的对话》，上海：上海人民出版社，2018年，第83~109页。

‘经’”“舍‘经’求‘传’”的趋势。① 欧阳修（1007—1072）曾发其惑云：

孔子，圣人也，万世取信，一人而已。若公羊高、穀梁赤、左氏三子者，博学而多闻矣，其“传”不能无失者也。孔子之于“经”，三子之于“传”，有所不同，则学者宁舍“经”而从“传”，不信孔子而信三子，甚哉其惑也！②

欧阳修对《春秋》“经”与《公羊传》《穀梁传》《左氏传》“三传”本末倒置之叹，绝非一个时代的个案。若说桓谭（公元前23—公元56）尚能平议“经”“传”，言“‘经’与‘传’犹衣之表里，相待而成。‘经’而无‘传’，使圣人闭门思之，十年不能知也”③，至杜预注《左传》时，已是“苟有不通，宁言‘经’误”④。自中唐起，虽有啖助、赵匡大力倡导“舍‘传’从‘经’”，《春秋》崇“传”之风为之一转。⑤ 但《春秋》经义简古，互训、义理糅合程度之深，“若无《左传》恐难晓《春秋》”“《春秋》必待《传》而后明”之说根深蒂固，绝非朝夕可改。⑥况完全弃“传”而求“以经解经”，不啻抛却经学百年之功、封闭支撑经学文本生生不息的开放诠释空间，不但不能“纯化”《春

① 如杜预为调和“经”“传”记载不一致之处，宁说“经”有误，而不论“传”有误，有“疑‘经’不疑‘传’”“强‘经’以就‘传’”之嫌。见赵伯雄：《春秋学史·杜预与〈春秋经传集解〉》，济南：山东教育出版社，2004年，第279~300页。

② 欧阳修：《春秋论》，见《全宋文》（第731卷），上海：上海辞书出版社，2006年，第201页。

③ 桓谭：《新辑本桓谭新论·正经》，朱谦之校辑，北京：中华书局，2009年，第39页。

④ 晁公武：《郡斋读书志》（卷一），转引自沈玉成、刘宁：《春秋左传学史稿》，南京：江苏古籍出版社，1992年，第46页。

⑤ 这一转变可从韩愈《寄卢仝》“《春秋》三传束高阁，独抱遗经究终始”一句诗文中得到体现。

⑥ 王阳明：《传习录》，郑州：中州古籍出版社，2017年，第49页。

秋》内涵，反而拘囿其发展。

因此，“三传”借与“经”互为表里的紧密关系，各以其说与经文参错，牵引《春秋》进入不同的论域空间。《春秋》所诞生的时代，“六艺”已失官守，“官府章程，师儒书业，分而为二，以至人自为书，家自为说”“处士横议，诸子纷纷，著书立说，而文字始有私家之言，不尽出于典章政教也!”① 孔子在日，《春秋》大义有赖夫子口传亲授，有众嫡传弟子“申而明之”，经旨尚有可追溯的源头。② 孔子既殁，其弟子门人，“备各以所见、所闻、所传闻者，或取简毕，或授口耳，录其文而起义”，人自为书，家自为说，皆称为“传”。③《汉志》曰：“故《春秋》分五，《诗》分为四，《易》有数家之‘传’”④。立“传”本意在转述孔子亲传大义，但“七十子卒而大义乖”，圣人的微言奥义在一次次各具立场的解读和转述中变异延宕，圣人“心意”辗转于百家之口，难免模糊难辨。而《春秋》亦“经”亦“史”的特色与微言大义的文体风格为“传”的书写预留出广袤诠释空间的同时，更为派别之争与门户之见提供了“六经”之中无能出其二的文本资源。西汉《春秋》“五传”，即《左氏传》《公羊传》《穀梁传》《邹氏传》《夹氏传》中，“《邹氏》无师，《夹氏》未有书”（《汉志》），均不可具论。但传世“三传”之中，《左氏》“考事颇精，

① 章学诚：《文史通义·经解上》，北京：中华书局，2010 年，第 28 页。

② 章学诚从“治教”与“师教”的角度详细申论了“经”诞生的历史背景：“三代之衰，治教既分，夫子生于东周，有德无位，惧先圣王法积道备，至于成周，无以续且继者而至于沦失也，于是取周公之典章，所以体天人之撰而存治化之迹者，独与其徒，相与申而明之。此六艺之所以虽失官守，而犹赖有师教也。”章学诚：《文史通义·经解上》，北京：中华书局，2010 年，第 28 页。

③ 章学诚：《文史通义·经解上》，北京：中华书局，2010 年，第 28 页。

④ 班固：《汉书·艺文志》，赵一生点校，杭州：浙江古籍出版社，2000 年，第 585 页。

只是不知大义”，《公羊》《穀梁》“考事甚疏，然义理却精”。①“三传”在“事”或“义”、“经”或“史”阐释路径之间的取舍足以放大各家于《春秋》学之左见，归聚出此消彼长的三派力量，将《春秋》“经”“史”诉议推向极端。因此，“三传”成为《春秋》，乃至整个经学师承家学论战的主战场。《四库全书总目》论《春秋》学开篇即称：“说经家之有门户，自《春秋》‘三传’始，然迄能并立于世。其间诸儒之论，中唐以前则《左氏》胜，啖助、赵匡以逮北宋则《公羊》《穀梁》胜。”②

而在章学诚眼中，《春秋》“经”“传”之间的复杂关系恰恰提供了定义“经”的绝佳视角。章氏以“称经必有传”“对人而有我”的原则将“经”成立的合法性置于相对的维域之中，亦即，“经”之为“经”皆因要区别于“传”，恰如若无“你”，也便无所谓“我”。之所以分立二名，个中缘由不过因“不得已”，如此而已。“‘六经’不言‘经’，‘三传’不言‘传’，犹人各有我而不容我其我也。依‘经’而有‘传’，对人而有我，是“经”“传”人我之名，起于势之不得已，而非其质本尔也。”③《文史通义》又云：“则因‘传’而有‘经’之名，犹之因子而立父之号矣。”④ 章实斋此论虽存消解“经”权威、神圣之心，但在时间脉络上“六经”确实定名于诸“传”现世之后。由此看来，“经”“传”一体两面，若无“传”的存在，就无需争辩“何为经”的议题，一切有关“经”的论证也必须结合对“传”的考察，方能有的放矢。这样，厘定《春秋》之义需首先确定《春秋》身份，而《春秋》身份之争起源于“传”，并决定“传”的命运走向：

① 黎靖德编：《朱子语类·卷八十三〈春秋〉》，王星贤注，北京：中华书局，1986年，第2151~2152页。

② 纪昀等：《四库全书总目提要》，见《四库全书》（第1册），上海：上海古籍出版社，1987年，第525页。

③ 章学诚：《文史通义·经解上》，北京：中华书局，2010年，第28页。

④ 章学诚：《文史通义·经解上》，北京：中华书局，2010年，第28页。

《春秋》为“经”，则其中所记诸事不过是“六经之假借，《诗》之断章取义”，于是“传事不传义”的《左传》，便根本没有释“经”的立场和根基；《春秋》若为“因鲁史策书成文”“仲尼从而修之”的国史，《公羊》与《穀梁》二“传”的口传家法便无存在的合理性。①

若今古经学各立壁垒，《春秋》性质之辩难有弥合之日，且不妨换一种思路，谋求认识《春秋》的“第三条道路”。西汉前“经”并无今古文分立，“五经”也未尝区分今文古文。汉昭、汉宣二帝之后，“口耳之学”与“眼手之学”分立渐起。②《春秋》本为古文经，汉初易为今文，二者不过文字之别，圣人“道成肉身”，又岂有二心？可见，无论今、古二派对《春秋》之学抱持怎样的师法家法，无论两方如何把各自的释“经”源头追问到周公或孔子，对经学的信仰和追随注定二者之别是且只能是传记与往古之别，在《春秋》纲领大义上并无实质性分歧。故熊十力认为：

> 汉世今古文之争，大抵因今文家先立学官，而抵拒古文家不得立，由此二家互相水火，而于经说中涉及古代制度，或不一致者，则二家各持一说以相倾。如古文家有持某种异说者，则其同业皆朋比之，以与今文家抗；而今文家之于古文家也亦然。此乃因争文相仇而后有之事，非先秦以前早有此二派也。然二家所事，大抵古礼或古制，传说不一，乃考据方面枝节问题，罕有关于大义，并无根本歧异处也。③

若非政治因素（立学官）影响，两派学者各因其利抵死相争，二者分野何至于水火，使经学深陷“五经异义”的泥沼？也正是

① 杜预：《春秋左传正义·序》，孔颖达疏，北京：北京大学出版社，1999年，第11页。

② 钱穆：《两汉博士家法考》，《两汉经学今古文评议》，上海：商务印书馆，1988年，第191页，

③ 熊十力：《读经示要》，长沙：岳麓书社，2013年，第248页。

明乎此，汉末郑玄在异义异制的章句注疏中选择回归经文本身，“但念述先圣之元意，思整百家之不齐”，最终调和百家经说，消弭经学内部的矛盾与分裂，再次成就经学本身的自洽。循此思路，我们或可远离汉宣、汉昭二代，回到先秦，回到圣人立义的时代现场，重新审视“经”与“传”。如若从《春秋》本身入手求解《春秋》身份始终无法突破，我们不妨适时转向，诉诸“三传”的考察，跟随“三传”的源流进入《春秋》文本深处，或更有可能洞见春秋笔法的枢机。

第三章 “经”与“传”：“《春秋》三传”的生发源头

陈寿祺（1771—1834）序《五经异义疏证》云：“‘五经’皆手定于圣人，群弟子之学焉者，微言大义，靡不与闻。然左丘明亲造郗受‘经’，公羊高、穀梁俶咸卜子门人，而《春秋》‘三传’乃若瓜畴芋区之不可相合。”① 左丘明（公元前502—公元前422）、公羊高、穀梁俶三人是否各得孔子亲授，尚未有定论，但《史记·年表》《汉志》均载，孔子身前曾口授《春秋》经旨于七十二子，经七十二子口授，而有《春秋》“三传”。若非得益于“三传”，我们也许永远无从窥得仅在孔门内部口耳相传的《春秋》师法，对《春秋》中圣人心意的种种揣测，也终会因缺乏可以据信的判断准绳而归于臆测与妄言。然而，不同于七十二犹太学者译《七十子希腊文本圣经》（*Septuagint*）感知神谕时的心意相通，圣人的微言大义经“七十二贤”的辗转释读却“传”分数家，彼此间各安其意，各执己见，互斥对方为“非常异义可怪之论”②。若左氏、公羊、穀梁三家的确直接或间接受“经”于孔子，“三传”源头便同出自孔子一人，造就“三传”“瓜畴芋区”之别的原因就绝非声音在传播过程中的失忆变形、以讹传讹，而只能归因于“传”作为一种诠释体例对不同的解经信仰和诠释路径的高度兼容，及其强大的诠释张力对《春秋》意

① 陈寿祺：《左海文集·五经异义疏证自序》，收入《皇清经解》（卷一千二百五十三），学海堂庚申补刊，第3页。

② 何休：《春秋公羊传注疏》，徐彦疏，上海：上海古籍出版社，2014年，第2190页。

义“原型”的拉伸和牵引。

“经”在儒家体系中无论是“万世之法”还是“圣人常典”，其默示的都是一种“绝对性真理”，其意义永不向该体系以外的任何诠释性话语展开，天然遮蔽了任何源自文学、语言学与文献学的异质化注释。但这不意味着“经”的文本意义对外界全然封闭，而是将“经”的意义规划在经学内部“传”“注”“笺”“疏”“义证”等诠释传统中，形成“经”与“经”、“经”与“传”之间互答自解、“以经释经”、“以儒解儒”的丰厚论域。对《春秋》经文而言，“三传”的意义不仅仅在于构成对《春秋》最原初和自觉的解释，更重要的是，“三传”以各自的注“经”话语和诠释体例参与到了《春秋》意义生成的进程中，并反向超越、书写和重构了《春秋》。“孔子之前，不得有‘经’”已是学界定论。① 然而若非孔子超脱《春秋》文本，另传《春秋》本事或经旨大义，又何来“三传”？如此看来，孔子不仅是《春秋》作者，更兼第一代的解“经”、注“经”人。正是孔子提供了“传”原初的体例摹本，并赋予其宽闳的阐释空间，将“经”和“传”统一于中国经学体系中。② 既然如此，循“舍‘传’求‘经’”之思路叩问《春秋》之义、弥缝“经”“史”之争，绝难行远，因为在历史的纵深维度中，“三传”早已与《春秋》文本渗透交织，化作《春秋》之义不可剥离的血肉组织，而“传”字背后所体现的汉字思维也为二者际会提供了充足的机会。

---

① 皮锡瑞：《经学历史》，北京：中华书局，2008 年，第 14 页。

② 孔子注“经”、解“经”并不止于《春秋》：《史记·孔子世家》载：“孔子晚而喜《易》，序《彖》《象》《系》《说卦》《文言》。读《易》韦编三绝。曰：‘假我数年，若是，我于《易》则彬彬矣。’”《汉书》也承录孔子注《周易》其事：“盖晚而好《易》，读之韦编三绝，而为之‘传’。”分见司马迁：《史记·孔子世家》，裴骃集解，北京：中华书局，1963 年，第 227 页；班固：《汉书·儒林传序》，赵一生点校，杭州：浙江古籍出版社，2000 年，第 1075 页。

1. “传”的语源学追问

与“经”的恒定稳固不同的是，“传”在中国古代文论中呈现三股不同文体流向：其一为“附丽于‘经’，故与‘经’相辅而行之书”的“经传”;① 其二为与“表征盛衰，殷鉴兴废，使一代之制，共日月而长存”的“史传”;② 其三为虚构与写实并存的“传记”，或者“小说”。③ 若以西方文体学为视角审视“经传”“史传”与“小说”，三者分异不可谓不大。然而，在文体异象之下，三者共享的意义源流早已标注于“传”字的词源学地图。《尔雅·释言》以同义互训的方法释“传”曰：“驲、遽，传也。”东晋郭璞（276—324）注《尔雅》曰：“（驲、遽，传）皆传车驿马之名。”北宋邢昺（932—1010）遵循“以经解经”“疏不破注”的诠释例法，在《左传》文本中还原了三字的应用语境，并将三字之意归纳为“皆为今驿”④。许慎“五经无双”，解“传”时亦采

① 见吕思勉：《中国文化思想史九种》，上海：上海古籍出版社，2009年，第508页。除“经传”外，先秦诸子如《荀子》《孟子》《墨子》征引旧说也多用“传曰”。此类文献或为有关上古三代的史料，体例多与《尚书》相类，或为学派先贤（主要是孔子）言行的记载，体例多与《论语》相近。杨倞《荀子注》对此类“传”的来源解释为：“凡言‘传曰’，皆旧所传闻之言也。”因该类“传”并未发展成为独立的文体类型，并未纳入本书的讨论范畴。详见康廷山：先秦子书所引“传”体文献来源考辨——兼论“经传”之“传”名之源起，《中南民族大学学报》，2020年第5期，第115~120页。

② 刘勰：《文心雕龙·史传》，开封：河南大学出版社，2008年，第159页。

③ 此一文体类型独立于史传之外，主要以刻画人物为主题，可为纪实性小传、自传，如刘向的《列女传》、阮籍的《大人先生传》、陶渊明的《五柳先生传》，也可是以“传”为名进行的虚构性文学创作，如《柳毅传》《莺莺传》。

④ 见郭璞：《尔雅注疏》，邢昺疏，上海：上海古籍出版社，2010年，第776页。邢昺疏曰：“文十六年《左传》曰：‘楚子乘驲会师于临品。’又僖三十三年云：‘使遽告于郑。’又成五年曰：‘晋侯以传召伯宗。’是皆谓今驿也。”

纳《尔雅》之释，曰：“传，遽也。从人专声。”① 从《尔雅》《说文》二书可见，“驿站”“车马”均为“传”字本意，自《尔雅》成书至东汉《说文》，再至魏晋、北宋注疏，其文字学意义并无衍生或改变。而“十三经”也多有将互训之“传”“遽”并用，指代“驿站车马”之例。②

驿站为消息传递、政令文书上传下达的中转枢纽，它既非信息发出的起点，也并非信息送达的对象，却为古代话语传播扩散提供最重要的介质。更值得关注的是，无论是“传”还是“传遽”在词源学上都具有“从人”的属性，是“传遽之臣”、是“乘传”“骑驿”的使者，而非仅仅无生命、无思想的车马。③ 这就意味着，“传”从立意根基上就肯定“人”的因素参与话语的传播路径，允许“人”对“所见、所闻、所传闻”内容的提炼、加工与取舍，“传”也因而突破了邮驿的指代范畴，获得了更广义的意指空间。孔子“三省吾身”，“为人谋而不忠乎？与朋友交而不信乎？传不习乎？”（《论语·学而》）其中所谓“传”是对礼乐仁道的“师传”，④ 也是对“善”的个人践行与推广传达，即“有善而弗知，不明也。知而弗传，不仁也”（《礼记·祭统》）。正是基于

① 段玉裁：《说文解字注》，上海：上海古籍出版社，1981年，第377页。

② 如《周礼·秋官》云：“行夫，掌邦国传遽之小事。”郑玄注曰：“传遽，若今时乘传骑驿而使者也。”《礼记·玉藻》：“士曰‘传遽’之臣。”郑玄注曰：“传遽，以车马给使者也。”《左传·哀公二十一年》曰：“群臣将传遽以告寡君。”分见郑玄：《周礼注疏·卷三十八》，贾公彦疏，北京：北京大学出版社，1999年，第1033页；郑玄：《礼记正义·玉藻第十三》，孔颖达疏，北京：北京大学出版社，1999年，第541页；杜预：《春秋左传正义·序》，孔颖达疏，北京：北京大学出版社，1999年，第1718页。

③ 《说文》释“驿”曰：“乘传谓车，骑驿谓马。《玉藻》注云：‘传遽，以车马给使者也。’车谓传，马谓遽，浑言则传遽无二，析言则传遽分车马。亦可证单骑从古而有，非经典所无。”段玉裁：《说文解字注》，上海：上海古籍出版社，1981年，第377页。

④ 朱熹注《论语》此句曰：“受之于师。”见氏著：《四书章句集注》，北京：中华书局，1983年，第48页。

此，《说文解字注》对“传”的本义与引申之义有丰厚的归纳：

> 遽，传也。与此为互训。此二篆之本义也。《行夫》：“掌邦国传遽。”注云：“传遽，若今时乘传骑驿而使者也。”《玉藻》：“士曰传遽之臣。”注云：“传遽，以车马给使者也。”《左传》《国语》皆曰：“以传召伯宗。”注皆云：“传，驿也。”汉有置传，驰传，乘传之不同。按传者如今之驿马。驿必有舍，故曰传舍。又文书亦谓之“传”。《司关》注云：“传如今移过所文书是也。”引申传遽之义。则凡辗转引申之称皆曰“传”。①

从“驿站车马”至“文书亦谓之‘传’”，段玉裁全程记录了“传”意义在诸“经”中的沉淀积累，引导我们看到“传”如何一步步走向文字书写的“辗转引申”，成为对文字意义的记忆性传达。从“乘传车马”中萌发，文书为“传”、贤人之书为“传”、诸史列传亦为可为“传”，但这并不意味着“传”的本义与各衍生之意间可任意互换使用。《康熙字典》载：“然历考‘经’‘史’注疏，驿传之传，平、去二音可以互读，至传道、传闻、传授之传，乃一定之平声，纪载之传，一定之去声。此音之分动静，不可易者也。”② “传”所含三意以动静、平去相别，划分出各自独立的语用空间，并最终发展成为风格迥异的文体。三意之中，“驿传之传”为本意，指涉外在世界中真实存在的具体事物和行为，因而名动兼备；“记载之传”落实于事件的定格与书写，充满静止与结论性意味；唯有“传道、传闻、传授之传”虽为平声，却既指内容（“经”“传”），又为方法（传道），既为信息主动向外发散（传授），又可用作信息的被动接受（传闻）。与许慎同时代的经学家刘熙对“传”的意义分支早有思考和归纳，其《释名

① 段玉裁：《说文解字注》，上海：上海古籍出版社，1981年，第377页。

② 张玉书、陈延敬：《康熙字典》，上海：上海世纪出版集团，2000年，第39页。

汇校》声训曰：“‘传’，传也。以传示后人也。”① 以动词“传遽”训示名词“经传”，足以证明“释经之传”在早期的汉字思维中就饱含与历史对话的张力与自发性，具有超越当下、昭示后人的品格，深得“辗转引申”的诠释真意，与注“经”、通“经”、释“经”的文体功能有天然的契合。

这样看来，从诠释功能性而言，“传”与“记”“注”“疏”“笺”均依“经”而起，为通“经”、释“经”而作，存昭明后世之心，本不存实质意义之别。此即为《博物志》所谓：“圣人制作曰‘经’，贤者著述曰‘传’、曰‘记’、曰‘章句’、曰‘解’、曰‘论’、曰‘注’。”② 或如洪迈（1123—1202）所说：“晋、唐至今，诸儒训释‘六经’，否则自立佳名，盖各以百数，其书曰‘传’、曰‘章句’而已。”③ 差异唯在“传”“记”二例，均为独立之作，可单行成书，而“笺”与“注”“疏”则只能附“经”而生，恰如章学诚谓：

> 周末儒者，及于汉初，皆知著述之事，不可自命经纶，蹈于妄作；又自以立说，当禀圣经以为宗主，遂以所见所闻，各笔于书而为传记。若二《礼》诸记、《诗》《书》《易》《春秋》诸“传”是也。盖皆依经起义，其实各自为书，与后世笺注自不同也。④

也就是说，“传”起于对孔子著述的整理、理解与尊崇，只要奉

---

① 刘熙：《释名汇校》，任继昉纂，济南：齐鲁书社，2006 年，第 340 页。

② 张华：《博物志》，郑晓峰译，北京：中华书局，2019 年，第 110 页。

③ 洪迈：《经解之名》，见于《容斋随笔·五笔》（第六卷），北京：中华书局，2015 年，第 211 页。

④ 章学诚：《文史通义·传记》，北京：中华书局，2010 年，第 247～248 页。

“经”为基本精神、将各自对经文所感所悟付诸书简，便可称“传”。① 可知，“传”即“解说”，凡含对“经”训释之义者皆可称“传”：“斯则‘传’者，亦训释之义乎。”② 无独有偶，邢昺疏《尔雅》论及“注”“传”二体例亦云：“‘注’者，著也，解释经指，使义理著名也。亦言已注意，以释此书也。《诗》《书》谓之‘传’者，‘传’，传也，博识经意，传示后人也。此皆其人自题，故或言‘传’，或言‘注’，无义例也。”③ 据邢昺之论，作“注”是为“解释经指”，彰显“义理”，侧重对经文进行意义上的解释和价值上的判断；作“传”是为“博识经意”，传续后人。既为“博识”，便应知识与意义上的解释并重，文字训诂、名物考证与义理疏解兼备。而“注”“传”命名皆可由人自题，又显然打破了“传”“注”之间的概念藩篱，给予“传”宽松自主的体例样式。

也正是关注“传”依经而起、所辖宽泛这一特征，章学诚回顾“传”的语用历史，认为于“六经”而言，《论语》《孝经》虽悉列为“经”，但实则为“传”：

传记之书，其流已久，盖于六艺先后杂出。古人文无定体，“经”“史”亦无分科。《春秋》三家之“传”，各记所闻，依经起义，虽谓之记可也。经《礼》二戴之记，各传其说，附经而行，

① 如淮南王刘安（公元前179—公元前122）曾作《离骚传》，颜师古（581—645）注曰：“‘传’，谓解说之，若《毛诗传》。”东汉王逸将《离骚》称为《离骚经》，从此意义上说，《离骚传》也可算作一部解“经”之作。见班固：《汉书·淮南衡山济北王传》，赵一生点校，杭州：浙江古籍出版社，2000年，第1075页。

② 刘知幾：《史通通释·六家》，浦起龙通释、王煦华整理，上海：上海古籍出版社，2009年，第11页。

③ 郭璞：《尔雅注疏》，邢昺疏，上海：上海古籍出版社，2010年，第776页。此外，邢昺在《孝经注疏·序》中也重申此观点，认为：“‘传’者，注解之别名。博释‘经’意，传示后人，则谓之‘传’。‘注’者，著也，月文敷畅，使经义著名，则谓之‘注’。作得自题，不为义例。或曰：前汉以前名传，后汉以来名‘注’，盖亦不然。”李隆基：《孝经注疏序》，邢昺注，上海：上海古籍出版社，2009年，第6页。

虽谓之“传”可也。其后支分派别，至于近代，始以录人物者，区为之“传”；叙事迹者，区为之记。盖亦以集部繁兴，人自生其分别，不知其然而然，遂若天经地义之不可移易。此类甚多，学者生于后世，苟无伤于义理，从众可也。然如虞预《妒记》《襄阳耆旧记》之类，叙人何尝不称记？《龟策》《西域》诸“传”，述事何尝不称“传”？大抵为典为经，皆是有德有位，纲纪人伦之所制作，今之六艺是也。夫子有德无位，则述而不作，故《论语》《孝经》，皆为传而非经，而《易·系》亦止称为《大传》。其后悉列为“经”，诸儒尊夫子之文，而使之有以别于后儒之传记尔。①

以此衡量，自有“经”之日起，自孔子而下，解经之作皆可称“传”，无论与经文亲疏远近，无论是否冠以“传”名。《史记·孔子世家》便有“故《书》传、《礼》记自孔氏”之说。无论孔子是否曾亲为《尚书》立“传”，但批解义理、辨识经义，“传”的意蕴不言而喻。再如《论语》《孟子》，二者之于《诗》《书》《礼》《乐》要义多有析疏阐论，这何尝不是对“传”诠释功能的自觉践行？② 也许正是因此，自周末至汉兴，各家之“传”或“类传”之作层出不穷。《诗》有《鲁故》《韩诗内外传》《毛诗故训传》；《书》有《夏侯解故》；《礼》有《礼记》；《易》有“十翼”；③ 而《春秋》学开“五传”，类传之作，不可具数。④ 虽

① 章学诚：《文史通义·传记》，北京：中华书局，2010 年，第 247～248 页。

② 诚然，仅凭《论语》对《诗》《书》《礼》《乐》碎片化的教义解说很难将其定义为纯粹意义上的解“经”之作。然而，若仅从“传”诠释经文的学理意义出发，《论语》与《春秋》“三传”之间也并不存在不可逾越的鸿沟。

③ 《易传》涵《彖》上下、《象》上下、《文言》《系辞》上下、《说卦》《序卦》《杂卦》，共十篇，故称“十翼”。

④ 《春秋》“五传”分别为《左氏传》《公羊传》《穀梁传》《邹氏传》《夹氏传》。类传之作如《左氏微》《铎氏微》《张氏微》。以上诸“传”皆录于《艺文志》。见班固：《汉书·艺文志》，赵一生点校，杭州：浙江古籍出版社，2000 年，第 585 页。

有唐人以“夫子没而微言绝，异端起而大义乖。况泯绝于秦，得之者皆煨烬之末。滥觞于汉，传之者皆糟粕之余”之讽，嗤两汉诸“传”已丧夫子之精醇大义，只在“余之糟粕”上做文章。①但无论从“传”创作数目之巨，诠释手段之多样，下含内容之广泛，“经”义挖掘之深入，都足堪匹配“圣文之羽翮，记籍之冠冕”的盛赞。②

然而，汉武帝朝“罢黜百家”，“五经”定立，立博士，各传家法，“传”的命名开始承载官方认定的正统意义。③

自武帝立五经博士，开弟子员，设科射策，劝以官禄，讫于元始，百有余年，传业者寖盛，支叶蕃滋，一经说至百余万言，大师众至千余人，盖禄利之路然也。初，《书》唯有欧阳，《礼》后，《易》杨，《春秋》公羊而已。至孝宣世，复立《大小夏侯尚书》《大小戴礼》《施》《孟》《梁丘易》《穀梁春秋》。至元帝世，复立《京氏易》，平帝时，又立《左氏春秋》《毛诗》《逸礼》、古文《尚书》，所以罔罗遗失，兼而存之，是在其中矣。④

虽在《孟子》中，已有“经”“传”同引的明例，意味着在经学境域内“传”拥有与“经”比肩的论证效力。⑤但汉武帝立“五

① 李隆基：《孝经注疏序》，邢昺注，上海：上海古籍出版社，2009年，第6页。

② 刘勰：《文心雕龙·史传》，开封：河南大学出版社，2008年，第159页。

③ 因此，“三传”立官学之后才有资格称“传”，否则称之《左氏春秋》《公羊春秋》《穀梁春秋》。《公羊》在汉景帝时就立为官学，故最早称“传”，汉宣帝时《穀梁春秋》立为官学，称《穀梁传》。

④ 班固：《汉书·儒林传》，赵一生点校，杭州：浙江古籍出版社，2000年，第1075页。

⑤ 《孟子》中明引“传”三处，其中《梁惠王下》独占两处：“齐宣王问曰：‘文王之囿七十里，有诸？’孟子对曰：‘于传有之。’”“齐宣王问曰：‘汤放桀，武王伐纣，有诸？’孟子对曰：‘于传有之。’”见焦循：《孟子正义》，沈文倬点校，北京：中华书局，1987年，第51页。

经”于官学，择精醇诸“传”各家为“五经”博士，却是借王权之手圈定了“传”的身份界限，以“白衣为天子三公，封以平津侯”的政治力量撬动经学的走向，① 将“传”的诠释层级擢升至“记”“注”“疏”“笺”诸体例之上，乃至获得“附经”的资格。②“经”“传”相合不仅体现上“以‘传’比厕‘经’下”的形式与技术手段，③ 更重要的是，“传”正式“受邀”参与经文意义生成的过程中，并在与经文的互文和对话中悄然扩容、重构，甚至颠覆经文的书写。其必然结果是，“传”对“经”的绝对附属关系开始松动，从最初“圣人作其‘经’，贤者造其‘传’，述作者之意，采圣人之志”的附经解义之作，④ 到与“经”互为表里，相待而成，并最终重塑“经”“传”之间的主客关系，终使学人“不因‘经’以考‘传’，而欲据‘传’以明‘经’”⑤。

论“传”“反客为主”，撼动“经”主体性之例，莫若《春秋》“三传”。太史公曰：“《春秋》推见至隐，《易》本隐之以显。”（《史记·司马相如列传》）“六经”之中，“惟《易》包众理，事事可通。《春秋》具列事实，亦人人可解。一知半见，议论易生。著录之繁，二经为最”⑥。《春秋》虽为“陈列史实”之作，

① 公孙弘（公元前200—公元前121）就曾以论《春秋》“白衣为天子三公，封以平津侯”，引一时之风气，“天下之学士靡然乡风矣”。司马迁：《史记·儒林列传》，裴骃集解，北京：中华书局，1963年，第3111页。

② “经传合一”非《春秋》独有，“《易》有《彖》《象》，本与《卦》《爻》为二，而王弼合之；《诗》《书》有序，本与经文为二，而毛苌、孔安国合之；《春秋》有‘三传’，亦本与经文为二，而治‘三传’者合之。”马端临：《文献通考·经籍考九》，北京：中华书局1986年影印本，第1564页。

③ 章太炎：《国故论衡·明解故上》，庞俊、郭诚勇注，北京：中华书局，2008年，第19页。

④ 王充：《论衡校注·书解》，张宗祥校注，上海：上海古籍出版社，2010年，第221页。

⑤ 朱朝瑛：《读春秋略记》，收录于《文渊阁四库全书》，上海：上海古籍出版社影印本，第171册，第267页。

⑥ 纪昀等：《四库全书总目提要》，见《四库全书》（第1册），上海：上海古籍出版社，1987年，第525页。

却用词简约，全书一万八千字，却记录了自鲁隐公元年（公元前722年）到鲁哀公十四年（公元前481年）共242年的历史。① 在每年不到百字的记录中，录有“亡国五十二，弑君三十六”②。细论之下，载“侵伐”272例，“朝聘”154例，“会盟”198例，“杂事”217例，平均每论一事，用词不超过20字，经文婉约可见一斑。③ 以《春秋》开篇“隐公元年”为例：

元年春王正月。
三月，公及邾仪父盟于蔑。夏五月，郑伯克段于鄢。
秋七月，天王使宰咺来归惠公、仲子之赗。
九月，及宋人盟于宿。
冬十有二月，祭伯来。公子益师卒。

---

① 对于《春秋》篇幅的问题，学界多依《史记》的统计。《太史公自序》曰：“《春秋》文成数万，其指数千。”《集解》引张晏云：“《春秋》万八千字。”《公羊传·昭公十二年》疏“其词则丘有罪焉耳”亦曰：“孔子作《春秋》一万八千字，九月而书成。”然而，今人杨伯峻判断，《春秋》传抄过程中存在脱漏，并不完备：“王观国《学林》却说：‘今世所传《春秋》经，一万六千五百余字。’李焘为谢畴作《春秋古经序》说：‘张晏云春秋万八千字，误也。今细数之，更缺一千四百二十八字。’张晏为曹魏时人，王观国和李焘都为南宋初时人。假若张晏的‘万八千字’的数字可靠，则相隔九百年光景，《春秋》便漏抄一千四百二十八字。据汪伋《十三经纪字》，依清乾隆甲寅（一七九四年）刻本，春秋为一万六千五百十二字，较之李焘所细数，又少了六十字。辗转抄刻，字数难免有脱落。试想，春秋一条，多则二十余字，少则几个字；而自张晏以来，几乎少了一千五百字，至少是脱了一百多条，是不是可以说，这也是造成春秋不完备原因之一。”对此，也有质疑认为，《春秋》传世必然有脱简、缺简，但“一万八千”本为成数，是模糊却更准确的计数方法，不可细致精确论之，加之《春秋》版本、佚文、真伪等复杂情况，《春秋》为缺一千五百字的残书之说可能并不成立。见沈玉成、刘宁：《春秋左传学史稿》，南京：江苏古籍出版社，2000年，第24页。

② 董仲舒：《春秋繁露·灭国下》，周桂钿译注，北京：中华书局，2011年，第64页。

③ 陈则通：《春秋提纲》，转引自沈玉成、刘宁：《春秋左传学史稿》，南京：江苏古籍出版社，2000年，第22页。

62字经文涵盖会盟、征伐、丧葬、吊唁诸事，议而不辩，睿旨幽隐。若想以此“推见至隐”，必要分“经”作“传”，即桓谭所谓“‘经’而无‘传’，使圣人闭门思之，十年不能知也”①。班固作《汉书》时《春秋》已学开“五传”：《左氏传》三十卷，《公羊传》十一卷，《穀梁传》十一卷，《邹氏传》十一卷，《夹氏传》十一卷，有录无书。②《邹氏》无师、《夹氏》未有书，故云“释《春秋》经者，最古厥惟三传”③。《春秋》存世之“三传”内容殊异，虽皆以“凡‘传’以通‘经’为主，‘经’必当为理”为诠释原点，以还原夫子微言大义为题旨。④ 然《春秋》“传”却绝非“经”的“附庸”，仅为经义提供单向疏证与解释。恰恰相反，长久以来，“三传”凭借各自与《春秋》经文形成的闭合阐释链，牵动着《春秋》意义的走向，为《春秋》提供从经文到经义迥然而异的诠释话语体系，此即《文献通考》所谓，“独《春秋》一书，‘三传’各以其说与经文参错，而所载经文又各乖异”⑤。

以经文论之，《春秋》本为古文经，但无论是古文版还是今文隶定版均由“传授本”出，经文的辨别完全有赖于“传”的记录与书写。然而，“三传”附“经”各不相同。如，据《公羊》《穀梁》，“经”止于“获麟”，唯《左传》续“经”至哀公二十七年（公元前468年）。⑥ 再如，《公》《穀》二“传”襄公二十一年

---

① 桓谭：《新辑本桓谭新论·正经》，朱谦之校辑，北京：中华书局，2009年，第39页。

② 班固：《汉书·艺文志》，赵一生点校，杭州：浙江古籍出版社，2000年，第585页。

③ 熊十力：《读经示要》，长沙：岳麓书社，2013年，第345页。

④ 范甯：《春秋穀梁传注疏序》，杨士勋疏，北京：中华书局1980年影印世界书局阮元校刻本，第17页。

⑤ 马端临：《文献通考·经籍考九》，北京：中华书局1986年影印本，第1564页。

⑥ 《哀公二十七年》文末，又记鲁悼公四年，荀瑶帅师围郑及韩、魏、智伯之事。史载智伯亡于公元前453年，将《左传》的记事跨度扩展至270年（公元前722—公元前453）。

“经”曰：“十有一月庚子，孔子生。”《左传》中却并无此经文。如此一来，经文的确定性便与“传”的可信性并联捆绑，非但不是“依经作传”，反倒需以“传”定“经”，此即马端临（1254—1340）所谓：“《春秋》古经，虽《艺文志》有之，然夫子所修之《春秋》，其本文世所不见，而自西汉以来所编古经，则具自‘三传’中取出经文，名之曰正经耳。然‘传’所载经文，多有异同，则学者何所折衷？”① 经文对“三传”依赖如此，经义尤甚。历代提炼《春秋》大义多自“三传”入手，此即杜预所谓“‘经’之条贯，必出于‘传’”“（《春秋》大义）固当依‘传’为断”②。《春秋》之义必待“传”明，这不仅仅是杜预及其代表的古文经学的立场，更是《春秋》学界跨越汉学、宋学，无论今文、古文的广泛共识。唯有如此，才能解释为何群“经”诸“传”之中，唯有《春秋》“三传”跻身为“经”。③ 为何程伊川（1033—1107）反转先“经”后“传”之序，视“传”为先有之“案”，“经”为后作之“断”。④ 为何皮锡瑞敢于断言：“不信‘三传’，则《春秋》已废矣。”⑤ 为何熊十力笃定坚称：“（《春秋》大义）必要借《公羊》借事明义之旨，方能解之。”⑥

---

① 马端临：《文献通考·经籍考九》，北京：中华书局1986年影印本，第1564页。

② 杜预：《春秋左传正义·序》，孔颖达疏，北京：北京大学出版社，1999年，第22页。

③ 汉代立《诗经》《尚书》《周易》《礼记》《春秋》于学官，为“五经”；唐代加《周礼》《仪礼》，并将《春秋》分为《春秋左氏传》《春秋公羊传》《春秋穀梁传》，为“九经”。至唐文宗开成年间刻石国子学，又加《孝经》《论语》《尔雅》为“十二经”；南宋复增《孟子》，合称“十三经”。诸“经”之中，唯有“三传”为解“经”之作。

④ 程颐言：“‘传’是案，‘经’是断。如书弑某君，伐某国，若不明其事，恐亦难断。”转引自王阳明：《传习录·徐爱录》，郑州：中州古籍出版社，2017年，第45页。

⑤ 皮锡瑞：《经学历史》，北京：中华书局，2008年，第148页。

⑥ 熊十力：《读经示要》，长沙：岳麓书社，2013年，第348页。

然而，自“西狩获麟”（公元前481）《春秋》始作，至“三传”中最后立于官学的《左传》“陈发秘臧，校理旧文”（《汉志》），相隔近五个世纪。汉景帝年间，《公羊》成书、《穀梁》呈世；两汉之交，汉哀帝年间刘歆见秘藏之《左传》。① “三传”均距圣人岁月弥远，期间人事更迭、文字变异，加之战乱秦火，文献典籍佚失难以计数，“三传”“转授经旨”“以授以后”的合法性何在?② 或者说，“三传”所传，究竟是遥隔山水岁月的圣人心意，还是汉儒的臆造附会？其源头是否能溯归《春秋》经旨本身？也许唯有因循“传”的语源地图，回溯“三传”各自的生发路径，疏通“三传”学脉的谱牒源头，才能批显《春秋》“三传”与孔门之学的渊源传承，审视“三传”不同的解经立场的形成与对《春秋》大义的发掘。

2. “口传注经”：“三传”生发源头

承上节所论，“传”作为经学诠释体例，所得其名在乎“转授经旨”“以授以后”的核心要义。身处“传”发展完备、“三传”跃列“九经”、经学大一统背景下的刘知幾，③ 以《左传》为“传”之发端与标杆，从广义与狭义给予“传”最为详尽的归纳：“孔子既著《春秋》，而丘明受‘经’作‘传’。盖‘传’者，转也，转受经旨，以授后人。或曰‘传’者，传也，所以传示来世。案孔安国注《尚书》，亦谓之‘传’，斯则‘传’者，亦训释之义

① 刘歆：《移书让太常博士》，收于严可均校辑：《全汉文》，北京：商务印书馆，1999年，第414页。

② 刘勰：《文心雕龙·史传》，开封：河南大学出版社，2008年，第159页。

③ 皮锡瑞《经学历史》从孔子删定“六经”述起，以清代今文经学的兴起为终结，将经学的发展历程分为开辟、流传、昌明、极盛、中衰、统一、分立、变古、积衰、复盛十个时期。

乎？”①从中明确可见，“传”三层意义依序层叠浮现：其一，“传”即是“转”，是“转述”“转达”“转交”，如“受人之托”“原封不动”式地从中接递，强调“经旨”源头可溯可信；其二，“传”又是“传”（平声），是“传递”“传播”“传达”，更像是“反客为主”“以己为媒”，变“转”的“一对一”为“传”（平声）的“一传十”，聚焦对“原旨”的加工发散；其三，“传”即“训释”，是“转”与“传”的出发点也是最终落脚处，是对“传”内容主旨“万变不离其宗”的把控。在刘知幾的理顺下，我们得以发现“传”之为“传”的三大要件：承于源头、发于流行、本于释“义”。其中，“承于源头”观照与“经”之间是否存在足以据信的传承关系，着眼于“经”“传”接续，关乎“传”立身的基石；“发于流行”关注“承经”之后，“传”的定本成书、通行接受，关乎“传”本身的主体性；“本于释义”则是“传”对经义的体悟、对“传”本“义”的执行，呈现为具体的释“经”路径与解“经”手段。唯有从“训释之义”出发，上溯源流、下观后效，合而观之，方能一览“传”之全貌。要“上溯源流”，就必须回到“经”“传”接续的现场，而中国史学真正意义上的开山之作《史记》恰恰留存了这段重要记忆：

是以孔子明王道，干七十余君，莫能用，故西观周室，论史记旧闻，兴于鲁而次春秋，上记隐，下至哀之获麟，约其辞文，去其烦重，以制义法，王道备，人事浃。七十子之徒口受其传指，为有所刺讥褒讳挹损之文辞不可以书见也。鲁君子左丘明惧弟子人人异端，各安其意，失其真，故因孔子史记具论其语，成《左氏春秋》。②

① 刘知幾：《史通通释·六家》，浦起龙通释、王煦华整理，上海：上海古籍出版社，2009年，第11页。

② 司马迁：《史记·十二诸侯年表》，裴骃集解，北京：中华书局，1963年，第57页。

此说得到了众家高度关注，对此引述颇多，多以此为《左传》是否传《春秋》的关键性证据。① 史迁之说，文气贯穿、一气呵成，然而如果更换视角，站在《春秋》“经”“传”衔接的角度再看此段，不难发现其中存留孔子身前与身后两套时间脉络，个中暗含“经”辗转成“传”的一个话语源头及两条传播路径：夫子身前事围绕作《春秋》展开，已有前述，不必赘言；身后事则从“鲁君子左丘明惧弟子人人异端”起始，至《左氏》落地成书，记述“传”的诞生。前幅记“经”、后文载“传”，之间由“七十子之徒口受其传指”贯穿衔接。而恰恰是这衔接之句，为“三传”的生发源头，乃至中国经学代际相传的路径，提供了重要的史料线索：在史迁看来，“传”（至少是《左传》）的发端并非出自作“传”人（左丘明）对《春秋》经文主观的体察和揣度，而与经文作者（孔子）的口授讲注有更直接和密切的关系，是谓“孔子论六经，记异而说不书”（《史记·天官书》）。换句话说，孔子将《春秋》之“义”一分为二，择两条路径留存：上至隐、下至哀的“史记旧文”存于书简，而将“不可书见”的“刺讥褒讳挹损”之辞口授于弟子。二者之间，后者很可能才是激发《左传》初始意义的直接源头。孔子晚年退而修《春秋》，《春秋》成书距孔子离世相隔不远，《孔子世家》载夫子临终事云：

明岁，子路死于卫。孔子病，子贡请见。孔子方负杖逍遥于门，曰：“赐，汝来何其晚也？”孔子因叹，歌曰：“太山坏乎！梁柱摧乎！哲人萎乎！”因以涕下。谓子贡曰：“天下无道久矣，莫

① 传统古文经学家自此记录立论，认为《左氏春秋》即是《左传》，作者是与孔子有确切交集的“鲁君子左丘明”。他们以此为左丘明得夫子亲授的史料证据，力驳今文学家“《左氏》不传《春秋》说”“刘歆伪作说”。杜预、刘知幾、程颐、朱熹、刘师培、章太炎等人均曾先后引征此段论《左传》传《春秋》的合法性。“古史辨”运动中钱穆、高本汉也曾以此段证《左传》与《春秋》关系。见钱穆：《刘向歆父子年谱》，北京：燕京大学出版社，1930年；高本汉《左传真伪考及其他》，陆侃如译，太原：山西人民出版社，2015年。

能宗予。夏人殡于东阶，周人于西阶，殷人两柱间。昨暮予梦奠两柱之间，予始殷人也。”后七日卒。①

孔子是否在“梦奠两柱之间”前后病中“口传经指”，荒渺难稽；然而《春秋》止于哀公十四年冬，孔子逝于哀公十六年春，却是无可更改的史实。② 徐彦疏《公羊传·昭公十二年》曾引《春秋说》曰：“孔子作《春秋》一万八千字，九月而书成。”③ 若《春秋》历时九个月编修而成，完稿至少在哀公十五年秋，“七十子之徒口受其传指”也只能发生在哀公十五年秋至哀公十六年春之间的短短六个月，亦是孔子人生最后的时光。《春秋》作为孔子的“天鹅之歌”（the Swan Song），凝聚其毕生所学所悟，而对如此重要的著作，孔子选择将“王道与人事”，“约其辞文，去其烦重”后付诸简帛，而将“不可以书见”的“刺讥褒讳挹损之文辞”口传弟子。这或许还意味着，孔子不仅是《春秋》的编修和整理者，更先于左丘明，成为第一代的《春秋》“传经”人。他以口传注经的方式参与“传”诠释体例的搭建，完成了从“经”到“传”的自发过渡，更从源头成就了“传”远高于“注”“疏”“义证”的释“经”等级。

自班固赞司马迁有“良史之材”，谓“其文直，其事核，不虚美，不隐恶”（《汉书·司马迁传》），《史记》便得“实录”“信史”之名。④ 加之司马迁以继《春秋》为己志，若非确有明证，

① 司马迁：《史记·孔子世家》，裴骃集解，北京：中华书局，1963年，第227页。

② 《左传·鲁哀公十六年》有更为详细的记载曰：“夏四月己丑，孔丘卒。”杜预：《春秋左传正义·鲁哀公十六年》，孔颖达正义，北京：北京大学出版社，1999年，第1688页。

③ 何休：《春秋公羊传注疏》，徐彦疏，上海：上海古籍出版社，2014年，第1112页。

④ 班固：《汉书·司马迁传》，赵一生点校，杭州：浙江古籍出版社，2000年，第840页。

绝不会妄造“口授《春秋》”。① 对此段历史，两汉、魏晋经儒史家，无论今文经古文经家，一反于《春秋》议题上的常态，几乎众口一词。其中，与《史记》所载在内容上最为切近的当属《汉志》：

以鲁周公之国，礼文备物，史官有法，故与左丘明观其史记，据行事，仍人道，因兴以立功，就败以成罚，假日月以定历数，借朝聘以正礼乐。有所褒讳贬损，不可书见，口授弟子，弟子退而异言。丘明恐弟子各安其意，以失其真，故论本事而作“传”，明夫子不以空言说“经”也。《春秋》所贬损大人当世君臣，有威权势力，其事实皆形于“传”，是以隐其书而不宣，所以免时难也。及末世口说流行，故有《公羊》《穀梁》《邹》《夹》之“传”。四家之中，《公羊》《穀梁》立于学官，《邹氏》无师，《夹氏》未有书。②

《汉志》之说与《史记》如一体两面，“有所褒讳贬损，不可书见，口授弟子，弟子退而异言”之语与《史记》“七十子之徒口受其传指，为有所刺讥褒讳挹损之文辞不可以书见也”互文辉映，再证《春秋》经旨曾得口传。而于《史记》不详之处，《汉志》又多有绎解阐发，其中虽有模糊歧义，但大体无碍史实：《史记》仅云“刺讥褒讳挹损之文辞不可以书见”，《汉志》借《左传》成书后的“隐而不宣”点明“不可书见”皆因“以免时难”——“春秋所贬损大人当世君臣，有威权势力，其事实皆形于‘传’，是以隐其书而不宣”。而及左丘明其人，为《史记》中授业于孔子的“鲁君子”，在《汉志》中被擢为与孔子并肩观鲁史，并有机会参与

① 《太史公自序》中司马迁多次提及《春秋》，虽因避患或自谦每每闪烁其词，云“而君之比《春秋》，谬矣”，并未揭明“继《春秋》”之志，但司马迁以己“幽于缧绁”而著《史记》自比“孔子戹陈蔡，作《春秋》”，护继《春秋》之心明白无疑。论司马迁著史之志，详见陈文洁：《司马迁之志：〈史记〉之“继春秋”辨析》，上海：华东师范大学出版社，2015 年。

② 班固：《汉书·艺文志》，赵一生点校，杭州：浙江古籍出版社，2000 年，第 585 页。

《春秋》编订书写之人。① 而对《史记》中未提及的《公》《穀》二“传”，《汉书》也连同《邹》《夹》一一补录，称四家为“口说流行”的产物。抛却班固扬《左传》抑《公》《穀》之私心，② 其对孔子口传受“经”，七十子“各具其意”极为笃信。对此，另有《儒林传》或可为证：

仲尼既没，七十子之徒散游诸侯，大者为卿相师傅，小者友教士大夫，或隐而不见。故子张居陈，澹台子羽居楚，子夏居西河，子贡终于齐。如田子方、段干木、吴起、禽滑釐之属，皆受业于子夏之伦，为王者师。是时，独魏文侯好学。天下并争于战国，儒术既黜焉，然齐鲁之间学者犹弗废，至于威、宣之际，孟子、孙卿之列咸遵夫子之业而润色之，以学显于当世。③

《史记》《汉书》比照之下，我们以史学为视角，获得了孔子身后三百余年间《春秋》与下系诸“传”流传关系的基本脉络：孔子于哀公十五年前后（公元前 482 年）作《春秋》，“为避时难”，《春秋》隐去其中“刺讥褒讳挹损之文辞”，口传经旨于七十子。“七十子之徒散游诸侯各国”，先有《左传》，后成《公》《穀》《邹》《夹》，《春秋》“五传”实出同源。

以“前三史”为断，或单言《左传》，或合论“五传”，孔子“口传注经”生发《春秋》诸“传”已是定案，故有《史通》“孔子既著春秋，而丘明受‘经’作‘传’”之语。④ 而在两汉、魏

---

① 此说非《汉志》独有，《孔子家语·观周篇》云：“孔子将修《春秋》，与左丘明乘，如周，观书于周史，归而修《春秋》之‘经’，丘明为之‘传’，共为表里。”见杜预：《春秋左传注疏》，孔颖达疏，北京：北京大学出版社，1999 年，第 12 页。

② 《汉志》抄录自刘歆《七略》，而刘歆不遗余力推动古文经《左传》入官学，乃《左》学一功臣。因此，《汉志》中不断强调乃至擢升《左传》的正统地位，强调左丘明与孔子的直接联系。

③ 班固：《汉书·儒林传》，赵一生点校，杭州：浙江古籍出版社，2000 年，第 1075 页。

④ 《后汉书》对左丘明承“经”旨作“传”及“三传”的成书有更多记述，但大多与《史记》《汉书》论调一致，在此不一一引述。

晋时代的经学界，无论今学、古学，对此也本无异议——古文派与史学渊源深厚，多以“史”为据，从《史记》《汉书》说。故“第一代”古文经师刘歆在《移书让太常博士》（下称《移书》）叹云：“及夫子没而微言绝，七十子卒而大义乖。”① 试想，若无“口授”，何来“微言”？集古文学之大成的杜预更是直陈其事曰：“左丘明受‘经’于仲尼，以为‘经’者不刊之书也，故传或先‘经’以始事，或后‘经’以终义，或依‘经’以辩理，或错‘经’以合异，随义而发”②。而今文经学之肇始《公羊传》及东汉何休、唐人徐彦之解诂也力证《春秋》口授相传。③

至中唐，攻“传”之声渐起，绵延至两宋，义理学派“视汉儒之学如土埂”，排《系辞》、毁《周礼》、疑《孟子》、讥《书》篇、黜《诗》序，各创经义，“废传”从几微之声渐成主流：④

宋自孙复以后，人人以臆见说《春秋》。恶旧说之害己也，则

① 刘歆：《移书让太常博士》，收于严可均校辑：《全汉文》，北京：商务印书馆，1999年，第414页。

② 杜预：《春秋左传正义·序》，孔颖达正义，北京：北京大学出版社，1999年，第12页。然而，孔颖达认为左丘明未必得孔子面授亲传：“丘明为‘经’作‘传’，故言受‘经’于仲尼，未必面亲授受使之作‘传’也。”

③ 《公羊·隐公二年》，“经”曰：“纪子伯、莒子盟于密。”“传”曰：“纪子伯者何？无闻焉尔。”何休注曰：“言无闻者，《春秋》有改周受命之制，孔子畏时远害，又知秦将燔《诗》《书》，其说口授相传，至汉公羊氏及弟子胡毋生等，乃始记于竹帛，故有所失也。”徐彦疏曰：“孔子至圣，却观无穷，知秦无道，将必燔书，故《春秋》之说口授子夏。”何休：《春秋公羊传注疏·隐公二年》，徐彦疏，上海：上海古籍出版社，2014年，第23页。

④ 语出陆游：“唐及国初，学者不敢议孔安国、郑康成，况圣人乎？自庆历后，诸儒发明经旨，非前人所及，然排《系辞》，毁《周礼》，疑《孟子》，讥《书》之《胤征》《顾命》，黜《诗》之《序》，不难于议‘经’，况‘传’注乎？斯言可以箴谈‘经’者膏肓。”转引自王应麟：《困学记闻·经书》，上海：上海古籍出版社，2008年，第1094页。《经学历史》细解陆务观此言曰：“排《系辞》谓欧阳修，毁《周礼》谓修与苏轼、苏辙，疑《孟子》谓李觏、司马光，讥《书》谓苏轼，黜《诗序》谓晁说之。此皆庆历及庆历稍后人，可见其时风气实然，亦不独咎刘敞、王安石矣。”

> 举三“传”义例而废之。又恶《左氏》所载证据分明、不能纵横颠倒，惟所欲言也，则并举《左传》事迹而废之。譬诸治狱，务毁案牍之文，灭佐证之口，则是非曲直乃可惟所断而莫之争也。①

依《春秋分记》所论，“三传”之中，尤以《左传》因“所载证据分明、不能纵横颠倒”备受波及。无论该说是否偏狭，就结果看，唐宋众家确相继驳《左传》，以其作者非孔子同时期之“左丘明”，不曾受“经”于孔子为由，论《左传》真伪：

> 刘向、刘歆、桓谭、班固皆以《春秋传》（《左传》）出左丘明，左丘明受“经”于孔子。魏晋以来儒者，更无异议。至唐赵匡，始谓左氏非丘明。盖欲攻“传”之不合“经”，必先攻作“传”之人非受“经”于孔子，与王柏欲攻《毛诗》，先攻《毛诗》不传于子夏，其智一也。宋元诸儒，相继并起。王安石有《春秋解》一卷，证左氏非丘明者十一事。陈振孙《书录解题》谓出依托。今未见其书，不知十一事者何据。②

尽管如此，即便是力主“舍传求经”的啖助、赵匡、陆淳（？—806）一派，虽痛陈“三传”“其义多谬”，屡列其失，却也并不能否认《春秋》经义靠夫子口传：③

> 啖子曰：古之解说悉是口传，自汉以来，乃为章句。如《本草》皆后汉时郡国，而题以神农；《山海经》广说殷时，而云夏禹所记。自余书籍，比比甚多，是知“三传”之义，本皆口传，后之学者乃著竹帛，而以祖师之目题之。余观《左氏传》，自周、

---

① 程公说：《春秋分记》，收入《四库全书总目提要·经部二十七·春秋类二》，上海：上海古籍出版社，1987年，第1517页。

② 纪昀等：《四库全书总目提要》，见《四库全书》（第1册），上海：上海古籍出版社，1987年，第525页。

③ 啖、赵二人著作均已亡佚，现存二人论述均收入陆淳《春秋集传纂例》十卷本中。三家论《春秋》立场相近，故合称一派。

晋、齐、宋、楚、郑等国之事最详，晋则每一出师，具列将佐，宋则每因兴废，备举六卿。故知史策之文，每国各异。左氏得此数国之史，以授门人，义则口传，未形竹帛。后代学者，乃演而通之，总而合之，编次年月，以为传记。①

啖助以汉为分界，言古之解说俱为口传，虽未明指“古之解说”具体内涵，但其中必有“六经”，这无异于默认《春秋》解说借助口传。啖助、赵匡、陆淳三家虽对“三传”深不以为然，指其“诚未达乎《春秋》大宗”，② 但自中唐至北宋庆历，疑“经”诋“传”各家均无法否认“口传”这一中国经学诠释学的关键传统。③

自孔子定“六经”始，口传讲“经”、亲授师法就成为一种普遍的诠释传统，非《春秋》独有。除却上文引自《史记》《汉书》有关“口传注经”的明确书写，“口传注经”在众多史料与诸“传”中留下无法掩盖的印记，不断为孔子口授《春秋》的真实性加载新的证据。孔子本人笃信且躬行“有德者必有言，有言者不必有德”（《论语·宪问》），聚徒讲学全以口说。《汉志》记：“《论语》者，孔子应答弟子时人及弟子相与言而接闻于夫子之语也。当时弟子各有所记。夫子既卒，门人相与辑而论纂，故谓之《论语》。”④《论语》的集纂成书，极难不让人联想到《春秋》诸

① 陆淳：《春秋经传纂例》，扬州：广陵书社，嘉兴钱氏经苑1968年重刻本，第4页。

② 陆淳：《春秋经传纂例》，扬州：广陵书社，嘉兴钱氏经苑1968年重刻本，第15页。

③ 北宋庆历年间，以王安石（1021—1086）为代表的革新派称《春秋》“断烂朝报”，辩左氏为六国时人，“经”“传”皆不足信。但王安石是否诋毁《春秋》，仍是一段公案。周麟之、陆佃、苏辙、苏轼均记荆公有“断烂朝报”之语。《经义考》引宋人陈振孙、林希逸为王介甫抗辩，谓“今人以断烂朝报之语为荆公罪，亦冤甚矣”。见沈玉成、刘宁：《春秋左传学史稿》，南京：江苏古籍出版社，2000年，第214~215页。

④ 班固：《汉书·艺文志》，赵一生点校，杭州：浙江古籍出版社，2000年，第585页。

“传”的生发过程，区别唯有《春秋》于“七十子卒”后，学分五家，各立其“传”，而《论语》则统合门人弟子的“各有所记”，采取“相与辑而论纂”的集体编写形式。全书均为对话问答，包括400余处“子曰”，频繁涉及对《诗》《书》《礼》《乐》具体条目内容的理解，足可为孔子口授经书之明证。孔子以降，众弟子口传注“经”、口说解“经”传统一脉相传，效法者无数，影响深远。《史记·儒林列传》记董仲舒“下帷讲诵，弟子传以久次相受业，或莫见其面”①。董子处处以圣人为楷模，“进退容止，非礼不行”，选择讲诵传“经”，很难说是其个人的发明。再如《公羊》《穀梁》二“传”，若非服务于“口说”，怎会通篇以问答对话逐条解“经”？抛却其中所记内容，二者的诠释体例本身又何尝不是口传注“经”的历史陈迹？

值得注意的是，口传诠释传统并非中国经学早期的过渡性模式，反而延宕绵长，即便在物质基础空前丰富、书写刊印效率远超前人宋、明两朝，口传仍是为弟子门人传授师法家法，甚至在经筵讲习的普遍策略。宋人王应麟（1223—1296）云：“古之讲‘经’者，执卷而口说，未尝有讲义也。元丰间，陆农师在经筵，始进讲义。”② 如果撰写“讲义”为陆农师（1042—1102）首创，这至少证明传统的“执卷而口说”模式最少运作千余年；而明代湛若水（1466—1560）为明“心学”，大斥“口传”的正统性：“夫圣人之治本于一心，圣人之心见于‘六经’，故学‘六经’者，所以因圣言以感吾心而达于政治者也。后世之学，乃以经书资口耳言语之末，让圣贤之道而不为得，非买椟而还其珠之谓哉!”③ 这从历史的侧面证实了口传注“经”在历史上的连续和普遍性。从清末至民初，中国经学内部思潮涌动，古文小学殷盛，今文经学再度崛

① 司马迁：《史记·十二诸侯年表》，裴骃集解，北京：中华书局，1963年，第253页。

② 王应麟：《困学记闻》，上海，上海古籍出版社，2008年，第1094页。

③ 湛若水：《格物通》（第二十九卷），见于《文渊阁四库全书》，上海，上海古籍出版社1990年影印本，第716册。

起，二家虽在“经”义的创造与治“经”理想上壁垒森严，但对“口传”的诠释传统不存二见。若仍以《春秋》为例，古文经集大成者刘师培（1884—1919）曰：“三代之时学术授受，多凭口耳之流传。孔子之以‘六经’教授也，大抵仅录经文以为课本，而参考之语、诠释之词，则大抵以口而相传。”① 而“最后的今文大师”康有为概括《春秋》要领为：“盖《春秋》之义，不在经文，而在口说。”②

诚如上文所论，口传注“经”肇始于孔子自觉的诠释实践，并逐渐形成一种解“经”传统，贯穿中国经学的全部历史。文约旨博、引而不彰如《易》《春秋》，经卷文字之外的注疏批解成为通往经义的必经之路，而源于孔子本人的口传心法则为这条极易旁生臆断与曲解的路径标注出直通“彼岸”的捷径。尽管有“信史”的加持佐证，但人类历史中难以避免的偏私和疏漏使我们仍不能断言“鲁君子”是否同孔子“共观国史”，承孔子面授《春秋》，正如我们不能确知孔子是否将《春秋》之义口授子夏，子夏之后经义又辗转何方。但我们相信，中国经学诠释历史的高度连续性意味着，在“离合之间”昭彰经文的《左传》与逐句释“经”的《公》《穀》二“传”之上必然存在一个或多个声音性的口传源头，直接或间接地指向孔子本人。无论是线性还是辗转，《春秋》“三传”的“述”者及作者都在某一特定的时间点接收到来自圣人的信息，并在此基础上完成了从“经”到“传”的历史性接续。从这一意义而言，“三传”与“经”之间并不存在一条传统意义上的“贯穿直达”的路径，而是通过对“经”声音性的注解介质，在与之持久交互中迂回进入并重建“经”的意义空间。这也就意味着，共享同一信息源流的“三传”所试图还原出的，并不是一个完全由经文构筑的世界，而是竭尽所能地再重现对声音的记忆。

① 刘师培：《经学教科书、伦理教科书》，万仕国点校，扬州：广陵书社，2016年，第6页。

② 康有为：《春秋董氏学·春秋口说》，北京：中华书局，1990年，第2页。

而这一声音本身构成了对《春秋》最具权威性的注解，是“三传”的母版、原型，或者说，一种“元”传。然而，义出同源的“三传”却最终渐行渐远，“若瓜畴芋区之不可相合”，究竟是“传”者无心，将声音构成的记忆刻意变乱扭曲，还是圣人无意，早已将那后世孜孜以求的恒定且终极的意义消解隐匿？也许只有在总览“传”从“递接”到“发散”，即从“口传”到“书写”的全过程之后才能有所体悟。

第四章　文字与声音："三传"的书写与流播

"盖'传'者，转也，转受经旨，以授后人。或曰'传'者，传也，所以传示来世。"① 如果"转受经旨"是"传"的起始，是"传"出发的原点，那么"传"的终点一定是"后人"与"未来"。在经义穿越当下、递送至未来的旅途中，"执卷而口说"的传统讲"经"模式早已昭示出"书"与"说"两条路径、两种选择。不论如何强调"口传"的普遍性价值，及其对《春秋》意义生成施加的决定性影响，我们也必须看到，于解"经"一途，声音之外还有文字，"书卷"与"口说"、口耳"传授"和视觉上的眼手"传示"均具备可操作性。我们无法确知"三传"努力复原的"圣人心意"是否会因接受个体差别存在变体，或者孔子对"七十子之徒口受传指"是否会因材施教、因人而异，但传"经"的手段和介质确是"三传"可以明确追溯的分歧原点。因此，本章将从记载"《春秋》三传"书写与流播的最初记录出发，探绎三家传"经"手段、途径及诠释路径的分异。

1. 左丘明之"惧"与康有为之"惑"

为解"三传""瓜畴芋区"之惑，我们有必要再次回到《史记》钩织出的历史现场，寻找"传"书写与传播的最初记录：

---

① 刘知幾：《史通通释·六家》，浦起龙通释、王煦华整理，上海：上海古籍出版社，2009 年，第 11 页。

是以孔子明王道，干七十余君，莫能用，故西观周室，论史记旧闻，兴于鲁而次《春秋》，上记隐，下至哀之获麟，约其辞文，去其烦重，以制义法，王道备，人事浃。七十子之徒口受其传指，为有所刺讥褒讳挹损之文辞不可以书见也。鲁君子左丘明惧弟子人人异端，各安其意失其真，故因孔子史记具论其语，成《左氏春秋》。铎椒为楚威王传，为王不能尽观《春秋》，采取成败，卒四十章，为《铎氏微》。赵孝成王时，其相虞卿上采《春秋》，下观近势，亦著八篇，为《虞氏春秋》。吕不韦者，秦庄襄王相，亦上观尚古，删拾《春秋》，集六国时事，以为八览、六论、十二纪，为《吕氏春秋》。及如荀卿、孟子、公孙固、韩非之徒，各往往捃摭《春秋》之文以著书，不同胜纪。汉相张苍历谱五德，上大夫董仲舒推春秋义，颇著文焉。①

如若《史记》果为“信史”，依鲁史而修的《春秋》从一开始便预留笔录与口传、眼手与口耳两条信息传播渠道，天然地分割出《春秋》“本事”与因各种原因难以付诸笔端的“大义”两个意义域场，开启了文字与声音两条解“经”路径。二者之间，铭写有助于存留意义的相对稳定性，而口传的便捷性使其在物质文明匮乏的前秦时代更具应用价值。

如果说备受学界关注的“七十子之徒口受其传指”点明的是一条“有声”的传承路径（口授），那么自“鲁君子”一句始，司马公已悄然将话题转向了一条在他看来“有形”却“无声”的方向（笔书），这一转折的起始便是“鲁君子左丘明之惧”②。前

① 司马迁：《史记·十二诸侯年表》，裴骃集解，北京：中华书局，1963年，第57页。

② 《左传》作者是否为左丘明，此左丘明是否与《论语·公冶长》中“左丘明耻之”为同一人，自啖助之后，便多有质疑。赵匡的《春秋阐微纂类义疏》、陆淳的《春秋集传纂例》、王安石的《春秋解》、吕大圭的《春秋五解》、焦循的《春秋左传补疏自序》等著作均有详尽阐述。但因本论题与本书主题关涉不大，在此搁置不论，以康熙《御制日讲春秋解义序》对《左传》作者为左丘明的官方认定为准。

章论及孔子之"惧"——"世衰道微，邪说暴行有作，臣弑其君者有之，子弑其父者有之。孔子惧，作《春秋》"（《孟子·滕文公下》）。孔子之"惧"，不在诸恶有作、暴行频仍，而是一个黄金时代的终结，一套完美的礼仪教化制度从此走向沉沦。对此，孔子的选择是宁负"知我罪我"之名，以"有德无位"之身修作《春秋》，重竖德化诗礼。而在圣人将这面大旗口说传业，郑重递交至左丘明（及七十子）手中时，丘明之"惧"似乎更值得细思玩味。丘明之"惧"在于"弟子人人异端，各安其意失其真"，这源于一种求真葆真的焦虑。显然，左丘明自认已从夫子亲授中完整提取出了《春秋》的要义精髓，完全可以将这份沉甸甸的嘱托以同样的方式（口传）接续传递。然而，或许出于重大使命感所带来的审慎，或许是基于对人类声音记忆脆弱性的清醒认识，左丘明对待孔子亲创的"口传"传统存直觉性的怀疑。与他存有同样的焦虑的，也许还有笔书《中庸》的子思（公元前483—公元前402）。程颐考证《中庸》源头谓："此篇乃孔门传授心法，子思恐其久而差，故笔之于书，以授孟子。"① 口口相传的递接过程中存在的无数种失忆、脱漏、变形失真的可能，令丘明"惧"、子思"恐"。文字与声音，究竟哪一种更能真实折射出圣人的本色？丘明与子思曾苦苦求索的答案最终在二人于笔录与口说、文字与声音之间的选择中交汇重合。二人共同认定，与转瞬即逝、不具备捕捉条件的声音相比，文字更具备抵御时移世易、还原历史真实的信度。左丘明在二者之间的慎重抉择无疑也成为"三传"同源而殊途的重要转捩点。

正是基于这份对口头诠释开放性及不可控性的"忧惧"，《左传》以笔书为声音"赋形具象"，用文字构架出《左传》与圣人原初意义的确凿联系，在史籍中率先留下了关于《春秋》"传"的记录。以书写更替声音无疑更符合中国"左史记事、右史记言"的强大史传传统，也使得《左传》在内容风格之外获得了与"史"

① 见朱熹：《四书章句集注》，北京：中华书局，1983年，第4页。

在语言表现形式上的天然契合，从而更易博得史家的认同。因此，不难理解在《史记·年表》中，有资格接续《春秋》之作唯有《左传》。①

从杜预到章太炎，中国古文经学家一贯奉《十二诸侯年表序》为《左传》有且甚至独有“传《春秋》”资格之明证。然康有为“以《史记》为主，遍考《汉书》而辩之”，志在瓦解古文学之根基，誓证从《史记》《汉书》到先秦诸书“间有窜乱，则刘歆采撷之所自出也”②。其对《表序》的指谬难以立足的主要原因即在疏于考虑，或者是刻意淡化中国史家笔书传统对“经”“传”价值判断的潜在影响：

今博士谓“左氏不传《春秋》”，《儒林传》述《春秋》有《公羊》《穀梁》，而无《左氏》。史迁征引《左氏》至多，如其传“经”，安有不叙？此为辨今古学真伪之铁案。孔子《春秋》之义法，唯七十子能传之，即《公羊》《穀梁》之说也。自非七十子，其不传明矣。此表骤言“左氏”，且称丘明为“鲁君子”“惧弟子各安其意，而失其真”，抑《公》《穀》而尊《左氏》如此！考文翁《孔庙图》《史记仲尼弟子传》，无左丘明名，且《左传》称“悼四年”。据《史记六国表》，悼公之薨在获麟后五十余年。则丘明在孔子后远矣。岂七十子学成德尊所存者不足据，而非弟子之丘明反足据乎？此又不待辨也。下杂叙《铎氏微》《虞氏春秋》《吕氏春秋》诸书，各体既杂而不类。又《吕后春秋》于十二诸侯年、月事无关，《虞氏春秋》在“儒家”，于十二诸侯年、月事亦必无

① 杨伯峻参考金德建“司马迁所见书考”及“司马迁所称春秋系指《左传》考”，指出司马迁此处所谓之《春秋》，实系《左传》，已为学界公认，否则无法解释《春秋》在当时最多不过一万八千字，楚威王何以“不能尽观”，只因《春秋》和《左传》相合近二十万字，才至“不能尽观”。见杨伯峻：《春秋左传注·前言》，北京：中华书局，2009 年，第 25 页。

② 康有为：《新学伪经考·史记经说足证伪经考第二》，朱维铮、廖梅编校，北京：生活·读书·新知三联书店，1998 年，第 39 页。

关。以此例之，不过歆以《史记儒林传》彰着，难于窜乱，故旁窜于《十二诸侯年表》，以为《左传》之证。又多窜数书，故为繁重，以泯其迹。"安意失真"之说与《七略》同，其为歆言无疑义矣。①

康氏所惑，一言以蔽之，即太史公何以"抑《公》《穀》而尊《左氏》如此"！抛却古今文学于"三传"根深蒂固的门户之见，以及"伪作说"在时间线与逻辑性的明显漏洞，康南海所疑似乎并不是全无理据：太史公身处《公羊》勃兴的西汉，与《公羊》醇儒董仲舒关系亲厚，颇受影响，《儒林列传》中也论及《公羊》先师胡毋生与公孙弘。② 然而，此处载《春秋》"经""传"之传承，事无巨细，网罗众家，"三传"之中，却只论《左传》，绝口不提口传之《公》《穀》，乍看确实有违常理。但只需以太史公背后之史家价值取舍理性细思，"刘歆窜乱伪造"尽管可为主张托古改制的清今文学提供扫清一切障碍的"便捷"答案，但却绝不能达到康氏所谓"涣然冰释，怡然理顺，万理千条，纵横皆合"的唯一答案。③

学界多以《太史公自序》与《报任安书》为源，索寻太史公作《史记》之志，而与《报任安书》字里行间的孤愤、决然相比，《太史公自序》克制隐忍，处处体现"唯唯、否否、不然"式的"进退失据""口不应心"与"汉兴以来，至明天子"式的颂圣话语，鲜少介入私人情感，第一次也许也是唯一一次的情感起伏出现

① 康有为：《新学伪经考·史记经说足证伪经考第二》，朱维铮、廖梅编校，北京：生活·读书·新知三联书店，1998年，第39页。

② 《儒林列传》尽列当世儒学大家，其中提及胡毋生、公孙弘："言《春秋》，于齐、鲁自胡毋生。与赵，自董仲舒。"见司马迁：《史记·儒林列传》，裴骃集解，北京：中华书局，1963年，第3111页。

③ 康有为：《重刻〈伪经考〉后序》，朱维铮、廖梅编校，《新学伪经考》，北京：生活·读书·新知三联书店，1998年，第401页。

自述其父司马谈（公元前169—公元前110）的临终遗命：①

余死，汝必为太史；为太史，无忘吾所欲论著矣。且夫孝始于事亲，中于事君，终于立身。扬名于后世，以显父母，此孝之大者。夫天下称诵周公，言其能论歌文武之德，宣周邵之风，达太王王季之思虑，爰及公刘，以尊后稷也。幽厉之后，王道缺，礼乐衰，孔子修旧起废，论《诗》《书》，作《春秋》，则学者至今则之。自获麟以来四百有余岁，而诸侯相兼，史记放绝。今汉兴，海内一统，明主贤君忠臣死义之士，余为太史而弗论载，废天下之史文，余甚惧焉，汝其念哉!”迁俯首流涕曰：“小子不敏，请悉论先人所次旧闻，弗敢阙。”②

公元前110年，汉武帝封禅于泰山，太史司马谈被迫留滞周南，长叹“是命也夫”，发愤而卒，临终所念，唯有“为太史，无忘吾所欲论著矣”。司马谈所念所惧是身为太史却“有闻而无录”，有所见而不书，“废天下之史文”。对于其父临终所托，司马迁郑重承诺，尽览古籍，悉数载论先人旧闻，不敢有丝毫缺漏。“且余尝掌其官，废明圣盛德不载，灭功臣、世家、贤大夫之不述，隳先人之

① 司马迁恐以私家身份著史，且志在“善善恶恶，贤贤贱不肖”，恐有讥世之嫌，故自设壶遂之问云：“孔子之时，上无明君，下不得任用，故作《春秋》，垂空文以断礼义，当一王之法。今夫子上遇明天子，下得守职，万事既具，咸各序其宜，夫子所论，欲以何明?”太史公答曰：“唯唯，否否，不然。……主上明圣而德不布闻，有司之过也。且余尝掌其官，废明圣盛德不载，灭功臣世家贤大夫之业不述，堕先人所言，罪莫大焉。余所谓述故事，整齐其世传，非所谓作也，而君比之于《春秋》，谬矣。”司马迁先以“唯唯”谦应，再用“否否，不然”两个否定撇清刺讥当世之嫌，接着不遗余力盛赞“今上”之明、当世之美。韩兆琦以为这是在欲“唯”不可，“否”又不愿“进退失据”中无奈所施的障眼法，“完全是一套口不应心的违心话”。韩兆琦：《史记选注汇评·太史公自序》，郑州：中州古籍出版社，1985年，第630页。

② 司马迁：《史记·十二诸侯年表》，裴骃集解，北京：中华书局，1963年，第3297页。

言，罪莫大焉。"（《史记·自序》）可以说，书记所闻所见、护持自《尚书》《春秋》以来"君举必书""秉笔直书"的史家传统，不仅是履践史官的话语权利，更融入历代掌史人的血脉，成为他们可为之舍去尊严、性命的毕生所求。司马迁出身太史世家，自幼耳濡目染，深谙史责，无论是否居太史之位，史家对书写传统的倚重早已内化为恒定的价值判断，认定唯托付文字，话语才有进入历史、昭明后人的资格，即所谓"君举必书。书而不法，后嗣何观"（《左传·庄公二十三年》）。正因如此，中国史学精神与"口传注经"传统大相异趣，"左史记言，右史记事"（《礼记·玉藻》）的史官建制也可视为中国史学"去口说化"的有意识选择。因此，太史公未必有"抑《公》《穀》而尊《左氏》"之意，恰恰相反，太史公父子生前，《公羊》已列入学官，是主流经学语境。受其影响，《史记》对董仲舒《春秋》之学与公羊"大一统"之说多有阐发。但以史家之绳尺衡量，"五传"之中唯有付诸笔端的《左传》堪称"正式的"解"经"之作。加之，观上文"自获麟以来四百有余岁，而诸侯相兼，史记放绝"不难发现，司马谈言"史记放绝四百余岁"的计算起点正是止于"西狩获麟"的《春秋》。① 换言之，父子二人眼中的《春秋》更具"史"的气质，才有后文所述"续《春秋》"之志。否则，修"史"何以能够继"经"？《春秋》既然为"史"，其赓续其意志之"传"无论从内容还是形式上都理应与史学价值相兼容。由是观之，司马迁论《左传》，不言《公》《穀》是史家的必然判断。

康氏之惑虽解，但其指《表序》含"刘歆增窜"所依据的两段史实却因事关《左传》的书写与传播而值得我们停留驻足。

其一，左丘明未记名于《史记·仲尼弟子传》。康有为关注的焦点远不是考证《孔庙图》《仲尼弟子传》所记孔子门生中是否有

---

① 《春秋》今文二"传"具止于"获麟"，今文学家均以"获麟"为作《春秋》的直接原因。《史记·孔子世家》也记孔子"及西狩见麟，曰'吾道穷矣'，而作《春秋》"。在今文鼎盛的西汉，"获麟"从某种意义上成为《春秋》的代名词。

左丘明，而意在《左传》是否有资格“传《春秋》”。康氏眼中，《表序》对《左传》的推崇与《仲尼弟子传》中未载左氏之名在《史记》内部形成“悖论”——“岂七十子学成德尊所存者不足据，而非弟子之丘明反足据乎?”这样看来，《表序》《左传》皆为刘歆“窜乱”的伪作几乎是“不言自明”、无需论辩之题。然而，康氏所云之“不待辩”，恰恰是包括其本人在内的历代《公羊》学者必争必辩的核心论域。当代《左传》学者张高评考历代“《左传》不传《春秋》之论”，归纳为八：“曰名称不符，曰传体不同，曰‘经’阙‘传’存，曰‘经’有‘传’无，曰说乖诸家，曰缘饰增续，曰详近略远，曰史记不叙。”其中绝大多数怀疑之声均出自《公》《穀》两派今文学家。① 今古文经学对《左传》作者身份异乎寻常的关注早已出离了考证史实的初衷。两派论“左丘明”身份、争其与孔子关系、是否亲闻微言大义凡此种种，始终围绕《左传》是否有“传”《春秋》的资格。这就决定了，“《左传》不传《春秋》”这段经学公案，注定是场被政治利益与话语权归属所牵动的“利禄之争”，双方均以预设之结论反向推演论证之过程，极力说明在今、古“三传”之间，有且仅有一家具解“经”之资格，是真正意义上的“解经之作”。刘歆自辩：“左丘明好恶与圣人同，亲见夫子，而公羊、穀梁在七十子后，传闻之与亲见之，其详略不同。”② 刘逢禄强证：“左氏后于圣人，未能尽见列国宝书，又未闻口授微言大义，惟取所见载籍，如晋《乘》楚《梼杌》等，相错编年为之，本不必比附夫子之‘经’，故往往比年阙事。”二人之论从目的动机并无本质之别。③

回顾本章第一节所论，自有“经”之日起，孔子而下，解

① 张高评：《〈左传〉之文学价值》，台北：文史哲出版社，1982年，第2页。

② 班固：《汉书·楚元王传》，赵一生点校，杭州：浙江古籍出版社，2000年，第651页。

③ 刘逢禄：《左氏春秋考证》卷上桓公十一年，上海：上海书店1988年影印本，第121页。

"经"之作皆可称"传"，无论与经文亲疏远近，无论是否冠以"传"名。因此，即便是在经学与文字学的双重检视下，训释经义可为"传"、辗转引申亦是"传"。作"传"人所处的年代、是否为孔子亲传弟子、是否与孔子有相同好恶，只能说明"传"是否具备无限切近"经"神圣且隐秘"原初"意义的可能性，却断然不构成决定"传"身份是否成立的决定性条件。论证至此，真正的问题才刚刚浮现——以经师宿儒文字小学功力之醇厚、对先秦各类"传作"及"类传"典籍之谙熟精通、对"传""注""笺""疏"等诠释体例殊别之洞察，焉能不知"传"的成立，从不以是否曾得夫子口传为先决条件？若不存门户之见，抛却"唯我排他"之执念，概能平论今古二学，众家何以知而不言，任由这一命题延续千年？

其二，康氏攻《左传》的另一理据在于《左传》语及"获麟"后二十余年的"悼公之薨"。今文二"传"与"经"同步，止于哀公十四年"西狩获麟"，而《左传》正文却"续经"至哀公二十七年，比"经"文所记多出 13 年。不仅如此，《哀公二十七年》文末记鲁悼公之丧（悼公十四年），将《左传》记录延续至公元前 454 年。从哀公十四年至悼公四年，《左传》在《春秋》之后整整补叙了 28 年的历史。康氏从《左传》内部出发，举证《左传》与《春秋》所叙内容的不同步，除为"《左氏》不传春秋"另添一铁证外，更欲从时间逻辑上揭示《左传》为后人"伪作"。此举可谓切中要害：若《左传》源自孔子亲授，正文补续出 13 年历史便无从解释——孔子 73 岁卒，若左丘明与孔子"共观国史"，系同时代人，绝难以百岁高龄为《春秋》作"传"；若左丘明"惧弟子人人异端"真切属实，就更没有理由在孔子去世 27 年后方执笔作"传"。史证之下，即便非执今、古偏见的史学、校雠学者也多存疑惑，虽不尽认同"刘歆伪作说"，但也倾向认为《左传》应非先秦遗作。诸多史证之下，左丘明作《左传》似绝无可能，《左传》之真伪迷雾重重。

2. 文字与声音：《春秋》“三传”的选择

无论从《左传》内部出发，还是引《史记》为旁证，围绕《左传》成书的悖论与疑惑盘根错节，几乎足以颠覆我们对《左传》源头与笔书方式的一切探讨。连带效应之下，《史记》的真伪、其“信史”身份，乃至司马公著史之志均受波及撼动。太史公时，《左传》早已成书，面对如此数量、如此明显的漏洞与悖谬，《史记》却疏而不察，何堪称“信史”？如若太史公察而不言，仍因《左传》之记载方式与史家价值相契，故作“鲁君子”之论，那么司马公基本“史责”尤不能顾，遑论“继《春秋》”？与其不求其端、不讯其末，从《公羊》之说，颠覆“史”“传”，不如再次回到《汉书·艺文志》，借助有关“三传”传世的详细记录，细览“三传”流转之遭际，觅得“伪作”说外的其他可能。

丘明恐弟子各安其意，以失其真，故论本事而作传，明夫子不以空言说“经”也。《春秋》所贬损大人当世君臣，有威权势力，其事实皆形于传，是以隐其书而不宣，所以免时难也。及末世口说流行，故有《公羊》《穀梁》《邹》《夹》之传。四家之中，《公羊》《穀梁》立于学官，《邹氏》无师，《夹氏》未有书。①

不同于《史记》独重一家，《汉志》再现了《春秋》“学开五传”之盛景。然而，细读之下，“末世口说流行”恰如一道屏障，将《左传》与今文四家间隔开来。其中“末世”二字划定时间界限，“口说”着重标识传“经”手段，寥寥数笔便从创作时间与语体风格两个层面圈点出《左传》与汉初四“传”的重大区别。首先，在《春秋》“五传”出现与传播的时间轴上，《左传》远远早于各家，是先秦时代的产物。无论左丘明是否曾与孔子“共观鲁史”，

① 班固：《汉书·艺文志》，赵一生点校，杭州：浙江古籍出版社，2000年，第586页。

是否就是《论语》中夫子追随效仿的"丘明"，《左氏》成书距孔子传《春秋》于七十子在时间线上必然相距不远，而与"末世口说流行"则岁月、时代相隔。① 其次，从修"传"动机上看，丘明既然恐弟子"各安其意，以失其真"，必然从源头出发，在孔子身后便着手编纂《左氏春秋》，从未（或鲜少）以孔子口传"大义"单独授"经"，而是辅以"本事"，依"经"作"传"，以为教资；最后，从所记内容上看，《春秋》止于哀公十四年"西狩获麟"（公元前481）。徐彦疏《公羊·隐公元年》曰："《公羊》以为哀公十四年获麟之后，得端门之命，乃作《春秋》，至九月而止笔，《春秋说》具有其文。"② 以此推算，《春秋》最早成书于哀公十五年（公元前480）秋。这样，召"七十子"传"经"也只能发生在哀公十五年冬至哀公十六年春（公元前480—公元前479），而即便《左传》续"经"至哀公二十七年（公元前468），言及悼公十四年"赵襄子"之事（公元前454），《左传》的叙事下限距"七十子口传受经"也不过27年，而距汉兴（公元前202）则相隔250余年，"三传"孰远孰近，自不待言。③

① 见《论语·公冶长》："巧言、令色、足恭，左丘明耻之，丘亦耻之。匿怨而友其人，左丘明耻之，丘亦耻之。"汉古文经学家多以此"左丘明"为《左传》作者，以之为左丘明曾得夫子亲传的关键证据。中唐啖助后，渐有学者认为《论语》中之"左丘明"，夫子待之恭谨，似为前辈或同辈，而《左传》作者"左丘明"，却为"七十子之徒"，疑二人并非同一人。至清末，以刘逢禄、康有为为代表的末世公羊学家则断称，《左传》为刘歆伪作，认为在刘歆一手加工、篡改下，古书《左氏春秋》才成为今文《左传》。

② 何休：《春秋公羊传注疏·隐公元年》，徐彦疏，上海：上海古籍出版社，2014年，第3页。

③ 卫聚贤根据《左传》所称谥号论定《左传》成书在周列王元年到二十三年之间，即公元前425年至公元前403年之间。而杨伯峻则认为"《左传》成书在公元前403年魏斯为侯之后，周安王十三年（公元前389）以前。离鲁哀公末年约六十年到八十年"。两家意见分别代表了传统古文学家"《左传》成书于春秋"与现代《左传》研究之"主流"，即"《左传》成书于战国中期"两派不同意见。但无论采纳何种意见，《左传》成书均远在汉代前。分见，卫聚贤：《古史研究》，上海：商务印书馆，1931年，第57页；杨伯峻：《春秋左传注·前言》，北京：中华书局，2009年，第29页。

与《左传》相较，《公》《穀》《邹》《夹》“四传”虽有孔子口传注“经”七十子传“经”的起点，然而在转录成书、流行于汉世前经历了漫长的口说历史，定本成书之日远远晚于《左传》。然若要确定今文诸“传”的具体定本时间，与《左传》成书互为比对，明确其作者、锁定作者所生活的年代无疑是最便捷的方法。《汉志》中提供了班固（以及刘歆）所掌握的所有有关《春秋》诸“传”作者及篇幅的史料信息：

《春秋古经》十二篇，《经》十一卷。《公羊》《穀梁》二家。
《左氏传》三十卷。左丘明，鲁太史。
《公羊传》十一卷。公羊子，齐人。
《穀梁传》十一卷。穀梁子，鲁人。
《邹氏传》十一卷。
《夹氏传》十一卷。有录无书。①

以常理论之，西汉距班固、刘歆不过两百余年，今文四家的史料及书籍资源本应更为丰富详尽。但有趣的是，“五传”之中，班固除能明确《左传》的作者系鲁太史左丘明外，对其余四“传”作者信息均表述含糊，或只以其姓泛称，如“公羊子”“穀梁子”，或并无任何注释。仅从《汉志》而言，很难判定“公羊子”或“穀梁子”究竟是七十子后的“首代”经师，还是终结二“传”口传

① 班固：《汉书·艺文志》，赵一生点校，杭州：浙江古籍出版社，2000年，第585页。杨伯峻认为，仅从此处《春秋古经》称“篇”、《公羊》《穀梁》称“卷”就可知《左传》成书于先秦、《公》《穀》为汉代所作：“汉人用此两字，大有分别。‘篇’指写在竹简或木简上的，每简很窄，可写二十多字到一百多（据武威庆氏礼汉简，木简容字多，竹简容字少），用素丝或青丝编联为篇。若写在帛素上，则容字多，可能加轴卷起来，所以称‘卷’。”又云：“《汉书·艺文志》有‘篇’有‘卷’，‘篇’指竹简、木简书，‘卷’指帛书。……由此可以证明《左氏古经》是先秦物，《公》《穀》是汉代才写定的。”杨伯峻：《春秋左传注·前言》，北京：中华书局，2009年，第16页。

而无书历史的笔录人。我们只有结合徐彦在《春秋公羊传注疏》开篇总结出的"著竹帛者题其亲师"的定名原则，推定今文四家皆用口说先师之名，即"公羊氏""穀梁氏""邹氏""夹氏"四人首创"四传"。① 可以想见，若有师而无书，"四传"便只能是师门绝学，仅在师徒关系内部单线传播，外人绝难窥其门径。若非如此，断难解释《汉志》"详远略近"之举。这同时也意味着，在誊写成书之前，有关与"四传"作者及内容的所有信息，均对师门以外的世界秘而不传，可提供给史家掌握获知的资料极为有限。这使得考订各"传"的确切成书时代更为困难。

《汉志》既脱胎于《七略》，《邹》《夹》二"传""有录无书"，只能说明汉成帝、汉哀帝两代，刘歆作《七略》时二"传"尚存，否则无法以"卷"计数。至30余年后班固修《汉书》时，二"传"已失传，因此才有班固"有录无书"的补注。② 至于《穀梁》的传承，杨士勋《春秋穀梁传注疏》谓："穀梁子名俶，字元始，鲁人，一名赤。受'经'于子夏，为'经'作'传'，故曰《穀梁传》。"③ 然而，无论是《穀梁》先师之姓名，还是传承历程，《史记》同样未载，只有《汉书·儒林传》记曰："瑕丘江公受《穀梁春秋》及《诗》于鲁申公，传子至孙为博士。"④ 班固言瑕丘江公得汉初鲁申公，即申培公传"经"，显然是以瑕丘江公为笔录《穀梁》第一人。至于瑕丘江公具体何时成书，班固未

① 何休：《春秋公羊传注疏》，徐彦疏，上海：上海古籍出版社，2014年，第5页。

② 南朝目录学家阮孝绪（479—536）进一步考证二"传"汉代建武年间（25—56）皆绝。见氏著：《七录》，转引自杨伯峻：《春秋左传注·前言》，北京：中华书局，2009年，第9页。

③ 杨士勋：《春秋穀梁传序》，上海：上海古籍出版社，2017年，第2358页。东汉应劭（约153—196）《风俗通》曾说："穀梁子，名赤。"学者多从其说。后《风俗通》散佚大半，今本《风俗通》已无其文。南朝阮孝绪（479—536）《七录》以为穀梁子名俶，今文《七录》书亦不存。

④ 班固：《汉书·儒林传》，赵一生点校，杭州：浙江古籍出版社，2000年，第1075页。

能明言，但可从后文所记江公与董仲舒间一轶事略见端倪①：“武帝时，江公与董仲舒并。仲舒通‘五经’，能持论，善属文。江公呐于口，上使与仲舒议，不如仲舒。”② 既然江公与董子曾经当朝论辩，论辩的内容极有可能关于《公》《穀》二“传”，我们可大致推测，二“传”成书时间非常相近。且《穀梁》多处纠驳《公羊》，“传”文与《公羊》内容多有对答互动，以“或曰”“传曰”引用《公羊》内容，《穀梁》写定可能稍晚于《公羊》。③ 可见，《邹》《夹》在《公羊》之后，而《穀梁》最早也只能与《公羊》同时书成定本。这样，《公羊》就成为确定今文四“传”现世时间的关键路标。

班固《汉志》对《公羊》口传先师只有极为模糊的注解：“公羊子，齐人。”尽《史记》《汉书》，均没有关于公羊高其人的任何记录。《汉书》成书 300 余年后，东汉何休注《公羊》也从班固

---

① 正因《穀梁》成书时代与作者一直缺少系统性的充分证据，近人崔适、张西堂才先后怀疑《穀梁》的身份。崔氏为今文学家，据其《春秋复始》考籍，《穀梁》应为“古文经”；张西堂《穀梁真伪考》则纵深崔氏学说，以刘歆为《穀梁》真正作者，指其为“伪经”。二人学说虽疑之有据，却也同样缺乏实质性证据，因此学界依然倾向认为《穀梁》传自穀梁子，为今文经。

② 班固：《汉书·儒林传》，赵一生点校，杭州：浙江古籍出版社，2000 年，第 1076 页。

③ 经学界历来对《公羊》《穀梁》成书先后持不同意见。如，郑玄注《礼记正义》曾引《释废疾》云：“穀梁近孔子，公羊正当六国之亡”，显然将《穀梁》置于《公羊》成书之前。后人不乏以此为据者，如阮元《春秋穀梁传校勘序》、刘师培《春秋三传先后考》。但与外部文献依据相比，《穀梁》文本中的“内证”更具有信度。张西堂《穀梁真伪考》统计，《穀梁》以“或曰”“传曰”引《公羊》者共七处。仅以最明显一处为证：《宣公十五年》，“经”曰：“初税亩。冬，蝝生。”《公羊》曰：“未有言蝝生者，此其言蝝生何？蝝生不书，此何以书？幸之也。幸之者何？犹曰受之云尔。受之云尔者何？上变古易常，应是而有天灾，其诸则宜于此焉变矣。”《穀梁》曰：“蝝，非灾也。其曰蝝，非税亩之灾也。”其中“非灾”“非税亩之灾”直指《公羊》“应是而有天灾”一句，明显是对《公羊》的回应和批驳。见氏著：《穀梁真伪考》，台北：明文书局，1994 年，第 24~27 页。

说，只云"公羊子"，而未具其实名，可见考据《穀梁》先师之困也同样发生于《公羊》。两汉无论经家、史家都未能掌握，或者说不能确定《公羊》的初代本师，反而是与班固相隔千年的颜师古注《汉志》点明公羊子"名高"。师氏断然不会凭空臆造，"公羊高"确有出处：与刘歆生活轨迹多有重合的桓谭在何休注《公羊》前就曾指"公羊高"为《公羊》作者："《左氏传》遭战国寝废。后百余年，鲁人穀梁赤作《春秋》，残略，多所遗失；又有齐人公羊高，缘'经'文作'传'，弥离其本事矣。"①《新论》虽未明确公羊高身处的具体时代，但从"后百余年"的表述可大致推测，公羊高是战国后秦、汉时人。桓谭之后，王充（27—97）也有"公羊高、穀梁寘、胡毋氏皆传《春秋》"之语，云："独《左氏传》为近得实。何以验之？《礼记》造于孔子之堂，太史公汉之通人也，左氏之言与二书合，公羊高、穀梁寘、胡毋氏不相合。又诸家去孔子远，远不如近，闻不如见。"②在一远一近、一闻一见之间，王充已经将公羊高与穀梁寘、胡毋氏一道划入对圣人"只闻而不见"的时代。

在经历了春秋战国近3个世纪的战乱割据、秦15年的暴政后，汉初治平戢乱、休养生息、崇文敬儒的历史背景与社会风气为寻觅、修复、整理浩如烟海的先秦文献提供了前所未有的物质与文化基础，大量口口相传的文献先后付诸书简。以《公羊》定本于公元前150年左右，即西汉开国50年后计算，《穀梁》《邹氏》《夹氏》均在此时间点以后定本成书。《邹》《夹》二"传"在仅凭声音与记忆在知识递送中或因"无师"，或因"无书"，永远尘封于历史。而在辗转口传中幸而留存的《公》《穀》二"传"，在"西狩获麟"（公元前481）、孔子作《春秋》（公元前480）后至少350余年后才得以定本传世。这一口传到定本的漫长过程即章学诚

① 桓谭：《新辑本桓谭新论·正经》，朱谦之校辑，北京：中华书局，2009年，第39页。

② 王充：《论衡校注·案书》第八十三，张宗祥校注，上海：上海古籍出版社，2010年，第241页。

所谓：“《公》《穀》之于《春秋》，后人以谓假设问答以阐其旨耳。不知古人先有口耳之授，而后著之竹帛焉。”① 而《史记》虽不遵循“以事系日、以日系月、以月系时、以时系年”的《春秋》编年体例，但时间的延续性是中国史传书写一贯的隐形逻辑。《史记》论《春秋》之作，只说《左氏》不论《公》《穀》的另一原因或许就在其中。章学诚考证三代后《诗经》的口传轨迹，将“秦人禁《诗》《书》，《书》阙有间，而《诗》篇无有散失”之功归因于“惟托于声音，而不著于文学”，认为在两种路径之间“后世竹帛之功，胜于口耳，而古人声音之传，胜于文字”②。此论虽因《诗经》而起，却并非偶发之言。反观中国经学传播史，孔子将《春秋》付于书简，而独留解“经”之辞于口说，或许有史迁之外的另一种视角：

> 古人无笔砚纸墨之便，往往铸金刻石，始传久远。其著之简策者，亦有漆书刀削之劳，非如今人下笔千言，言事甚易也。许氏《说文》：“直言曰言，论难曰语。”《左传》曰：“言之无文，行之不远。”此何也？古人以简策传事者少，以口舌传事者多；以目治事者少，以口耳治事者多，故同为一言，转相告语，必有愆误。（《说文》：“言，从口，从辛；辛，愆也。”）是必寡其词，协其音，以文其言，使人易于记诵，无能增改，且无方言俗语杂于其间，始能达意，始能行远。③

据阮元（1764—1849）所论，古人非不知口传“转相告语，必有愆误”之弊，却仍“以简策传事者少，以口舌传事者多；以目治事者少，以口耳治事者多”，但因需铸金刻石、漆书刀削，言事不便。孔子晚年选择口传授“经”，除避言辞之祸外，或许同

---

① 章学诚：《文史通义·诗教上》，北京：中华书局，2010 年，第 169 页。

② 章学诚：《文史通义·诗教上》，北京：中华书局，2010 年，第 79 页。

③ 阮元：《揅经室集·文言说》，郑经元点校，北京：中华书局，1993 年，第 605 页。

时夹杂物质、时间乃至个人精力层面的考量。但可以确知的是，孔子以对《春秋》旨意的"初代"衍递开启或是证实了中国经学重要的口授、耳受、心记传统，为中国经学诠释学奠定了"口传"的基调。

然而，即便借《汉书》及各类后世文献分析整理了《左传》在成书方面与其余各"传"之间的巨大时代鸿沟，仍不足以释《左传》因"续经"带来的身份真伪之疑，化解由《左传》"续经"引发的《史记》信度危急。无论左丘明为孔子嫡传弟子还是鲁国太史，均不可能在孔子身后百年之后，仍能续写《左传》。司马迁明知如此，仍谓"因孔子史记具论其语，成《左氏春秋》"，言其直传于孔子，以其为《春秋》"首传"，推崇备至。若果真如此，何以《公羊》在西汉一枝独秀，以至称《公羊传》即谓《春秋》？① 何以"汉武帝独尊儒家，归根到底是尊《公羊》"？②《穀梁》又如何能借势而起，尊于官学两百余年？《公羊》《穀梁》鼎盛之日，《左传》的遭际又如何？

3. 必要的"绕道"：瞽矇、太史与《春秋》的"双向"诠释路径

无论是刘逢禄还是康南海，清朝今文经学家对《左传》之诋毁在逻辑上远非滴水不漏。③ 钱穆在《刘向刘歆父子年表·自序》

---

① 汉儒引《公羊》皆谓之《春秋》，唯有董仲舒《繁露·玉英篇》有"经曰""传曰"之分。自董子起《公羊传》始称《春秋传》。至刘歆作《七略》，《春秋传》改称《公羊传》。见阮芝生：《从公羊学论〈春秋〉的性质》，北京：华夏出版社，1993 年，第 9 页。

② 范文澜：《范文澜历史论文选集》，北京：中国社会科学出版社，1979 年，第 310 页。

③ 刘逢禄作《左氏春秋考证》，第一次系统性向古文学派质疑发难，认为先有太史公将杂纂史书《左氏春秋》冒曰《春秋传》，后有刘歆附会"经"文，贾逵分"经"附"传"、附益篡改，指《左氏春秋》为《春秋》"传"。见氏著，《左氏春秋考证·序》，上海：上海书店 1988 年影印本，第 3 页。

中以二十八条“不可通”问驳“伪作说”，其中尤以刘歆无“作伪”时间，更无众目睽睽之下“作伪”之可能两点最无可辩驳。首先，“伪作说”在时间线上经不起推敲：

刘向卒在成帝绥和元年，刘歆复领“五经”在二年，争立古文经博士在哀帝建平元年，去向卒不逾二年，去其领校《五经》才数月。谓歆遍伪诸“经”，在向未死前乎？将向既卒后乎？向未死前，歆已遍伪诸“经”，向何弗知？不可通一也。向死未二年，歆领校“五经”未数月，即能遍伪诸“经”，不可通二也。

其次，考虑到当时的书写记录条件，刘歆不可能以一已之力私造一系列“伪书”：

谓遍伪诸“经”，非一时事，建平以下，迄于为莽国师，逐有所伪，随伪随布，以欺天下，天下何易欺？不可通三也。然则歆之遍伪诸“经”，果何时耶？且歆遍伪诸“经”，将一手伪之乎？将借群手伪之乎？一手伪之，古者竹简繁重，杀青非易，不能不假手于人也。群手伪之，何忠于伪者之多，绝不一泄其诈耶？不可通四也。①

钱穆对“伪作说”之驳诘可谓掷地有声，断难辩驳。然而，“伪作说”虽自刘、康二人起声势日隆，但针对《左传》的“疑古”之风却古而有之，并非清末今文学派的独创发明。自“经学统一”、今古文经学之争偃息的唐宋起，左丘明身份、时代、《左传》成书等真伪之论不绝于耳，足可说明从《左传》本身到传“经”的过程与方法，现存记录必然存在漏洞与疑点。前人“疑经”之论虽多自《左传》内部而起，但若将口传《春秋》作为“三传”的起始源头，我们的分析就有必要退回到《春秋》——孔子生前为何

① 钱穆：《两汉经学今古文平议 · 刘向歆父子年谱》，北京：商务印书馆，2015 年，第 2~4 页。

为《春秋》同时打开口说与笔录两扇大门？《史记》《汉书》所提供的现成答案"不可书见"或"避时难"自然是最为直接的首要原因，但同开眼手与耳口双向诠释路径是否为夫子的独家设计、苦心首创？

《国语·楚语上》记鲁昭公年间左史倚相（公元前？—公元前？）廷见楚长老申公子亹（公元前？—公元前？），公子亹不出，倚相以西周卫武公（公元前854—公元前758）相儆：

> 昔卫武公年数九十有五矣，犹箴儆于国，曰："自卿以下至于师长士，苟在朝者，无谓我老耄而舍我，必恭恪于朝，朝夕以交戒我；闻一二之言，必诵志而纳之，以训道我。在舆有旅贲之规，位宁有官师之典，倚几有诵训之谏，居寝有亵御之箴，临事有瞽史之导，宴居有师工之诵。史不失书，矇不失诵，以训御之，于是乎作《懿》戒以自儆也。"……今子老楚国而欲自安也，以御数者，王将何为？若常如此，楚其难哉！①

倚相任掌史之职，各类典章史乘谙熟于胸，精通楚国《训典》，能读古籍《三坟》《五典》《九丘》《八索》，常以往事劝谏楚君，使之不忘先王之业。左史倚相与孔子均活跃于昭公年间，虽二人一南一北，但倚相掌史、夫子曾观史于周，论及西周典章制度，二人所闻、所见应大致相同。倚相既引卫武公所言，可知上述典谟训诰制度自西周至春秋均为周礼成例，沿用日久。其中，既有规范君王日常出行起居的"旅贲之规""亵御之箴""师工之诵"，也有为政所需的"官师之典""诵训之谏""瞽史之导"；既有各类口头谏言，如"规""诵""谏""箴"，也不乏呈于书简的规训，如"典""书"。而训御所能达到的理想状态，一言以蔽之即"史不失书，矇不失诵"。"史不失书"的原则自然是"君举必书"，既谓"书"，便是对史家直录书面传统的回应；而"矇不失诵"，所反映

① 徐元诰：《国语集解·楚语上》，北京：中华书局，2002年，第500页。

的又是一种以吟诵、唱诵为依托的口说精神。“史”与“矇”并列齐观，是否意味着远早于孔子口传《春秋》之前，笔书与吟咏就已经是典章传播的制式规范？无独有偶，《国语·周语上》记召公“谏周厉王弭谤”，其中有与《楚语》相近之言：“故天子听政，使公卿至于列士献诗，瞽献曲，史献书，师箴，瞍赋，矇诵，百工谏，庶人传语，近臣尽规，亲戚补察，瞽史教诲，耆艾修之，而后王斟酌焉，是以事行而不悖”①。《周语》《楚语》对周代的训谏制度的记载高度重合。从中我们发现，周礼规范下“上达天听”的诸多门径之中，口头训谏如“诗”“曲”“箴”“赋”“诵”“谏”“语”“教诲”“规”，书面的劝诫主要依赖秉笔著史（“史献书”）以及对官师典章的审核修订（“耆艾修之”）。两股路径、两种话语风格，文字如实载录周礼制度典章及其在君主日常起居、听政、征伐、典仪等方面的执行与贯彻，亦即王官之史。而声音则绘制出西周社会各个阶层践行礼乐文明的生动图解，二者共同构成了对周礼制度最完整生动的诠释。

若不将周礼视为一种社会制度、一套文明体系或是日常行为规范，而是一部经卷、万册书籍，史官所献、耆艾所修何尝不是周礼“本事”，而臣工庶民口述之“诗”“曲”“箴”“赋”又如何不能理解为对周礼的注解与释读？礼制延续传承如是，传“经”亦然。夫子一生克己复礼，为探礼乐之源，多次问礼于老聃，盛赞周礼制度“监于二代，郁郁乎文哉”（《论语·八佾》），必然谙熟天子听政之礼，通晓笔书典章、口说大义之前例，或能从中得到启发。但更重要的是，在周礼制度中明确出现了两种分领不同职责的史官建制——“献书之史”与“教诲之瞽史”。在这里，文字记录的“史书”与声音传播的“教诲”再度相遇，使我们不得不重新审视传统意义上以“笔书”为核心精髓的史传传统，以及其对《春秋》流传与诠释形态塑造可能产生的影响。

《诗·周颂·有瞽》曰：“有瞽有瞽，在周之庭。”郑笺注曰：

① 徐元诰：《国语集解·周语上》，北京：中华书局，2002年，第10页。

"瞽，矇也。以为乐官者，目无所见，于音声审也。""瞽""矇"目不见物，长于审音记诵，均司乐职。在礼乐文明中，音韵与演奏的社会与宗教性职能给予"瞽""矇"远超普通乐师的地位。《国语·鲁语上》记载单子言："吾非瞽史，焉知天道？"《国语解》亦云："瞽，乐太师，掌知音乐风气；史，太史，掌抱天时，与太子同车，皆知天道也。"① 从这一角度而言，瞽矇与太史有诸多相通之处：太史掌"建邦之六典"、掌"法"掌"则"，晓天时历法，知三代兴亡旧事，长于以前朝历史断当下祸福吉凶（《周礼·天官·大宰》）；乐太师、瞽矇掌播"鼗、柷、敔、埙、箫、管、弦、歌"（《周礼·春官·小师》），出征则可听"军声"辨吉凶、祭祀则可以八音克谐，引"神人以和"，实为"降神之官"。② 因此，太史与瞽矇下通历史，上达神谕，皆有超越现世眼光与能力，常伴君王左右，为君王问政的主要咨询对象，故《礼记·礼运》曰"王前巫而后史，卜筮瞽侑皆在左右。"《礼记·玉藻》亦云："动则左史书之。言则右史书之。御瞽几声之上下。"

正因"史""瞽""巫""筮"职责分工多有重合，且"同为侯、王侍，多谈论机会，自有各出所知相熏染之可能，其术也甚为相通"，三代以来动辄被人视同一体。③ 瞽矇目不能视，自然无法

---

① 徐元诰：《国语集解·鲁语上》，北京：中华书局，2002 年，第 500 页。

② 刘师培：《左盦外集》，南京：江苏古籍出版社，1997 年，第 1640 页。

③ 三代史官多与"巫""祝"连称，如《周易·巽卦》："巽在牀下，用史巫纷若，吉，无咎。"孔颖达疏曰："史谓祝史，巫谓巫觋，并是接事鬼神之人。"胡念贻断定："古代最早巫史不分，其后祝宗卜史职掌也多相近。"分见孔颖达：《周易正义》，王弼、韩康伯注，载李学勤主编《十三经注疏》（第 1 册），北京：北京大学出版社，1999 年，第 273 页；胡念贻：《先秦文学论集》，北京：中国社会科学出版社，1985 年，第 134 页；顾颉刚：《左丘失明》，见《人间山河》，北京：北京大学出版社，2009 年，第 258 页。

书写记录，《周礼·春官》列“六史”职能，也未提及论及瞽矇矇史。① 但自太史而下，各类史官具兼掌“书”与“声”“文字”与“口舌”，既是“书写官”又任“口传官”。近人徐中舒（1898—1991）对此早有考证，认为三代所存的重要史料除了《春秋》以外，“还有大量珍贵的口头文献流传于乐官中，由瞽矇以传诵的方式保存下来”②。这也就意味着，在“记言”“记事”的“左史”与“右史”之外，尚有专司口传历史的“瞽史”将先王功业、前朝兴衰付诸口头吟诵和声音演绎。孔子曾观“史”问“礼”，遍修诸“经”，于情于理都应对史责中的“眼”“口”分工谙熟于心，《春秋》择两路传“经”看似偶然的无奈避祸之举，很难说不含史官建制与分工传统的必然因素。

尽管瞽史的存在改变了史官单凭笔书的传统观念，但文字书写与史家的天然羁绊自上古就已确立。《说文解字叙》追溯文字起始曰：“黄帝之史仓颉，见鸟兽蹄迒之迹，知分理之可相别异也，初造书契，百工以远，万品以察。”③ 若论书写条件之匮乏，上古几倍更甚于春秋，但仓颉仍造“书契”，归纳、整理、统一文字书写，足见将所见所闻付诸笔书，确保文脉传承、部族文化记忆连续之于史官永远是“第一性”的首要职责。《春秋》既然依鲁史而作，仅凭口说大义却不辅以文字，无疑背离了“其文则史”的出发点和修著“六经”“述而不作”的基本态度。口说大义固然可借由家学、师学代代相传，但仅凭声音的单线传播，《春秋》也只能

① 细而论之，“瞽”“矇”“瞍”尚有区别，不能一概而论。如《毛传》云：“有眸子而无见曰矇。”孔颖达正义：“‘矇’‘瞍’皆无目之名，就无目之中以为等级。‘矇’者，言其蒙蒙然无所见，故知有眸子而无见曰‘矇’，即今之青盲者也。‘矇’有眸子，则‘瞍’当无，故云‘无眸子曰瞍’。其‘瞽’亦有眸子，矇之小别也。”毛亨：《毛诗正义》，郑玄笺、孔颖达疏，北京：北京大学出版社，1999年，第1227页。

② 徐中舒：“《左传》的作者及成书年代”，《历史教学》，1962年第11期，第9~11页。

③ 许慎：《说文解字叙》，徐铉校，北京：中华书局影印本，2004年，第2页。

是私人授受之学，如何"上通下达"完成"乱臣贼子惧"的规诫使命？即便不以《春秋》为"史"，夫子以"六经"铺筑了臻于完美的"大同世界"，并将这个"世界"永恒保存于上古历史的记录之中，成为中华民族对人伦秩序、诗礼教化的永恒记忆。这就意味着，如果全赖口传而不形成文字，《春秋》中由"立德""立功""立言"确立的"三不朽"就无法进入历史的记忆，加入民族智慧的世代轮转，固化形成统一的善恶准则和价值判断。

《孟子·滕文公上》已言明孔子修《春秋》之志（详述见前章），但若抛却为天命转移的痛心疾首与欲以周公之遗制震慑"乱臣贼子"的匡世情怀，反而是《论语·子罕》中"子畏于匡"一节对孔子坚持以文字形式修著"六经"动因的剖白更为朴实纯粹：

> 子畏于匡，曰："文王既没，文不在兹乎？天之将丧斯文也，后死者不得与于斯文也；天之未丧斯文也，匡人其如予何？"
>
> 《正义》："匡人拘夫子益急，弟子惧。孔子曰：'文王既没'云云，是孔子此语，为解慰弟子之辞。"①

夫子周游列国至匡地，因与曾在此地为祸的鲁大夫阳虎容貌相似，误遭匡人所围。据《先圣图谱》考证，此事发生在定公十三年（公元前497），孔子时年五十六，尚未作《春秋》。然孔子宽慰弟子之语，用来释证作《春秋》之因，却无比贴合。孔子第一问曰："文王既没，文不在兹乎？"《正义》解曰："文在兹，即道在兹。"② 朱熹注曰："道之显者谓之文，盖礼乐制度之谓。"③ 礼乐制度，旧朝典章必得以"文"彰"道"，孔子上承周礼的诗礼路径，便是由文字组成、由"旧史遗文"铺就，是谓"文武之道，

---

① 刘宝楠：《论语正义·子罕》，高流水点校，北京：中华书局，1990年，第327页。

② 刘宝楠：《论语正义·子罕》，高流水点校，北京：中华书局，1990年，第328页。

③ 朱熹：《四书章句集注》，北京：中华书局，1983年，第110页。

皆存方策”①。可知“道”从不缥缈、从不孤悬，三代具以文载道，而在对周礼政典“郁郁乎文哉”的追慕及研习过程中，文章字句逐渐剥落，礼乐诗教“披文入情”，内化为一种典范性的伟大人格。若无文载道，又何来道成肉身？孔子第二问曰：“天之将丧斯文也，后死者不得与于斯文也；天之未丧斯文也，匡人其如予何？”面对匡地之围，弟子之惧，孔子笃定反诘，若帝王时代的政教遗产、文武典籍丧失泯灭是天命所为，天命又怎会安排“我”知之、得之？既然天命注定“与于斯文”，则“文”必不当湮没，而“我”必当书之、传之，即便匡人围“我”，又奈“我”何？分析至此，孔子二问在精神层面的纵深早已超越了“解慰弟子之辞”。

《正义》以为，“夫子见围于匡，有畏惧之意”②。然就夫子“二问”透露出的坦然淡定，何尝有一分“畏惧之意”？孔子无畏无惧，所持不过是对“文”价值内核的坚信，以及将“斯文”传承赓续下去的决心。夫子将“二问”说与学生，也说与自身和天命，这自然可以理解为长者、智者对晚辈后生的宽慰，可这更是一种对天命委托、“未丧斯文”的自我重申。这样的天命，建立在对史实的反思提纯、对道德遗产的内在转化之中：

> 先秦儒家思想，是由古代的原始宗教，逐步脱化、落实，而成为以人的道德为中心。从神意性质的天命，脱化而为春秋时代的道德法则性质的天命；从外在的道德法则性质的天命，落实而为孔子的内在于生命之中，成为人生命本质的性；从作为生命本质的性，落实而为孟子的在人生命之内，为人的生命做主，并由每一个人当下可以把握得到的心。③

---

① 刘宝楠：《论语正义》，高流水点校，北京：中华书局，1990年，第328页。

② 刘宝楠：《论语正义》，高流水点校，北京：中华书局，1990年，第328页。

③ 徐复观：《中国人性论史·先秦篇》，台北：台湾商务印书馆，1999年，第231页。

“文”作为激活“天命”由外向内轮转的枢机、建造儒家精神巨塔的基石，最首要也最初的含义即为“交错的笔画”（《说文》：“文者，错画也。相交文”）。文字的应用、意义的书写，才是“斯文”的最初载体。如果“与于斯文”是天命置于夫子肩头的历史责任，笔书就是完成这份责任的不二之选。因此，夫子览旧史、注“六经”皆可理解为对“文”的践行和致敬，笔修《春秋》的原因尽在其中。

如果将“口”“眼”并重的修“史”注“经”之道置入西周宗法制下君主与士大夫“观礼”“问礼”的传统中，置入官学凋敝、私学蜂起的宏阔历史之内，置于孔子一生践行的获取与传授知识的方法论框架之下，“口”“眼”之道背后得以窥见的，是一个隐然却又庞大的、以“观”与“问”、“视”与“听”为主要方法的礼乐文明习得与传播体系。三代盛时，学在官府，礼乐典章、律令与礼仪为官学主要内容，为巫史、宗祝、师工垄断，非君王天子不可私得，此即章学诚所谓“天下之学，无不以吏为师，《周官》三百六十，天人之学备矣”①。西周礼乐文明与宗法制度两大支柱的严谨耦合，使宗庙祭祀成为最重要的政治与文化活动，是诗礼教化之要冲，也是实践“天人之学”之大宗。天子之责，需“祭天地，祭四方，祭山川，祭五祀”（《礼记·曲礼下》）。在由天子主祭的各类祭祀典仪之中，于“天”有神灵“临下有赫、监观四方”（《诗经·大雅·皇矣》），无时无刻不烛照世间。国家兴盛，神灵降临以明其德；国家衰败，神灵降临以观其恶；② 于“人”有各类师工、巫史执掌祝祭典礼、维系着天人之间的稳定、长效沟通。“祭如在，祭神如神在。”（《论语·八佾》）祭祀仪式预设了神灵的亲临到场，礼仪之周旋揖让，礼容之庄敬虔诚，礼器之陈列摆设，礼辞之吟诵陈述无不是祭司与神灵之间神圣、隐秘的对话方式，本不应有他者涉入。然而“礼”在其神圣意向之下所映射出的是“社会形式的和谐与完美”、是“人际交往的内在的与终极的

① 章学诚：《文史通义·史释》，北京：中华书局，2010年，第169页。

② 毛亨：《毛诗正义》，郑玄笺、孔颖达疏，北京：北京大学出版社，1999年，第1232页。

尊严”，也是身处礼仪之中方能感受到的道德滋养和精神抚慰，拥有召唤与邀约的天然向度，持久指向人与人之间的互动联系。① 因此，无论行“礼”之地为封闭性场所，如宗庙、墓室，或是开放性的祭坛，如山岳、江河，“礼”的执行都昭示着一个朝着宗亲、贵族，乃至平民开放的“公共的、共享的、透明的”的礼仪空间，而迈入这个空间、参与典礼神圣性最直接的方法就是开启的视觉上的“观”。如此一来，在本应只有天神与祭司在场的神圣典仪中，势必引入隐身却又在场的“第三者”的存在，全程观察却从不介入与神之间的私密对话，即“观礼”者。

“观者”不直接参与祭典、不涉入与神灵的对话，却不代表“观”本身不蕴含力量。《周易·贲·彖传》曰：“观乎天文以察时变，观乎人文以化成天下。”《春秋穀梁·隐公五年》又曰：“常事曰视，非常曰观。”② “观”的意蕴远超生物学意义上的“看到”“看见”。“礼”因“神”的亲临观看而存在，因帝王亲族的观看而展示，因被观看而具备示范性的教化力量。这就意味着，周庙“观礼”不仅是视觉上的看见，而是在朝、祀、丧、戎等礼仪实践与演示中，通过神鉴、示民与后嗣之观，创造可视化的宇宙与人伦秩序，为周天子及姬姓、异姓诸侯，乃至普通民众提供浸入式的习礼、循礼空间，展示完美社会中人与人、人与神的交往准则。③“醴酒在室，醍酒在堂，澄酒在下，示民不淫也。尸饮三，众宾饮一，示民有上下也。因其酒肉，聚其宗族，以教民睦也。故堂上观

① 赫伯特·芬格莱特：《孔子：即凡而圣》，彭国翔、张华译，南京：江苏人民出版社，2010年，第12页。

② 范甯：《春秋穀梁传注疏·隐公五年》，杨世勋疏，北京：中华书局1980年影印阮元校刻本，第62页。

③ 李志刚指出，“观礼”的对象不仅为人，还有降临之神明。其引《尚书·顾命》中成王登遐，康王即位行“四面之坐”之礼，阐明成王虽崩殂，在象征意义上却并未“缺席”，而是“观看”了康王即位的整个典礼。神灵作为“旁观者”参与实际行礼，让礼制活动笼罩在浓郁的神灵观照氛围中。神灵参与人的礼乐活动，既能观看人世，又被人世所观看。见氏著：“礼可以观：上古中国礼仪实践中的观礼者”，《原道》，2019年第2期，第32~45页。

乎室，堂下观乎上。"（《礼记·坊记》）从堂上到室内，从堂下到堂上，从宗族到民众，"观"用视觉体验构筑起一个无形却有序的空间架构。在这一架构中，正是由于各身份阶层"观众"的存在，成就了礼乐"示民不淫""示民有上下""以教民睦"的责任使命。①

如果说可"观"之礼是一种公共、宏大的"空间叙事"，主要借助礼制本身的体验性传达礼乐文明的疏导教化功能，"问礼"所展示的则是一条更为私人化，也更为直接的口头教导途径。毕竟，"观礼"的公开与仪式性极大地限制其应用场景，而繁琐的日常性政治、外交事务需要对礼制流程规范作更为直接的解答、解读。《国语·周语》"内史过论神"篇可为周王"问礼"之典型范例：周惠王十五年秋七月（公元前662），有神降于虢国莘地，周惠王就此六问周庭内史过，详细询问降神的原因、所降何神、降神之地、祭祀之法、神之意志。②"临事有瞽史之导""宴居有师工之诵"与"王问于内史过"，一"问"一"导"之间，犹如一体两面，勾画出"问礼"的过程与结果。与"观礼"相较，"问礼"之制渊源有自，问神明祖先之意、问巫史礼仪程序典章、问宗族长老前代遗训皆为"问礼"之形式。③如此，"礼"存于书册典章之

① 过常宝认为，周公以神道设教，"观礼"出于礼教文化的核心地位。但其同时指出，除"观礼"外，还可"观乐""观诗"。"观乐""观书"二者志趣不在礼乐制度本身，而在于学习礼乐知识、传达礼乐精神。见过常宝："'观'与'问'：春秋知识传播的两个途径"，《中国高校社会科学》，2016年第4期，第148~160页。

② 徐元诰：《国语集解·周语上》，北京：中华书局，2002年，第14页。

③ 过常宝认为"问礼"可上溯至殷商时代，此时之"问"多见于由王主持的占卜活动，所发问对象是神灵。至西周春秋，王问礼的对象变为巫史。如《左传·庄公三十二年》："秋七月，有神降于莘。惠王问诸内史过曰：'是何故也？'"此外，三代也有"养老乞言的制度"，《礼记·内则》云："凡养老，五帝宪，三王有乞言。五帝宪，养气体而不乞言，有善则记之为惇史。三王亦宪，既养老而后乞言，亦微其礼，皆有惇史。"咨老"乞言"亦谓之"问"——《国语·周语上》载樊穆仲云："肃恭明神而敬事耇老，赋事行刑，必问于遗训而咨于故实，不干所问，不犯所咨。"见过常宝："'观'与'问'：春秋知识传播的两个途径，"《中国高校社会科学》，2016年第4期，第148~160页。

中、祭祀乐舞之中、巫史记忆与诠释之中，也在朝、祀、丧、戎等礼制实践演示之中。上古先皇与西周诸王早已为礼乐精神的接续传递预留出“观”与“问”、视觉与听觉并存的“双向轨道”。

西周式微后，“陪臣执政，史不记时，君不告朔。”（《史记·历书》）礼乐职官四散诸国，王官之学零落四夷，礼乐征伐改由诸侯、方伯而出。权力的转移和社会形态的变更使组织朝聘、会盟等仪式性外交、政治活动不再是周王室的特权，“闳览博物君子”代替随周王室一同凋敝的巫史职官，成为传授礼乐规范的知识权威与精神领袖。① 但礼乐仪制向各诸侯国的下沉，及随之启动的宗教知识的“世俗化”进程并未遮蔽“观”与“问”二途，反而成为贵族士大夫习礼的“必由之路”。仅从《左传》所见，凡此“观礼”“观诗”“观乐”“问礼”种种，不可具数：隐公五年（公元前718），鲁隐公入棠地“观鱼”。② 僖公六年（公元前654），许僖公“面缚，衔璧，大夫衰绖，士舆榇”赴武城见楚成王，成王“问礼”于大夫逢伯。襄公二十九年（公元前544）吴国遣公子季札来聘，请“观于周乐”，“使工为之歌《周南》《召南》”。昭公二十五年（公元前517），晋卿赵简子见郑卿子大叔，问其“揖让、周旋之礼”。从中可见“观礼”“问礼”之风于春秋绵延盛行。

孔子既存“复礼”之志，习礼亦循“观”“问”二途。除“西观周室”、适周“问礼”于老子两则众所周知的重大文化事件

① 语出自《史记·吴太伯世家》太史公赞吴公子季札曰：“延陵季子之仁心，慕义无穷，见微而知清浊。呜呼，又何其闳览博物君子也！”王国维《观堂集林》以“物”为“杂色牛”，所谓“博物”，即通晓神怪之物及相关祭礼。转引自过常宝：“‘观’与‘问’：春秋知识传播的两个途径”，《中国高校社会科学》，2016年第4期，第148~160页。

② “观鱼”之礼并非周官成例，应为民间的娱鬼娱人的祭祀活动。从严格意义上而言，隐公以国君身份如棠“观鱼”有违正统宗教伦理，因而臧僖伯谏曰：“凡物不足以讲大事，其材不足以备器用，则君不举焉。”见杜预：《春秋左传正义·隐公五年》，孔颖达正义，北京：北京大学出版社，1999年，第96页。

外，有关孔子"观礼"与"问礼"之记载遍布儒家经典。① 《礼记·檀弓下》记孔子观"丧礼"。② 《礼记·礼运》又记孔子为观夏、商（殷）古礼适杞、宋二国。③ 而《论语·八佾》则留存孔子将"观礼"与"问礼"结合的确凿记录："子入太庙，每事问。或曰：'孰谓鄹人之子知礼乎？入大庙，每事问。'子闻之，曰：'是礼也。'"《礼记·杂记》云："大夫冕而祭于公，士弁而祭于公。"夫子始仕于鲁，恰逢鲁太庙祭周公，得以"士"的身份"入而助祭"。为"助祭者"，即是"观礼者"，于室内室外、堂上堂下全程"观礼"。但孔子并不满足于视觉的研习，在"观"之外，仍以"每事问"辅之。夫子"每事问"并非处于知识欠缺导致的"无知"，而是"虽知之，当复问"的审慎态度。④ 唯有慎而又慎，方显"礼"之庄重，也才是尊"礼"之道。朱熹概而论之曰："敬谨之至，乃所以为礼也。"⑤ 然而，与《左传》所载的各国君王求证之问、解惑之问相较，孔子"明知故问"，所求显然并非一种结论性的、知识性的回答，而志在展现在"礼"面前应有的恭谨态度，以及对三代以降的"问礼"制度的尊崇与严格践行。因此，夫子自云"是礼也"，其意恐不在自辩，亦不重在显其在"礼"面前如何"谨小慎微""诚惶诚恐"，而是将"问"视作一种仪式，折射一种情感精神。简而言之，"问礼"是"心怵而奉之以礼"的外在表象，亦是"观"的对象。以声音为介质的"问"与以视觉

① 孔子"观书"之事见《史记·十二诸侯年表》《汉书·艺文志》，前文已有论述。而适周于老子"问礼"见《史记·孔子世家》及《老子传》，《庄子》《礼记》《吕氏春秋》中也各有记载。

② 《檀弓下》曰："延陵季子适齐，于其反也，其长子死，葬于嬴博之间。孔子曰：'延陵季子，吴之习于礼者也。'往而观其葬焉。"郑玄：《礼记正义·檀弓下》，孔颖达疏，北京：北京大学出版社，1999 年，第 190 页。

③ 《礼记·礼运》录孔子之言曰："我欲观夏道，是故之杞，而不足征也；吾得《夏时》焉。我欲观殷道，是故之宋，而不足征也；吾得《坤乾》焉。《坤乾》之义，《夏时》之等，吾以是观之。"同上，第 181 页。

④ 刘宝楠：《论语正义·八佾》，高流水点校，北京：中华书局，1990 年，第 104 页。

⑤ 朱熹：《四书章句集注》，北京：中华书局，1983 年，第 65 页。

为载体的“观”融会贯通，成为孔子内心对“礼”的情感所向。于孔子处，本为通达“礼”之法门的“问礼”之制，已然成为“礼”之门径，与“观礼”一道化为“礼”的一部分。孔子自云：“我欲仁，斯仁至矣！”（《论语·述而》）以“仁”之至高至善，夫子却从未为之设置高不可攀的门槛，“礼”应亦如是。与其将其视为遥不可及的理想目标，夫子言而未明之意，或许在于阐明在礼崩乐失的春秋，循“问礼”“观礼”之“礼”本身即“是礼也”。或者说，“夫祭者，非物自外至者也，自中出生于心也”（《礼记·祭统》），发诸于人心的意愿和情感才是理解和定义“礼”之真幾。

从习“礼”旧俗到反映“礼”的精神，“观礼”与“问礼”于夫子处生发出全新的时代意义。究其原因或许在于，“礼”之于孔子，不再局限为一种社会制度、一种文明形态，而是上可抽绎为一整套哲学观念、下可衍生为一系列治世准绳、内又可激发对神明恭谨而诚挚情感的思想渊源。这就意味着，“礼”既是完备既成的知识体系，可供传承、学习，又兼具动态与发展的势能，朝着当下、个人与诠释全面开放。面对在形而上与形而下之间、外在仪式与内在心理之间的“礼”，“观”与“问”的意义突破了对旧制的恪守与传承，第一次显露出由外到内、逐步揭示本体的阐释力量。一方面，“问礼”“观礼”是崇“礼”之心的外露，亦是“礼”之渊薮；另一方面，“问礼”“观礼”又通过视觉与语言上的描摹无限接近和解释“礼”，二者相辅相成，密不可分。

将“观”与“问”作为本体却又揭示本体的迂回与中介特性贯彻于“六艺”“六经”的“教”与“学”、“传”于“授”之中，“观”与“问”便可视为无限逼近“经旨原义”的诠释手段、一种从外到内的注“经”策略、一套眼耳相承、最终披文入情的教学体系。子贡曾观“蜡”祭，归来后孔子问曰：“‘赐也乐乎？’对曰：‘一国之人皆若狂，赐未知其乐也！’子曰：‘百日之蜡，一日之泽，非尔所知也。张而不弛，文武弗能也；弛而不张，文武弗为也。一张一弛，文武之道也。’”（《礼记·杂记下》）“蜡”为岁末大祭，举国上下皆索群神而祀之。由子贡"未知其乐"之语推论，使子贡"观蜡"多出自孔子之意。子贡"观蜡"与夫子如太庙"观礼"相较，虽前者为自发主动（或从师命）行为，后者为礼制所需，但从出发动机而言，二者一脉相承，带有强烈的学习目的，均将视觉化的"礼"当作可供个人体悟、学习和模仿的知识体系。从此意义上，"观"承载着对"礼"理解起始，并通过"观"的行为实践向理解的终点——"礼"的"原初意义"靠拢。"观蜡"之后，夫子追加一问："赐也乐乎？"孔子所问，虽是子贡主观感受，表面看来无涉"礼"的宗旨和习得，但儒家之道在于"人本"，世俗与经验性的喜怒哀乐诸多情感无不系连世界，感通万物，"仁以感通为性，以润物为用""仁心之觉润为道德创造之真幾"①。子贡"未得其乐"，即是未能从"观"中获得"仁心之觉润"，未能通过对礼仪陈设、祭文礼辞的"观察"开启感通神明、与"天地万物为一体"（《孟子·梁惠王》）的情感体验。从这一角度出发，孔子以"问"引出下文之教化点拨，更类对"礼"之社会功用的个人批注，既为"蜡祭"的存在提供合理性注解，也从情感心理上激发子贡对"一国之人皆若狂"产生共感和移情。

若以"礼"之精神反观本章主题，以"观"与"问"重新审视《春秋》的流传与诠释，看似并行的"礼"与《春秋》大义便呈现高度相通，乃至趋同之处："礼者，理也"（《礼记·仲尼燕居》），"经礼三百，曲礼三千"（《礼记·礼器》）。细密的仪文细节既是规约行为、语言的基本准则，也是社会、政治及伦理秩序关系中不可变易之"常道"。② 简而言之，"礼"之经纶在于赋予"亲亲尊尊"人伦关系理性意义与体制化形态，规范君臣之义、夫子之伦、贵贱之等、夫妇之别，此即《礼记·祭统》所总结和归

① 牟宗三：《心体与性体》（第二册），台北：中正书局，1978 年，第 223 页。

② 李泽厚：《由巫到礼 释礼归仁》，北京：三联书店，2015 年，第 25 页。

纳的“祭有十伦”①。“十伦”落脚于“亲亲之杀，尊贤之等”（《礼记·中庸》），而《春秋》之“义”在乎“为天下仪表，贬天子，退诸侯，讨大夫”（《史记·自序》）。换言之，《春秋》志在唤醒与匡正的，首要便是人际世间的人伦序列，此即庄子所云“《春秋》以道名分”（《庄子·天下》）。这一序列依“礼”而生、因“礼”而定，上“体天地、法四时”、下“则阴阳、顺人情”（《礼记·丧服四制》），既统掌世间又超越世间，有主宰万物的神圣力量。因此，“乱臣贼子”所惧，与其说是《春秋》，不如说是《春秋》背后所代表的这股通天地、语神明的神圣力量。从这一意义看来，《春秋》的力量源自“礼”的力量，《春秋》“上明三王之道，下辨人事之纪”（《史记·自序》）的纲领大义，便是要回归“礼”的精神。② 这样，“习礼”与“传经”从方法到目的同质兼容——“礼”可以“观”，“观”之所见礼容之肃穆、礼文之恭谨、礼器之严整，无不是礼仪条文的外在呈现；《春秋》亦需先“观”，“观”之所见乃是齐桓晋文之征伐会盟，即《春秋》的“原经”“本事”；“礼”可以“问”，“问”之动机在乎寻求“礼”之为“理”的渊源阐论，在于调动个体对“礼”超道德品质的内在情感响应。《春秋》同样可“问”，“问”之内容虽仅在“书”或“不书”的形式之间，但以“问”切入《春秋》“观”而未明、书而未尽之广阔意义疆域，激发个人对天命、天道的理解、思考、诠释与敬畏，才是“问”的真谛。

我们或可从中推论，书写与口说二途并非夫子为传《春秋》所独创，而是与三代习“礼”传统一脉相承，与夫子自身修习经验方法息息相关，既是夫子修著“六经”一以贯之的出发点，也

① “祭有十伦，见事鬼神之道焉，见君臣之义焉，见父子之伦焉，见贵贱之等焉，见亲疏之杀焉，见爵赏之施焉，见夫妇之别焉，见政事之均焉，见长幼之序焉，见上下之际焉。”见郑玄：《礼记正义·祭统》，孔颖达疏，北京：北京大学出版社，1999 年，第 829 页。

② 《左传·昭公二十五年》曰：“夫礼，天之经也，地之义也，民之行也。”从中或许可得一问：“礼”既为“天地之经义”，是否亦即是《春秋》之大义？见杜预：《春秋左传正义》，孔颖达正义，北京：北京大学出版社，1999 年，第 1461 页。

是向弟子门人诠释"六经"存乎于心的方法论。颇有意趣的是，今文二"传"皆为问答语体，所论皆由"问"引发，处处可见"问礼"之遗迹。古文经《左传》以存《春秋》旧事为要，夷狄华夏、尊王重霸，无不是"观书"之精神。可以肯定的是，开"眼手""口耳"二途，令众儒各执一端，引经学千年之争并非夫子本意。"礼"的习得与传承经验足以揭示，"观"与"问"、"眼"与"口"、外在形式与情感体验相合才能最大程度浸淫于诗礼；得两股"活水"汇聚滋养，才能保周德之化赓续未泯、永不干涸。然而，夫子置身其中的东周，早已不复"郁郁乎文哉"的盛景，昔日采诗于路，"以闻于天子""命太师陈诗，以观民风"（《汉书・食货志上》）的上通下达之路早已荒废，"刺讥褒讳挹损之文辞"反而成了不可书见、不可触碰的政治禁忌。无奈之下，孔子唯有弱化价值判断、隐匿是非褒贬，将一切不可为世人所"观"之内容提取抽绎，另存于口说，托付于"问"来"激活"。其结果是，《春秋》可"观"之文通行流通于世，而解《春秋》之"问"的钥匙却紧锁孔门之内。因此，今古文经学之争其罪并不在孔子开"眼""口"二途，（在这一点上，夫子虽有所创新，但在基本框架上也只是循"观""问"之旧制，"述而不作"）而在于历史客观条件造就了"眼"与"口"无法同时向公共视野全面开放，"所见"与"所闻"不再平衡对等，"耳目鼻口，皆有所明，不能相通"（《庄子・天下》）。一旦"观"与"问"、"眼"与"口"间的天然联系纽带被人为割裂，所"观"之事不再通向所"闻"之理，察一端而不知全体，偏得一术、往而不返，终不免"道术为天下裂"①。世人各执一端自以为得"真"，《春秋》

① 庄子之叹于此处无比应景妥帖："天下大乱，贤圣不明，道德不一。天下多得一察焉以自好。譬如耳目鼻口，皆有所明，不能相通。犹百家众技也，皆有所长，时有所用。虽然，不该不徧，一曲之士也。判天地之美，析万物之理，察古人之全。寡能备于天地之美，称神明之容。是故内圣外王之道，暗而不明，郁而不发，天下之人各为其所欲焉以自为方。悲夫！百家往而不反，必不合矣！后世之学者，不幸不见天地之纯，古人之大体。道术将为天下裂。"郭庆藩：《庄子集释・天下第二十三》，王孝鱼点校，北京：中华书局，2013 年，第 939 页。

“三传”分异之原点即在此乎？

经历必要的“绕行”后再次回到《春秋》“三传”，回到上节所论证的“书写”与“口传”分异的原点。我们发现了此“原点”背后与上古史官建制（“史”“瞽”“巫”“筮”）、与三代崇礼习俗（“观”与“问”）的纵深渊源。“口传”与“书写”也许从不曾是个人偏好或各家传统的选择，今古二学之争也绝难简化为书写方式的差别。“观”“问”之制在周德纲纪下自可相互取法、此问彼答，畅行无虞。然则在周德失守、礼制坏替、陪臣窃命之春秋，得“观”却不能尽览，虽“观”而不得其“问”，犹如“目能视色，不能听声；鼻能闻香，不能辨味，各有所主”（《庄子·天下》）。既不能得之全体，唯有各执偏僻，长此以往，“眼手”与“口耳”分立终难规避，“三传”殊途实为情理之中。既然如此，对“以观见义”的古文经《左传》而言，确保其文字的持久可见性方能延续其内涵；“以声传义”的今文经《公》《穀》，必求师法代代传授才能存留不绝。然而，《春秋》“观”“问”分异的时代源流再次波及“三传”流播的路径，扰动“笔书”与“口传”的自然轨迹。

4.“消失”的书写和“缝接”的口传谱系

孔子笔修《春秋》、口传经旨所开创的“观”“问”“双向”传道路径，似乎随《左传》与《公》《穀》分择其一而再难重现。《公羊》《穀梁》《邹氏》《夹氏》，以及除此四“传”外种种因口传而来，甚至未及在历史中留下任何存在痕迹就在口传中悄然消亡的传作，皆恪守师门口耳授经，藏身于官方历史的背面，安稳无虞度过乱世。而细论孔子口传之义于《春秋》本事中的《左传》又该当如何？

左丘明对口传授予后世无限诠释向度的焦虑，最终推动其以文字替代声音，试图以书帛的羁绊永远固定《春秋》之奥义。诚然，在对抗时间的流逝与存留意义的印记方面，笔书的优势明显。孔门七十二贤，若皆得圣人口传大义，《春秋》传作不知几何，但留存于世区区不过"三传"，更多的思想、观点、信息甚至来不及如《夹》《邹》二"传"一般留下任何遗迹就在声音的传递中逐渐黯淡消隐。这也是《公羊》《穀梁》二派后人决意打破300余年口传传统，转录为书的原因。但这是否意味着书写的信息必能如左丘明所愿，亘古而恒定地绵延不绝？或者，经由口传的经旨大义是否"必有愆误"，必将在不加节制的个人诠释冲淡下日渐偏离圣人预设的轨道？本节从《左传》"续经"所引发的一连串"疑古"危机出发，聚焦《左传》的成书过程与传播历史，析疏《公》《穀》定本之前的口传谱系的合理性，在历史中既"顺流而下"又"溯洄而上"，试图从碎片化的文字证据中发现"三传"亲师在声音与文字两条道路上所作出的分异抉择对"三传"的传播与接受所产生的影响。

如上节所论，《左传》成书距离"西狩获麟"最多不超过70年，相隔不过一代人岁月。《春秋》中所贬损的大人君臣，即便人已作古，但其子孙仍在，后代威权势力不减当年。自《左传》成书定本到汉代兴起、口说流行的200余年间，左丘明既承孔子修《春秋》之志，细论孔子口传之义于《春秋》本事中，又将孔子本"不可与外人道焉"的"刺讥褒讳挹损之文辞"公诸于众。可以预见，《左氏》成书后，在师门弟子之间尚能流传无虞，一旦公开传阅，"有威权势力"之"大人当世君臣"必因贬损其事实皆形于"传"，深以为忤，终将引发"时难"，有毁"传"、灭门，乃至师法断绝之忧。在时间脉络上与先秦时代最为切近的史传当属武帝朝所作《史记》，但《史记》只录《左传》成书，成书后至汉初至少200余年的相传流传情况，却是一片空白。《史记》录先秦人、事数量可观，十表、八书、三十世家、七十列传中半数以上涉及先秦史料。就《史记·年表》看来，《左传》在太史公眼中分量颇重，重要性甚至在风靡西汉的《公羊》《穀梁》之上，本不应有漏书的可能。那么，《左传》在司马公视域中突然消隐，又该如何解释？或者，更直接的问题在于，太史公是否曾亲见《左传》？如未曾亲见，如何知其"因孔子史记具论其语"？如曾亲阅亲见，何以能不察其"续经"一事，辨其真伪？

由《史记》肇始的、有关《左传》的记录，至百余年后的《汉书》现世正式裨补完善。《汉志》将《左传》“失踪”200余年的流传际遇总结为：“(《左传》)其事实皆形于‘传’，是以隐其书而不宣，所以免时难也。”极具讽刺意味的是，充盈着圣人对唤醒“仁君”“德政”“诗礼教化”人间理想的《春秋》，在现世的“苛政”与“暴君”重压下只能私相传授、辗转口述；继孔子之志，一心力保孔子口传经义完整、恒定的左丘明，为避孔子之所避，只能“隐其书而不宣”。班固未及说明，究竟是谁主导将《左传》秘而不宣，《左传》又是从何时起从官方视野中销声匿迹，但从几乎与《汉书》同一时代成书的《新论》推断，在《公羊》《穀梁》初代亲师口说二“传”前百年，《左传》已经秘而不宣。① 《左传》再度出现在官方视野，已是哀帝年间（公元前25—公元前1），其事载于《汉书·楚元王传》，与《汉志》所记前呼后应：

歆及向始皆治《易》，宣帝时，诏向受《穀梁春秋》，十余年，大明习。及歆校秘书，见古文《春秋左氏传》，歆大好之。时丞相史尹咸以能治《左氏》，与歆共校“经”“传”。歆略从咸及丞相翟方进受，质问大义。初《左氏传》多古字古言，学者传训故而已，及歆治《左氏》，引“传”文以解“经”，转相发明，由是章句义理备焉。歆亦湛靖有谋，父子俱好古，博见强志，过绝于人。歆以为左丘明好恶与圣人同，亲见夫子，而公羊、穀梁在七十子后，传闻之与亲见之，其详略不同。歆数以难向，向不能非间也，然犹自持其《穀梁》义。及歆亲近，欲建立《左氏春秋》及《毛诗》《逸礼》《古文尚书》皆列于学官。②

① 《新论》原文如下：“《左氏传》遭战国寝废。后百余年，鲁人穀梁赤为《春秋》，残略多所遗失。又有齐人公羊高缘经文作‘传’，弥离其本事矣。”桓谭：《新辑本桓谭新论·正经》，朱谦之校辑，北京：中华书局，2009年，第39页。

② 班固：《汉书·楚元王传》，赵一生点校，杭州：浙江古籍出版社，2000年，第651页。

刘歆生于西汉末年，汉成帝朝受诏校中秘书，随其父刘向入天禄阁见到藏于秘府之《左传》，"大好之"。刘歆首为《左传》章句，"经""传"相合论《左传》义理，"创通大义"开汉《左传》研究先河，对《左传》的偏爱与贡献不言而喻。① 然而班固、桓谭皆证《左传》自战国后便遭"寝废"，为何会出现于皇家秘府？《移书》一文中刘歆自述《左传》现世的经过：

> 鲁恭王坏孔子宅欲以为宫，而得古文于坏壁之中，《逸礼》有三十九，《书》十六篇。天汉之后，孔安国献之。遭巫蛊仓卒之难，未及施行。及《春秋》左氏丘明所修，皆古文旧书，多者二十余通，臧于秘府，伏而未发。孝成皇帝闵学残文缺，稍离其真，乃陈发秘臧，校理旧文。②

刘歆因请立《左传》《毛诗》《逸礼》《古文尚书》，太常博士不予置对而作此文。文中抨击"五经"博士"抱残守缺，挟恐见破之私意，而无从善服义之公心"，言辞激烈、流播甚远。但仅从上述引文看，鲁壁遗书似乎仅有《逸礼》《古文尚书》，《左传》另有来源，是"秘府"书库所得。古文《左传》若出于"秘府"，刘歆作为古文《左传》的"发现者"在理论上便有"伪经"的机会和嫌疑，然而正是在这一关键信息的表述上，刘子骏言辞闪烁、表达跳跃，极易引发后世对《左传》来源的不同猜测。近人张心澂（1896—1969）细读刘歆此段，分缕句读、逐字批解：

---

① 杜预云："然刘子骏创通大义，贾景伯父子，许惠卿，皆先儒之美者也。"见氏著：《春秋左传正义·序》，孔颖达正义，北京：北京大学出版社，1999年，第12页。与刘歆父子多有往来，与刘歆时常辩"经"论道的桓谭亦可从侧面证实刘子骏对《左传》的珍爱欣赏："刘子政（刘向）、子骏、子骏兄伯玉、三人俱是通人，尤珍重《左氏》，教授子孙、下至妇女，无不读诵，此亦蔽也。"见桓谭：《新辑本桓谭新论·识通》，朱谦之校辑，北京：中华书局，2009年，第165页。

② 刘歆：《移书让太常博士》，收于严可均校辑：《全汉文》，北京：商务印书馆，1999年，第414页。

> （刘歆）所云“得古文于坏壁之中”，即《逸礼》《书》及《春秋左氏》。下文云“皆古文旧说，多者二十余通，臧于秘府，伏而未发”，皆指此三书。故下文云“得此三事”也。因“《书》十六篇”之下加“天汉之后，孔安国献之，遭巫蛊仓促之难，未及施行”数语，以说《逸礼》及《书》之经过，与下文“丘明所修”一语为“《春秋左氏》”之说明同。但“天汉……”数语较长，读者不察，以为文气已断，下文乃另一事，与孔壁无关。然下文“及《春秋左氏》”之“及”字，即表示上之《逸礼》《书》及此《春秋》共三书。此犹可谓与上文“及鲁恭王”之“及”字用法同，为另一段之证。但下文“皆古文”之“皆”，明指三书。若专言《春秋左氏》，何来一“皆”字乎？①

依张心澂之见，《汉志》不言《左传》出自孔壁，皆因错读《移书》句读，误以为《左传》不在鲁壁藏书之列。后世有关鲁壁遗文的诸多抵牾，皆因对歆《移书》读法不同，而刘歆本意则是古文“三书”，即《左传》《逸礼》《古文尚书》，俱出自鲁壁。

由此看来，刘歆在西汉末年所见之古文《左传》得于孔府残壁，但“鲁恭王坏孔子宅”却发生在汉武帝朝。② 若以《左传》的记事下限，即公元前425年赵毋恤卒、得谥号“襄子”约算《左传》成书时日，从成书至刘歆奉孝成皇帝旨意“陈发秘臧，校理旧文”，《左传》“臧于秘府，伏而未发”至少400余年。400年间，秦亡汉兴，口说渐成主流，汉景帝、汉武帝朝《公羊》垄断《春秋》家、汉宣帝朝《穀梁》列入学官与《公羊》分庭抗礼，

---

① 张心澂：《伪书通考》，转引自杨伯峻：《春秋左传注·前言》，北京：中华书局，2009年，第34页。

② 《汉书·景十三王传》记恭王其人其事曰：“鲁恭王余以孝景前二年立为淮阳王。吴、楚反破后，以孝景前三年徙王鲁。好治宫室、苑囿、狗马，季年好音，不喜辞。为人口吃难言。……恭王初好治宫室，坏孔子旧宅以广其宫，闻钟磬琴瑟之声，遂不敢复坏，于其壁中得古文经传。”班固：《汉书·景十三王传》，赵一生点校，杭州：浙江古籍出版社，2000年，第769页。

《左传》之学却直至汉成帝、汉哀帝时期依然籍籍无名。这是否意味着，生于汉武帝朝的太史公虽尊《左传》为《春秋》"首传"，却从始至终并未亲见《左传》其文其书呢？我们有必要沿时间之流上溯，沿途探寻有关《左传》在武帝朝前后流播的确证。

生于战国末年的韩非子（公元前280—公元前233）在《奸劫弑臣》一文中论及民谚"厉人怜王"，引《春秋》"楚王子围弑君"与"齐大夫崔杼弑君"两段"旧事"佐证观点：

《春秋》记之曰："楚王子围将聘于郑，未出境，闻王病而反。因入问病，以其冠缨绞王而杀之，遂自立也。齐崔杼，其妻美，而庄公通之，数如崔氏之室。及公往，崔子之徒贾举率崔子之徒而攻公。公入室，请与之分国，崔子不许；公请自刃于庙，崔子又不听；公乃走，逾于北墙。贾举射公，中其股，公坠，崔子之徒以戈斫公而死之，而立其弟景公。"①

《韩非子》称二则引自《春秋》，然而二处所引内容均不见于《春秋》经文——"楚王子围弑君"记于《昭公元年》，"经"云："冬十有一月己酉，楚子麇卒。"而"齐大夫崔杼弑君"记于《襄公二十五年》，经文也只书："夏五月乙亥，齐崔杼弑其君光。"《春秋》对二则历史所录不过寥寥数笔，除勾勒事件的大致轮廓和最终结果外并未提供任何生动、鲜活、曲折婉转的细节信息，这与《韩非子》所引文字形成鲜明对比。对此两则"旧闻"，"三传"之中唯有《左传》有详细记载：

冬，楚公子围将聘于郑，伍举为介。未出竟，闻王有疾而还。伍举遂聘。十一月己酉，公子围至，入问王疾，缢而弑之。"（《左传·昭公元年》）

齐棠公之妻，东郭偃之姊也。东郭偃臣崔武子。棠公死，偃御武子以吊焉。见棠姜而美之，使偃遂取之。……庄公通焉，骤如崔

① 周勋初：《韩非子校注·君劫》，南京：凤凰出版社，2009，第113页。

氏，以崔子之冠赐人。侍者曰：“不可。”公曰：“不为崔子，其无冠乎?”崔子因是，又以其间伐晋也，曰：“晋必将报。”欲弑公以说于晋，而不获间。公鞭侍人贾举，而又近之，乃为崔子间公。夏五月，莒子为且于之役故，莒子朝于齐。甲戌，飨诸北郭，崔子称疾不视事。乙亥，公问崔子，遂从姜氏。姜入于室，与崔子自侧户出。公拊楹而歌。侍人贾举止众从者而入，闭门。甲兴，公登台而请，弗许。请盟，弗许。请自刃于庙，弗许。皆曰：“君之臣杼疾病，不能听命。近于公宫，陪臣干掫有淫者，不知二命。”公踰墙，又射之，中股，反队，遂弑之。(《左传·襄公二十五年》)

《春秋》“经”“传”对比之下，详略立见，韩非子所述之“楚王子围将聘于郑”“闻王病而反”“棠公妻美”“庄公私通”“率众攻公”“庄公三请”“踰墙”“中箭”等事在《左传》中皆有对应。无论《韩非子》于何时成书，但韩非子身处战国末期，《左传》记录止于悼公十四年（公元前453)，韩非子距丘明时代200余年，《左传》定本远在《韩非子》之前。加之《左传》之后又无涵盖各国之通史出世，我们可以断定，《韩非子》所引之“《春秋》”，实为《左传》。韩非在200年后尚能引《左传》文字，足以窥见即便有丘明后人有意消隐《左传》，屏蔽其后世流传，文字记录所展现出的顽强的生命力，使《左传》在先秦不但从未终绝，反而不绝如缕、连绵不绝。

至秦火焚书，《左传》侥幸得以完整保存，辗转流传至汉世，终有前文所论刘歆见其于秘府、欲立之于官学之事。孔颖达借疏证杜预《春秋序》，抽绎出秦汉《左传》从濒临“废灭”到走向“显学”的全过程：

据刘向《别录》云：“左丘明授曾申，申授吴起，起授其子期，期授楚人铎椒。铎椒作《抄撮》八卷，授虞卿；虞卿作《抄撮》九卷，授荀卿；荀卿授张苍。”此“经”既遭焚书而亦废灭。及鲁共王坏孔子旧宅，于壁中得古文《逸礼》有三十九篇，《书》十六篇。天汉之后，孔安国献之，遭巫蛊仓卒之难，未及施行。及

《春秋左氏》丘明所修，皆古文旧书，多者二十余通，藏于秘府，伏而未发。汉武帝时，河间献《左氏》及古文《周官》。光武之世，议立《左氏》学，公羊之徒上书讼《公羊》抵《左氏》，《左氏》之学不立。成帝时，刘歆校秘书，见府中古文《春秋左氏传》，歆大好之。时丞相尹咸以能治《左氏》，与歆共校"经""传"。歆略从咸及丞相翟方进受，质问大义。初《左氏传》多古字古言，学者传训诂而已。及歆治《左氏》，引"传"文以释"经"，转相发明，由是章句义理备焉。歆以为左丘明好恶与圣人同，亲见夫子，而公羊、穀梁在七十二弟子后，传闻之与亲见，其详略不同。歆数以问向，向不能非也。及歆亲近，欲建立《左氏春秋》及《毛诗》《逸礼》《古文尚书》，皆列于学官。哀帝令歆与"五经"博士讲论其义，诸儒博士或不肯置对，歆因移书于太常博士，责让之。和帝元兴十一年，郑兴父子及歆创通大义奏上，《左氏》始得立学，遂行于世。至章帝时，贾逵上《春秋大义》四十条，以抵《公羊》《穀梁》，帝赐布五百匹。又与《左氏》作《长义》。至郑康成，箴《左氏膏肓》，发《公羊墨守》，起《穀梁废疾》。自此以后，二"传"遂微，《左氏》学显矣。①

孔颖达为呈《左传》在先秦两汉流转相授之全貌，抄辑《别录》《汉书》《移让》中相关论述于此，然众家之说所起时间各异，致使此段叙述前后跳跃、时间线不够明晰。对此略加考证梳理，可得《左传》流传至汉的基本脉络源于刘向《别录》之说："左丘明授曾申，申授吴起，起授其子期，期授楚人铎椒。铎椒作《抄撮》八卷，授虞卿；虞卿作《抄撮》九卷，授荀卿；荀卿授张苍。"从时间线推算，自左丘明至汉初北平侯张苍（公元前256—公元前152），《左传》传承七代，历时二百余年，刘向谱系大致与史实相吻合。从各代传人分析，第四代传抄人楚人铎椒所作之八卷《抄撮》，与第五代虞卿所作之九卷《抄撮》具合《汉志》所录，也与

① 杜预：《春秋左传正义·序》，北京：北京大学出版社，1999年，第22页。

《史记》遥相呼应。① 加之，《史记·老子韩非列传》录韩非因学帝王之术与李斯"俱事荀卿"。"虞卿作《抄撮》九卷，授荀卿"，荀卿虽未授予韩非，但韩非作为入室弟子，其所见所引之《左传》来源也自然得到合理解释。至于汉初张苍修《左传》一事，更得《史记》《汉书》《说文》《魏书》等书力证，更是无可争议。② 因此，杜预《春秋序》、孔颖达《春秋左传正义》均引述刘向此论，对其整理的传承谱系深信不疑。

我们有理由认为，刘氏所修之流传谱系必有历史依据，但在史实细节处难免有合理猜测、推断甚至臆造的成分。③ 但此序列足以担当《左传》成书后并未销声匿迹的关键证据。这就是说，尽管

---

① 《史记·十二诸侯年表》所记《春秋》诸"传"也遥契刘向之论："铎椒为楚威王'传'，为王不能尽观《春秋》，采取成败，卒四十章，为《铎氏微》"。"赵孝成王时，其相虞卿上采《春秋》，下观近势，亦著八篇，为《虞氏春秋》。"见司马迁：《史记·十二诸侯年表》，裴骃集解，北京：中华书局，1963年，第57页。

② 《史记·十二诸侯年表》言："汉相张苍历谱五德，上大夫董仲舒推春秋义，颇著文焉。"《汉书·儒林传》记："汉兴，北平侯张苍及梁太傅贾谊、京兆尹张敞、太中大夫刘公子皆修《春秋左氏传》。"《说文解字序》云："北平侯张苍献《春秋左氏传》"；《魏书·江式传》录魏书法家江式上《字书表》，言："北平侯张苍献《春秋左氏传》，书体与孔氏相类，即前代之古文矣。"分见司马迁：《史记·十二诸侯年表》，裴骃集解，北京：中华书局，1963年，第57页；班固：《汉书·儒林传》，赵一生点校，杭州：浙江古籍出版社，2000年，第585页；许慎：《说文解字叙》，徐铉校，北京：中华书局影印本，2004年，第8页；魏收：《魏书·江式传》，转引自沈玉成、刘宁：《春秋左传学史稿》，南京：江苏古籍出版社，2000年，第78页。

③ 然而，刘向之说并非滴水不漏：如刘氏谱系以孔门弟子曾参（公元前505—公元前435）第二子曾申为《左传》第一代传人，授业于丘明。曾参生于春秋末年，为孔子晚年亲传弟子，司马迁《仲尼弟子列传》记有曾参之名，云其"少孔子46岁"前文已推得，左丘明为孔子同辈甚至稍长，曾参若少孔子46岁，其子曾申极有可能少左丘明60岁以上。丘明还乡归鲁，门下弟子甚众，为何要以高龄之身，传"经"于稚嫩幼子？此外，如上节所论，赵襄子卒后（公元前453年），《左传》基本定本，若曾申是《左传》唯一传人，丘明为何相隔多年之后方授《左传》？更值得细思的是，《左传》在先秦的递接传播不曾见于任何现存先秦典籍，刘向即便曾尽览皇家馆藏，但太史公家族历代掌史，对古史藏书必然如数家珍，然《史记》未能道出之事，刘向如何得知？

《左传》成书后遭遇"隐而不宣""伏而未发"，但《左传》之学不曾凋敝，反而以民间之学辗转流传。《韩非子》中所引之《左传》文字、西汉开国北平侯张苍所献《左传》、武帝朝河间王所献之《左氏》，及汉成帝朝在刘歆见府藏"秘书"之前就以擅治《左传》闻名的丞相尹咸、翟方进均可为《左传》在民间流播的力证。不仅如此，《左传》虽为私学，研习者甚众，且不乏当世名流大儒、学坛领袖。仅汉初就有北平侯张苍、梁太傅贾谊（公元前200—公元前168）、太中大夫、河间献王刘德（公元前？—公元前130）、京兆尹张敞（公元前？—公元前48）有擅修《左氏》之名，其事俱见于《汉书·儒林传》：

> 汉兴，北平侯张苍及梁太傅贾谊、京兆尹张敞、太中大夫刘公子皆修《春秋左氏传》。谊为《左氏传训故》，授赵人贯公，为河间献王博士，子长卿为荡阴令，授清河张禹长子。禹与萧望之同时为御史，数为望之言《左氏》，望之善之，上书数以称说。后望之为太子太傅，荐禹于宣帝，征禹待诏，未及问，会疾死。授尹更始，更始传子咸及翟方进、胡常。常授黎阳贾护季君，哀帝时待诏为郎，授苍梧陈钦子佚，以《左氏》授王莽，至将军。而刘歆从尹咸及翟方进受。由是言左氏者本之贾护、刘歆。①

合班固与孔颖达二说可见，自汉初起，《左传》虽不能称为"显学"，但在知识界广有读者，博学好古之士无不见之。至"天汉"武帝朝，不仅有孔安国、河间王先后皆欲献《左传》，甚至有"赵人贯公"专修《左氏》之学。我们甚至可以据此大胆猜测，无论刘歆入府校秘书所见之《左传》是否为张苍所献，或者说，《左传》是否自汉初就已纳入皇家库藏，以司马公之博见，撰《史记》时必然亲见《左传》其书，方有《史记·年表》之定论。诚如学界公认，刘歆窜乱《史记》几无可能，《史记·年表》真伪不证自

① 班固：《汉书·儒林传序》，赵一生点校，杭州：浙江古籍出版社，2000年，第1079页。

明。然太史公既见《左传》，必知其在《春秋》后续"经"二十八年，乃至语及战国中期韩宣子丧、陈田篡齐诸事，如何仍对《左传》真伪、鲁君子左丘明身份深信不疑？为何还能坚持以《春秋》首传誉之？

破题之论早在刘申受、康南海疑"传"百余年前已现端倪——明代史学家凌稚隆（？—？）考论《左传》，以其为累世所成，非一人、一世之功："考戴宏《序》所载，公羊氏五世传《春秋》，因疑《左氏》当是世史。其末年传文亦疑是其子孙续而成之者，以故通谓之《左氏》，而不著其名，理或当然也。"① 凌氏所据，乃东汉戴宏《春秋说序》，其书已佚，《序》文见于唐人徐彦②疏《春秋公羊传注疏·序》：

> 孔子至圣，却观无穷，知秦无道，将必燔书，故《春秋》之说口授子夏。度秦至汉，乃著竹帛，故《说题辞》云："传我书者，公羊高也。"戴宏《序》云："子夏传与公羊高，高传与其子平，平传与其子地，地传与其子敢，敢传与其子寿。至汉景帝时，寿乃其弟子齐人胡毋子都著于竹帛，与董仲舒皆见于图谶。"是也。

又云：

> 问曰："《左氏》出自丘明，便题云《左氏》；《公羊》《穀梁》出自卜商，何故不题曰'卜氏传'乎？"答曰："《左氏传》者，丘明亲自执笔为之，以说'经'"意，其后学者题曰《左氏》矣。且《公羊》者，子夏口授公羊高。高五世相授，至汉景帝时，公

① 凌稚隆：《春秋左传注评测义》，《续修四库全书·经部第126册》，上海：上海古籍出版社，2002年，第611页。

② 关于徐彦为何时人的考订，古今均有异说，相关的综合介绍见曾亦、郭晓东：《春秋公羊学史》，武汉：华中师范大学出版社，2017年，第577~580页。

羊寿共弟子胡毋生，乃著竹帛。胡毋生题亲师，故曰《公羊》，不说卜氏矣。《穀梁》者，亦是著竹帛者题其亲师，故曰《穀梁》也。"①

徐彦两处提及《公羊》辗转五世相传，意在建立《公羊》先师直达孔子的口传世系。"五世相传"说是否足以置信，我们暂存而不论，但徐彦对《公羊》《穀梁》出自卜商却不题为"卜氏传"的解释，证实中国古籍有"著竹帛者题其亲师"的定名原则。按戴宏之说，自子夏初授，至公羊寿眷撰，《公羊》口口相传数百年，其间无论有多少声音曾经介入口传，成书均以第一代先师命名。于是，公羊寿、胡毋生所录，有多少是孔子之言、有多少是子夏之论，又有多少经过了公羊家族有意或无意的改写、修订或者添加早已无从考稽。但《公羊》背后所体现的迭代口述声音明确意味着，现代意义上书籍与作者一一对应的关系在中国古籍的实际命名上并不成立。非仅经学典籍如此，诸子之私学著作，往往在一门之内传递数代才最终写定，汇聚弟子门人的集体智慧，难以以一人之名框定所有参与创作的群体。以传授系统的首代经师而非实际参与人题名古书，得到了现代论者的广泛认同。②

① 徐彦：《春秋公羊传注疏·序》，上海：上海古籍出版社，2014年，第5页。

② 李学勤（1933—2019）、李零（1948—　）、张培瑜（1935—　）等人均曾相继考察中国古书中"异质"内容的来源，证实先师传授、后学附益的文本生成方式普遍适用于写抄本时代。其中，尤以徐中舒（1898—1991）的总结最为精当："古代学术，最重传授系统，谁是最初传授者，谁就是作书的人。这犹如《公羊》《穀梁》写定于汉初而此两书仍说是公羊高、穀梁赤所作。司马迁说：左丘明'成《左氏春秋》'，又说：'左邱（丘）失明，厥有《国语》。'他把此二书的作者都归之于左丘明，在传授系统上，应该是有根据的。"分见李学勤：《简帛佚籍与学术史》，南昌：江西教育出版社，2004年，第30页；李零：《李零自选集》，桂林：广西师范大学出版社，1998年，第31页；张培瑜：《先秦秦汉历法与殷周年代》，北京：科学出版社，2015年；徐中舒："《左传》的作者及成书年代"，《历史教学》，1962年第11期，第29~33页。

古书之定名原则与古籍生成的一般过程，足以让凌稚隆从《公羊》《穀梁》与《左传》千丝万缕的联系中得到启示：《左传》虽不借口传，见诸简帛，但从“初稿”到定本必然也有史家世代丰富、史料累积之功，不谓之《丘明传》的缘由即在其中。以“世史”重视《左传》，历代“疑左”之问便可豁然贯通，无论是续“经”之惑、“未卜先知”的预言卜辞还是带有战国特色的遣词风格都能得到合理解释。即便无《公》《穀》二“传”的旁证支撑，只考虑先秦物质、书写条件与父子相继、世代修史的传统，凌氏之论也有足够的立足空间：《春秋》全文1.8万字，《诗经》3.9万余字，与之相比，《左传》传世近18万字，卷帙之浩繁远超以往。今人贾连翔统计，战国竹简主要有55厘米、48厘米、45厘米、39厘米、33厘米、27厘米、16厘米七种规格，据字体大小不同每简可容纳42字到65字不等。① 若以每简50字计算，《左传》即便不附经文也需用简约3600支，几乎相当于上博简、清华简简数总和。孔子晚年方修《春秋》，左丘明与孔子同年或略长，作《左传》应已是迟暮之年。太史公云：“左丘失明，厥有《国语》。”（《史记·自序》）即便考虑到丘明居史官之职，有大量史料及人力可供查阅驱策，但《左传》不同于《春秋》，除记载事件的结果外，对列国战争、君主更迭、宫廷权谋、朝臣谏言、行人辞色皆有详尽刻画，仅取材、选材一项便为一项穷尽一生都未必完成之浩瀚工程，况乎丘明年迈之身？加之史官之职，自殷商起便是世袭世禄，素来有家传修史的传统。② 即便是改世卿世禄为布衣卿相的汉代，修史之责仍以血亲为纽带在家族内部传递——司马谈发凡起例、司马迁子承父志；班彪、班固、班昭两代人接力著史均可为证。由是观之，左丘明掌鲁国国史，兼采各国史乘，荟萃众家史

① 贾连翔：《战国竹简形制及相关问题研究》，上海：中西书局，2015年，第149~150页。

② 西周金文《史墙盘》和钟铭文就记载了西周时期的微氏家族在周王朝七代为史之事。见中国社会科学院考古研究所：《殷周金文集成（修订增补本）》，北京：中华书局，2007年。

料，发起立意、初定《左传》雏形，再由其后人弟子丰润打磨直至最终定稿也在情理之中。

正因如此，《左传》成非一时、作非一人的猜测在凌稚隆前早已有之。刘知幾对《左传》推崇至致，见其"载诸大夫辞令，行人应答，其文典而美，其语博而奥。述远古则委曲如存，征近代则循环可覆"，早已断定其"功用厚薄，指意深浅，谅非经营草创，出自一时，琢磨润色，独成一手"①。凌氏之后，顾炎武（1613—1682）亦有卓见曰："左氏之书，成之者非一人，录之者非一世，可谓富矣！"② 近人之细论更是不胜枚举。③ 在获得明确史证支持之前，我们虽不能妄断徐中舒（1898—1991）"丘明为瞽史""《左传》是经过瞽矇传诵不断丰富后的定本"之论是否属实，④ 但可以确定的是，丘明之前，《左传》所记诸事应已通过口传笔书形成史料群；⑤ 丘明之后，《左传》逐步加入弟子后人网罗的新史料，

① 虽有此猜测，但刘知幾倾向认为《左传》主要吸收和借鉴了大量史传、口传成文，"丘明但编而次之，配'经'称'传'而已"。见刘知幾：《史通通释·申左》，浦起龙通释、王煦华整理，上海：上海古籍出版社，2009年，第419~420页。

② 顾炎武：《日知录·卷四〈春秋阙疑之书〉》，西安：陕西人民出版社，1998年，第215页。

③ 赵光贤（1910—2003）、杜维运（1928—2012）、李学勤等当代史学大家对此均有著述。分见杜维运：《中国史学史（第一册）》，北京：商务印书馆，2010年；赵光贤：《左传》编纂考（上），见《古史考辨》，北京：北京师范大学出版社，1987年；李学勤：《简帛佚籍与学术史》，南昌：江西教育出版社，2004年。

④ 徐中舒："《左传》的作者及成书年代"，《历史教学》，1962年第11期，第29~33页。

⑤ 2008年清华大学入藏2388枚战国楚简，内容经整理相继出版。其中《清华大学藏战国楚竹简（贰）》（《系年》）为一部战国史著，分章记载了周初至战国初的重大史实。陈鸿超发现，《系年》与《左传》在一些历史叙述上有着惊人的相似性。这一相似性不仅体现在文句用词上，也表现在叙事结构上，这说明《系年》与《左传》在编纂取材上关联密切，有着诸多相同的史料来源。见陈鸿超："试论《左传》与清华简《系年》的文献关系"，《简帛研究》，2017年第2期，第17~21页。

逐步丰富其语言和内容，方才形成汉世所见之《左传》。授受过程之中，作者、述者、抄誊者相继出场，增益修饰者或有之，附会篡改或有之，口误笔误更是在所难免，累世所积《左传》其文有几分得夫子真意，几分为丘明真传，又有几分是弟子后学的演绎早已模糊难辨。在《左传补注序》中，姚鼐（1731—1815）重申《左传》非一人所作，而是经授受者不断补充润色，感叹《左传》经七代衍续，若要从中寻得历史之“真”，只怕再难复得：“《左氏》之书非出一人所成。自左丘明作‘传’以授曾申，申传吴起，起传其子期，期传楚人铎椒，椒传赵人虞卿，虞卿传荀卿。盖后人屡有附益。其为丘明说‘经’之旧及为后人所益者，今不知孰为多寡矣。”①

刘歆用以推《左传》、排《公》《穀》的关键理据在于“左丘明好恶与圣人同，亲见夫子，而公羊、穀梁在七十二弟子后，传闻之与亲见，其详略不同”（《汉书·楚元王传》）。孔颖达深以为然，在《春秋左传正义序》（下称《正义序》）中再引此说，以其为东汉《左氏》学兴起之重要承托。依刘、孔二人之意，亲见夫子、得夫子亲授才能最大程度葆有《春秋》“真义”。与之相比，《公》《穀》传自卜商（子夏），卜子再传公羊高、穀梁俶，二人与夫子隔世，只能通过传闻获得“二手”资料，未免落于下乘。细论刘歆、孔颖达所持理据，核心要义在于对口授过程中诸多不确定因素的预判，认定《春秋》口授大义每经一层传闻转述，便略一分，也便离孔子“真义”远一分。言下之意，《左传》优于《公》《穀》二“传”之处，在乎近“源”、保“真”。然而，如果传闻、口授过程中不可避免滋生出的以讹传讹、道听途说是《公》《穀》二“传”不及《左传》的唯一原因，直通夫子、绕过口传的《左传》又果真能够如丘明所愿，摈除一切增删附益，永葆纯“真”？

① 姚鼐：《左传补注序》，转引自杨伯峻《春秋左传注·前言》，北京：中华书局，2009年，第34页。

又或者，通过辗转听闻夫子教义的《公》《穀》二"传"是否注定在"五世相传"的过程中与经义之"真"渐行渐远？上文对《左传》传播的考察足以证明，在时间轴上尽可能接近《春秋》大义生发的当下，尽可能迅速将口授之内容转写笔录依然无法阻挡意义的散漫增生。《左传》传七代，《公》《穀》传五世。若七代二百余年过于漫长的写定历史是造就"丘明说'经'之旧及为后人所益者，今不知孰为多寡矣"的首要原因，仅历"五世"之《公》《穀》虽与夫子隔代相闻，是否反而是找回《春秋》大义的捷径？

《公羊》传"五世"谱牒始于戴宏，其《春秋说序》云："子夏传与公羊高，高传与其子平，平传与其子地，地传与其子敢，敢传与其子寿。至汉景帝时，寿乃其弟子齐人胡子都著于竹帛，与董仲舒皆见于图谶。"戴宏之前，虽有董仲舒两引子夏为《春秋》先师，然而明确《公羊》与子夏之渊源，确属戴氏独创。① 其说经徐彦引述后广为流传，又得陆德明（550—630）、陈寿祺（1771—1834）等人先后引征，已被历代《公羊》经师奉为不刊之论。② 又因《穀梁》与《公羊》同系口传，又均依"经"立意、紧扣经文字句，以问答体作解，且内容相同者十之二三，二"传"同源、

① 黄开国：《公羊学发展史》，北京：人民出版社，2013 年，第 37～38 页。

② 徐彦基本借鉴了戴宏"五世说"，除在《序》中引用戴宏《春秋说序》《春秋公羊传注疏·隐公第一》中徐彦再次重申："《公羊》《穀梁》出自卜商。"陆德明虽不认可《穀梁》先师得子夏亲传，却并不否认子夏与《公》《穀》二"传"的师承渊源关系："左丘明受'经'于仲尼，公羊高受之于子夏，穀梁赤乃后代传闻。"此外，陈寿祺在《五经异义疏证自序》也言："公羊高、穀梁俶咸卜子门人。"分见何休：《春秋公羊传注疏》，徐彦疏，上海：上海古籍出版社，2014 年，第 5 页、第 21 页；陆德明：《经典释文汇校》，黄焯汇校，北京：中华书局，2006 年，第 5 页；陈寿祺：《五经异义疏证自序》，收于《左海文集》（第 6 卷），嘉庆十八年三山陈氏刻本，第 3 页。

出于子夏便成为《公》《穀》二家的共识。① 对《公》《穀》二家的流传过程，唐人杨士勋之说影响范围最广，也最具代表性。杨世勋疏证《春秋穀梁传序》开篇明义曰：

穀梁子名俶，字元始，鲁人。一名赤（按：尚有名喜、嘉、寘、俶之说）。受“经”于子夏，为“经”“传”，故曰《穀梁传》。孙卿传鲁人申公，申公传博士江翁。其后鲁人荣广大善《穀梁》，又传蔡千秋。汉宣帝好《穀梁》，擢千秋为郎，由是《穀梁》之传大行于世。②

“博士江翁”即与董仲舒齐名，笔录《穀梁》的瑕丘江公。杨氏云瑕丘江公得鲁申公真传，因扣合《史记·董仲舒传》《汉书·儒林传》所载，获得了强有力的史料支撑。③ 经由戴宏、徐彦、杨世勋的梳稽，《公》《穀》二“传”的传播谱系浮出水面。三“传”相较，就传“经”的可信度而言，被《公》《穀》二学尊为宗师的

① 《公》《穀》二“传”完全一致之处不胜枚举，仅以清代陈澧(1810—1882) 所举实例为证：“《公羊》《穀梁》二‘传’同者，隐公不书即位，《公羊》云：‘成公意’，《穀梁》云：‘成公志’。郑伯克段于鄢，皆云：‘杀之’。如此者，不可枚举矣。僖十七年，夏，灭项，《公羊》云：‘孰灭之？齐灭之。曷为不言齐灭之？为桓公讳也。《春秋》为贤者讳。此灭人之国，何贤尔？君子之恶恶也疾始，善善也乐终。桓公尝有继绝存亡之功，故君子为之讳也。’《穀梁》云：‘孰灭之，桓公也。何以不言桓公，何以不言桓公也？为贤者讳也。既灭人之国矣，何贤乎？君子恶恶疾其始，善善乐其终。桓公尝有存亡继绝之功，故君子为之讳也。’此更句句相同。”陈澧：《东塾读书记·〈春秋〉三传》，北京：朝华出版社，2017 年，第 306 页。

② 杨士勋：《春秋穀梁传序·疏》，上海：上海古籍出版社，2017 年，第 2358 页。

③ 《史记·董仲舒传》以瑕丘江生为笔录《穀梁》者：“瑕丘江生为《穀梁春秋》。自公孙弘得用，尝集比其义，卒用董仲舒。”《汉书·儒林传》则谈及瑕丘江生师承，曰：“申公卒以《诗》《春秋》授，而瑕丘江公尽能传之，徒众最盛。及鲁许生、免中徐公，皆守学教授。”分见司马迁：《史记·儒林列传》，裴骃集解，北京：中华书局，1963 年，第 3114 页；班固：《汉书·儒林传》，赵一生点校，杭州：浙江古籍出版社，2000 年，第 1076 页。

子夏，其人有明文见于《史记·仲尼弟子列传》，其言其行记于《论语》，孔门弟子身份鲜少异说。① 而左丘明是否亲见孔子，是否为孔子亲授弟子至今仍是一段公案。就传播路径而言，《公》《穀》二"传"流传路径清晰，每一世代均有且仅有一脉师承关系，世代之间赓续接替，形成环环相扣的传播链条。更重要的是，二"传"扣"经"文起义，每问必出于"经"，"传"文旨在作答。无论为确保口授的便利性，还是回答的切题性，今文二"传"预留的扩容空间远远小于长于记事的《左传》，从而最大限度地弥缝了后世史料窜入的罅隙。② 反观《左传》传播，虽有刘向勘定的授受谱系，但由于叙事结构对后人续写增饰的包容性，《左传》文本长期处于"生成中"的状态，内容难以稳定，因此才有虞卿亲师铎椒以八卷《抄撮》相授，至虞卿为师，所传变九卷《抄撮》之怪象。如此看来，论意义源头的可上溯性、意义的稳定性，《左传》均落于下乘。我们是否可据此安然结论，《春秋》之原旨大义皆在《公》《穀》？

我们不妨再次回到二"传"之起始，从"子夏传'经'"再次梳理《公》《穀》二"传"之谱牒序列。首先，卜子系孔门七十二贤之身份毫无质疑空间，且卜商得夫子亲传《春秋》，长于治《春秋》之事明载《史记》。③ 然而《史记》中广列子夏门下贤人，

---

① 《论语》中存留子夏与夫子论《诗》的一段对话："子夏问曰：'巧笑倩兮，美目盼兮，素以为绚兮。何谓也？'子曰：'绘事后素。'曰：'礼后乎？'子曰：'起予者商也，始可与言诗已矣。'"见刘宝楠：《论语正义·八佾》，高流水点校，北京：中华书局，1990年，第114页。

② 《左传》"传事不传义"，《公》《穀》二"传""传义不传事"只是从全书特色方面所作的总结性概括。事实上，《左传》既有"君子曰"式的道德点评，《公》《穀》亦有如《隐公十一年》对"经"文"祭伯来"中事件、人物来龙去脉的还原。

③ 《史记·仲尼弟子列传》："卜商，字子夏。少孔子四十四岁。"又云："孔子既没，子夏居西河教授，为魏文侯师。"司马贞（679—732）索引曰："子夏文学著于四科，序《诗》，传《易》。又孔子以《春秋》属商。又传《礼》，著在《礼》志。"子夏长于《春秋》同见《史记·孔子世家》，曰："至于为《春秋》，笔则笔，削则削，子夏之徒不能赞一辞。"见司马迁：《史记》，裴骃集解，北京：中华书局，1963年，第2203、227页。

其中未见有公羊高、穀梁俶之名，此为第一惑。① 其次，若子夏同时传“经”于《公》《穀》二家先师，《公羊》写定于汉景帝朝（公元前157—公元前141），《穀梁》更晚于此，二“传”距子夏传“经”近300年。《公羊》写定在先，却传五代，《穀梁》写定在后，反而只传四代确实有违常理。近人崔适（1852—1924）对此早有阐发，其《春秋复始》云：“子夏少孔子四十四岁，孔子生于襄公二十一年，则子夏生于定公二年，下迄景帝之初，三百四十余年。自子夏至公羊寿，甫及五传，则公羊氏世世相去，六十余年，又必父享耄年，子皆夙慧，乃能及之，其可信乎?”② 崔氏之问，可为第二惑。再次，戴宏其人，《后汉书》无本“传”，仅在《吴祐列传》中留下一些零星记录。③ 从《后汉书》的记载推敲，戴宏与长史吴祐年纪相若，或略年幼，同处东汉末年，与何休同一时代，与子夏相隔不止八世。以《史记》《汉书》之博、诸子百家之广均未能具论之事，东汉末年的戴宏如何得知？同理，《穀梁》之传播路径前秦典籍未录，两汉无人考订，魏、晋、南北、隋均无论述，反而至唐陡然浮出水面，岂不有悖情理？此为第四惑。最后，《公》《穀》引前人说，有姓氏冠“子”与不冠“子”之别，如《公羊·隐公十一年》《庄公十年》《定公元年》出现的“子沈子”；《庄公三年》《庄公二十四年》《僖公二十年》《僖公二十八

① 《史记》云：“田子方、段干木、吴起、禽滑釐之属，皆受业于子夏之伦，为王者师。”见司马迁：《史记·儒林列传》，裴骃集解，北京：中华书局，1963年，第3116页。

② 崔适：《春秋复始·序证·〈公羊传〉当正其名为〈春秋传〉》，上海：上海古籍出版社，1999年，第381页。

③ 《后汉书·吴延史卢赵列传》中吴祐与戴宏的人生轨迹出现交集：“祐以光禄四行迁胶东侯相。时济北戴宏父为县丞，宏年十六，从在丞舍。祐每行园，常闻讽诵之音，奇而厚之，亦与为友，卒成儒宗，知名东夏，官至酒泉太守。”范晔：《后汉书·吴延史卢赵列传》，张道勤校点，杭州：杭州古籍出版社，2000年，第579页。

年》之“鲁子”；《穀梁·隐公五年》《桓公二年》之“尸子”等。① 对此，何休注《公羊·隐公十一年》“子沈子曰”：“子沈子，后师”，“沈子称子冠氏上者，著其为师也。不但言子曰者，辟孔子也。其不冠子者，他师也”②。徐彦《庄公三年》疏解“鲁子曰”亦云：“‘传’所以记鲁子者，欲言孔氏之门徒受《春秋》，非唯子夏，故有他师矣。其隐十一年‘传’记‘子沈子’者，欲明子夏所传，非独公羊氏矣，故辄记其人以广义也。”③ 也就是说，《公羊》中“子沈子”“子司马子”“子女子”“子北宫子”便均为《公羊》嫡系亲师，参与《公羊》传授体系，这无疑与戴宏、徐彦谱系所呈现的《公羊》乃公羊氏一家之学自相背离。此为第五惑。④

五“惑”之下，看似丝丝入扣的今文二“传”口传谱系，漏

① 元代郝经（1222—1275）统计《公》《穀》二“传”称“子”之处：“《公羊氏》于昭公二十五年称孔子者一，文公四年称高子者一，庄公三十年称子司马子者一，闵公二年称子女子者一，隐公二年、定公元年称子沈子者二，庄公三年 、二十四年、僖公二十年、二十四年、二十八年称鲁子者五。《穀梁氏》于桓公三年、十四年、僖公十七年、成公五年、昭公五年、哀公十三年称孔子者六，定公元年称沈子者一，隐公五年、桓公九年称尸子者二，桓公二年称子贡者一，僖公二十四年称蘧伯玉者一。”其数字虽偶有谬误，但《穀梁》中确统一称“子”，无《公羊》中“子冠氏上”之例。郝经：《〈春秋〉三传折中序》，转引自朱彝尊：《经义考·〈春秋〉第二十六》（卷一九三），《文渊阁四库全书影印本》，台北：台湾商务印书馆，1986 年，第 993 页。

② 《公羊》此节本意在引“子沈子”论“臣子之道”，“传”曰：“子沈子曰：‘君弑，臣不讨贼，非臣也。不复雠，非子也。葬，生者之事也。《春秋》君弑贼不讨，不书葬，以为不系乎臣子也。’”见何休：《春秋公羊传注疏·隐公十一年》，徐彦疏，上海：上海古籍出版社，2014 年，第 77 页。

③ 何休：《春秋公羊传注疏·庄公三年》，徐彦疏，上海：上海古籍出版社，2014 年，第 231 页。

④ 《四库全书总目》已注意到《公羊传》称谓之疑：“今观‘传’中有子沈子曰、子司马子曰、子女子曰、子北宫子曰，又有高子曰、鲁子曰，盖皆传授之经师，不尽出于公羊子。”见纪昀等：《四库全书总目提要》，见《四库全书》（第一册），上海：上海古籍出版社，1987 年，第 210~211 页。

洞百出，禁不住史料和情理的细致推敲。但二“传”口传谱系与史实又在离合之间，所列各代传承人皆与《春秋》及二“传”有千丝万缕的联系，绝不是相壁而构。唯一可能的结论是，从戴宏、徐彦、到杨世勋都是在现有史料的基础上“化繁为简”“踵事增华”，从历史的万般头绪和可能中抽绎编织，拟（臆）造出一条清晰明朗的口传路径。由于书写条件及统治者对知识文化的垄断和把控，先秦古书典籍往往经历了漫长的前书写历史，并无人细论究竟有哪些人参与了口传历史，遑论考订其流传代际谱系。而《春秋》二“传”的殊异之处在于，在“传《春秋》者非一”的背景下，各家经师皆预设存在一套唯一、不变、恒定的《春秋》“原旨”，且笃定认为有且仅有一种方法、一种体例、一套话语体系能够“登堂入室”，窥见《春秋》法门真幾。然而，《春秋》在修著者的刻意经营下，其中大义似明如昧，举烛难明，全依夫子口授为准。随孔子而逝，七十二子杂以己意、各著其说，究竟哪家能摘得那颗唯一的“原义”明珠，成为定夺“传”文正统、乃至判定是否拥有作“传”资格的焦点，也造就了三“传”之间“排他”性竞争日炙日隆。三“传”拥趸竞相论证唯有自家己说无限靠近夫子“原义”，执着于将“三传”与圣人“原义”之间建立可靠、稳定、一脉相承的赓续关系。然而，信息来源和记录时间无限靠近夫子“口传大义”的历史现场是否就拥有无限逼真“再现”夫子“原义”的能力？《春秋》“三传”早已给出了答案：即便承认今文二“传”同出子夏、子夏过耳不忘，且原封不动传“经”于两家先师，就二“传”成书内容而言，在二三成完全一致外，更多的是相互出入、乃至抵牾的“七八成”。也就是说，即便公羊子、穀梁子曾将夫子“真意”牢牢攥紧，这颗“明珠”也早在几百年的口耳辗转中不知所踪了。同理，即便左丘明与夫子之间为师、为徒、为友，与夫子互通心志，尽得《春秋》真传，并将其如实复刻、录入《左传》，两百余年隐秘流传、一百余年民间授受，手书者、润饰者、教授者兑入不知凡几，又从何处复见圣人之心意？

两千多年后的伽达默尔（Hans-Georg Gadamer，1900—2002）在《真理与方法》（*Truth and Method*）中无比坚定地认为，笃信并追问"原初意义"不过是一种死亡意义的恢复（the recovery of a dead meaning），艺术作品只有在其原初所属的世界才享有它的真实意义。①《春秋》虽非艺术作品，但世代经师对《春秋》"真实意义"的追逐使得伽达默尔的思考对于中国经学研究同样具有教益。本章对"三传"修著动机与流传方式的回顾足以证明，无论口口相传还是交予简帛，无论选择直陈其事还是批论释义，夫子口授的《春秋》大义都不可避免地留在了历史的深处，成为各家宗师追忆、缅怀并试图重建的"终极在场"。无论这曾经在场的"终极意义"是否包含有关《春秋》唯一的"真理"，我们均不能、也无法从还原"真理"的角度批判甚至是否认"三传"的价值与解"经"的身份，毕竟"传"从汉字思维和文体设定上就注定拥有对时代主流意识与个人价值立场开放敞开的品格。于是，我们的分析看似再次回到了原点，如果《春秋》文本之下被层层历史时空遮蔽的原初精神是无论口传还是笔书均无法完整提取的，我们究竟应该以何视角审视《春秋》？如果对"原旨"任何形式的叩问与重访都注定不得"本真"，我们又应如何看待"三传"的存在？甚至，如果恰如弗朗索瓦·于连（François Jullien，1951—　）所述，圣人拒斥任何预先设定的观念、根基、原则，他既不会"从很多观念中单独提取一个"，也不会任由一种方向、一个理念、一个意图"规范""扼杀"其他所有观念，《春秋》之中的"圣人"之意是否真实存在？②

---

① Hans-Georg Gadamer. *Truth and Method*, translated by Garrett Barden & John Cumming. New York: The Crossroad Publishing Company, 1975: 149.

② 弗朗索瓦·于连：《圣人无意：或哲学的他者》，闫素伟译，北京：商务印书馆，2019年，第7页。

第五章　读者之“意”与圣人之“志”

在经历了一系列的“绕道”与“迂回”，探究了《春秋》“经”“史”之争、回溯了《春秋》及“三传”生发的源头后，我们似乎再次站在了探究《春秋》之意的原点：《春秋》亦“经”亦“史”，无论纯史学考证的还是纯经学的训诂均无法妥帖观照其中并行千年的“事”与“义”。“三传”各有源头，但无论如何严格执行师法、家法，慎重笔录、细密口传终究不能“复活”遗留在历史现场的《春秋》大义。在横生富弼之叹之余，我们要问：如果不以揭示“唯一真理”为探问《春秋》的目标，摈弃以还原“终极意义”为评断“三传”的绳尺，我们又该从何处观圣人气象、见圣人精神？①

诚然，当时当日夫子口授之《春秋》大义，字字句句早已失落于浩瀚的过往时光中，任“三传”先师竭尽心智，百般经营，犹是“言不能达其心，书不能达其言”，留获之物也不过是只言片语的信息碎片。② 企图以片段复原“真理”之全体，犹如以一粟填沧海，如何能尽矣？但若以此推定圣人“无意”，或者无“常意”，不啻将“六经”置于或“无义”或“任人可意”的境地，从根基上动摇儒家，乃至危及中华文化安身立命之本。“中华文化

---

① 宋人富弼身处《春秋》研究的鼎盛时代，其在为范仲淹所作《文正墓志》中论及《春秋》曰：“岂当学圣人作《春秋》，隐奥微婉，其后人传之、注之尚未能通；疏之又疏之，尚未能尽；以至为说、为解、为训释、为论议，至千余年而学者至今终不能贯彻晓了。”转引自沈玉成、刘宁：《春秋左传学史稿》，南京：江苏古籍出版社，1992 年，第 46 页。

② 汪荣宝：《法言义疏・问神》，陈仲夫点校，北京：中华书局，1987 年，第 157 页。

的‘根’就是‘六经’，‘六经’所承载的核心价值观就是中华文化的‘魂’。‘六经’去，则学无根；学无根，则国无‘魂’。”①中华文化连绵千年从未断绝，儒家所崇信的理想社会形态和个人道德品格直至今日依然是全民族共同的精神彼岸。这一切早已证明，“六经”之中存在持续、稳定、源源不绝的思想资源，浸润并塑造着整个民族的文化品格与性格基底。但若我们相信，在包括《春秋》在内的“六经”之中，在中国经学思想的核心之处，存在孔子亲手注入、一以贯之的思想精髓，一套至高无上又由先验意义严密包裹的“常道”，我们就必须首先承认，这样的“常道”很有可能是超越一切语言表达和记录的，是秘而不宣、晦涩难明的，却又是昭然若揭、如高悬之日月的，一如《法言·问神》中的两段论答：

或问：“圣人之‘经’不可使易知与？”曰：“不可。天俄而可度，则其覆物也浅矣。地俄而可测，则其载物也薄矣。大哉，天地之为万物郭，‘五经’之为众说郛。”

或问：“圣人之作事，不能昭若日月乎？何后世之訔訔也！”曰：“瞽旷能默，瞽旷不能齐不齐之耳；狄牙能喊，狄牙不能齐不齐之口。君子之言，幽必有验乎明；远必有验乎近，大必有验乎小，微必有验乎著，无验而言之谓妄。君子妄乎？不妄。”②

要解这明昧相济，显隐之间的圣人“真意”，尽可以取道字句，一词一字，逐字推敲夫子的“心意”，但终会难免落得朱子之讥：“而今却要去一字半字上理会褒贬，却要去求圣人之意，你如何得知他肚里事？”③ 但若不依字句，只证义理之法，凭空论“意”，

① 姜广辉：《新经学演讲录》，肖永贵、唐陈鹏录音整理，北京：中国社会科学出版社，2020年，第2页。

② 汪荣宝：《法言义疏·问神》，陈仲夫点校，北京：中华书局，1987年，第157页。

③ 汪荣宝：《法言义疏·问神》，陈仲夫点校，北京：中华书局，1987年，第157页。

便从出发点就失去了圣人之言的护持，又如何能保证最终能不偏不倚，正中夫子“真意”？

若中华文明的赓续不绝可以证明，作为其“根”与“魂”的“六经”拥有稳固的意义内核，其同样可以用以证明，中华经学思想体系中必然存在稳定且行之有效的诠释原则，为经学诸典搭建基础性的意义框架。这样的基础性框架首先也最终需要落实在文字学的释义上，而抛却今学、古学阐经释义风格、目的之别，在经文基础意义的建构上，以“经”解“经”、以“儒”释“儒”是两派共同遵循的注疏传统。这就意味着，对“经”“传”字词章句的训诂永远在封闭的“六经”文本世界中展开，通过经文之间的互证最大程度屏蔽来自经学外部异质话语的“窜入”，保证经学诠释体系内部生态的“稳定”与“纯净”。这也决定了，无论今古派别、无论所求为“自治”还是“应世”，经学文字学总是能够将传记、训诂、章句、注疏、义理等诸多诠释体例激扬起的意义涟漪，框定在一个相对稳定、可控可解的范畴中。杨乃乔（1955— ）将这一过程定义为中国经学诠释学“以经解字”（Scripture interprets characters）的“自解原则”，即“将文字的释义还原于儒家经典借助于书写记忆的历史语境中去，以给予字意的再语境化（re-contextualization）”①。将此视角投射于《春秋》之“意”的古老命题（也是“三传”分歧的原点），可以发现，尽管该命题的深度和广度早已超越了一字一词的释义，绝非经学文字学所能独力承担，但命题的核心仍是对“意”的讨论。既然解《春秋》中圣人之“意”，不在于“传经人”是否出现在夫子口传的历史现场，也无关“传”的记录或流传方式，甚至不受“传”文体例风格影响，这足以说明，任何从“意”外在呈现形式入手的考证均难以企及“圣人之意”的原核。此时，如果不遵从“以经解经”的原则，重新回到儒家思想的语境之中，在“十三经”框架之下借助经文之

① 杨乃乔：《口传注经与诠释历史的真值性》，杨乃乔主编：《比较经学：中国经学诠释传统与西方诠释传统的对话》，上海：上海人民出版社，2018年，第204页。

间的自解互证谋求对“圣人之意”的本体论思考，我们似乎别无选择。

1. 圣人无“意”？来自孟子的回答

擅长经由中国反思欧洲的法国哲学家于连曾以“智慧”与“哲学”分别作为中西方思想的标志。西方哲学为“真理”永远在争辩、说服，而中国“智慧”则显得“漫不经心”，对什么都不“言说”，只待个体自行“感悟”。西方的“真理”之于中国，更多体现为一种顺天应人的选择——由个体判断和把握，随时势起伏不定，远离一切绝对超验。① 这样，从认识论意义上而言，在“智慧”特征主导的中国思想体系中，恒定的“真理”被消解，对“唯一意义”的追逐也随之失去方向。正基于此，于连断言：“圣人不会以真理为追求的目标，也不会以生活的意义为追求的目标”，“谁不再向自己提出意义的问题，谁就是圣人。”② 此处在点明全书题旨“圣人无意”后，于连戛然而止，留给我们无限的思考空间：“圣人”若不追求真理、不探问意义，何必对“观”书“问”礼孜孜以求？“圣人”若果真“无意”，我们对《春秋》所做的一切讨论又岂非缘木求鱼？

于连对“圣人无意”的直觉性认识源于《论语·子罕》第四则，其中留存孔子对“意”旗帜鲜明的论述：“子绝四：毋意，毋必，毋固，毋我。”于氏将其作为全书论证的起始，自述此段“从特别的角度说明了圣人为什么“无意”。③ 对于连来说，无论圣人“有意”还是“无意”，在跟随其西方的视角和论证步伐之前，我们首先应当思考的是，如何在“十三经”内部，依据

① 弗朗索瓦·于连：《圣人无意：或哲学的他者》，闫素伟译，北京：商务印书馆，2019年，第112~113页。

② 于连并未将“圣人”作为专指，而是中国思想先圣群体的代称。在《圣人无意：或哲学的他者》中，孔子与庄子思想分占全书的上、下篇，此处引文源自上篇，为论孔子之言。同上，第111页。

③ 同上，第15页。

传统的、中国式的诠释理念对“毋意”，或者说“意”展开解释。

但凡涉及对“意”的寻津讨源，都不可避免地迈入诠释学的疆域，无论东方还是西方，概莫能外。而不同于西方诠释哲学的是，东方对意义的思考往往并不始于文本细读或意义的本体论建构，而是从“心”而生，自“心”而起。这一点可从“意”的汉字结构上得到直觉性的印证。《说文》解“意”云：“从心之声”，“从心察言而知意也。”① “意”字“从心”，蕴于“心”而藏于“身”。② 仅从汉字构型与所属部首就不难察觉其“人学”的属性——“意”之兴起基于“人心”，“心”中有声，发之即为“意”。“意”又反向定义了“人”与“人心”，是“人”之为“人”的基本属性——“人”生而有“心”，有“心”自然生“意”，此即《大学》所谓“欲修其身者，先正其心；欲正其心者，先诚其意”。然而，这也同时意味着，自言“毋意”的夫子，将自身推入了非“人”之境域。“圣人”永坐神龛，与“人”天人相隔，这是否是夫子的本意？我们又是否可以认为，中国经学诠释学最终还是会与西方神学诠释学殊途同归？如此，我们又该如何解《周易·系辞上》所述“圣人立象以尽意”？同为孔子之言，《论语》云“圣人毋意”，《周易》却云“圣人尽意”，前后矛盾之“死结”早已非单纯的文字训诂所能解开。为见“意”在经学中之“全貌”，发掘文字学未能企及的深处，我们还需回到“经”文中再次判断验证。

“十三经”批论“意”之处不胜枚举，但若论对中国传统文论及文化诠释理论之影响，恐无出《孟子·万章》上下二篇之右者。两段所论主题非一，但各含对“意”与“求意”论述，因极富互

① 《说文》“心部”以“志”“意”互释，曰：“志，意也。从心出。出亦声。”“意，志也。从心真声。”段玉裁：《说文解字注》，上海：上海古籍出版社，1981年，第502页。

② 引自《说文》：“心，人心，土藏，在身之中。象形。博士说以为火藏。凡心之属皆从心。”同上，第501页。

文意趣，在此共列于下：①

> 咸丘蒙曰：“舜之不臣尧，则吾既得闻命矣。《诗》云：‘普天之下，莫非王土；率土之滨，莫非王臣’。而舜既为天子矣，敢问瞽瞍之非臣，如何？”
>
> 曰：“此莫非王事，我独贤劳也。故说诗者，不以文害辞，不以辞害志。以意逆志，是为得之。如以辞而已矣，《云汉》之诗曰：‘周余黎民，靡有孑遗。’信斯言也，是周无遗民也。”。（《孟子·万章上》）
>
> 孟子谓万章曰：“一乡之善士斯友一乡之善士，一国之善士斯友一国之善士，天下之善士斯友天下之善士。以友天下之善士为未足，又尚论古之人。颂其《诗》，读其《书》，不知其人，可乎？是以论其世也，是尚友也。”（《孟子·万章下》）②

前一则明君臣、孝悌之道，后一则论慕贤交友，两者本无交集，唯在如何“说《诗》”的命题上，二者产生了奇妙的碰撞。前则《万章上》起于一段三皇“旧闻”，孟子以为，弟子咸丘蒙对《诗》的理解过于片面，仅从全诗中摘录片段，既未见诗章的背景，也不顾诗作的主题，以臣子之诗问舜与瞽瞍，有断章取义之嫌。既言及《诗》，孟子借势提出其“说诗”原则——“不以文害辞，不以辞害志。以意逆志，是为得之”。

孟子“以意逆志”之论内嵌理解与诠释《诗》的两个先决条件——“不以文害辞”与“不以辞害志”，一种基本策略“以意逆志”，以及一种必然结果“得之”。命题一经出世，便成为理解和诠释中国典籍的核心观念和导向性策略，其影响早已超越孟子最初

① 万章为孟子弟子，一生追随孟子，与其共同见证了周道衰微、暴行有作、邪说横行之世。孟子事齐宣王、梁惠王而不得，无奈之下如其先师孔子，“退而与万章之徒序《诗》《书》，述仲尼之意，作《孟子》七篇”。见司马迁：《史记·孟子荀卿列传》，裴骃集解，北京：中华书局，1963 年，第 2343 页。

② 分见赵岐：《孟子注疏》，孙奭疏，北京：北京大学出版社，1999 年，第 253、267 页。

用以“说《诗》”的范畴。然而，与其“诠释学的汉语元命题”身份相悖的是，其中承载关键性信息的“文”“辞”“意”“志”，孟子却并未展开解释和界定，为“诠释学元命题之诠释”预留出开阔空间，供后世经师宿儒阐发推演。① 也正是因此，如绝大部分中国文化术语一样，对“以意逆志”的命题的释读充满争议和不确定性。东汉赵岐（？—201）注《孟子》首论“以意逆志”云：

文，诗之文章，引以兴事也。辞，诗人所歌咏之辞。志，诗人志所欲之事。意，学者之心意也。孟子言说诗者当本之志，不可以文害其辞，文不显乃反显也。不可以辞害其志，辞曰：“周余黎民，靡有孑遗。”志在忧旱灾无孑然遗脱不遭旱灾者，非无民也。人情不远，以己之意，逆诗人之志，是为得其实矣。②

赵氏以为，“文”是“诗之文章”，即语言文采、辞藻；“辞”是“所歌咏之辞”，也就是诗人所创作的诗行篇章；“意”为“学者之心意”，是“说诗者”的主观愿望或要求；“志”是“诗人志所欲之事”，即诗作者力求通过语言达成的目标。整句合而观之，即对《诗》的理解不应耽于文辞之美而损害篇章，不应拘泥于篇章妨碍诗人所欲成之“事”、欲达之“意”。只要做到以“己”之“意”逆推诗人之“志”，便可得诗人之意志。赵岐将“以意逆志”的核心定位于为“以志为本”。言下之意，“诗人”有“志”、学者存“意”，前者言事，后者发于心。赵岐之注（下称赵注），为《孟子正义》《孟子注疏》共推，对“以意逆志”阐释命题的推广有创立之功。③ 然而，赵氏身后，对“文”“辞”“意”“志”的界定，乃至对“以意逆志”命题的解读从未停歇。其中以朱子与清人焦循（1763—1820）、吴淇（1644—1661）之说最具代表性，分列于下：

① 杨红旗：《以意逆志与诠释伦理》，成都：四川出版集团，2009 年，第 19 页。

② 赵岐：《孟子注疏》，孙奭疏，北京：北京大学出版社，1999 年，第 253 页。

③ 清代焦循（1763—1820）作《孟子正义》，独用赵岐一家之注，推其注集《孟子》研究之大成。

文，字也。辞，语也。逆，迎也。《云汉》，大雅篇名也。孑，独立之貌。遗，脱也。言说诗之法，不可以一字而害一句之义，不可以一句而害设辞之志，当以己意迎取作者之志，乃可得之。①

《说文》彡部云：“彣，䛐也。”有部云：“䛐，有彣彰也。”然则文章之文本作“彣”省而作“文”，与文字之文义别。赵氏以文章释文，是读彣为文也。……说《诗》当以辞之志为本而显之。若不以意逆志，则志宜显而反不显，文不显而反显矣。文字于说《诗》非所取，故解为诗之文章，诗之文章即辞之文采也。②

诗有内有外。显于外者曰文曰辞，蕴于内者曰志曰意。此意字与“思无邪”之思字皆出于志。然有辨：思就其惨淡经营言之，意就其淋漓尽兴言之。则志古人之志，而意古人之意，故《选诗》中每每以古意命题是也。汉宋诸儒以“志”字属古人，而“意”为自己之意。夫我非古人，而以己意说之，其贤于蒙之见也几何矣！不知“志”者古人之心事，以“意”为舆，载志而游，或有方，或无方，意之所到，即志之所在。故以古人之意求古人之志，乃就诗论诗，犹之以人治人也。③

分析三家之论不难发现，直至明代和清代，经学界对“文”“辞”“意”的解释仍从未统一，对如何实现“以意逆志”更存在不同理解。依朱子之说，“文”乃“文字”，“辞”乃“句意”，“意”乃“己意”，“志”为作者之“志”，看似与赵注并无本质区别。但朱子之贡献在于阐发赵注所未关注的“逆”字，其云：“逆，迎也”，强调说《诗》者“当以己意迎取作者之志”，以区分主观武断、毫无标准地的“逆推”。这不仅是朱子的解“经”视角，也是其身体

① 朱熹：《四书章句集注》，北京：中华书局，1983年，第312页。

② 焦循：《孟子正义·万章上》，沈文倬点校，北京：中华书局，1987年，第690页。

③ 吴淇：《六朝选诗定论》，扬州：广陵书社，2009，第34页。

力行倡导的“读书法”：

今人观书，先自立了意后方观，尽牵古人语言入做自家意思中来。如此，只是推广得自家意思，如何见得古人意思！须得退步者，不要自作意思，只虚此心将古人语言放前面，看他意思倒杀向何处去。如此玩心，方可得古人意，有长进处。且如孟子说诗，要“以意逆志，是为得之”。逆者，等待之谓也。如前途等待一人，未来时且须耐心等待，将来自有来时候。他未来，其心急切，又要进前寻求，却不是“以意逆志”，是以意捉志也。如此，只是牵率古人言语，入做自家意中来，终无进益。①

可见，朱子并不反对赵注，只是认为赵注之失在于未对“意”“志”之序加以详述，导致今人先“立己意”而后“观书”，“牵率古人言语，入做自家意中来”，犹以为“得之”。朱熹所察今人读书之流弊，即是伽达默尔千年之后提出“理解”的“诠释的循环”（the Hermeneutical Circle），而朱子所讽之“以意捉志”则可类推为海德格尔所提之“前见”（Vorurteile）、“前把握”（Vorgriff）、“前理解”（Vorverstaednis）对文本意义的“筹划”——“谁想理解某个文本，谁总是在进行一些筹划。当某个最初的意义在文本中出现了，那么解释者就为整个文本预先筹划”②。朱子以对“以意

① 黎靖德：《朱子语类·卷十一学五读书法下》，王星贤注，北京：中华书局，1986年，第180页。

② 伽达默尔：《真理与方法》，洪汉鼎译，上海：商务印书馆，1999年，第379页。不同于朱子的是，以海德格尔（Martin Heidegger，1889—1976）、布尔特曼（Rudolf K. Bultmann，1884—1976）、利科（Paul Ricoeur，1913—2005）、伽达默尔（Hans-Georg Gadamer，1900—2002）为代表的西方诠释学家更多视“诠释的循环”为达成理解不可或缺的前提条件，“正确理解”的关键不是打破“循环”，而是以“正确的方式进入循环”。Jean Grondin. The Hermeneutical Circle. in *The Blackwell Companion to Hermeneutics*. N. Keane and C. Lawn（eds.），London：Wiley-Blackwell Publishing House，2016：197-201.

逆志”的解读贡献了扭转“诠释的无限循环”的新方案：“逆志”不必急于“前行”，反而需要“等待”，“不要自作意思，只虚此心将古人语言放前面，看他意思倒杀向何处去”。这样看来，朱子眼中之“意”并不是单纯的“己意”，而是由作者之意激发和点燃的、由读者所感知到的作者之“意”。如此，朱子实际上驳破赵注，为“意”另寻栖身之处。

朱子对“以意逆志”的“革命性”创新为如何打破西方“诠释的循环”贡献了新思路，尤其在勘定“意”为何人之“意”这一问题上与赵注迥异。相较而言，焦循在众注、疏、章句之中唯取赵注，这已然是其对赵注权威性与推崇态度的明确表达。因此，焦氏之疏句句紧扣赵注，几乎做到了句句有“疏”，“疏不破注”，但焦氏在字里行间仍然透露出个人的诠释意趣。① 首先，不同于赵注“文”“辞”“意”“志”字字皆有解的做法，焦疏极为明显地越过，或者说刻意省去了对“以意逆志”争论的核心议题——“意”的疏解。② 以焦循疏《孟子》“取资于诸家之书‘已得其八九’”

① “疏不破注”是唐宋以来的“疏”体成例，焦循也以此为一般性原则。但如章太炎所评，在推阐赵注外，焦氏“于赵氏之说或有所疑，不惜驳破以相规正”（如《孟子篇叙》之正义），体现出清学“实事求是”的精神。章太炎：《訄书·清儒》，转引自沈文倬：《孟子正义点校说明》，北京：中华书局，1987年，第3页。

② 焦循疏“说诗者”至“得之”引述段玉裁《说文解字注》对“词”的疏证，其中涉及对“意”的训释：“词，意内而言外也。有是意于内，因有是言于外谓之词。意者，文字之义也。言者，文字之声也。词者，文字形声之合也。词与辛部之辭，其义迥别。辭者，说也。从辛。辛犹理辜。谓文辭足以排难解纷也。然则辭谓篇章也。词者，意内而言外。从司言。此谓摹绘物状及发声助语之文字也。积文字而为篇章。积词而为辭。孟子曰：‘不以文害辭。不以辭害志也。’孔子曰：‘言以足志。’词之谓也。文以足言。辭之谓也。《大行人》：‘故书计词命。’郑司农云：‘词当为辭。’此二篆之不可混一也。”但焦氏引述此段后存而不论，并未作疏，而是另起议题，述清代顾镇《虞东学诗·以意逆志说》，不置可否的暧昧态度可见一斑。就表达自身对“意”的观点而言，焦循确有“逃避”之嫌。焦循：《孟子正义·万章上》，沈文倬点校，北京：中华书局，1987年，第689页。

之博综严谨，很难将这一明显疏漏视为“无心之失”①。其次，不同于赵注以“诗人志所欲之事”解“志”，焦循以“辞之志”替代“（诗）人之志”，并强调赵注以“志”为本（“说诗者当本之志”），实为以“辞”之“志”为本。焦循刻意躲避“意”的疏证，又极力塑造“志”的文本属性，唯一合理的解释只能是：焦氏无法否认朱子所言以“己意”推敲诗人之“志”之纰漏，更预见到“诗人之志”的无法验证、再难复得，决意从“以意逆志”命题中铲除一切“不确定因素”。在他看来，“文”“辞”均行于笔端，可察可考，“意”“志”共有之“心”才是“作乱”的始作俑者，唯有去“意”除“心”，将“志”挂靠在固定的文辞上，方能化解“以意逆志”变“以意臆志”之困。因此，焦循没有将“以意逆志”看作“说诗者”主动采纳的积极策略，反而强调“依辞之志为本而显之”。换句话说，达成“以意逆志”最关键的一环是保证“说诗者”自身不存私“意”，将显露“辞”之“志”为己“意”。这无疑彻底颠覆了赵注“以己之意，逆诗人之志”的解读，试图打造一个读者无“心”、作者无“意”的真空诠释空间。

与朱子、焦循二人注疏相较，后辈吴淇对赵注之批评则更为直接、尖锐。吴氏作《六朝诗选定论》，于首卷“缘起”明确反对赵注“以己之意推古人之志”的诠释路线，反诘道：“汉宋诸儒以‘志’字属古人，而‘意’为自己之意。夫我非古人，而以己意说之，其贤于蒙之见也几何矣！”这几乎是对赵、朱两家之论的公开驳斥。但吴淇也并不同意焦循将“志”的显发拱手让与“文本”（“辞”）的做法，主张“意”与“志”同宗同源，起于一处，也应归于一处。“意之所到，即志之所在”，“说诗者”当以“诗”境为畛域，“志古人之志”“意古人之意”，将“以意逆志”最终落实在“就诗论诗”的原则宗旨上。吴淇之言不仅对赵注、乃至对“以意逆志”命题本身都具有颠覆性意义。他所提出的“就诗论诗”原则，志在构建一个“诗外无意”“诗外无心”“诗外无

① 焦循，《孟子正义·孟子篇叙》，沈文倬点校，北京：中华书局，1987年，第1121页。

物”的纯净世界。在这里，一切“人为”的“干预”均属多余，“志”借“意”“淋漓尽兴言之”，二者如人在舟中，舟在水上，相伴遨游。这样，“志”便无需“意”前往迎之，甚至无需“意”“志”之分，“意”自在“志”之中也。

从赵、朱、焦、吴四人之论截取汉、宋、清三代历时千年的“以意逆志”注疏史断面，我们不难在层叠的声音、意义的拉伸和变形背后发现一条明显的将“心”从“意”中抽离的“轨迹”。在赵岐、许慎处尚能在“学者”心中游走穿行自如的“意”至朱熹已被严格管控，只能困守于“心”，静待“志”“自有来时候”。而至焦、吴二人，“意”被刻意疏离淡化，与“志”的边界逐渐模糊，被深锁文本的世界、纯粹的“诗”的境域里，不复其“从人”“从心”的属性。“意”字从“心”而生，却又在众家对“以意逆志”的诠释中从“心”中出走，这是经学对其着身的汉字思维土壤的“纠偏”，还是一种对文化本源的悖逆？如果是一种“纠偏”，为何去“心”后的“意”在“以意逆志”命题中逐渐“边缘化”，甚至丧失了独立存在的意义？朱、焦、吴三人众口一词，力主去“心”求“意”、去“意”求“志”，以为唯有如此才能护持“以意逆志”命题的立足之本，也只有这样的“以意逆志”才是“说诗者”应世代遵循的法则。夫子修著“六经”，序《诗》传《易》，可谓第一代“说诗者”。以三人之见推之，夫子在编修过程中也必然秉持“去意”“毋意”的态度贯彻“以意逆志”。论及此处，抬眼四顾，我们发现身处两难之中：如果“圣人”无意，一切从“己意”出发对“圣人”之“心”意所做的追问思考都注定徒劳，《春秋》大义也注定是水月镜花；如果“圣人”有意，套用吴淇之诘，“我非圣人，而以己意说之，其贤于蒙之见也几何矣！”

子曰：“‘书不尽言，言不尽意。’然则圣人之意，其不可见乎？”（《周易·系辞上》）山穷水尽之处，且再看《万章下》论“交友之道”，又得另一番滋味：孟子言“一乡之善士斯友一乡之善士，一国之善士斯友一国之善士，天下之善士斯友天下之善士”。这本为孟子对孔子“主忠信，无友不如己者”（《论语·学而》）的回应和注解。“好高慕远，君子之道。”（《孟子·万章下》）君子所好之“高”为品格之高洁无暇，所慕之“远”即理想化、典范化的人格力量。在追求这样一种理想信念的道路上，君子得师教化点拨，得友相伴同道，汲取榜样感召的力量。《说文》曰：“同师曰朋，同志为友。”在儒家的世界中，“友”绝不仅仅是单纯的“友情”“友谊”，而是因在“仁”与“善”的指引下相互吸引、自发形成的同“道”同“好”群体。这一群体因共同的精神寄托和人生追求汇聚在一起，群体“成员”从彼此身上得见更高的求“道”境界及更完美的人格力量。因此，孟子论“友一乡之善士”“友一国之善士”“友天下之善士”非仅论“交友”“择友”之道，而是通过“友于善者”筑“自进之阶”，昭示臻于至善、止于至善的君子品格。① 诚如朱熹所言：“言己之善盖于一乡，然后能尽友一乡之善士。推而至于一国、天下皆然，随其高下以为广狭也。”② 个人“善道”修为之高下决定了“友善士”范围之广狭。唯有不断精进“善业”，方能拾级而上、登高而招。

求“善”之途无涯，然一乡、一国乃至天下“善士”皆有定数。或若结交当世“善士”仍不足以尽“尚善”之道（“友天下之善士仍为未足”），孟子尚有“终极”解决方案-“尚论古之人”，亦即选择与“古人”为“友”。③ 这样，身处任何时间一隅的“君子”或“好善者”虽不能身至，却可随时突破厚重历史的云层，“心向而往之”，抵达遥远时空中智慧与思想迸发的某一处，受教于其所欲“友”的某一人。以历史之浩瀚追寻“仁”“善”之无涯，足可以矣！然而同处一世，尽“友”天下之“善士”只需克服山川地域，虽远隔千里亦可相会相交。但若想“上友古

① 《韩诗外传》南假子曰：“夫高比，所以广德也；下比，所以狭行也。比于善者，自进之阶；比于恶者，自退之原也。”转引自刘宝楠：《论语正义·学而第一》，高流水点校，北京：中华书局，1990 年，第 23 页。

② 朱熹：《四书章句集注》，北京：中华书局，1983 年，第 312 页。

③ 赵岐注曰：“尚，上也”“在三皇之世为上，在五帝之世为次，在三王之世为下”。因此，孟子“尚友”即为“上友”，含在时光中上溯之意，孙奭疏同。焦循：《孟子正义·万章下》，沈文倬点校，北京：中华书局，1987 年，第 780 页。

人”，并与之为“友”，却并非易事。结识不同世的“善人”，不亲见其人，如何知其“善”？以同志同道者为“友”，不亲观其人，如何辨其“志”？对此，孟子的提议是“颂其诗，读其书，不知其人，可乎？是以论其世也，是尚友也”。赵岐注曰：

同在一乡，乃知此一乡之善士也。同在一国，乃知此一国之善士也。同在今世之天下，乃知今世天下之善士也。若生今世而上友古人，则不同世何以知其人之善？故必颂其诗、读其书而论其世，惟颂其诗、读其书而论其世，乃可以今世而知古人之善也。上下两节，互明如此。①

在赵岐看来，孟子此章分上下两节，上节论“友今世之善士”，下节论“友不同世之善士”，上节层层递进，下节纲举目张，两节之间、互明互文，共同构成“知人论世”的命题。因此，真正的“好善者”从不以友“一乡”“一国”，乃至“天下”之善士为自我提升的最终目标。如不“尚友古人”，与往昔先圣先贤神交意会，先明其“志”解其“意”，再与其论“友”，绝不足以“极其善道”。先人已逝，其人其言俱不可复见，叵论与其当面倾谈为友，然只要其“诗”流传、其“书”尚存，通过“颂其诗，读其书”完全可以达成“知其人”“解其志”并最终“友其人”的目标。在这里，孟子虽只言“求善”，但“三人行，必有我师焉。择其善者而从之，其不善者而改之”（《论语·述而》）。“善”代表了“仁”“礼”“忠”“恕”“诚”，是一切受“仁爱”之心普照灌溉，值得树为典范学习、效仿的美好品格，是儒家对于单一个体所能赋予的最高道德褒奖。换句话说，“交友”就是“求师”“求善”。既是“善己”，亦即在周遭善士与上古先贤的榜样人格中获得自身修道的圆满，也为“善人”，亦即给予古人袒露其意志心愿，与“同道同好”诚心相交的契机。将儒家对“友”的精神、

① 焦循：《孟子正义·万章下》，沈文倬点校，北京：中华书局，1987年，第780页。

志趣互通的要求括入“尚友古人”的实际操作，我们惊异地发现，吴淇“我非古人，不知其贤”之问孟子在千年前早已作答——“好善者”既能通过诗、书跨越千年与古人倾心相交、为朋为友，“圣人”之心愿意志必不会是一卷牢牢锁闭的书册，“说诗者”以己之意推“圣人”之志也便不会一无所获。从这一角度而言，“说诗”与“求善”本无差异，“说诗者”与“好善者”又何尝不是“同道”之友？“说诗”自“诗”处立意，“好善者”从觅“友”出发。《万章上》“以意逆志”命题未尽之处，尽在《万章下》“知人论世”之说中延续，唯有将二者与合并观之，才能见孟子说书论诗宗旨全貌。

因此，“以意逆志”与“知人论世”命题交汇于诵读诗与书：“颂其诗，读其书，不知其人，可乎？”是以，生于今世，并非不可通过识记、吟咏上古先人之诗作、体味书面流传之的典籍，凭“己意”抽文见义，倾听“古人”之心声。但关键在于，颂“诗”读“书”、论“意”求“志”必以“知人”为先行条件。何以“知人”？孟子自解云：“是以论其世也，是尚友也。”孟子虽未言明“论世”之法，但其中传达出将“知人”置于批论“言辞”之上，将“人”置于“世”的空间架构之中的方向毋庸置疑。于是，“颂其诗，读其书”是方法而不是目的，是起点远非重点。如将“以意逆志”与“知人论世”二命题糅合重整，理顺二者间条件因果关系，我们可以清晰地看到，孟子对“说诗”与“求善”有共同的、呈序列化准则：第一，“论其世”以“知其人”；第二，待“知人”后“读书、颂诗”；第三，“读书、颂诗”先读其“文”、再解其“辞”，“辞”高于“文”，“志”高于“辞”；第四，最终通过“以意逆志”实现“得之”。二论叠加再看此“得之”，方能体味孟子所得的多重境界：所得是文本之“意”、是古人之“志”、是跨越今古的“理解”、是一份可互吐衷肠的“忘年”友谊，是自身完善的君子理想。这一序列化准则自“论世”而起，至“得之”方得圆满，涉及西方诠释学视域下作者、读者、文本、语境的方方面面，贯穿理解与诠释的全过程，并最终回到读者。无视“知人论世”与“以意逆志”潜藏的语义联系，从中任取任何一个，以偏概全，这也正是朱子、吴淇之失。

然而，承认赵注“圣人有意”“读者有意”就意味着广开经学诠释的大门，只要宣称“以意逆志”，便可自认得“圣人心意”。七十子及其门生后学“以意逆志”之作汗牛充栋，各持其说，各为己论，这究竟是“以意逆志”还是“以意捉志”？赵注未言，但我们却必须明确的是，承认有“己意”不代表可以“妄意”“任意”，“意”需要被界定和约束。在此一论，朱熹后学顾镇（1720—1792）一针见血：

然则所谓“逆志”者何？他日谓万章曰：“颂其诗，读其书，不知其人，可乎？”是以论其世也。正惟有世可论，有人可求，故吾之意有所措，而彼之志有可通。今不问其世为何世，人为何人，而徒吟哦上下，去来推之，则其所逆，乃文辞而非志也。此正孟子所谓“害志”者，而乌乎逆之，而又乌乎得之？……何由去古茫茫之后，核事考情，而得其所指哉！夫不论其世，欲知其人，不得也。不知其人，欲逆其志，亦不得也。孟子若预忧后世将秕糠一切，而自以察其言也，特著其说以防之。故必论世知人，而后逆志之说可用之。①

顾氏对“以意逆志”的最大贡献在于如何界定、塑造“己意”。若如吴淇之譬：“以意为舆，载志而游，或有方，或无方，意之所到，即志之所在”，“意”便同不系之舟，飘忽无定，绝无归处，“逆”便没了方向和源头；若以朱子为准，命“意”龟缩于室，始终在自身的世界中静待“志”“自有来的时候”，或许能在灵光一现处与作者乍逢，但更多时候“意”在“我”的境遇中所能遭遇的也只能是“‘我’的知识，‘我’的意志，‘我’的谋划，总而

① 顾镇：《虞东学诗》，转引自焦循：《孟子正义·万章上》，沈文倬点校，北京：中华书局，1987年，第689~690页。焦循疏“以意逆志”特意全文引述顾镇此论，可见其对顾说极为认同。

言之它只遇到‘我’自己”①。而顾氏以为：“正惟有世可论，有人可求，故吾之意有所措，而彼之志有可通。”换句话说，“论世”与“知人”不是要关闭和异化读者之意，而是要给“意”一个支撑点、落脚点，为诗人（圣人）之志寻一个突破口。而打破“读者之意”与“诗人之志”壁垒的利器孟子早已彰显在题面之中——“意”从“心”，“志”亦从“心”，若不能以“心”换“心”、将“心”比“心”，以人类共通的情感直觉性地去体验和理解另一个如“我”一般的生命，“意”与“志”如何会有相遇的一天？所以，无论是朱子、吴淇，抑或焦循均刻意躲避、小心设防的“心意”不但不是“以意逆志”的“痛点”“软肋”，反而是命题成立的最大前提和基础。此时再回看赵岐之注，方觉其中高妙之处：“人情不远，以己之意，逆诗人之志，是为得其实矣！”今人虽距去世杳杳，但“人情”始终未曾走远，个人的生命总是能够经由他人得到延伸。可见，赵岐早已洞见“心”在理解与诠释圣人之作中的意义，并坚定地相信自“心”而生的情感经验足以激发“移情”古人、感通古今的能量。

“何谓人情？喜怒哀惧爱恶欲，七者，弗学而能。”（《礼记·礼运》）人生而有“情”，感物而动，这是人类的本能，也是人人皆有的天赋。“情”虽往往呈现为理性与欲望交织的、千变万化又复杂多样的人际感情，但“情”的连续性和恒定性源于日常的经验生活，源于群居生活的自然本能，于中华文化而言，更持续得到儒家稳固的伦常道德的滋养。这样的“情”是“礼”之肇始——“发乎情止乎礼”②（《毛诗序》）。也是“仁”之发端“恻隐之心，仁之端也。”（《孟子·公孙丑上》）是“人道”与“天道”的自然表达——“性自命出，命自天降，道始于情，情生于性。”

---

① 萨特：《萨特文学论文集》，施康强译，合肥：安徽文艺出版社，1998年，第97页。

② 梁漱溟也将“礼”溯源至“情”，指出：“‘礼’因人之情而节文，称情而立文。”“‘礼’非从天降也，非从地出也，人情而已矣。”见氏著：《人心与人生》，《梁漱溟全集》（第七卷），济南：山东人民出版社，1990年，第463页。

（《郭店楚简·性自命出》）因此，“情”是“情感”也是“情景”，是筑建儒家道德伦理的情感信仰，也是“周孔教化”最终安顿落脚之处，体现“孔子学派的最大特色”①。这样，“去”心求“意”、求“志”不但违背孟子拟定的“以意逆志”论题的本义，甚至偏离了儒家构成的“人情世界”和“情理结构”。以“情”度“情”、以“心”求“心”才能得“以意逆志”之真意——而这或许正是孟子提出“知人论世”的目的。简言之，“心”与“情”只能为“以意逆志”指明理论方向，而具体的贯彻与执行方法却在“知人论世”之中。或者说，“知人论世”的诠释价值可以归结为在“人情”和“心境”中对文本意义的“再语境化”。而“知人”与“论世”所持之基本态度，即是孟子此篇的中心议题——“友”。如焦循所言：“古人各生一时，则其言各有所当，惟论其世，乃不执泥其言，亦不鄙弃其言，斯为能上友古人。”② 观其言、察其行，却又同时不拘泥一言一行，永远愿意在特定的历史当下、鲜活的日常情感体验中推敲其诗、其书、其文。这其中所包含的对毫无血缘纽带之人的善待与宽仁之心，使“知人论世”在伦理维度上纵深扩展，迸发出“忠恕”的人性关怀。

“知人论世”之“恕”并非原谅宽恕，而是“能为古人设身而处地也”，此即朱子“尽己之心为忠，推己及人为恕”之谓也。③

① “新儒家”代表人物梁漱溟坚持以“情”为中国文化及中国哲学的“神髓”，认为：“周孔教化自亦不出于理知，而以情感为其根本”“孔子学派以敦勉孝悌和一切仁厚肫挚之情为其最大特色”。对此，李泽厚深以为然，认为《论语》一书多次出现的基本概念如诚、敬、庄、慈、忠、信、恕，“无一不与具体的情感心理状态有关”，并将“情”作为统合“理知观念”与“情感信仰”的“本体”。见梁漱溟：《中国文化要义》，上海：学林出版社，1987年，第119页；李泽厚：《哲学纲要》，北京：北京大学出版社，2011年，第52页。

② 焦循：《孟子正义·万章下》，沈文倬点校，北京：中华书局，1987年，第781页。

③ 朱熹：《四书章句集注》，北京：中华书局，1983年，第23页。

故而，“不知古人之世，不可妄论古人文辞也。知其世矣，不知古人之身处，亦不可以遽论其文也”①。二人相识起于对对方人格品质的敬重，二人相交时刻愿为对方设身处地着想，这样的人间关系只能以“友”来概括。“友”“二又相交”，其字状如“二人执手比肩而立”。② “善父母为孝，善兄弟为友。”（《尔雅·释训第三》）在儒家语境中“入则孝，出则悌”（《孟子·滕文公下》），父子、兄弟构成伦常道德最核心的二元关系。“友”既然定格于“二人比肩执手”，能与对父母之孝、兄弟手足之爱相提并论，就意味着“为友”要求我们将对家族成员的亲情映射推衍，以对待手足之恭敬、友爱、照拂之心全权寄托于古人，以真诚之心相待，抱认同与理解的目的相交，才能真正做到“不执泥其言，亦不鄙弃其言”，也才能以精神与想象重返历史，“以意逆志”，完成“古今之谈”。

2. 东方之“意”遭遇西方之“意”：从于连到理雅各

从中国经学诠释学中最具代表性的“以意逆志”命题入手，我们发现“圣人有意”“读者有意”，但这样的“意”不出自符号、不局限于文字，也从来不是理解和诠释的开端，也很难带入西方语言哲学的指代世界中。几乎与孟子身处平行时代、奠定西方思想基石的亚里士多德（Aristotle，公元前 384—公元前 322）在《解释篇》（*Peri Hermeneias*）中专论言语、词汇、文字与思想的关系，他开宗明义地说：“言语是心灵过程的符号和表征，而文字则是言语的符号和表征，正如所有的人并不是具有同一的文字记号一样，所有的人也并不是具有相同的说话声音，但这些言语和文字所直接

① 章学诚：《文史通义·文德》，北京：中华书局，2010 年，第 278 页。

② 段玉裁：《说文解字注》，上海：上海古籍出版社，1981 年，第 116 页。

意指的心灵过程则对一切人都是一样的。”① 在亚氏为西方语言哲学预先筹谋搭建的语义世界中，“意”的产生总是一种符号式的对应关系的产物、总是映射却不直接通往情感和心灵。言语与“心灵过程”一一对应，文字又与言语一一对应，“意”就诞生在这文字和言语之中，通过文字和言语的“符号”和“表征”指涉心灵。这样的“意”生来属于符号的世界，由符号与外在世界的对应关系划定“意”的边界，只能透过“表征”的关系呈现思想的“镜像”，永远是“形式”而非“内容”。与之相对的，孟子，或者说儒家的“意”诞生于“心”、体现着“志”，其中所蕴含的对伦常感情和人际温暖情感的诉求无远弗届，这使其远远超越了西方语言中“意义”（meaning）“意思”（sense）的最高载荷，突破了“形式”的极限。对中西方思想气质分野洞若观火的于连早已敏锐地发现西方之“意义”与中国之“意味”的区别：

“意义”（sense），这个词显得再普通不过了，但是，真的只有一种“意义”吗？中国人说“意味”。因为，这些话不是供人理解的，不是要让人“识破”，不是要让人“破解”；这些话要“溶化”在思想当中（所以才说是供人“品味”的）。圣人的话会自行溶解，你用不着去分析它们。虽然溶解要花很多很多的时间，甚至永远也不会完全溶化掉（人们会把这些话“记”在心里）：你用不着为了澄清某种“观念”而去解释它们，它们只是起着润物细无声的作用，中国的评注者们根本没有试图解释（因为要解释就需要保持一定的距离），而只是围绕着每个字做些评论，从而促进其本身就有的润泽作用。②

若以西方诠释传统衡论于连此说无疑有违常理，甚至“惊世骇

① 亚里士多德：《工具论》（16a），陈静译，重庆：重庆出版社，2019年，第3页。

② 弗朗索瓦·于连：《圣人无意：或哲学的他者》，闫素伟译，北京：商务印书馆，2019年，第37页。

俗”。在“古典诠释学和哲学诠释学”中，伽达默尔将诠释任务归纳为一种“翻译”——“诠释的任务却恰好在于把一种用陌生的或不可理解的表达的东西翻译成可理解的语言”。这样的翻译活动“总以完全理解陌生的语言、而且还以对被表达东西本来含义的理解为前提”①。换言之，以“理解”为出发点，所有“陌生”的概念、观点、意义都等待被解释，唯有通过“解释”才能发覆“意义”，不存在不被“解释”唾手可得的“理解”，“解释”甚至构成了“理解”本身-“理解总是解释，因而解释是理解的表达形式”②。无论是在神学统治的中世纪，还是走出独断论的今天，西方诠释学正是因其显明“真正意义”的天赋赢得存在的最充分理据，以“确定语词、语句和文本的精确意义内容，找出这些符号形式里所包含的教导性真理和指示”为普遍真理。③ 此外，于连却宣称“有些话不是供人理解的”“用不着为了澄清某种‘观念’而去解释它们”，这明确传达出“反诠释”“反理解”，乃至倾覆西方诠释学存在基础的讯息。圣人既然有“意”，为何此“意”“不供人理解”也“不需要解释”？是否存在不被理解的“意”？如果真的“不需要解释”，圣人之意难道是人尽皆知、不言自明的？那么，这样的“意”又如何堪称“圣人之意”？

西方诠释学无力应答的时刻，我们自然而然地寄希望于源自中国的思想智慧。但当我们再次回到“知人论世”“以意逆志”这一“中国诠释学的元命题”，西方的视角却促动我们真正跳出孟子，甚至抽离经学内部的惯性思维再次反思，为何孟子再三强调“文”“辞”不能害“志”而不是害“意”？为何“意”只能拿来“逆志”，而不能真正“得意”？《说文》以“意”“志”二字互释，但孟子刻意区别使用“意”与“志”难道仅仅为了避免重复？那么，

---

① 伽达默尔：《真理与方法》（第2卷），洪汉鼎译，上海：商务印书馆，1999年，第92页。

② 伽达默尔：《真理与方法》（第1卷），洪汉鼎译，上海：商务印书馆，1999年，第312页。

③ 洪汉鼎：《诠释学——它的历史和当代发展》，北京：人民出版社，2001年，第15页。

这又与其所批判的“以辞害志”之举有何区别？我们相信，以孟子之卓见宏识，必不会困踬行文辞藻，违背本心。“以意逆志”既是孟子对“说诗者”的殷切期盼，也必然是其本人奉行的一贯释“经”准则。我们只能推论，在《说文》对“意”“志”互释的“通行用法”之外，二字分别各存一方独立的意义领域。我们似乎能从《毛诗序》开篇略见这片“自留区”之端倪：“诗者，志之所之也。在心为志，发言为诗。”郑玄以“心”为界，分隔“志”“言”“诗”，将涵藏于心、澎湃于内的情感、心意、冲动、理想统统划入“志”的统辖。这无疑给予吴淇无尽的灵感源泉，才有其后文所述：“诗有内有外。显于外者曰文曰辞，蕴于内者曰志曰意。诗有内有外。‘此意’字与‘思无邪’之‘思’字皆出于志。然有辨：‘思’就其惨淡经营言之，‘意’就其淋漓尽兴言之。”受郑玄启发，吴淇将“思”引入“意”与“志”的论题，看似将本已深奥的命题进一步复杂化。① 然而“思”的加入使缠绕纠葛的“意”与“志”呈现出明确的“语义层级”差别。“意”与“思”均出于“志”，前者突出精神世界中的苦心谋划，谋求将“志”喷涌而出的渠道方法，后者是思虑周祥后渴求直抒胸臆欲望，是“志”经过“思”的筹谋后“不吐不快”的情感宣泄。因此，无论诗人还是“读诗者”，均由“心”生“志”，因“志”经“思”起“意”。换言之，“意”是经过“思”陶铸、加工、规划的“志”，

① 《论语·为政》载：“子曰：《诗》三百，一言以蔽之，曰：‘思无邪’。”“思无邪”出自孔子对诗教功能的整体筹划，在中国古典文化论域中的丰富内涵与深刻影响可与“以意逆志”比肩。自古以来，学界就如何解读“思无邪”论辩不止，无论是“思无邪”是否引述自《鲁颂》，是否需要还原至原诗探寻其本意，还是“思无邪”之“思”为作诗者之“思”，还是读诗者之“思”，汉唐一派与宋明一派均各执己见，引发《诗》学史一段公案。但这些争议并不涉及对“思”本身的理解，“思”包含思考、思虑、思想之意，如《郑笺》在“思无邪，思马斯徂”后云：“徂，犹行也。思遵伯禽之法，专心无复邪意也。牡马使可行走。”可见“专心”思考即为“思”。见毛亨：《毛诗正义·鲁颂》，郑玄笺、孔颖达疏，北京：北京大学出版社，1999年，第1392页。

是“志”的凝结和缩影，却不是“志”的全体。人各有所“思”，因而“意”的形态可能千变万化，但“志”却是一片更包容广博的“天地”。若以“意”逆“意”，不啻于万般变化之中求一对“心意”的天然匹配，其难度显而易见——这与其说是“原则”、不如说是“运气”；若是“以志逆意”先立“己志”再求“他意”，“志”“意”本末倒置，终不免“尽率古人语言入做自家意思中来”之窠臼。说诗者有“己意”，诗人有“己志”，唯有以“意”之细微灵活探测“志”之宏大边界，才能不断有所得——也许这就是孟子坚持“以意逆志”而非“以意逆意”“以志逆意”的根本原因。

从简短的回顾中我们不难看出，经学诠释学有别于西方诠释学，以及在其基础上建构的西方翻译研究的是，“意”非但不是诠释的基底，甚至不能构成理解的起始。① 从郑玄到赵岐，汉代大儒早已将中国诠释学纳入“心”的管辖范畴——赵岐在“注”中再三强调“意，学者之心意”，郑玄开篇即论“在心为志，发言为诗”无非是想要强调“意”并非是文字着于纸笔而得的“意思”“意义”，“志”也有别于“掌天星，以志星辰日月之变动”（《周礼·春官·保章氏》）所指的“知识性”了解和记录。“意”与“志”是隶属于情感的、内心精神世界的，也是感性和经验的。我们“以意逆志”，不是要以语言符号的能指所指（meaning）限制、描述概念化的观点，而是要以“心意”逆迎时空，遭遇而得的圣人广博的“志向”“志趣”。因此，在中国经学的论域之中，“意”所对应的也许从来不是一字一词的“意思”，而是一种“范畴”（scope）、一种思想指南，一种原初的、尚未诉诸语言和言语的、

---

① 国内外对“意义翻译”这一论题论述颇多，尤其在翻译类教科书中“意义翻译”已成为固定主题之一：如 *Translation Studies*（Susan Bassnett，1988）、*A Textbook of Translation*（Peter Newmark，1988）、*In the Other Word*（Mona Baker，1992）、*Towards a Science of Translation*（Eugene Nida，1988）、*Contemporary Translation Theories*（Edwin Gentzler，2001）、《高级英汉翻译理论与实践》（叶子南，2013）。

但却持续稳定的心理状态。① 这样的“意”不属于西方词法、句法、语法任何一个理论视域。对这样“意”的解释与发现，逻辑的、理性的、寻求确定与唯一的分析完全失去了效力，如同遣代表科学、智慧、逻辑、言语的“知”“离朱”“喫诟”去寻黄帝遗失的“玄珠”，终究一无所获。②

从“心”的角度再探“意”的渊源，我们甚至可以说，中国经学诠释传统绝不是西方诠释学（Hermeneutik，或 Hermeneutics）的“同类”和“翻版”。③ 圣人之“意”既不诞生于圣域，也不需要信使赫尔默斯（Hermes）往来于人境与诸神之间迂回传达。相反，“圣人千言万语，只是说个当然之理”④。圣人之“意”从未逸出自然和人世常理，因此对任何久居于这方文化空间之中的人来说既不陌生，也不需解释。圣人之“意”“通神明之德，类万物之情”（《周易·系辞上》），一直就在自然天地、山水花鸟、故土家园，甚至我们每个人心中。从此可见，官定《五经正义》以来，

① 苏格兰汉学家 James Legge（1818—1897）对“以意逆志”的翻译深得两汉经家之真意，在其《中国经典》各卷卷首，理雅各都引用《孟子》开篇，作为其英汉翻译活动的指南：“Do not insist on one term so as to do violence to a sentence, nor on a sentence so as to do violence to the general scope, try with your thoughts to meet that scope and then we shall apprehend it.”

② “玄珠”之典出自《庄子·天地》：“黄帝游乎赤水之北，登乎昆仑之丘而南望，还归，遗其玄珠。使知索之而不得，使离朱索之而不得，使喫诟索之而不得也。乃使象罔，象罔得之。黄帝曰：‘异哉！象罔乃可以得之乎？’”见郭庆藩：《庄子集释》，北京：中华书局，2013 年，第 273 页。

③ 洪汉鼎对西方诠释学（Hermeneutik）的词源学意义如此归纳：“诠释学（Hermeneutik）一词来源于赫尔默斯（Hermes），赫尔默斯本是希腊神话中诸神的一位信使的名字，古希腊作家赫西俄德曾在其《神谱》中说：‘阿特拉斯之女迈亚睡上宙斯的圣床，为他生下永生诸神的信使，光荣的‘赫尔墨斯’，赫尔默斯不但有双足，而且足上有双翼，因此也被人称为‘快速之神’，过去德国火车站常有他带上翅膀的鞋作为装饰。赫尔默斯的任务是来往于奥林匹亚山上的诸神与人世间的凡夫俗子之间，迅速给人们传递诸神的消息和指示。见氏著：《诠释学——它的历史和当代发展》，北京：人民出版社，2001 年，第 1 页。

④ 黎靖德：《朱子语类》第 11 卷，王星贤注，北京：中华书局，1986 年，第 187 页。

定立“‘注’不驳‘经’、‘疏’不破‘注’”，并坚持“依‘经’立意”“以儒解儒”原则并不仅仅出于对经义权威性的高悬与维护，其深层支柱很可能即是于连所说“中国的评注者们根本没有试图解释”，因为“要解释就需要保持一定的距离”。于连口中的“距离”释放出强烈的西方诠释学信号，也必须联系自德里希·阿斯特（G. A Friedrich Ast，1776—1841）以来西方诠释学的核心概念才能得以显明。在这里，“距离”所对应的是阿斯特的“陌生世界”（Strange World），是伽达默尔重点批论的“间离化”（Verfremdung），保罗·利科（Paul Ricœur，1913—2005）的“距离化”（Distanciation），也是德里达（Jacques Derrida，1930—2004）“异”（Difference）的起源。在他们所奠定的学科语境中，文本世界与个体经验世界之间的文化远化和历史疏离，或者说“距离”与“陌生”才是诠释可能的前提。或者说，没有“距离”就不可能产生理解。集伽达默尔与海德格尔思想之大成的利科如是说：

“距离化”（distanciation）概念是“归属”（belonging）概念的辩证对应物，因为我们或遥远或切近地属于一个历史传统。所谓解释就是将（时间上、地理上、文化上、精神上）遥远的东西带到我们的面前来。在这方面，文本的“中介作用”（mediation）是证明“距离化”的范例，其内涵并不仅仅是简单的疏远、异化，就像伽达默尔在整部作品中极力与之斗争的“间离化”概念（Verfremdung），而是一个真正意义上创造意义的过程。因此，文本为实现跨越距离沟通提供了绝佳基础。①

① Paul Ricoeur. *Hermeneutics and the Human Sciences*: *Essays on Language*, *Action and Interpretation*. John B. Thompson (ed.) & trans. London: Cambridge University Press, 1981: 71. 中文为作者译，英文原文如下：“The concept of distanciation is the dialectical counterpart of the notion of belonging, in the sense that we belong to an historical tradition through a relation of distance which oscillates between remoteness and proximity. To interpret is to render near what is far (temporally, geographically, culturally, spiritually). In this respect, mediation by the text is the model of a distanciation which would not be simply alienating, like the Verfremdung which Gadamer combats throughout his work, but which would be genuinely creative. The text is, *par excellence*, the basis for communication in the through distance.”

> 任何解释都企图克服存在于文本所属的过去文化时代与解释者本身之间的疏远和间距。通过克服这个距离，使自己与文本同时代，解“经”者才能够占有意义：他想把陌生者变为本人的，也就是说，把陌生者变作他自己的。①

利科跨越两部论著论及“距离”所持立场，归纳有三：其一，“距离”及其所带来的文化心理上的“疏远”和“间距”是解释的起源，也是理解的基础；其二，解释（或者理解）是一个由遥远到切近，从“陌生的”变为“自己的”过程；其三，解释者克服“距离”是为了“使自己与文本同时代”，从而“占有”意义。从中我们不难再次深刻体会到东西方诠释理念和方法的裂荡冲突。毋庸置疑，任何文本都不属于当下，书写者与解释者之间必然存在时空上的距离。但是这样的距离是否必然是文化上的、心理上的？是否时空的距离就注定了情感意义上的“陌生化”？是否只有拉开“距离”才能解释？对西方世界而言，理应如此、也必然如此——因为语言的、身份的、情感的“距离”横亘于人神之间，永远存在且无法填平，因为那从奥林匹亚山上不断传来的信息永远使用着对人类而言全然陌生的语言。在这样的情况下，“解释”是永恒的需求，因为不经由赫尔默斯的解释、转化、翻译，“诸神的”永远不可能变成“自己的”，“符号的”同样永远没有机会进入精神的殿堂。但之于中国，“圣人”与“凡人”之间不存在不可翻越的奥林匹亚山，即便岁月远逝，“圣人”也与我们同在一个世界，共用一套语言系统，分享共同的情感寄托。这就决定了，即便“圣人”在时空意义上早已远去，在心灵和文化维度上却始终从未走远，“圣人”之言也从不“陌生”。因此，如果“解释”意味着从“神”到“人”的中介、从“陌生世界”到“熟悉世界”的转化，那么中国经学的确不需要解释：经学从“五经”走向“六经”“九经”“十三经”，汉学、宋学、朴学在今古文思潮中相继出新，但

---

① 保罗·利科：《解释的冲突》，莫伟民译，北京：商务印书馆，2008年，第18页。

经学觅春秋太平之大义、礼运大同之家国之根本从未更迭，儒家渴求建立的那个理想世界也从未改变。正是因儒家的“人情不远”“矢志不渝”，我们始终保持了与先贤古人在精神上的高度同质性。在经学历史的任何时期，儒家教义经文从来不是什么“陌生化”的异国言语，而是我们自始至终一直生活在其中的、文化心理上的“司空见惯”。这种内在精神高度统一，为中国经学指明了一条解释的“捷径”——过去的时空属于历史，既不可逆转也无法返回，但精神却是“超历史”的，不受任何距离拖累。德国普遍诠释学奠基人阿斯特对这一阐释“捷径”优越性的精赅之论至今仍有指导价值：

> 如果没有任何精神性的东西的原创统一和等同，没有所有对象在精神内的原创统一，那么所有对陌生世界和其他世界的理解和领悟就完全是不可能的……如果我们的精神在其自身和在根本上并不与古代的精神相同一，以致只能暂时地和相对地理解这个对它是陌生的精神，那么我们将既不理解一般的古代，也不理解一部艺术作品或是文本。①

阿斯特不但肯定精神“同一”的诠释力量，更将其作为“真正”理解的关窍。西方诠释学克服距离，动用解释、“占有”意义的理路只能获得“暂时和相对”的理解，只有在精神世界上无限与古人靠拢，才能“领悟”意义。因此无论是“传”“注”“疏”还是“正义”“笺注”，中国经学的诠释体例从未试图、也根本无需跳出儒家语境，远离圣人思想，抽离自身立场去解释“什么”是“什么”，西方语言中最典型的诠释句法结构“A is B”从未在经学诠释中得到应用。

也正因此，东方的“意”根本不必大费周章克服“距离”来“占有”。“志”与“思”的飞溅也从不是可以“占有”的客体和

① 阿斯特：《语法学、诠释学和批评学的基本原理》，转引自洪汉鼎：《诠释学——它的历史和当代发展》，北京：人民出版社，2001年，第63页。

“他者”，它既不需要符号的中介，也不必动用跨文化的解释，它承托于人情之上，流动在日常的经验生活里。唯有这般，才能理解王夫之对《春秋》之旨、圣人之意斩钉截铁的宣言：“圣人之教，如日有明；正受其明，则有耀矣。”“《春秋》之旨，如日中天，无隐待索。”① 圣人思想之辉，如日月之在天，显而易见又理所应当，何须西方式的解释才能辨明？从这一角度而言。“意”本身就是孔门哲学的缩影——永远以世俗情感为依托，也永远润泽着社会个体的感性生命和日常生活。因此，“轻视甚至要求斩断以生物性为基础的人间关系和世俗情感”，以取得意义的“纯洁”，只能映射出纯粹理性的绝对主宰，只能来自对超验力量的“人格圣化”，而这样的精神土壤从不属于东方，更不属于中国。② 所以，儒家之“圣人”与基督教义中听从上帝指令，决心杀子献祭的亚伯拉罕（Abraham）注定相背而行。③ 中国人头顶的“天命”不要求绝对的信仰和服从，儒家的“圣人”也不需诀别人伦情爱，经历灵肉的苦痛分裂获得精神的升华。如果“圣人无意”所指的是“圣人”

---

①　王夫之：《船山全书·春秋家说卷下》，长沙：岳麓书社，2011 年，第 301 页。

②　李泽厚比较中西方哲学之别认为：“这种不同，在哲学上，也许可看作实在论（以上帝为本的普遍性）与唯名论（以世俗生活为本的特殊性）或理性主义与经验主义的不同”“一个强调情（欲）理交融，一个重视情（欲）理差别”。虽然李泽厚在此番论说中未言及“意”与中西方诠释学的差异，但“上帝”超越一切世间规则、律令的“无条件的理性命令”，或者说“上帝之言”绝对力量同样影响意义的感知和界定。见李泽厚：《哲学纲要》，北京：北京大学出版社，2011 年，第 55 页。

③　亚伯拉罕是犹太教、基督教和伊斯兰教共认的先知，是上帝“从地上众生中所捡选并给予祝福的人”，同时也是传说中犹太人和阿拉伯人的共同祖先。亚伯拉罕“燔祭以撒”见于犹太教《托拉》、基督教《旧约》及伊斯兰教《古兰经》，耶和华为试验亚伯拉罕的信心，命他将独子以撒带往摩利亚地献为燔祭，作为牺牲。亚伯拉罕毫不犹豫前往，做好一切准备，要杀死困在祭坛上的以撒。这时神的使者从天上呼叫他，告诉他这是上帝的磨炼，救下以撒：“你不可在这童子身上下手，一点也不可害他。我知道你是敬畏神的了，因为你没有将你的儿子，就是你的独生的儿子，留下不给我。”见《圣经·旧约》（中英对照中文和合本），国际圣经协会。

没有私意、没有情感、没有属于“人”的爱憎、畏惧、愁苦、忧虑，成为这样的“圣人”不但违背孔子“心意”，甚至有违孔门教义——从诚到敬，由忠到信、再到恕，儒家的核心价值观不但从未宣扬超验和神圣，反而一贯高扬人伦之情、自然之心，认为人心人情不可贬低、不可毁弃。

值得关注的是，儒家的“心”不仅是一种生理概念，更是负载道德意志的整体。《孟子·告子上》曰：“恻隐之心，人皆有之。羞恶之心，人皆有之。恭敬之心，人皆有之。是非之心，人皆有之。恻隐之心，仁也。羞恶之心，义也。恭敬之心，礼也。是非之心，智也。仁义礼智，非由外铄我也，我固有之。”在“心”的影响下，一种持续、稳定的文化气质日渐显露，即便是矢志“存天理灭人欲”的宋明理学也不得不承认“天理”先在，“人欲”后起，“人欲”与“天理”并在。① 而以宋明理学有悖常理、对此嗤之以鼻者，则不吝高声喊出：“从古忠臣孝子，但知有情，不知有名。为国家者，情之大者也。”“情如雷如云，弥天塞地，迫不可遏，故不畏诛，不畏贬，不畏人訾议，一意孤行，然后可以犯天下之大难。”② 孔子生于乱世，为求仁政、大同周游列国，期间遭拘遭困，无数次以身犯险，“不畏诛，不畏贬，不畏人訾议”，足以称得上“犯天下之大难”。袁枚所述又岂止“忠臣孝子”？如此看来，道成肉身的“圣人”不但有“心”、有“意”、有“情”，而且拥有“情之大者”。

于连对中国“意”的特质属性的敏锐观察并非源自乍现的灵感或顿悟，而是中西方在持续长达一个多世纪的文化角力和碰撞中淬炼而得。受伦敦理公会（Church Mission Society）委托，早于连一个多世纪来到中国传教的苏格兰汉学家理雅各（James

---

① 见钱穆：《朱子学提纲·朱子之天理人欲论》，上海：三联书店，2002年，第91页。

② 此为袁枚（1716—1798）为南宋胡铨（1102—1180）被贬广州与黎倩恋情所作的辩白。见袁枚：《小仓山房续文集·读胡忠简公传》，嘉庆随园藏本影印版，第59页。

Legge，1818—1897）也许比任何西方学者更能切身地体会中西方哲学在“意”这一命题上的激荡冲突。理雅各深受西方学术训练和神学阐释思想浸渍，当他为传教所需着手翻译包括“四书五经”在内的儒家典籍之际，他很有可能才刚刚意识到东方“圣人”有截然不同的言说方式。① 1861 年，在完成《中国经典》系列丛书第一卷《论语·大学·中庸》（*The Chinese Classics* Vol. I. — *The Analects* · *The Great Learning* · *The Doctrine of the Mean*）的翻译后，理雅各感叹中国的“圣人”“没有宗教信仰，没有精神追求，更失真诚”：

读者可能已经从上一段的论述中预计到孔子对人类生存状态与人类命运重大问题的失察。孔子对世间万物的起源和终结毫不在意；他对人类的起源疏于解释，也对后世毫不关心；他（的论著）不涉及对世界本源的形而上研究，也无意探讨形而下的物质世界……但夫子在这些领域的失语却不是他自己的过错。相反，他在这些领域的无知其实是一种不幸。他不曾学习过这些知识，也从不曾听闻或者亲见这方面的信息。以他实用性的眼光看来，为这些虚

① 1839 年，24 岁的理雅各到英国殖民地马六甲（Malacca）出任当地“英华书院”（Anglo-Chinese College）院长并开始向当地华人传教。在马来西亚传播基督福音的过程中，理雅各发现，西方传教士普遍缺乏对中华文化的认同和中华民族精神特性的了解。他认为，作为一个西方传教士，如果没有掌握中国的经典著作，没有对中华民族思想文化根基——儒家文化的涉足，他也就不适合担任传教士的工作。在理雅各看来，只有在中国经典儒家著作之中，才能找到中国人民“道德、社会和政治生活的基础”。此外，理雅各在传教过程中深刻感受到孔子在中国文化中的尊崇地位。出于“基督教信徒的敏感”，理雅各决心打破孔子的“神圣光环”，使民众意识到“人人都应该不崇拜偶像，只有膜拜真正的上主”。正是在这样一种复杂而又矛盾的心态中，理雅各决心系统学习并翻译儒家经典著作。分见 James Legge. *Prolegomenon of The Ch'un Ts'ew with The Tso Chuen. The Chinese Classics*. Vol. V. Hong Kong: London Missionary Society's Printing Office，1872：2；张西平、费乐仁：理雅各《中国经典》绪论 . *The Chinese Classics* Vol. I. 上海：华东师范大学出版社，2011：19.

无不定的问题费神思考既毫无用处，更不值得。①

我们很难相信一个真正读懂了《论语》的人会认为夫子没有“精神追求”，一个完成了《大学》翻译的学者会批评儒家“对人类命运的重大问题”毫不关切，一个熟悉《中庸》文本的人会指责孔门教义会失之“诚”。② 理雅各对圣人的指摘当然受其基督教背景与传教立场的影响，但更为直接的原因或许在于对中文表“意”结构的“水土不服”，这一点可在其1882年完成《易经》翻译后重新修订《中国经典》（*The Chinese Classics*）前五卷时对上述论断所做的注释中得到自证：

《易经》的内容与孔夫子“传”《易经》付出的辛劳可能是上述论断的反证，但请理解我对上述观点仍持保留观点。六年前，我用尽所有闲暇时光，耗时十二个月学习《易经》并完成其翻译。

① 原文见 James Legge. *The Chinese Classics*. Vol. I. 上海：华东师范大学出版社，2011：97-98. **Subjects on which Confucius did not treat—that he was unreligious, unspiritual, and open to the charge of insincerity**：The reader will be prepared by the preceding account not to expect to find any light thrown by Confucius on the great problems of the human condition and destiny. He did not speculate on the creation of things or the end of them. He was not troubled to account for the origin of man, nor did he seek to know about his hereafter. He meddled neither with physics nor metaphysics. He is not to be blamed for his silence on the subjects here indicated. His ignorance of them was to a great extent his misfortune. He had not learned them. No report of them had come to him by the ear; no vision of them by the eye. And to his practical mind the toiling of thought amid uncertainties seemed worse than useless. 黑体部分为原文作者加。

② “诚”是《中庸》反复提及的核心概念，也是贯穿物之终始，实现人与天地生生不息的途径。《中庸》中一些最经典的论述均涉及“诚”：“诚者自成也，而道自道也。诚者，物之终始。不诚无物。”（《中庸》第二十五章）因此，“诚”本身拥有多重含义，可以是对待他人的“真诚”态度，也可以是内在的、对自身的“接受”，或是“至诚”的圆满状态。在众多意向之中，理雅各在《中庸》中选择将“诚”译为“sincerity”，却又批判孔子及其学派“更失真诚”，这本身就形成一种理解上的悖论。

但即便如此，我到最后也不过是在黑暗中摸索它的范围和意义。即便是今天，我依然不能完全理解和掌握《易经》，所以至今无法并正面评价其价值。本书在合适的时间即将迎来再版，但在新版中我并不认为我此处所说的有关孔子的论断需要做任何修改。①

自 1842 年随英华书院搬迁来到香港，到 1882 年完成《中国经典》五卷本，理雅各已经浸润在经学话语之中长达 40 年。但他在完成群“经”之首、大道之源的《易经》的英译、看到了《易传》中对“一阴一阳之谓道”宇宙观的强势传达后，仍坚持其最初的判断。我们只能认为，探赜索隐，钩深致远的《易》理“宝库”并未对理氏敞开，或者借用理氏坦诚自言：“至今仍然不能完全理解《易经》”“到最后也不过是在黑暗中摸索它的范围和意义”。太史公曰：“《春秋》推见至隐，《易》本隐之以显。”（《史记·司马相如列传》）如果说《易》“本隐之以显”的阐论风格是阻碍理氏理解《易》的最大障碍，“具列事实，人人可解”的《春秋》对理氏而言是否就能畅通无阻？②

《中国经典》第一卷出版后的第十个年头，理雅各完成了《中国经典》第五卷《春秋左传》（*The Ch'un Ts'ëw with the Tso Chuan*）

① 中文为本书作者所译，理雅各原文如下："The contents of the Yi-ching, and Confucius's labours upon it, may be objected in in opposition to this statement, and I must be understood to make it with some reservation. Six years ago, I spend all my leisure time for twelve months in the study of that Work, and wrote out a translation of it, but at the close I was only groping my way in darkness to lay hold of its scope and meaning, and up to this time I have not been able to master it so as to speak positively about it. It will come in due time, in its place, in the present publication, and I do not think that what I here say of Confucius will require much, if any modification." 见 James Legge. *The Chinese Classics*. Vol. I. 上海：华东师范大学出版社，2011：97-98.

② 语出《四库全书总目提要》："惟《易》包众理，事事可通。《春秋》具列事实，亦人人可解。一知半见，议论易生。著录之繁，二‘经’为最。"纪昀等：《四库全书总目提要》，见《四库全书》（第一册），上海：上海古籍出版社，1987 年，第 525 页。

的翻译。遵循前四卷本的编纂惯例，第五卷正文之前附有“绪论”（*Prolegomena*），为首次接触中国历史的西方读者提供了从《春秋》的性质与价值（*Chapter I. The Nature and Value of The Ch'un Ts'ëw*）、《春秋》之编年体系（*Chapter II. The Chronology of The Ch'un Ts'ëw*）、春秋时代的中国（*Chapter* Ⅲ. *The China of the Ch'un Ts'ëw Period*）等方方面面的必要信息，集中体现了理氏对《春秋》与《左传》的研究成果。然而在长达147页的“绪论”中，其中最引人关注的无疑是开卷第一章的首节“与前人盛赞不相符的《春秋》”（Disappointment of the Expectations Raised by the Earliest Accounts of *the Ch'un Ts'ëw*）。在本节中，理雅各一反前四卷对孔子批评的克制与隐晦，毫不掩饰地表达对“圣人之作”的失望之情，甚至怀疑《春秋》的作者和真伪：

（有孟子的评价在先）我们翻阅《春秋》立即感受到一种文不副实的失望——我们期待的是一部史实与文学性交错的巨作，读到的却是或多或少由周王室与鲁国参与的、简略到不能再简略的、事件的堆积。《春秋》虽记录了242年的历史，但其行文全无文学的笔触，也未丝毫彰显作者的褒贬之意。（《春秋》）每一段记录都非常简短，一段用来记录一个事件。但无论所记载之事意在展现美德，激发读者的敬意，还是揭露暴行，使人读之生厌恶之意，我们从中都丝毫觉察不到孔子自己的情绪。这些历史事件的“通告”——恕我实在不能称之为“叙述”——将感情全部排除在外。残忍的谋杀与英雄的壮举如同日食天象记录一般按时序摆放。只是记下什么时候发生了什么，除此以外再无其他——没有细节信息，没有价值判断。读者可能通过阅读这些记录，形成自己的观点并从中感受到愉悦或义愤。如果读者能从散见于其他各处的、对该事件的记载中获得更充实的信息，这种体验将尤为明显。但就《春秋》文本而言，其中并不包含任何可以激发读者情感的内容。无论《春秋》对史实的记载是否完全可靠——虽然反映事实与真相是最为重要的评价标准，也是应予考察的重心，但我现在只想肯定我对《春秋》最初的印象——这部作品根本不符合我们对伟人所作历史的一切预想，也配不上孔子、孟子的高度评价。①

理雅各对《春秋》的贬斥与《春秋》在经学系统内部的尊崇地位形成了鲜明对比。② 前有孟子对《春秋》社会及伦理功效的“乱臣贼子惧”之论、后有司马公“继《春秋》”之志，无论《孝经注疏·序》所载“吾志在《春秋》，行在《孝经》”是否出于孔子，《春秋》饱含夫子之情志，实乃经学“义府”“义海”的地位早已无法撼动。③ 但理雅各却认为正是在“情”与“义”二

① 中文为作者所译，原文如下：“When, with these ideas of what a history should be, we look into the *Ch'un Ts'ëw*, we experience immediately an intense feeling of disappointment. Instead of a history of events, we find a congeries of the briefest possible intimations of matters in which the Court and the State of Loo were more or less concerned, extending over 242 years, without the slightest tincture of literary ability in the composition, or the slightest indication of judicial opinion on the part of the writer. The paragraphs are always brief. Each one is designed to commemorate a fact; but whether that fact be a display of virtue calculated to command our admiration, or a deed of atrocity fitted to awaken our disgust, it can hardly be said that there is anything in the language to convey to us the shadow of an idea of the author's feeling about it. The notices, for we cannot call them narratives, are absolutely unimpassioned. A base murder and a shining act of heroism are chronicled just as the eclipses of the sun are chronicled. So and so took place; —that is all. No details are given; no judgment is expressed. The reader may be conscious of an emotion of delight or of indignation according to the opinion which he forms of the event mentioned, especially when he has obtained a fuller account of it from some other quarter; but there is nothing in the text to excite the one feeling or the other. Whether the statements found in the Ch'un Ts'ëw be all reliable, and given according to the truth of facts, is a point of utmost importance, which will be duly considered by and by. I am at present only concerned to affirm that the Work is not at all of the nature which we should suppose from our previous conception of it as a history by a great man, and from the accounts given of it by Confucius himself and by Mencius.” 见 James Legge. *The Chinese Classics*. Vol. V. Hong Kong: London Missionary Society's Printing Office, 1872: 3.

② 《春秋》在经学体系中举足轻重的地位可参见本书第三章相关内容，此处不再赘述。

③ 正义疏曰：“此《钩命决》文也。言褒贬诸侯善恶，志在于《春秋》，人伦尊卑之行，在于《孝经》也。”李隆基：《孝经注疏·序》，邢昺注，上海：上海古籍出版社，2009 年，第 6 页。

字上，《春秋》“名不副实”，根本无法匹配前人，包括孔子本人加诸的盛誉。理氏再三指责孔子“无情”（there is nothing in the language to convey to us the shadow of an idea of the author's feeling），编著《春秋》时将“感情完全排除在外”，除去简单的事件罗列根本“察觉不到圣人的情绪”，记载“残忍的谋杀与英雄的壮举如同记载一次日食天象”。更批评孔子的“无情”导致了《春秋》“无义”（there is nothing in the text to excite the one feeling or the other），从《春秋》中难以体会到善恶褒贬的价值判断，缺乏归正人心的力量。理氏在开篇即不遗余力贬低经学“大宗”《春秋》，甚至得到违背经学本旨、悖逆儒家基本特征的评断。若说“圣人无情”，孔子发匡世宏愿修《春秋》、“忧惧”之下口传《春秋》之义、寄礼运大同之希望于后世来人，只怕无人比孔子更有“情”，也更懂“情”。若说“《春秋》无义”，“褒贬诸侯善恶”“别嫌疑”“明是非”“定犹豫”，世间大“义”莫过于此。理雅各对《春秋》之“义”视若无睹、圣人之“情”置若罔闻绝不是要哗众取宠，也与其基督教“博爱”信仰背景没有绝对的关联，尽管其“宗教先知”立场和使命感让他坚信自己有责任“在上帝面前站在非正义的对立面”，更有义务旗帜鲜明地反对任何文化和任何政府统治下的一切罪恶和暴行。① 理氏之失不在对待“弱势”文化的轻视、傲慢态度，而是出于对东方“述而不作”表意结构全然陌生，尽管翻译《春秋》时他已经来到中国、与中国文化与经学思想“摩肩接踵”30 年。理雅各将自身文化与文字结构中对“意义”的普遍期许代入《春秋》的解读，在孟子“春秋论”先入为主的影响下，期待一部与能与“禹抑洪水”“周公兼夷狄、驱猛兽”之历史意义比肩的伟大作品。这样的作品要立场鲜明地“惩恶扬善”、要解索世间及宇宙的终极规律，要具备诗歌散文的丰沛情感和文采，又贡献诗歌和散文不能企及的道德审判：

---

① Lauren F. Pfister. *Striving for the Whole Duty of Man: James Legge and the Scottish Protestant Encounter with China*. Volume II. Frankfurt am Main: Peter Language, 2004: 3.

(一部伟大的历史著作)能发现人类性格表现的新组合形式，对宇宙崇高秩序的新猜想，以及发现那些在散文和诗歌中不能发现的东西。我们只能以忠实记录历史事件要求史学家，但如果一位史学家想要赢得我们的敬佩和赞美，他就必须将史实融入有趣的叙述，寻找史实间的关联，展现事件背后的原因和动机，从而对未来发生的事件的走向起指导作用。史书应具有活力、优雅的行文，在正确善恶观念的前提下，作出公正、全面的判断。①

尽管在《中国经典》第一卷《论语·大学·中庸》的“绪论”中理雅各开门见山向西方读者介绍了“经”的定义和存在价值，但并未将“经”作为一种专属中国文化的独立的文体。② 从理雅各对

① James Legge. *The Chinese Classics*. Vol. V. Hong Kong: London Missionary Society's Printing Office, 1872: 3. 中文为本书作者所译，原文如下：“**What we are to expect in a history**? In those we look for new combinations of the phenomena of human character, and new speculations on the divine order of the universe, —things unattempted yet in prose or rhyme. But from the historian all that we are entitled to require is a faithful record of facts. If he would win our special approval, he must weave his facts into an interesting narrative, trace their connecxion with one another, and by unfolding the motives of the actors teach lessons that may have their fruit in guiding and directing the course of events in future generations. The making of history should be signalized by the vigour and elegance of the composition, and by the correct discrimination, impartiality, and comprehensiveness of the author's judgments.” 黑体为原文作者加。

② 理雅各在第一卷开篇先谈何为“经”(Ching)，认为“经”之于“经学典籍”意味着权威、最高真理和万世法度。见 James Legge. *The Chinese Classics*. Vol. 1. 上海：华东师范大学出版社，2011：97-98. “The term ‘Ching’ is of textile origin, and signifies the warp threads of a web, and their adjustment. An easy application of it is to denote what is regular and insures regularity. As used with reference to books, it indicates their authority on the subjects of which they treat. ‘The Five Ching’ are the five canonical Works, containing the truth upon the highest subjects from the sages of China, and which should be received as law by all generations.”

《春秋》的评价中不难发现，其对《春秋》的臧否完全站在了史学的立场上。但不同于古文经学以“经”为本、“六经皆史”的治《春秋》态度，理氏显得更为“激进”。他直接以“读者期待读到怎样的历史”“什么样的历史学家是值得赞美的”为突破口，缕举《春秋》之失。理雅各显然是将西方史诗预设为对标对象，期待一部情节设计精巧、叙事技巧完备，褒贬爱憎分明的东方《荷马史诗》。

从《易经》到《春秋》，理雅各带着对“意义”完全西方化的判断推演中国史学叙事的“理想化”模态，并以此作为评断经学典籍的标准。理雅各一生皓首穷经，立志遍译群“经”，被誉为一代“西儒”。① 他如此迫切地想要走入经学的世界，渴望踏入“儒家”的圣殿，但却在相遇之初就与夫子擦肩而过，不得见孔子与儒家“真容”，甚至作出夫子“无情”、《春秋》“无意”的悖谬论断。但庆幸的是，理雅各从未因语言与文化的隔阂放弃理解中国智慧。《中国经典》各卷卷首，理雅各均将最醒目的位置留给孟子的“说诗”原则：“不以文害辞、不以辞害志，以意逆志，是为得之”（Do not insist on one term so as to do violence to a sentence, nor on a sentence so as to do violence to the general scope, try with your thoughts to meet that scope and then we shall apprehend it.），并奉之为翻译与理解中国典籍的规范。即便是在结束传教生涯回到故乡英格兰后，也未曾中断对中国经学与文化的精研。自 1876 年起，理雅各在牛津执教期间先后完成了《易经》（*The Yi King or Book of Changes*）、《礼记》（*The Le Ki or the Book of Rites*）、《孝经》（*The Hsiao King*）、《道

---

① 理雅各英译的主要中文合作者王韬（1828—1897）在《弢园文录外编·送西儒理雅各回国序》叹理雅各为“西国儒宗”云：“呜呼！经学至今日几将绝灭矣。溯自嘉、道之间，阮文达公以经师提唱后进，一时人士禀承风尚，莫不研搜古训，剖析毫芒，观其所撰《国朝儒林传》以及江郑堂《汉学师承记》，著述之精，彬彬郁郁，直可媲美两汉，超轶有唐。逮后老成凋谢，而吴门陈奂硕甫先生能绍绝学，为《毛氏》功臣。今海内顾谁可继之者？而先生独以西国儒宗，抗心觿古，俯首以就铅椠之役，其志欲于群‘经’悉有译述，以广其嘉惠后学之心，可不谓难欤？”见氏著：《弢园文录外编》，沈阳：辽宁教育出版社，1994 年，第 258 页。

德经》(*The Tao Te King*)与《庄子》(*The Writings of Kwang-Tze*)的翻译。1893 年,理雅各以 78 岁高龄再次修订了《中国经典》六卷本,于 1895 年底由牛津克莱仁登出版社(Clarendon Press)再版。在丛书的第六卷《易经》的前言中,理雅各用尽毕生对儒家典籍的理解再次回望审视圣人经典与中国文字中的“意”:

如何才能在厘清解释的头绪后跨越表达的障碍呢?其实我在翻译包括本书在内的所有中国典籍的时候总是下意识遵循一个规律——不要将汉字看作是词的表征,而是要看作思想观点的符号。不要把这些象形符号的结合看作作者想要说的话,而应视为作者的思想观念。因此,译者如果仅以字面的意思翻译中国经典,终究是徒劳之举。每当一个个象形文字进入我的视野,我的所思所想如能与写下这些文字的作者同步,就能自由地将作者的观点以最为适当的方式表达出来。这也就是孟子所遵循的说诗原则:“以意逆志,是为得之。”在研究中国经典文献的过程中,与其寻找字对字的解释,不如参与到作者的思维过程,用自己的心意观见作者的心意。①

① 见 James Legge. *The Chinese Classics*. Vol. IV. London & Oxford: Clarendon Press, 1892: 3. 中文为本书作者所译,原文如下:“How to surmount this difficulty occurred to me after I had found the clue to the interpretation; —in a fact which I had unconsciously acted on in all my translations of other classics, namely, that the written characters of the Chinese are not representations of words, but symbols of ideas, and that the combination of them in composition is not a representation of what the writer would say, but of what he thinks. It is vain therefore for a translator to attempt a literal version. When the symbolic characters have brought his mind en rapport with that of his author, he is free to render the ideas in his own or any other speech in the best manner that he can attain to. This is the rule which Mencius followed in interpreting the poems of his country: — ‘We must try with our thoughts to meet that scope, and then you will apprehend it.’ In the study of a Chinese classical book there is not so much an interpretation of the characters employed by the writer as a participation of his thoughts; —there is the seeing of mind to mind.”

理氏之言是在翻译实践中积累出的经验之谈，也是对其践行始终的“以意逆志”准则作出总结性的论证。他在与中国思想正面交锋中不断琢磨和反思中终于洞晓了东方世界有关“意”的极致奥秘。“以意逆志”之于理雅各，是上溯千载参与到作者的思维过程，开放自己的思想，与作者所思所想协调同步，甚至与作者本人两两相对，进行心与心的交流空间（scope）。在这个空间中，“所有的中介文字及符号似乎都被移除了。我不再是透过模糊晦暗的镜子译解原文，而是在与原作者面对面，进行心灵交流”①。

3. 重叠的“圣人”与多维的“语境”

孟子提出“知人论世”“以意逆志”两大命题，本意在为读书、论诗提供目的论指导，进而助“说诗者”修道修身。但命题关键词所包含的对语言意义、作者动机、作品主题及语境重建的探讨，使命题天然内嵌理解和解释经典作品的理论张力。自汉代以来，“知人论世”与“以意逆志”就被采纳并顺势改造为辨读经文的方法论。《史记》中，司马迁多次跳出史官视角以“太史公曰”传达对“知人论世”核心精神的认同，仅以后人反复引用的《孔子世家》之例为证：“太史公曰：《诗》有之：‘高山仰止，景行行止。’虽不能至，然心向往之。余读孔氏书，想见其为人。”无独有偶，王国维以为，郑玄所开创的“笺”“谱”注《诗》体例即是“知人论世”“以意逆志”用于解“经”方法论的明徵：“及北海郑君出，乃专用孟子之法以治《诗》。其于《诗》也，有笺、有谱。谱也者，所以论古人之世也；笺也者，所以逆诗人之志也。”②

---

① James Legge. *Principles of Composition in Chinese—as Deduced from the Written Characters*. 转引自杨翠翠：“孟子‘以意逆志’诠释思想的跨文化初探”，《外语研究》，2020 年第 2 期，第 84~90 页。

② 王国维：《玉溪生诗年谱会笺·序》，上海：上海古籍出版社，2010 年，第 3 页。

又因命题蕴含对说诗者“诚”“敬”“恕”“友”的伦理准则，“知人论世”与“以意逆志”也成为评议古人、辩读经典的道德准则，此即章学诚在“文德篇”提出“论古必恕”的理论原核。从目的论，到方法论，再到批评伦理，孟子二命题在阅读和理解古典文献中不断焕发出新生命，为中国儒生构造出一条直达孔子“圣言圣行”的理论进路。在命题的联动指导下，时代、文化、文本的“距离”皆不足为惧，经学典籍无论何时都可读可解，圣人形象始终面目清晰、栩栩如生，而儒家信仰在现世之外也永远存在一片栖居的净土。然而，无论是“以意逆志”还是“知人论世”，都始终围绕“作者”与“作者”的“意”与“志”展开。这就意味着，收集史料，推断、还原作者生活环境和创作历史语境决定了理解经典的走向，鲸吞蚕食文本阐释本应占据的空间。换句话说，“知人论世”与“以意逆志”所标定的以“心”见“心”的求“意”路线在超越文本距离的同时，也极大弱化了文本的作用，人物传记式的批评、史料的堆叠、社会学的考察在很大程度上成为理解的关键。抛弃经文搜罗杂记史料当然不是孟子的本意，但“知人论世”命题的确为理解规划出一条语境重建的路径法门，而这样的“重建”总是围绕作者，也总是需要依托于对史料的占有、剪裁和合理想象。然而，在现代主义思潮中，罗兰·巴特（Roland Barthes，1915—1980）的“作者已死”（The Death of the Author）掷地有声，德里达“文本之外，别无他物”（There is nothing outside text）已经成为时代宣言，恪守“作者中心”，放弃从“文本出发”的“知人论世”“以意逆志”岂非“逆潮流而动”？如此探求孔子之“志”、在文史互证中抉隐发藏圣人之“心”是否就能直达《春秋》之义？

我们首先应当看到，中国经学有其特殊性：孔子神圣地位、儒家元典的绝对权威使“经”的原创者持久享有稳定的人格特征，手握对“意”的最终决断权——这是孟子诠释学说的出发点，也是支撑点。① 在这条道路上前行的每一个人，都必须臣服于一个“大写的”作者，承认其对意义享有独断的解释权，即便是稍加强调“己意”都会引来一场关于作者权威性的辩难（如朱熹对赵岐，如古文经学家对《公羊》《穀梁》二“传”）。在中国经学学术话语内部，“五经”贯通之义得郑玄一路发扬光大。至唐代官修钦定“五经”，完整且如一的圣人形象早已塑造齐备，足以满足我们追溯语境的一切想象。这一切确保了“知人论世”的尽头只有一种形象，也只能有一种声音，表达一种恒定的意义。这一意义是至高无上的、也是绝对、单一、固定的，它受先验的推崇和保护，确保经义纯净，不受时代的干扰，也免于意义衍生之苦。然而，依靠“知人论世”维系的“纯净”经学意义生态却是极为脆弱的——我们甚至不需借助后现代主义对理性论和真理观的批判，不需要通过“读者中心说”或是解构主义意义延宕的透镜，就能轻易发现以“人”（无论是“古人”“诗人”还是“圣人”）为中心追索“意”的器质性裂痕。② 经过了第四章的抉发，中国古书成书过程中“非成于一代”，“非出于一人”的普遍规律浮出水面，证明了文本与作者存在一一对应的原创关系只是现代著作概念辐射下的浪漫主义猜想。而古书创作的历史和物质背景、古人著书的题名传统以及对一种“权威”声音的渴望合力联动，冲刷着我们对创作主

① 需要指出的是，孟子身后的今古文学辩夺的焦点是孔子“万世师表”“史学先驱”还是“素王”“改革家”的社会身份，而对孔子仁者爱人、道德楷模的垂范性人格品质并无异论，孔子的“圣人”形象始终如一。

② 西方接受美学反对风靡 19 世纪兰克历史客观主义，也否认作品有客观的永恒不变的涵义。在以姚斯（Hans Robert Jauss，1921— ）为代表的接受美学派眼中，文本充满不确定性。而阅读是一个积极的意义建造过程，只有将意义的决定权交予读者，才能实现文本的教育与娱乐功能。由德里达掀起的西方解构主义浪潮则彻底摧毁了结构主义语言学观念下符号与真实的指代关系，意义成为一种永不在场的存在，从而将意义的不确定性延展到极致。事实上除却上述学术观点外，西方对“知人论世”所代表的“历史-传记批评法”（historical and biographical approaches）的流弊多有批评。郭西安：“作者、文本与语境：当代汉学对知人论世观的方法论省思”，《中国比较文学》，2018 年第 1 期，第 32~47 页。

体与话语之间存在明确归属的刻板印象。从现代著作意义上，参与文本创作、加工之人皆为“作者”，对作品均享有署名权。① 但古人著书，如非官修王制，困难重重。非独著史有家传之风，诸子之学莫不是师徒续力合为之功，“经”“传”也概莫能外。孔子口传《春秋》，胡毋生录写《公羊》，瑕丘江公笔书《穀梁》，《左传》正文续“经”十三年都是其中明徵。因此傅斯年（1869—1950）在与顾颉刚的书信对答中强调：

> 我们研究秦前问题，只能以书为单位，不能以人为单位。而以书为单位，一经分析之后，亦失其为单位。故我们只能以《论语》为题，以《论语》之孔子为题，不能但以孔子为题。孔子问题是个部分上不能恢复的问题，因为“文献不足征也”。②

先秦古书只题亲师之名的惯例，是战国前无私家著述的成因，其中当然有“尊师”的内驱，但同时也可见中国知识分子立言为公、不具私名的胸怀。③ 在“尊师”与“言公”的双重道德要求下，

① 英国学者 Andrew Bennett 在 *The Author* 一书中对西方“作者”观念的演变有详尽的归纳，认为对“作者”身份的认定标准随时代与社会经济特征不断调整。在口头文学和抄本盛行的古典时期，“作者”是文本制作者的泛称；中世纪后期至浪漫主义时期，“作者”指在文本中表达原生性思想、欲求、愿望或理念的自治个体；印刷时代的来临将与版权经济意义密切关联的创作者定位为“作者”。Andrew Bennett. *The Author*. 转引自郭西安：“作者、文本与语境：当代汉学对知人论世观的方法论省思”，《中国比较文学》，2018年第1期，第32~47页。

② 傅斯年：《傅斯年全集·春秋时的孔子和汉代的孔子》（第1卷），欧阳哲生主编，长沙：湖南教育出版社，2000年，第487~488页。

③ 章学诚将这一现象归为一种崇高的“言公”传统：“古人之言，所以为公也，未尝矜于文辞，而私据为己有也。志期于道，言以明志，文以足言。其道果明于天下，而所志无不申，不必其言之果为我有也。”余嘉锡（1884—1955）赞古人著书不署其名“古世质朴，不居功伟”，言：“古人以学术为公，初非以此争名；故于撰著之，不加别白也。”分见章学诚：《文史通义·言公上》，北京：中华书局，2010年，第169页；余嘉锡：《古书通例·古书不提传人》，上海：上海古籍出版社，2013年，第158~159页。

先秦古籍作为“复数”的作者集体消隐，用统一、连贯的叙述制造文本一气呵成、融会贯通的表象，将单数的、唯一的“绝对作者”推出文本，推至读者眼前。在经学的领域中，只有推出这样的“绝对作者”才有资格匹配“神圣”的经义，而“神圣”的经义又反向助推“绝对作者”走上书写权和评断权的神龛，此即董子极力强调孔子作《春秋》“先正王而系万事，见素王之文焉”之意旨，也是“三传”信徒争相证明先师与孔子间存在直接联系的动因。① 作者身份与文本意义的相互“神圣化”重塑导致作者身份与文本价值高度粘连，最终合二为一，展露出一条由重建作者社会语境推定作者之“志”，再由“志”达“意”的终南捷径。换言之，“以意逆志”的前提，是推定拥有伟大心灵和人格的“作者”将对人类命运难以抑制的关切、同情和责任蓄于“志”，待到“志”得“意”满之际，淋漓倾泻于作品之中。因此，作品的感染力并不来源于文字和文本的力量，而是来自“作者”激发、转化、提升、感动一个群体的人格力量。

然而，即便圣人光辉笼罩下的“超级作者”也无法遮蔽经文中“集体权威”参与的痕迹，我们仍能从文本及史料的缝隙影影绰绰窥见作为“复数”的作者。无论今文学家如何振臂高呼孔子作“六经”的划时代意义，《诗》《书》《礼》《乐》《易》均来自官书旧籍，创作、收集、整理都必然是群体性的工作。即便是文史学家眼中孔子唯一的著作《春秋》，也本就是据鲁史而作，大量基础史料的汇编、摘截都来自鲁国累世史官。② 为《春秋》作“传”的《穀梁》《公羊》《左传》更是从根源上就是要以“自己”的声音叠合孔子。遑论《穀梁》《公羊》八世相传，《左传》抄撮九代，其流传谱系有几分能经得起严苛的审查，又有几分是踵事增华式的合理再造？况且，仅汉人发藏出的参与书写和传播者名列已尤

① 董仲舒：《春秋繁露·二十二子》，周桂钿译注，北京：中华书局，2011 年，第 259 页。

② 钱穆：《孔子与春秋》，见《钱宾四先生全集·两汉经学今古文平议》，台北：联经出版事业公司，1998 年，第 263 页

为可观，而隐匿于历史从未被发觉的参与者更是不知凡几。编写者、口述者、记录者、传抄者、传者、注者的相继加入使一部作品之中存在多种声音、多重视角和笔法的层叠累积。他们从文本意义上构成了一个“作者群体”，一幅多元的作者群像，而那个赋予典籍“原初性”意义的作者形象早已混迹于众人之中。如果我们仍坚持“知人论世”的理解、阐释进路，以某一个人所身处的时空维度作为语境构造的边界，寄希望在这样有限的范围内收集到的有限的，甚至是经过多次加工和剪裁的信息资源克服文本距离带来的一切疑难，无疑过于理想，也低估了作品形成的复杂程度。而对如左丘明这样在历史记录中“时隐时现”，生平事迹几不可考的作者而言，又该如何“知人论世”？依诸如“欲读古书，当考作者之姓名，因以推知其身世，乃能通其指意”之论，① 如果我们永不能获知左丘明生卒时代、生平事迹，不能确定左丘明与孔子的渊源关系，是不是就意味着我们永远也不能与丘公交“心”为“友”，永远不能通《左传》真意呢？这样的问题似乎不待我们回答，早有经学上千年的《左传》学研究成果提供坚如磐石的反证。而在西方，福柯（Michel Foucault，1926—1984）对“作者”出场背后错综的社会运作（a complex operation that constructs a certain being of reason that we call “author”）洞若观火。福柯眼中的“作者”与其说是“一个人”，不如说是一种“功能”，辅助完成我们完成自身的各种预设：

作者功能的第三个特点是，它不是作为话语自身的属性自发发展起来的。相反，这是一个复杂运作的结果，构建出一个我们称之为“作者”的理性存在。毫无疑问，批评家试图通过在个体中找到“深层”动机、“创造性”力量或一种“设计规划”来赋予“作者”这一理性存在一种现实地位，为书写寻求一个起源语境。尽管如此，将具有这一系列特征的人制定为“作者”，在心理学概

① 余嘉锡：《目录学发微·古书通例》，上海：上海古籍出版社，2013年，第155页。

念中都或多或少是一种个人的“投射”。我们强迫文本进行操作、我们勾勒事件间的联系、我们确定哪些特征是相关的、我们承认什么因素具有连续性、我们自己所做的筛选排除-这一切都是“我们”自己的投射。①

来自经学内外的反思置“知人论世”命题于一种前所未有的复杂情态之中，命题所赖以支撑的“作者”与“语境”两大支柱同时经受了来自中西方的巨大冲击。前秦古籍成书的阶段性、层积性为作为“复数”的作者呼唤更为多元广阔的语境，使其足以统涵那些隐身于幕后、拥有崇高公义和理想的推动者、发声者、参与者，邀约他们投身到我们对语义构建的合理、谨慎猜想之中。而在西方接受美学、解构主义及后现代风潮中摇摇欲坠的“作者权利”更粉碎了构筑“真实客观”语境的可能——任何关于“语境”的重述都基于特定立场和有限的信息，无论如何将“真实”“客观”调校为不变的指南，这样的“重述”都不可避免以“我”的意志为边界，成为“我”的猜想的投射。两相夹攻之下，超越而普遍的真理仅是一种未经批判的“可疑”信仰，“知人论世”对“原初作者”及其带来的“原初意义”的追索也不过是一场水月镜花。丧失了“知人论世”的护持，“以意逆志”也便无的放矢，失去了

① Michel Foucault. What Is an Author? in *Language*, *Counter-memory*, *Practice*, in Donald F. Bouchard (ed.), translated by Donald F. Bouchard & Sherry Simon, Ithaca: New York Cornell University Press, 1977: 113-118. 中文为本书作者译，英文版原文如下：“The third characteristic of this author function is that it does not develop spontaneously as the attribution of a discourse to an individual. It is, rather, the result of a complex operation that constructs a certain being of reason that we call ‘author’. Critics doubtless try to give this being of reason a realistic status, by discerning, in the individual, a ‘deep’ motive, a ‘creative’ power, or a ‘design’, the milieu in which writing originates. Nevertheless, these aspects of an individual which we designate as making him an author are only a projection, in more or less psychologizing terms, of the operations we force texts to undergo, the connections we make, the traits we establish as pertinent, the continuities we recognize, or the exclusions we practice.”

可执行的价值。特别是在存在论诠释学的疾风中，自身的状态、历史语言的处境都画地为牢，限制了理解的“整”和“全”。如果“知人论世”“以意逆志”不能继续为我们的《春秋》寻“意”之路提供指导，我们只能追问，在“知人论世”的尽头，先圣先贤还留给了我们什么？

第六章 “圣人绝四”与“述而不作”

如果前秦古书漫长的口传史、渐进接续的“复数的作者”构成消解“知人论世”“以意逆志”命题成立的直接推手，我们不妨提醒自己，孟子提出“知人论世”“以意逆志”从未限定只能“知一人”“论一世”，也从未表示以“人”与“世”为中心的考据，便能绕过“文”“辞”直达“意”“志”。孟子的“人”与“世”只是在人声嘈杂的注疏、章句、集注中一步步圈地设限，成为某一“作者”和某一时代的代名词；“文”与“辞”也是因后人对“意”与“志”无休止的辩驳在众目睽睽之下遭遇冷落遗忘。如在某一时空或某些联动情景下构筑意义的向度，以参与文本创生之人（或者一个集体）的志趣品格观照文本与思想间的自治自洽才是“知人论世”“以意逆志”的核心奥义，这一理念无论放置于古今中外任何批评传统之中都无可辩驳、从未过时。如果从阅读经典文本之中获得与古人精神层面的沟通，进而丰富、滋养、慰藉自身的灵魂，获得只有在人与人交流之中才能获得的成就感和满足感才是“知人论世”“以意逆志”的终极指向，那么这一命题在现代化进程中就非但没有失去效力，反而是治愈后现代思潮所引发的一连串人文危机的一剂灵药。兼中西二家之长的钱锺书（1910—1998）以“以意逆志”为原型呼应西方“诠释的循环”，称此道不但从未没落，还是获得圆足“真诠”的不二法门：

乾嘉“朴学”教人，必知字之诂，而后识句之意，识句之意，而后通全篇之义，进而窥全书之指。虽然，是特一边耳，亦只初桄耳。须复解全篇之义乃至全书之指（“志”），庶得以定某句之意（“辞”），解全句之意，庶得以定某字之诂（“文”）；或并须晓

> 会作者立言之宗尚、当时流行之文风，以及修词异宜之著述体裁，方概知全篇或全书之指归。积小以明大，而又举大以贯小；推末以至本，而又探本以穷末；交互往复，庶几乎义解圆足而免于偏枯，所谓“阐释之循环”（der hermeneutische Zirkel）者是矣。①

乾嘉学人用实践证明了“知人”不必以悬置文本（“文”“辞”）为代价，“论世”也不必一定是对作者所处社会历史的“一次性”还原，而是一个“积小以明大，而又举大以贯小；推末以至本，而又探本以穷末”的交互往复过程。在这一过程中。“人”“世”“文”“辞”“意”“志”虽有“大”“小”之别，“本”“末”之分，但彼此协同依存、融合促动，构成一个多样复杂的诠释生态。这样一种诠释生态是赵岐、朱熹、焦循构筑起“以意逆志”单数作者、一种语境时未曾想见的。在钱锺书的努力下，诞生于两千多年前的“以意逆志”足以呼应西方哲学的最新观念。

不可否认的是，存在论诠释学始终认为人类终究不可能真正超越自身存在，及其必然预设的种种“前理解”，达到完全的客观。人类所掌握的一切知识与所谓“真理”，都不过是自身视域范围内的所知所见，也不过是“真理”的部分显现。② 中国经学诠释传统始终祈向原意的坐标系统，无论何时都笃定坚信宇宙恒常之理存在于圣人“原意”“本意”之中，而这一“原意”“本意”可为（经过艰苦儒家学术训练的）读者理解和掌握。就是否存在“绝对真理”的议题，经学训诂学与存在论诠释学免不了一场不可调和的激辩。③ 但从中我们应当反思的是，来自现代的著述观念和西方学术话语的提醒不是要我们以抱残守缺式的偏执信念胶柱而鼓瑟，

---

① 钱锺书：《管锥编》第一册，北京：中华书局，1986年，第171页。

② 伽达默尔：《真理与方法》（第1卷），洪汉鼎译，上海：商务印书馆，1999年，第312页。

③ 正因如此，余英时指出：“伽达默尔否认我们有了解作者‘本意’的任何可能，这便和中国的诠释传统大相径庭。”余英时：《明明直照吾家路》，见《中国文化与现代变迁》，台北：三民书局，1992年，第250页。

更不应以如何全盘放弃对“作者”和“语境”的追求，以如何在西方的话语体系中寻找“知人论世”的替代为省思的方向。我们应当真正思考的是，如何透过西方的映射，看到“知人论世、以意逆志”作用环境的复杂性、观见语境重构中个体志趣的局限和主观性、洞察作者与文本流变带来的不可确知性，为“知人论世”“以意逆志”释放更广阔、更包容也更具有层次的意义空间。在“知人论世”“以意逆志”看似“尽头”的“尽头”，为中国经学诠释“元命题”谋划新的出发点。

1. “圣人绝四”——在“知人论世”的尽头

如果说复数的“作者”、一位真正“出场”的读者、多元的语境、持续生成中的“文本”是“知人论世”“以意逆志”作为一种解“经”方法论的“扩容”面向，这一指向对“知人论世”“以意逆志”命题的本体也应同样具有指导价值。换句话说，将“知人论世”“以意逆志”同时作为研究方法和研究对象，我们同样需要拓展视野，倾听命题中隐含的、除孟子一人一世以外的声音和语境，正视置身不同历史和人生处境读者的多样性。将孟子定为“知人”的原点向外扩充，与孟子理想与人生规划具有最多交集的莫过于孔子，而与《孟子》最具兼容气质的对象无甚于《论语》。孟子师事子思门徒，得孔门之道，深慕先圣孔子为人，谓其为“集大成也者，金声而玉振也”（《孟子·万章下》）。孟子不仅言从孔门之说，述唐虞姬三代之德，行亦以续圣人之志为己任，将先师的生活轨迹复刻为模板。① 求道、周游、开坛讲“经”、退而修书，孟子踏先师的足迹前行，与孔子的人生轨迹有太多的重合之

① 焦循称《孟子》为“拟圣之作”云：“孟子退自齐梁，述尧舜之道而著作焉，此大贤拟圣而作者也。七十子之畴，会集夫子所言，以为《论语》。《论语》者，‘五经’之錧鎋，六艺之喉衿也。《孟子》之书则而象之。”焦循：《孟子正义》，沈文倬点校，北京：中华书局，1987 年，第 9 页。

处。《孟子》“述仲尼之意”，仿《论语》之制，之中叠合着孔子的声音、孔子的志向，乃至孔子的形象。①《论语》《孟子》交错互涉，构成一个人情自然的历时性文本，连续性的闳深语境。②为穷圣人《春秋》经旨，我们重访《孟子》，获得了以“心”见“心”的方法论基调，而在西方学术话语与现代观念的敦促下，我们即将在《论语》中寻找丰盈和扩充“知人论世”“以意逆志”的文本线索。“以意逆志”说诞生于孟子与弟子论“说诗”的上下文语境，此法为孟子所创还是来自孔门师承？对此，有《史记·孔子世家》载孔子传弟子《诗》《书》《礼》《乐》之法为证：

> 孔子以诗书礼乐教，弟子盖三千焉，身通六艺者七十有二人。如颜浊邹之徒，颇受业者甚众。孔子以四教：文，行，忠，信。绝四：毋意，毋必，毋固，毋我。所慎：齐，战，疾。子罕言利与命与仁，不愤不启，举一隅不以三隅反，则弗复也。

司马公并论“四教”“绝四”“三慎”，分别对应《论语·述而》（子以四教：文，行，忠，信）、《论语·子罕》（圣人绝四：毋意，毋必，毋固，毋我）、《论语·述而》（子之所慎：齐，战，疾）。“四教”为夫子“教成人之法”，是夫子着意培养的基本素质，也

---

① 赵岐章句《孟子》，作《孟子题辞》言孟子之志曰：“孟子闵悼尧、舜、汤、文、周、孔之业将遂湮微，正涂壅底，仁义荒怠，佞伪驰骋，红紫乱朱。于是则慕仲尼周流忧世，遂以儒道游于诸侯，思济斯民。”焦循：《孟子正义·孟子题辞》，沈文倬点校，北京：中华书局，1987年，第9页。

② 朱熹并置《孟子》《论语》于“四书”，便存令二者互文见意之心。《朱子近思录》卷三“凡七十八条”答“圣人之经旨，如何能穷得？”曰：“学者先须读《论》《孟》。穷得《论》《孟》，自有要约处，以此观他‘经’甚省力。《论》《孟》如丈尺权衡相似，以此去量度事物，自然见得长短轻重。”朱熹、吕祖谦：《朱子近思录·凡七十八条》，严佐之导读，上海：上海古籍出版社，2000年，第57页。

是“人”作为一个个体立足儒家世界所需的基本品格。① 子之“三慎”所传授的是对待天地神明与世间众生性命应有的谨慎、庄严态度，也是对如何在人文社会与自然世界关系之中时刻调校个人价值的思考。“四教”解决“修身”，“三慎”直指“天人”，而在从真实世界到文本世界的必由之路上，圣人提出“绝四”，在自我与天人之间居中调停“我”与文本、“我”与“世界”的关系。于外，“绝四”可用以指导弟子“学文”，是释读“六经”的诠释学方法论；于内，“绝四”又能撑起存在论、本体论理念，是在遭遇文本中的“他者”时，“我”之为“我”的深层次思考。于外与内之间、“自我”与“他者”之间、“个人视域”与“文本世界”之间，“绝四”又昭示着一种处世理念，或是所谓“人生哲学”，为“儒家之我”走出自身，踏入文本与真实两个平行世界寻找最为合理的路线。

我们惊喜地发现，圣人“绝四”与“知人论世”存在天然的互补关系：其一，“以意逆志”用以“解诗”，“圣人绝四”用以“学文”，二者在诞生语境和应用领域方面存在相互“扩容”的基础。其二，“绝四”虽为圣人之行，但站在普通读者的立场上，为“知人论世”筹划了一套行之有效的操作方法，细化也精准化了“以意逆志”的执行流程。无论是“知人论世”还是“以意逆志”均预设了一位“全知全能”的读者，他明辨“意”“志”之轩轾，洞悉“人”“世”之界限，谙熟“己意”的进退分寸。这样的读者以一副圣人姿态出场，面对岁远时邈的经典文本，提供最理想化的执行方案。如何“知人论世”？何以“以意逆志”？个中万般运用变化全然存乎于之心，仿佛唾手可得。而“绝四”恰恰站在如你我一般的普通读者的角度，事无巨细、条分缕析、耳提面命四个

---

① “子以四教：文、行、忠、信。”何晏注曰：“四者有形质，可举以教。”正义曰：“‘文’谓《诗》《书》《礼》《乐》，凡博学、审问、慎思、明辨皆文之教也。‘行’谓躬行也。中以尽心曰忠，恒有诸己曰信。人必忠信，而后可致知力行，故曰忠信之人，可以学礼。此四者，皆教成人之法，与教弟子先行后学文不同。”刘宝楠：《论语正义·述而第七》，高流水点校，北京：中华书局，1990年，第274页。

“注意事项”，分步骤详解我们应以怎样的姿态、怎样的方法进入经典文本世界。最后，“绝四”对未能进入“知人论世”议题中心视野的“读者”问题施予足够的关注，正视了在道德主体之外的认知主体，为原有“作者-文本-语境”的立意结构拓展出新的一维，也是对西方“读者中心论”的一次正面回应。“读者”在西方接受美学与现象学镜像中被无限放大，他们的个人知识视域与文化志趣、他们的“前见”“前识”“前把握”在“以意逆志”命题中都被轻描淡写地一笔带过。在“知人论世”的目标指引下，作为理解和阅读主体的“我”的空间被极度挤压，宛若一副没有思想的滤镜，只能用来折射“作者”的光芒。“我”的意志、“我”的偏好、“我”的精神，甚至“我”的存在状态这些未能纳入“知人论世”讨论范畴的议题均能在“绝四”之下得到全方位覆盖。以“圣人绝四”作为“知人论世”“以意逆志”的补充，乃至前提，也许对完成从“作者-文本-语境”到“作者-文本-语境-读者”的转变，赋予“知人论世”多元共生的理论深度，丰富其本有的人文主义内涵会有积极意义。这样，在“知人论世”的尽头，“绝四”就值得我们深入挖掘。

“圣人绝四”是直接源于夫子，还是得益于门下弟子的总结归纳，我们不得而知。但其中所使用的“毋”与“绝”带来强烈语气效果，使本句读来极富结论性和宣言意味。《说文》言：“绝，断丝也。”《释名·释言》亦有释曰：“绝，截也，如割截也。”在此语境下，夫子自言“毋意，毋必，毋固，毋我”，志在申明与此四者相决绝，类似一种个人宣言，也不乏对弟子期望和规约。“绝四”之中，“意”首当其冲，最终落脚于“我”。朱子以为，从“去意”到“无我”经历了由内在精神世界到物质世界再回到精神世界的循环：

绝，无之尽者。毋，《史记》作“无”是也。意，私意也。必，期必也。固，执滞也。我，私己也。四者相为终始，起于意，遂于必，留于固，而成于我也。盖意必常在事前，固我常在事后，至于我又生意，则物欲牵引，循环不穷矣。程子曰：“此毋字，非禁止之辞。圣人绝此四者，何用禁止。”张子曰：“四者有一焉，则与天地不相似。”杨氏曰：“非知足以知圣人，详视而默识之，不足以记此。”①

朱子看来，圣人所绝之“意”为“私意”，起“私心”在先，然后期其“必达”己欲，由此渐生对物欲“执滞之心”，最终化为之存“私己”之“我”。② 四者牵一发而动全身，欲断四者必自“意”始。推朱子“绝四”之论，立场与“以意逆志”一脉相承——“意”的属性首先是“己意”“臆意”，往往与“私欲”纠缠绾合。一旦横生“私欲之意”，必行“纵欲”之事，不免沦落至由“外物”牵引，在满足物欲的驱使下丧失本心，化为“私己”之我，从此堕入循环往复。因此，唯有绝“私意”于事前，才能存“真我”不堕，无偏无执，与天地同心，获得理解之“整全”。在朱子看来，因自身起念而动的私意、谋划和智巧才是认识主观性和理解的片面性的本源，而如果无私、无我、无执着，所作所为、一言一行都不过是顺应天理，天地的轨辙、宇宙的规律便尽在可认知范围中，即所谓“一心之间，浑然天理，动容周旋，造次颠沛，不可违也”③。朱熹所强调的“无私无我”首先是对私欲和偏见的抵制，而朱子也并不否认私欲和偏见是人生常态，即便是最接近圣人的七十子之徒也难以免俗。《公冶长》中载圣人与子路、颜回论“志”：

颜渊、季路侍。子曰：“盍各言尔志?”

子路曰：“愿车马衣轻裘与朋友共敝之而无憾。”

---

① 朱熹：《四书章句集注》，北京：中华书局，1983年，第326页。

② 自北宋起，“意”与“志”就展现出意义与褒贬的分殊。如张载(1020—1677)《正蒙·中正篇》云：“盖志、意两言，则志公而意私。”以“公”“私”区分“意”“志”可视为宋代的传统，也影响到朱熹对“毋意”的解释。张载：《张载集》，北京：中华书局，1978年，第32页。

③ 黎靖德：《朱子语类》(卷六十一)，王星贤注，北京：中华书局，1986年，第2页。

颜渊曰：“愿无伐善，无施劳。”

子路曰：“愿闻子之志。”

子曰：“老者安之，朋友信之，少者怀之。”

朱子评曰：

大凡人有己则有私。子路“愿车马，衣轻裘，与朋友共”，其志可谓高远，然犹未离这躯壳里。颜子不伐其善，不张大其功，则高于子路。然“愿无伐善，无施劳”，便是犹有此心，但愿无之而已，是一半出于躯壳里。孔子则离了躯壳，不知那个是己，那个是物。①

人生而有己见，有己便生出许多执念和私意，贤如颜回、子路，也免不了从自身起念，消不去自我的“躯壳”。子路愿共车马轻裘，做到了轻财重义，不以外物累心，固然以求“仁”为志，可仍逃不脱是在“外物”上下功夫。颜子“劳而不伐，有功而不得”，不骄不矜，行仁者之事，已有一半踏出了“己见”，但一个“愿”字，仍见“私己”犹存。唯有圣人志在“老者安之，朋友信之，少者怀之”，“无不爱也，无不敬也，无与人争也，旷然与天地包万物也”②。圣人之志，爱敬天地自然一切万有，尽祛从个人出发的考量和思虑，早已与天地同体同心，分不出“那个是己，那个是物”，天地宇宙人伦的终极奥义自在圣人心中。

但朱子并不认为圣人“绝四”是违背本性，其引程子“圣人绝此四者，何用禁止”之语，就是要宣明圣人“毋意毋我”根本无须以禁锢自身为代价。相反，“毋意毋我”是要立天地之“意”为“意”，以世间万象悠久广阔之道豁然开脱于“我执”“我念”

① 黎靖德：《朱子语类》（卷六十一），王星贤注，北京：中华书局，1986年，第2页。

② 刘宝楠：《论语正义·公冶长第五》，高流水点校，北京：中华书局，1990年，第326页。

“我见”的偏颇，在人人润育于兹的经验生活中为众生照见人人皆能认识、理解、认同、与之共鸣共情的“最高意义”。经朱子推敲打磨后的“圣人绝四”，重叩了后现代主义、相对主义和虚无主义的命脉——儒家世界真实存在一种不受超验世界支配的“绝对意义”“原初意义”，它并非语言、符号、逻辑加工析出的理性和人为的结晶，而是浑然铺陈于此生生变化世间的“道理”，如“天高地下，万物散殊；流而不息，合同而话”，与天地规律、普世人心同然。① 因此，经文之中明确存在“绝对意义”，且这一意义从本质上与西方认识论传统中的“绝对真理”毫无交集。意义的不确定性，作者的不在场，符号的异延也因此在极尽深刻、广大、精密却又朴实、日常、周延的“道理”面前束手无策。经书的“绝对意义”决定了存在一种“绝对理解”。这一在存在论诠释学视域中永远受人类认知主观性和片面性辖制、可望而不可即的理想因“绝对意义”的出场而变得日常而切近。之所以称其“日常”，是因为圣人以“绝四”为命题，为我们每个人规划出一条超越自身存在，克服固有“私意”“我执”（或者，在西方学术话语体系下所谓“前见”“前知”“前理解”），获得“绝对理解”的通衢。从这一角度而言，经“圣人绝四”补充和强化后的“知人论世”“以意逆志”，规约性地强调了读者应有的修为品格——若要“知人”首先应心中全然“无个人”；若想“逆志”首先就要做到“无己意”，以纯澈清明之姿忖天地万物之常，“得之”便是自然之理。这样看来，“知人论世”因对符号意义和理性逻辑的超越、对自我的超越出离西方任何批评传统的论域辐射，完全规避了来自后现代的余波和震荡。

然而，区分“公心”与“私意”是朱子为“存天理，去人欲”的一厢情愿，还是孔、孟本意？“意者，志也”，二字互解，“皆从心声”“自心所出”，为“心之所识”，上章已有详述。孔子

---

① 黎靖德：《朱子语类》（卷九），王星贤注，北京：中华书局，1986年，第7页。

重“仁”，孟子论“心”。① 孔子虽不着重论“心”，但儒家通行的一切准则，无论“仁”“善”“义”“礼”，都是对“心”道德主体地位的凸显。这样，“心”恐怕本身便不能如朱子所愿以“公”“私”限定区隔。不仅如此，在孟子看来，“心”的第一属性是“善”，是发轫一切道德人格的“良端”，也是儒家定义的美好品格的发源，即“仁义礼智根于心”（《孟子·尽心上》）。作为道德本体的“心”赋予人类生来皆有理解他人疾苦，感通他人情感的体悟力，带有强烈的先验意味。② 心之所向即为意之所生，“起心”全在个体，均可以“私意”概而论之，“公”“私”之分又应如何区分？③ 其次，“圣人绝四”既是夫子授业传“经”的“教学法”理据，就必然需要落实在实际操作层面，对普罗大众提供具体的指导。然而，子路大贤、颜子复圣，二人得圣人言传身教尚不能离此“躯壳”，尽去“私意”，彻底超越“小我”，况乎你我一般的普通读者？更重要的是，朱子未能阐明也无法论证，以有限生命经历和人类的肉体之身是否能真的能够突破自我意识的历史性和主观性，始终保持无私无我，与天地一心？而一旦实现了这样的“突破”，“我”与天地造化同功，作为个体的千千万万个“我”存在的意义何在？李泽厚《论语今读·述而》纯粹站在“我”的角度拷问朱子“无我之境”与儒家气质，乃至人类存在的激烈冲突：

活着的个体的“我”的“真实性”或“意义”何在？Camas

---

① 据张伯伟统计，“仁”在《论语》中出现107次，在《孟子》中出现153次；“心”在《论语》中出现6次，在《孟子》中出现122次。见氏著：《中国古代文学批评方法论研究》，北京：中华书局，2002年，第4页。

② 如《孟子·公孙丑上》所言，“人皆有不忍人之心，今人乍见孺子将入于井，皆有怵惕恻隐之心”。“不忍之心”“恻隐之心”皆是人类本“心”。焦循：《孟子正义·公孙丑上》，沈文倬点校，北京：中华书局，1987年，第252页。

③ 《说文》解“意”曰：“意者，志也。从心察言而知意也。从心从音。”段玉裁注曰：“志也。志即识。心所识也。意之训为测度，为记。训测者，如《论语》毋意毋必，不逆诈，不億不信，億则屡中。”段玉裁：《说文解字注》，上海：上海古籍出版社，1981年，第502页。

说自杀是哲学根本问题，即此之谓，即我活着的意义何在？为什么我必须活？后现代的理论认为我已成碎片，并没有一个完整的我，我即是此时此刻。于是追寻“什么是我”也就没有意义了。这样，人也就近乎动物，动物不需要有自我意识，不需要因果范畴，不需要想过去未来。当下的“存在”也即是无思虑无理性的欲望、冲动、本能而已。人类由此反异化、反机器、反理性而最终走上动物之途？但是，人就是动物吗？“我”就是碎片吗？值得再考虑。孔子的“无我”与此距离太大了。①

李泽厚以一连串的追问揭示朱子“绝四”之论的重大隐患，也是对我们的警醒：圣人言“毋我”是否要将人类与人类社会引向绝壁歧途？如果理解圣人经书、领悟人伦天道要以献祭属于“我”的个体意识、扭曲“我”的本然面目为代价，由此获得的理解对于生存在经验世际的普通你我而言是否还有具有普世的意义和价值？

2. “述而不作”——中国经学诠释学的元命题

幸而，朱子存而不论，力有未逮之处，何晏（公元前？—公元前249）早有注解：

（毋意）以道为度，故不任意。
（毋必）用之则行，舍之则藏，故无专必。
（毋固）无可无不可，故无固行。
（毋我）述而不自作，处群萃而不自异，唯道是从，故不有其身。②

① 李泽厚：《论语今读》，北京：生活·读书·新知三联书店，2008年，第268页。

② 何晏《论语集解》实际由孙邕、郑冲、曹羲、荀顗、何晏五人共同完成，汇集了两汉至三国年间孔安国、包咸、周氏、马融、郑玄、陈群、王肃、周生烈诸家之说。刘宝楠：《论语正义·子罕第九》，高流水点校，北京：中华书局，1990年，第326页。

何氏深谙“以经解经”之道，除“毋意”一句外，各句均引《论语》立意。可以看到，与朱子不同的是，何晏志不在说明何为“意”，也从未对“意”设防区分。无论“本意”“他意”也好，“公意”“私意”也罢，在何氏以及他身后所代表的两汉三国众多经学宿儒眼中，没有一种“意”为“洪水猛兽”，避之唯恐不及。只要“以道为度”，不“随意”、不“任意”，即可达成“毋意”之宗旨。① 这样看来，何氏《论语集解》（下称《集解》）与朱子《四书集注》（下称《集注》）对“绝四”有泾渭分明的诠释立场——朱熹认为“意”为“意念”，心一旦生意，难免执于一见，“则此心便被此见遮蔽了”“譬如一片净洁田地，若上面才安一物，便须有遮蔽了处”。② 而观《集解》却可以明确观察到，圣人所反对的，并不是“心生私意”，所谓“以道为度”也并不是要“道”为界，画地为牢。《说文》曰：“度者，法制也。”《论语·尧曰》有云：“谨权量，审法度，修废官，四方之政行焉。”《中庸》亦云：“非天子，不议礼，不制度，不考文。”以上诸解均可为《汉书·律历志》言“度”为“分、寸、尺、丈、引也”之理据。何晏既言“以道为度”，“道”之功用便如同分、寸、尺、丈，是丈量论衡“意”的尺度，规界“意”的标准。这样的标准并非超验的金科玉律，也非源于圣人不可变更的“绝对意志”。“度”形训“从又”，为“人手也”。（《说文》）章太炎释曰：“古者尺寸多取人手寸口。”③ “人手”“寸口”的一次次丈量，芸芸众生在经验生活的中的一次次摸索，约定俗成形成了人人谨守的“度”。以

① 程树德（1877—1944）亦对朱子“绝四”之说持不同意见，认为：“意，乃测度之义。朱子释为私意，以伸其天理流行之说，已属不合。”但程氏不仅不认同朱熹之“毋意”说，甚至将陆王心学一派将“意”释为“意念之意”之举归为“强‘经’就我”的曲解。见氏著：《论语集释·卷十七子罕上》，程俊英、蒋见元点校，北京：中华书局，1980年，第550页。

② 黎靖德：《朱子语类·卷十一学五·读书法下》，王星贤注，北京：中华书局，1986年，第180页。

③ 章太炎：《章太炎说文解字授课笔记》，周树人、钱玄同、朱希祖记录，北京：中华书局，2010年，第133页。

“道”为“人手”“寸口”，“己意”就拥有了合理存在准绳和边界。

与朱熹相较，何晏的“毋意”无疑更为实际可行，而以不“任意”，不“逾矩”为出发点，《集解》对“绝四”的走向也有自己的规划：“毋必”之“必”为“专必”，与“用之则行，舍之则藏”（《论语·述而》）的精神相呼应。① 而“毋固”则对应“无可无不可”（《论语·微子》）。何晏指出既然“无可无不可”，便是“无固行”，即“亦不必进，亦不必退，惟义所在”②。与朱子执滞于“无意”相较，何晏之注整体突出的是一种在“行”与“藏”、“推”与“止”、“进”与“退”之间的动态平衡与抉择——“毋意”讲求“以道为度”，但“道”不是要胶柱鼓瑟，死守一成不变的乐章，“道”在“时中”“时义”之中，即一种在时间与变化中对各种制衡因素的审时度势，一种与时携行、随机应变的相宜平衡。所以，何晏默许有“意”，但要节之以度，“自家意思”之行藏、进退始终持中得宜，因时移世易不断变化调整。何晏玄学背景带来的灵动自由、从“心”所欲，与朱子对生命天性的“非人”观照形成鲜明对比。从“毋意”“毋必”“毋固”出发，我们毫不惊诧于《集解》与《集注》的分歧最终汇聚并放大在“毋我”。何晏注“毋我”曰：“述而不自作，处群萃而不自异，唯道是从，故不有其身。”乍看之下，何氏“不有其身”与朱熹“无私己”并无二致，均是对“我”之“躯壳”的扬弃。但朱熹去除“私意”，强调完全以“无执无我”的姿态进入文本，是要以

① 何晏解“毋必”引孔安国对“可行则行，可止则止”，也为“毋必”增添了几分“知其不可得而强之，又一惑也，故莫若释之而不推”（《庄子·天地》）的道家意味。在“可行”与“可止”之间的认定取舍，邢昺疏解曰：“此惟时中之圣能之。”转引自刘宝楠：《论语正义·述而第七》，高流水点校，北京：中华书局，1990 年，第 261 页。

② 《论语正义》曰：“惟夫子本从心之矩，妙隐见之权，进退俱视乎义。”又云：“义者，宜也，即时也。故《易传》屡言时义也。”因此“毋必”“毋固”二者相通，都有调节、变通之意。同上：《论语正义·微子第十八》，第 731 页。

一片“洁净田地”的澄明与纯粹，透过圣人的语言参透天地人伦之理。这样，读书的理想境界便是从肉体到精神上彻底的“无我”——“我”化作一种全无反射、变形的透明介质，以天地之形为体，以天地之心为意，以舍弃本体为代价换取完整的、全能的认识论视域。何氏虽论“不有其身”，但“身”“我”有别，前者是物质世界的赋予我们的具体形态，后者是精神世界的存在和意志。然而，此处的“无身”必然不等同于佛教教义中的“割肉喂鹰”“舍身饲虎”，因为达成“无身”根本无须经历惨厉剧烈的灵肉分离、以身献祭，只需秉持“述而不自作，处群萃而不自异”的信念。于是，“述而不作 ”就成为解读“毋我”的关窍。

“述而不作”源于《论语·述而》：“子曰：‘述而不作，信而好古，窃比于我老彭。’”虽然夫子并未提供“述”与“作”两个关键动词的宾语，也缺乏有关“述而不作”作用语境的规定和描述，但历代注解无一不视之为孔子修述“六经”、阐释经典的原则。在现代汉语的应用场景中，“叙述”与“书写”作为“述”与“作”的主导语义，并不存在非此即彼的对立关系，在某些特定场景中二者甚至可以并列或互通使用。然而，在中国经学与古典诗学的论域之中，“述”与“作”代表了对待经典本文两种截然不同的理解与阐释模态，“述”与“作”任何一方的出现往往伴随着，或是隐含着对另一方的激烈否认。《论语正义》曰：“《说文》云：‘述，循也。作，起也。’述是循旧，作是创始。”① 《集注》将“述”与“作”带入孔子修订“六经”背景中释云：“孔子删《诗》《书》，定《礼》《乐》，赞《周易》，修《春秋》，皆传先王之旧，而未尝有所作也。”② 因此，“述”与“作”之中天然包孕着新生的、当下的、新鲜“出场”的意义与过去的、固有的、业

① 刘宝楠：《论语正义·述而第七》，高流水点校，北京：中华书局，1990年，第251页。关于“述”与“作”二字的训诂学梳理和考证可参阅杨乃乔：中国经学诠释学及其释经的自解原则——论“‘述而不作、信而好古’的独断论诠释学思想”，《中国比较文学》，2015年第2期，第2~37页。

② 朱熹：《四书章句集注》，北京：中华书局，1983年，第93页。

已“离场”的意义足迹。而自孔子而降的孔门儒生无不坚信，在这些先王先圣留存下来的、以“礼乐”为核心价值的、“离场”的意义足迹中潜藏着“应天配地”（《礼记·乐记》）的大道真理。为守护和传递古圣先贤开辟和创建的至上真理，祈向原初、追溯历史、还原那永恒又终极的“不在场”就成为全体儒家经典最广泛的理论面向，而“述而不作”恰恰提供了这样一种以回溯、返本、究源为基本设定的诠释模型。孔子以“周监二代，郁郁乎文哉，吾从周”（《论语·八佾》）为治“六经”的出发点，再三强调“盖有不知而作之者，我无是也”（《论语·述而》），“我非生而知之者，好古，敏以求之者也”（《论语·述而》），就是要从内容选定到目的论和方法论彻底贯彻“述而不作”的精神：“六经”就内容而言，不过是“近圣之事”，孔子修“六经”的动机也也不过是要“立先王之教”，皆“传先王之旧，而未尝有所作也”。①。正是因此，孔子慕周公之德却以“老彭”为楷模。“老彭”其人，众说纷纭。何晏收东汉包咸（公元前7—65）注曰：“老彭，殷贤大夫，好述古事。我若老彭，但述之耳。”② 无论“老彭”是“尧臣”还是“殷大夫”，无论是否确指彭祖或是老聃，抑或二人兼有，但“述修先王之道而不自制作，笃信而好古”的相同志趣使老彭与孔子二人产生交集。孔子自言与老彭相类，就是将“六经”之中一切所知所见，归于“皆所学于古者”③，将修著“六艺”之功统统归于“集合君圣之大成”④。“述而不作，君子义也。”（《史

① 朱熹：《四书章句集注》，北京：中华书局，1983年，第93页。

② 刘宝楠：《论语正义·述而第七》，高流水点校，北京：中华书局，1990年，第252页。高诱注《吕氏春秋》以“老彭”“彭祖”为一人。邢昺疏《论语》又云“老彭”“彭祖”“老聃”实为一人。亦有持“老彭”为“老聃”，与“彭祖”皆为太史，是不同二人之见者，如郑玄、颜师古、司马贞。

③ 刘宝楠：《论语正义·述而第七》，高流水点校，北京：中华书局，1990年，第252页。

④ 顾炎武：《日知录集释》，黄汝成集释，栾保群、吕宗力点校，上海：上海古籍出版社，2006年，第21页。

记·日者列传》）在孔子的明确表态下，“述而不作”成为鉴定真正儒家君子的标准，而其中发散出的强烈崇古、好古、崇圣信号构筑起“述”与“作”之间日益森严的壁垒。

夫子在“述而不作”的原初命题之中仅设“今”与“古”之别，至子思一代，“述”与“作”之别已如伦理纲常一般不可逾越。《礼记·中庸》曰：“无忧者，其惟文王乎？以王季为父，以武王为子，父作之，子述之。圣人以立法度为大事，子能述成之，则何忧乎？”① “父作子述”之论无异于将“君君臣臣父父子子”（《论语·颜渊》）的人伦治乱纲纪纳入“述而不作”的语义命题。《白虎通·三纲六纪》谓：“父者，矩也，以法度教子。子者，孳孳无已也。”② 当为“父”的起源与创生权威以居高临下之势全盘施加于“作”的实施，留给“述”的空间便只能是在“作”框定出的“规矩”与“法度”区域内孜孜以求。③“父子”之称带来的尊卑高下之别，使何人能“作”，何人可“述”成为人人谨守不敢越雷池一步的“警戒线”。而当“述而不作”的命题辗转交予正义“五经”的孔颖达，“父作子述”的人伦纪律已经不足以描述“述”“作”之别。《礼记·乐记》曰：“知礼乐之情者能作，识礼乐之文者能述。作者之谓圣，述者之谓明。”又曰：“其文易识，其情难知。”这本是从认识论入手阐论“述”“作”深浅之论，虽有“作者之谓圣，述者之谓明”之说，但“圣”与“明”是建立在满足“知情”和“识文”前提下的具名法则，并未表露出“唯

---

① 郑玄：《礼记正义·中庸》卷五十三，孔颖达正义，上海：上海古籍出版社，2008年，第1628页。

② 转引自刘宝楠：《论语正义·颜渊第十二》，高流水点校，北京：中华书局，1990年，第252页。

③ 不仅如此，是否为“父”“述”甚至成为“孝”的定夺标准。如《中庸》谓：“武王、周公，其达孝矣乎！夫孝者，善继人之志，善述人之事者也。”见郑玄：《礼记正义·中庸》（卷五十二），孔颖达正义，上海：上海古籍出版社，2008年，第2001页。

圣可作”，乃至唯孔子可“作”的独断论意愿。① 但孔仲达正义曰：“圣者通达物理。故‘作者之谓圣’，则尧、舜、禹、汤是也。‘述者之谓明’，明者辨说是非，故修述者之谓明，则子游、子夏之属是也。”② 自此，“作”的权威性和神圣性与尧、舜、禹、汤紧紧绑定在一起，而笼罩这些上古先王君主的神圣光环并非源自他们显赫的“君”“王”身份，而在于“通达物理”的澄明敏锐，来自“知礼乐之情”的感通共情。“乐者，天地之和也；礼者，天地之序也。”（《礼记·乐记》）先圣通过“礼乐”真正通达与共情的对象实为天地万物。这样，“作”与其说是圣人之“作”，毋宁说是“天作地制”。或者说，在“天地之序”面前，每个人仅仅是一位“述”者，唯有那些“通天地之情”“明天地之序”的“圣人”能够破格擢升，获得受天命而“作”的权力。是故有朱子之说：“述，传旧而已。作，则创始也。故作非圣人不能，而述则贤者可及。”③

夫子叙《书》、称《乐》、论《诗》、传《周易》、修《春秋》（《汉书·儒林传》），其功倍于“作”。④ 然“以夫子之圣，犹且述而不作”，⑤ 后世经生对承担“作”之名更是敬畏退避，注解“五经”无不宣称自身不过“依‘经’立意”“述而不作”。唯有如此，方能解释孟子一面盛赞孔子“诗亡而《春秋》作之功”（《孟子·离娄下》），另一面则以“知我罪我”（《孟子·滕文公

① 孙希旦：《礼记集解》，沈啸寰、王星贤点校，北京：中华书局，1989年，第990页。

② 郑玄：《礼记正义·乐礼》，孔颖达正义，上海：上海古籍出版社，2008年，第1531页。

③ 朱熹：《四书章句集注》，北京：中华书局，1983年，第93页。

④ 《儒林传》言：“于是叙《书》则断《尧典》，称乐则法《韶舞》，论《诗》则首《周南》。缀周之礼，因鲁《春秋》，举十二公行事，绳之以文、武之道，成一王法，至获麟而止。盖晚而好《易》，读之韦编三绝，而为之传。皆因近圣之事，以立先王之教。”班固：《汉书·儒林传》，赵一生点校，杭州：浙江古籍出版社，2000年，第1078页。

⑤ 章学诚：《文史通义·内篇一》，北京：中华书局，2010年，第17页。

下》）不遗余力澄清孔子之“作”实为“不作”的矛盾和纠结。也才能理解太史公“唯唯，否否，不然”（《史记·自序》）的诚惶诚恐，① 以及班固以“述而不作”作为对父亲班彪（3—54）的最高褒奖。② 从这一意义上而言，对“述而不作”的坚定守护即是对远古智慧、先王之道、宇宙经纬之迹的精心维护，是确保自尧、舜、禹、汤绵延至文、武、周公一脉相传道统，虽经“十世”，乃至“百世”仍“可知”的关窍。③

但述而不作并非因循旧例、照本宣科、陈陈相因。“殷因于夏礼，所损益”“周因于殷礼，所损益”（《论语·为政》）。可以发现，有后世“继周”者必也会在“周道”的基础上，有所“损益”，这才有孔子表章六艺，“集群圣之大成而折衷之”之举。④ 无论谓之“损益”还是“折衷”，我们都很难将审时度势、适时变易的“述”理解为单纯的照搬和继承。《述而》记孔子晚年之叹：“甚矣吾衰也！久矣吾不复梦见周公。”此处朱子注曰：“孔子盛时，志欲行周公之道，故梦寐之间，或如见之。”⑤ 钱穆注解云：

此所谓“欲行周公之道”者，亦可说是慕效周公般的制礼与变法，并不是想一一回复遵照周公周公之成规。所以说：“如有用我者，吾其为东周乎？”“为东周”即是继西周而起之新王，

① 韩兆琦对司马公“唯唯，否否，不然”的分析见本书第三章。司马迁：《史记·太史公自序》，裴骃集解，北京：中华书局，1963 年，第 3299 页。

② 班固盛赞其父修史之功曰：“学不为人，博而不俗。言不为华，述而不作。”见班固：《汉书·叙传下》，颜师古注，北京：中华书局，1962 年，第 2113 页。

③ 《论语·为政》曰：“子张问：‘十世可知也？’子曰：‘殷因于夏礼，所损益，可知也；周因于殷礼，所损益，可知也。其或继周者，虽百世，可知也。’”刘宝楠：《论语正义·为政第二》，高流水点校，北京：中华书局，1990 年，第 37 页。

④ 朱熹：《四书章句集注》，北京：中华书局，1983 年，第 93 页。

⑤ 朱熹：《四书章句集注》，北京：中华书局，1983 年，第 94 页。

绝不是一尊周公西周之旧制。“颜渊问为邦，子曰‘行夏之时，乘殷之辂，服周之冕，乐则韶舞。’”可见孔子云“吾从周”，正为周能监于二代而损益，以成其郁郁乎之文。孔子理想中之继周而起者，当不仅监于周，抑将监于自舜以下与夏，殷之诸代而损益之。①

周道已衰是不可挽回的事实，孔子自言“文王既没，文不在兹”却仍表章六艺，足可证明在“述而不作”崇古崇圣的宣言之下，孔子心存“损益”“折衷”而“明道”之“志”。以“述”的精神复见先王之道，“尽周公之道而明其教于万世”，愈“述”愈“明”的意味不言而喻。② 这就确保了，虽不断有新的“述”加入，但在“述”的层叠覆盖下，但那终极的“作”的光芒不但从未被遮蔽，反而经“述”无数遍的打磨变得愈发光耀明亮。这样，我们终于可以回到“毋我”主题的论断——如果“述而不作”才能揭示“毋我”的真谛，那么“不作”即为“毋我”，“述”即是“毋我”。它并不要求读者全盘放弃“我”的意志，也不需要割舍自身形体与物欲。以“述”为准绳，“毋我”一方面强调永远从“圣人”（“作者”）而非自身出发，不以自身的得失和利益为判断的标准；另一方面，在遵循和承袭的同时呼唤调整和变易，以与当下所处时代最为合宜的方式揭示和显明“道”的教化功用。何晏注“毋我”所云“处群萃而不自异，唯道是从，故不有其身”，正是站在“述者”面对“作”应有的恭谨态度，与“述”对“己意”的规诫导引的立场上启发后世读者不自异、不专己、不独断，永远以“道”为标尺丈量一切行为（其中自然包括阐释与理解行为），探索解密“道”的新可能。因此，何晏眼中的“毋我”并非是孔子对突破“个人”边界极限的宣言，也不含对读者后学进入

① 钱穆：《两汉经学今古文平议·孔子与春秋》，北京：商务印书馆，2015年，第312页。

② 章学诚：《文史通义·原道上》，北京：中华书局，2010年，第57页。

“无我之境”的召唤，而是一种以遵循压制创始，以承袭代替创制的理解手段，更是一种虚怀若谷、“处群萃而不自异”的学习精神。

从“不任意”出发到“不自异”，以何晏为代表的经学家将“毋意”的精神贯彻注解“绝四”的始终，“以道为度”“唯道是从”却不偏枯守旧，持“用之则行、舍之则藏”“无可无不可”的变通精神，将“绝四”最终升华提炼为孔子的“述而不作”。在这一过程中，“我”的思虑、“我”的冲动、“我”的欲望都不是讳莫如深的“禁区”。相反，“述而不作”的成立正是建立在平凡的“我（述者）与“圣人”（作者）相异而立的基础上。需得以自身的全幅心智见圣人之所见，思圣人之所思，才能真正做到“好古”；也定当倾自身的所有见识，方能为“述”谋得在当下最为妥帖的方法。无论从太史公为“绝四”提供的历史语境，还是载于《论语》其他章节中夫子明确的劝导、示范都让我们有理由相信，何晏围绕“述而不作”解“圣人绝四”很有可能更符合圣人的“心意”，更接近事实的“真相”，也更适用于如你我一般的普通读者。

然而，这并不意味着人人皆可无师自通，轻松作“述”。焦循作《述难》篇云：“孔子曰：‘述而不作’，学者亦曰‘述而不作’，然惟孔子能述伏羲、尧、舜、禹、汤、文王、周公，惟孟子能述孔子。孟子没，罕有能述者也。述其人之言，必得其人之心；述其人之心，必得其人之道。”① 尧、舜、禹、汤“作”而孔子“述”，孔子虽“不作”，但有孟子“述”，孟子身后几再无可“述”之贤，原因很可能在于，“述”要求以“道”为度，倚仗却又压制自我意志。这样的矛盾关系对“述者”驾驭内心、把握分寸的能力提出并不逊色于“作者”的细密要求。“学者以己之心，为己之道，以己之道，为古人之言，曰吾述也，是托也，非述也。学者不以己之心求古人之言，朝夕于古人之言而莫知古人之心，而

① 焦循著：《焦循诗文集·雕菰集·述难二》，刘建臻点校，扬州：广陵书社 2009 年，第 133 页。

曰吾述也，是诵也，是写也，诵写非述也。”① 因此，“述”圣人之难难于知圣人之心，知圣人之心必先得圣人之道。瞽、矇、祝、巫、史，曾记诵观见“六经”训谟旧典之人不知凡几，能辨“六经”之文之人更是难以具数，但孔子身前身后众人或以“为己之道”代圣人而言，或止于圣人之言，不探其心，这些在焦循看来都算不得是“述”。唯有孔子获得修“述”“六经”的资格，这与其说是“六经”选择了孔子，不如说是孔子选择了“六经”。

“周室微而礼乐废，《诗》《书》缺。”（《史记·孔子世家》）这是太史公对孔子“述而不作”实践的历史性还原，也是孔子走上“述而不作”道路的心路历程。孔子追迹三代，考征夏、殷之礼，最终选择了“从周”。这一选择既是对周公创制的文明制度和文化成果的珍视，也是对创发这一切功业的“作者”周公本人的敬仰。我们很难想见如何朝思暮想方能梦会周公（《论语·述而》），但司马迁对孔子之追慕之情，或许能为我们大致描绘孔子梦周公的心境：

> 《诗》有之：“高山仰止，景行行止。”虽不能至，然心乡往之。余读孔氏书，想见其为人。适鲁，观仲尼庙堂车服礼器，诸生以时习礼其家，余祗回留之不能去云。天下君王至于贤人众矣，当时则荣，没则已焉。孔子布衣，传十余世，学者宗之。自天子王侯，中国言六艺者折中于夫子，可谓至圣矣！

司马迁从长安千里迢迢来到孔庙，观车服礼器、诸生习礼徘徊流连不忍离去，叹“虽不能至，心乡往之”。在孔子曾经修“经”、传道、生活、起居之处看到车服礼器、周礼揖让，不难想见太史公胸中涌动的澎湃激荡之情。司马迁早将孔子其人、其志作为人生理想和信念标杆，将夫子的心念意志化为穷其一生也誓要达成的愿望。理想与愿望的累积发酵让他在《史记·自序》开篇发出振聋发聩

① 焦循著：《焦循诗文集·雕菰集·述难二》，刘建臻点校，扬州：广陵书社 2009 年，第 133 页。

的呐喊：“先人有言：‘自周公卒五百岁而有孔子。孔子卒后至于今五百岁，有能绍明世、正《易传》，继《春秋》本《诗》《书》《礼》《乐》之际?’意在斯乎！意在斯乎！小子何敢让焉。”《史记》之作，固然是为家族荣耀和史官使命，① 但其又何尝不是接孔子之志、续孔子之“述”而作？太史公思慕孔子如一面镜子，足以照见孔子思慕周公之情。于孔子而言，周公之德必如那高山一般只能仰望，而“周道”也必如“景行”一般让人不自觉的追随。他一生修旧起废，“诸侯害之”，“大夫雍之”（《史记·孔子世家》），却序《书》、定《礼》、删《诗》、赞《易》、次《春秋》，一次次坚定出发，徒步迈向“高山”“朝圣”。“虽不能至，然心乡往之”，孔子万分珍重地接过述“昨日之事”重托的同时已经与周公，乃至周公之前的历代圣君贤王缔结同心之纽带，许下将自身全部智慧与思路理念与上古贤君同辙并轨的无声誓言。同样，我们在“述”孔子之道的孟子身上所观察到的周游、修书、传道等这般与孔子生活轨迹的高度重合之处也只是一种“表象”，“表象”之下是孟子“如欲平治天下，当今之世，舍我其谁也”（《孟子·公孙丑下》）的决心，是以孔子之心为己心，以孔子之志为己志，纵然艰难困苦，仍当仁不让，成全夫子修齐治平理想的承诺。唯有如此“述者”，才能不仅深味“作者”一时一地、一事一世之所言，更能沿着由“作者”开创的道路，续写、规划、憧憬“作者”之道之于当下、之于未来的意义。所以焦循说：“述也者，述其义也，述其志也。”② “述者”首先应知“作者”之心、得“作者”之道，才能述其“义”论其“志”。于是我们发现，为扩充、丰盈“知人论世”命题而引入的“圣人绝四”究其根本就是在倡导一种“述而不作”的诠释理念，而执行贯彻“述而不作”的诠释理念最终仍要以“知人论世”“以意逆志”为“前见”。从孔子“作”，孟子“述”的角度出发，我们甚至可以说“知人论世”“以意逆

① 司马迁作《史记》之志详见本书第三章。

② 焦循：《焦循诗文集》上册《雕菰集》卷七《述难二》，刘建臻点校，扬州：广陵书社，2009 年，第 134 页。

志”本就是孟子对孔子“述而不作”的再一次“述而不作”。

“知人论世”与“述而不作”互为“述”“作”关系却并不意味着我们的论证进入了循环往复的“死结”，反而昭示出“知人论世”未经前人发掘和激活的“原始”力量。首先，“作”的“返古”指向决定了意义的创发永远属于时态上的过去，永恒发散同质与古朴的光辉，这与“知人论世”“以意逆志”的回溯性倾向不谋而合。与之相较，“述而不作”倡导的是一种对起源思想、精神气质的尊重和保护，从未执着于“人”与“世”的还原和考证。在“述而不作”的引导调停下，由古书成书过程中“复数的作者”所引发的“知人论世”危机涣然冰释。这是因为，无论“三传”历经八代还是十代相传，无论“口传”与“笔书”孰先孰后、孰优孰劣，“述而不作”四个大字早已牢牢镌刻在后生门徒眉间心头。《公羊》《穀梁》辗转口传最终写定，却只以亲师题名，焉知不是循亲师“作”后生“述”的原则？《左传》得左氏后辈弟子续“经”作“传”二百余年，就内容而言早已是《春秋》经文所不能覆盖，但仍题《左氏传》，依然构成对《春秋》最权威也最具价值的解读之一，这又如何不是左丘明身后一代又一代人对“述”的坚守和履践？从《春秋》“三传”推而广之，在除《春秋》外的“五经”写定的过程中是否会如“三传”一般，存在门生弟子的抄誊、笔录、口传？孔子及七十二亲传弟子，乃至亲传弟子之弟子是否才是现代意义上“作者”？这跨越时代、不可具证、难以计数的庞大作者群体又是否会导致“知人论世”呈放射性发散，最终难以汇聚聚焦？在“作者已死”强势宣言之下显得柔弱无力的“知人论世”唯有与其上一层级“母命题”“述而不作”回归一体才能显现出破困之门径：正因“述而不作”的存在，“作”所代表的原初的、本源的、本真的意义内核始终受到“述”的激烈维护，任何与本源相向而生的“旁逸斜出”在形成初始就会遭到“述”的按压抵制。“六经”从内容到编修方法本已完整贯彻了“述而不作”的精神，而附“经”而生的各“传”又形成了下一层级的“述而不作。自“传”而下的注、述、正义、笺注、章句各种训诂体例次第展开“述”的链条，层层晕染出一条始终在修葺与完善之中的、却永恒通向起点和“来时路”的“大道”。在“述”的前提下，“复数的作者”、多元的语境、持续生成的文本、辗转的口传、推迟的笔录都无法撼动“作”的内涵；以“述”为方向，对意义的追问终究会穿透一代又一代的后继“述者”不断回到那唯一的“作者”身边——尽管我们今日回到的“作者”早已超越了当日“作者”自身对于自己所有的期待和想象，甚至超越了人类个体的物质性存在：

苏格拉底本人并没有一个苏格拉底，但却存在着色诺芬的苏格拉底与柏拉图的苏格拉底，但无论是色诺芬的苏格拉底，还是柏拉图的苏格拉底，都不再是苏格拉底本人的，也不再是色诺芬或柏拉图本人的，进一步地，即便是柏拉图也不是他本人的，而是他的弟子们各自体证的柏拉图会聚旁通而构成的柏拉图……通过跨时空的性灵的自得体证与观摩旁通而达成的真理，不再是个人的意见，而是诸多性灵互证、共证的“无称”之大道的侧面性的显现，在这种显现面前，所有的人都是述者，而不是作者。述而不作，乃是每一个文明的“经”之成立的奥秘所在。①

恒常性是任何文化中“经”得以成立和普遍接受的前提，但与宗教性的“圣经”相较，中国的“经”从未宣称手握单一不变的神学意义，也从不提倡西方的“原教旨主义”(Fundamentalism)。无论是古文经学家专攻的训诂小学，还是今文经学家主倡的托古改制，“六经”的意义总是处于持续生成、不断“揭秘”和发现之中。这一现象的产生首先应归因和归功于在尚古与崇今之间游弋穿梭的“述”。“述”在对“作”的延续和传布中同时对当下和个体开放，以“作”的羁绊为一切现世的理解和书写觅得稳妥的安顿。这就确定了回归“述而不作”的“知人论世”“以意逆志”，不再依赖神秘力量，凭借“神迹”一般的“心”与

① 陈赟：“孔子的‘述’‘作’与‘六经’的成立”，《哲学分析》，2012年第2期，第50~80页。

“心”的重合覆盖，追讨那永恒不变的单一“真理”。相反，“述”的不断涌现在时间和空间上延续和拉伸了“作”的走向，为原本单向性回溯的“知人论世”“以意逆志”在正向的时间维度上开辟出足以容纳和安置源源不断后继“读者”与“述者”“心意”的空间。因此，秉持“述而不作”的“述者”是积极的、在场的，在遵循和显明“作者”精神的同时小心翼翼地填充、修补“作”在当下语境中的晦涩和空缺之处，使每个时代、不同诉求的读者都能辗转来到“作者”身边，找到启迪心灵的智慧之光。

“人未知而己先知，人未觉而己先觉，因以所先知先觉者教人，俾人皆知之觉之，而天下之知觉自我始，是为‘作’。已有知之觉之者，自我而损益之，或其意久而不明，有明之者，用以教人，而作者之意复明，是之谓‘述。’”①“作者”凭借“先知先觉”欲“唤醒天下人之知觉”，受“作者”启发点化而“后知后觉”的“述者”肩负起“以所先知先觉者教人”“复明作者之意”的历史重担。所谓“作者之意，述者通焉。”②“损益”“折衷”与“祖述”一样是“述而不作”的常态。“作者”与“述者”结心，但不意味“述者”抛己“心”去己“意”，如朱子所言，尽数褪去“人”之为“人”的所有属性，如一面透明且隐形的反射镜，仅能照得“圣人”心意，丝毫不留自身影像。恰恰相反，“述而不作”不仅要求为“述”之人不能“寡情”“无情”，而且要始终保持一颗“多情”之心——有“共情”之心观察事情人心，体会众生疾苦，以他人之“情”为“己”情；以敏锐之心，时时“拂拭”与“晾晒”“作者”之心、抉发如身处此时此刻、此情此景之中，“作者”所可能阐发之意；要以持中之心时时提醒自己不强加己意，谨守“以道为度”，往返于推古与开今之间；有一颗“谦逊之心，“居群萃而不自异”，“其德愈盛而心愈下”，不自以为稳握

① 焦循著：《焦循诗文集·雕菰集·述难二》，刘建臻点校，扬州：广陵书社，2009年，第133页。

② 朱彝尊：《经义考》，《文渊阁四库全书影印本·史部·目录类》第677册，台北：台湾商务印书馆，1986年，第473页。

“作者”之意而障壁“后述人”之“心意”。① 钱穆认为：“情失于正，则流而为欲。”② 孔门哲学自诞生之日起就浸润行走于“性情之间，动容之际，饮食起居交接应酬之务，君臣父子夫妇兄弟之常”之中，在一代又一代人“述”的传递过程中不断饱满、充盈，却永远不会流于功利和私己，“述”统“心”正“情”之功可谓大焉!③ 从这一角度而言，“述”是“道”在“心”中的内化，是“道”在一切涉及理解和书写行为之中的具象。“道成肉身”即“道成述者”。

于是，在“知人论世”“以意逆志”看似尽头的尽头，我们发现了全新的起点。作为“圣人绝四”的总纲，“述而不作”完美涵摄“毋意”“毋必”“毋固”“毋我”的全部内涵，成为解读、传布儒家经典的首要原则和方法论依据。不仅如此，我们甚至可以说，经学的全部历史即“述而不作”的历史，经学千年屹立不倒，“述而不作”乃是一重大前提。一旦将“述而不作”与“六经”的奠定、“道”成立结成因果，“述而不作”的背后便就是经学本身的解释力量。自“读者”在“述而不作”命题中积极“出场”，“作者”意义起源地位在“述而不作”命题中得到大写的铭刻，以及“述”内部交织的创发与循旧两股力量的促动融合，无不显示出“述而不作”远远超出“知人论世”与“以意逆志”加和的辐射、作用范畴。在“述”的驾驭下，“知人论世”中的“人”与“世”走向了中华文化更幽深、也更广阔的思想深处。

也许更值得我们深思的是，“子曰：‘予欲无言。’子贡曰：‘子如不言，则小子何述焉？’子曰：‘天何言哉？四时行焉，百物生焉，天何言哉？’”（《论语·阳货》）在天地面前，无论我们如何以“好古”之精神将“作者”推至周公、孔子，甚至上溯至尧、舜、禹、汤，也从没有一个人能独立承担“作”的重量。“若夫‘六经’，皆先王得位行道，经纬宇宙之迹，而非托于空言。故

① 朱熹：《四书章句集注》，北京：中华书局，1983 年，第 93 页。
② 钱穆：《孔子与论语》，北京：九州出版社，2011 年，第 23 页。
③ 钱穆：《孔子与论语》，北京：九州出版社，2011 年，第 23 页。

以夫子之圣，犹且述而不作。”① 在由“述”的串联起的“道”路上，七十二贤述孔子，孔子述周公，周公述尧舜之道，而尧、舜之上尚有高悬的宇宙之迹、天时水土。“道之大原出于天”（《汉书·董仲舒传》），孔子“信而好古”，追慕的与其说是周公其人，不如说是令“四时行”“万物生”的“天道”。所以“知人论世”的终点不是一人一世，而是在时间和精神上具有连续性的“人”，一个拥有道德心、同理心的“述者”集合。与此同时，“天何言哉！”身为“作者”的“天”既然“不言”，一切属于“作者”的创发与制作就既显露又隐藏在四季更迭、日月盈仄、万物兴盛的自然变化之中，等待“述者”发现、收集和归纳。所以，“以意逆志”的意义就绝不在于凭“读者”一人之心察“作者”一人之言一人之行，照亮某一人散落在时间一隅的“志向”，而是循“述者”之意拾阶而下，照见与“作者”一人之“志”前后相连的、由无数代人结心合力从渺远的远古一路托举递送而来的、有关天地大道的“记述”。② 当我们将在经学坐标轴上无限向未来伸展的“述者”安置在“知人论世”的起始，将无限回归宇宙、天地、洪荒的“作者”认定为“以意逆志”的归属，“知人论世”“以意逆志”瞬间溢满了时间和空间：“述”所代表的人类时间追赶并逼近“作”所代表的宇宙时间，以“述”的形式将“读者”无限推向一个厚重、连续的“作者”身侧。

3. “意义”：在“述”与“作”之间

以客观精神为利器击碎永恒在场的终极意义是西方诠释哲学对人类思想里程碑式的贡献。然而，在后古典诠释学语境中，意义的

---

① 章学诚：《文史通义·内篇一》，北京：中华书局，2010年，第17页。

② “志”本存二意：许慎《说文》曰：“志，意也”，此为其一；段玉裁注曰：“则志者，记也，知也”，此为其二。见段玉裁：《说文解字注》，上海：上海古籍出版社，1981年，第502页。

确定性、语言的可理解性，理解的客观性遭遇前所未有的危机：一方面，话语一旦变成了文字，“当下”就已经是“过去”，“通过文字固定下来的东西已经同它的起源和原作者的关联相脱离，并向新的关系积极地开放”①。另一方面，阅读即是解释，而解释活动总是“有所理解地向着已经被理解了的因缘整体性中去存在”，总是一种“对被理解了的但还隐绰未彰的东西的占有”②。这就是说，理解和解释被先天设定在一种不可避免、不可克服、不能完满的“前结构”“前把握”之中，构成读者“不言而喻的、无可争论的先入之见”③。因此，“理解就不是一种复制的行为，而始终是一种创造性的行为”④，被理解即是被创造，仅“述”却“不作”看似根本无法完成的任务。

然而，西方诠释学之于东方的不可兼容之处在于，赋意“六经”的源头并非具有“神格”的符号性、声音性书写，而直接来自具象可观、“巍巍乎”的天地。（《论语·泰伯》）⑤ 如果“六经”是一套理想文明社会与典范人格的指南，这一指南中所书写的每一个字都掷地有声地落于天地运作的星盘之中。“六经”倡导的人间秩序，均源自历代“述者”对天地“惟精惟一，允直阙中”（《礼记·中庸》）的洞察。理解和诠释这样的“天然”意义源头，将这些“天意”以礼乐的形式留存在人类社会结构和道德心灵之中，是尧舜、周公、孔子乃至孔子身后的继任“述者”的毕

① 伽达默尔：《真理与方法》（第1卷），洪汉鼎译，上海：商务印书馆，1999年，第399页。

② 海德格尔：《存在与时间》，陈嘉映，王庆节译，北京：生活·读书·新知三联书店，2006年，第150页。

③ 洪汉鼎：《诠释学——它的历史和当代发展》，北京：人民出版社，2001年，第205页。

④ 伽达默尔：《真理与方法》（第1卷），洪汉鼎译，上海：商务印书馆，1999年，第301~302页。

⑤ 语出自《论语正义·泰伯》：“子曰：‘大哉尧之为君也！巍巍乎，唯天为大，唯尧则之。荡荡乎，民无能名焉。巍巍乎，其有成功也。焕乎，其有文章。’”刘宝楠：《论语正义·泰伯第八》，高流水点校，北京：中华书局，1990年，第308页。

生所求。庆幸的是，这样的“源头”崇高、神圣，但无论从物质存在还是文化精神上都从未缺席，也从未远离。“仰则观象于天，俯则观法于地。”（《周易·系辞下》）天地从远古直至今日化育万物生灵，供生长于斯的我们俯仰观之。《荀子·天论》谓：“万物各得其和以生，各得其养以成，不见其事而见其功。”① 这“不见其事而见其功”的“天道”虽“不言”“不书”，但永恒在场，“自然循行，望而可知，仪之而可得”②。所以，我们在阅读经书的过程中频频回首，不是因为意义只封存在历史和过去之中，需要我们不断的检视查验，而是想要从最卓越的“述者”口中学习如何以肉体之身“与天地合其德，与日月合其明，与四时合其序，与鬼神合其吉凶”（《礼记·中庸》），汲取足以“高明配天”“博厚配地”的智慧。

正是因此，海德格尔与孔夫子，或者西方诠释学与中国经学从意义创生便置身截然不同的境域，揭示意义也分别有不同的方法论主张。当施莱尔马赫（Friedrich D. E. Schleiermacher，1769—1843）发出“诠释学的一切前提无非就是语言”的论断，人为的、间接的、符号的世界就替代了天然的、具象化的、抬头可见且关切人类生存方式的“天地”，成为一切理解和解释行为的唯一对象和无二的目的。③ 当伽达默尔热烈回应黑格尔，盛赞其“历史精神的本质并不在于对过去事物的修复，而是在于与现时生命的思维性沟通”之论高妙至极，可谓“决定性意义的真理”之时，西方诠释哲学便已经与“回望”彻底告别，浩浩荡荡地投身自我意识与当下命题。④ 因人而异的自我意识与层出不穷的当下问题决定了西方

① 转引自刘宝楠：《论语正义·阳货第十七》，高流水点校，北京：中华书局，1990 年，第 699 页。

② 转引自刘宝楠：《论语正义·阳货第十七》，高流水点校，北京：中华书局，1990 年，第 699 页。

③ 转引自洪汉鼎：《诠释学——它的历史和当代发展》，北京：人民出版社，2001 年，第 254 页。

④ 伽达默尔：《真理与方法》（第 1 卷），洪汉鼎译，上海：商务印书馆，1999 年，第 221 页。

的读者不同于儒家的“述者”——他们没有固定的立场、没有特定的文化生命方向、没有与“古”的共鸣，只能是“个体的读者”，代表“新的理解”“新的阐释”。而每一个受到中华文化召唤、进入经学语境的“读者”都首先会在历代“述者”“溥博渊泉”“溥博如天”（《礼记·中庸》）的次第指引下，开启仁慧而入“述道”，与万千同道、同好分享和传递关于天地的几微之妙。

也许“述而不作”更为重要影响在于，一切文本诠释的终极总是不可避免地绕回对人类本身和周遭世界的理解轨道上。在这一点上无论东西，概莫能外。但儒家“述而不作”的诠释基调决定了一切解释活动（“述”）均通往一个大写的“作者”，亦即“列星随旋，日月递炤，四时代御”所代表的的天地秩序。（《荀子·天论》）这意味着每一位儒家经典的读者、解释者都亲身参与并在场见证意义的诞生现场。换句话说，儒家的“我”就在天地之中，也因此在意义生成的进程之内。反观西方式的理解，始终需要借助语言的“中介”，世界是借由语言折射出的世界、理解是在语言的“媒介”下达成的理解。不“学着说话”就不可能“获得对世界本身的熟悉和了解”，不具备“发现先前未为人知的真理的媒介”，不能拿起“理解的工具”看到“世界是如何同我们交往的”。① 或者说，西方诠释哲学之中的“我”只是在语言之中的“我”，只有经过语言才能创发意义、认识本体、指涉世界。在西方诠释哲学的浸染下，语言的符号，以及符号所对应的内容决定了思想的深度，读者个人的、单薄的、瞬时的视域，宣告了意义的边界。无怪乎对“真理”与“无限”存睿智高见如黑格尔，也无法勘破《论语》平易语言之下与“天地精神独往来”的精纯思想：

孔子曾做过一个时期的大臣，以后不受信任，失掉官职，便在他自己的朋友中讨论哲学的生活，但是仍旧常常接受咨询。我们看到孔子和他的弟子们的谈话（《论语》）里面所讲的只是一种常识

① 伽达默尔：《哲学解释学》，夏镇平、宋建平译，上海：上海译文出版社，2004年，第62页。

道德，这种常识道德我们在哪里都找得到，在哪一个民族里都找得到——可能还要更好些，这是毫无出色之点的东西。孔子只是一个实际的世间智者，在他那里一点也没有思辨的哲学——只有一些善良的、老练的、道德的教训，从里面我们不能获得什么特殊的东西。西塞罗留给我们的“政治义务论”便是一本道德教训的书，比孔子所有的书内容丰富，而且更好。我们根据他的原著可以断言：为了保持孔子的名声，假使他的书从来不曾有过翻译，那倒是更好的事。①

显然，在黑格尔眼中，《论语》涣散浅薄，只能提供一些“实际的”“常识性”道德说教，论哲理深度、道德教训远远不能与西塞罗“三论”比肩。

在对东方圣人意义的捕捉和追逐中，失望、失落、贬损并不是黑格尔的个案。即便是遍译群“经”、被王韬（1828—1997）誉为“西儒”的理雅各，在译文中也常常难掩失落，乃至绝望之情，认为“更高级别”的意义，更具普世性的“真理”在孔子经书中失位缺席。② 理氏译《论语·里仁》曰：

子曰：“朝闻道，夕死可也。”

The Master said, ‘If a man in the morning hear the right way, he

① 黑格尔：《哲学史演讲录》（第1卷），北京大学哲学系外国哲学史教研室译，北京：商务印书馆，2009年，第130~131页。

② 近人王韬是理雅各在香港从事《中国经典》翻译活动的主要合作伙伴。1864年《尚书》英译本（*The Book of Historical Documents*）完成，王韬作《与英国理雅各学士》一文，云其于“经学”造诣高深，可谓“西儒”：“执事学识高邃，经术湛深，每承讲论，皆有启发，于汉、唐、宋诸儒，皆能辨别其门径，抉择其瑕瑜；兹也壁书已竟，又将从事于《葩经》。不揣固陋，辑成《毛诗集释》三十卷，缮呈清览，庶少助高深千万一。始于去岁五月，而成于今岁三月，将周一载，凌晨辨色心兴，入夜尽漏而息，采择先哲之成言，纂集近儒之绪语，折衷诸家，务求其是。”王韬：《弢园文录外编》，转引自：Lindsay Ride. Biographical Note. 收录于 James Legge. *The Chinese Classics*. Vol. I. 上海：华东师范大学出版社，2011：14.

may die in the evening without regret.’（夫子说：“如果一个人早上听到了正确的方法（道），哪怕晚上就死了也没有遗憾”。）

在译文正文之下，理雅各充分表达了他对中国圣人智慧的疑惑乃至叹息：

了解“道”的重要性。这里的“道”令人疑惑。朱子将“道”定义为“事物当然之理”。我认为《四书翼注》的解释更佳——“道即率性之道”，“道”即是特定的“道路”，它可以是行为之“道”，与我们的天性保持一致。因此，此句可以理解为，人生来即为领悟此“道”，如若至死不能，人的一生将与动物毫无差别。这便是中国圣人提出的观点。如果能从这些句子中看到圣人对更高真理哪怕一星半点的领会，那该是多么令人高兴的事啊！①

在理雅各看来，“朝闻道”只是孔子对“道的重要性”干瘪、枯燥的训教，从中看不到“对更高真理哪怕一星半点的领会”（a vague apprehension of some higher truth）。然而，事实是否果真如此？圣人将代表自然时序的“朝”与“夕”与人类生命周期的“生”与“死”纳入同一频段轨道，使二者同时同步，“朝生暮死”难道仅仅是一种巧合？“朝暮”“生死”之间有“道”居中调节，这难道仅仅说明“道”是“人与动物之间的差别”？如果此句意在说明领悟此“道”的重要性，难道“朝夕之间”，只需“听到正确的方

① James Legge. *The Chinese Classics*. Vol. I. 上海：华东师范大学出版社，2011：168. 文中所引中文为作者译，英文原文如下：“THE IMPORTANCE OF KNOWING THE RIGHT WAY. One is perplexed to translate‘道’here. Zhu Xi defines it—‘事物当然之理’，‘the principles of what is right in events and things.’Better is the explanation in《四书翼注》，—‘道即率性之道’，道 is the path—i. e. of action—‘which is in accordance with our nature.’Man is formed for this, and if he die without coming to the knowledge of it, his death is no better than that of a beast. One would fain recognise in such sentences a vague apprehension of some higher truth than Chinese sages have been able to propound.”

法”即可“得道”？

我们痛心地发现，从黑格尔到理雅各，西方学术体系经历了古典唯心主义到经验主义的转捩，然而对于东方语言的误读和偏见并没有随着中西方文化的日益切近而冰消雪释。本章对“述而不作”及其下摄的“知人论世”“以意逆志”命题的所有梳理和阐论都可视为对这些误解和偏见产生源头的反思和说明。我们是时候认识到早在几千年前，中国经学就已经用“述而不作”铸就了上通天地、下达人事，“述者”居间的世界形态，隔构出一方彻底有别于西方与印度的意义天地。在这方天地中的唯一“作者”，不是居高临下的“主宰的天”、不是主客有别的“物质的天”，只是体现人类生存境域之中、参与意义建构、调节人生存方式的“天”。这样的“天”有“灵”亦有“情”，可见却无形。在由它繁衍化育的这方天地中，“天”就是儒家观察而得的“道”，就是“意义”的起源和一切理解的终极。于是，“天”的样态就是“意义”的具象，“天”的意蕴就是就是包括《春秋》在内的“六经”之意。正如张祥龙所说：“让先秦时的中国人着迷的‘天’却既非形式的或主体中心的，亦非超越现象界的，而是给予这个世界和人生以意义的居中之极。”①

所以“天地”不言，自有万物为之“述”——“天”不是不能“言”，而是出“言”即是有形，有形便成为框定，有框定便必定有不及，不复“原道之天”不可穷尽、不可固定形象，“仰之弥高，钻之弥坚”的朴真。（《论语·子罕》）广大、显明与精微、隐幽的“天”作为唯一的“作者”，其所创生的意义只能是“恍兮惚兮”的浑然天成；我们唯觉“前有高岸、后有深谷”“瞻之在前，忽焉在后”。对天地气象、万物荣衰的长久凝视和观察，使“圣人”先知先觉，遵循、描述却不捕捉、规约，永久维持和开放“述”向着“作”的流动，描摹和填充才能最大限度地写生“天”的周流不息。圣典、训谟、礼乐、“六经”，无不是这份先知先觉

① 张祥龙：《海德格尔与中国天道》，北京：中国人民大学出版社，2011年，第188~189页。

带来的产物。夫子将这样的先知先觉定名为“述而不作”，但其意义绝不止于“A is not B”，非此即彼式的陈述。“述而不作”本意在于以“述”成就对“作”的尽心守护，但“述”与“作”两个概念本身的博大容量造就了孔子以降的后世学人在践行“述而不作”的过程中主动且自发地将每一次的章句训诂都作为对“述而不作”的“再述”“重述”。其结果是，“述而不作”成为维系经学根系，即“天”与“人”、“人”与“人”关系的“元命题”，所有经学话语都幻化为对“述”与“作”二字的厚重注解。“述而不作”的横空出世为经学与经学诠释学作出了最具体却又最抽象的概括。上对破解“天意”、下至辩读“六经”“述而不作”以及与之相近的各类种种“引而不发”“存而不论”“论而不议”“议而不辩”都不仅仅是“解密”意义的方略。① 事实上，“意义”长久地滞留盘桓在“述”与“作”之间似有限又无穷的语义结构之中，我们甚至可以宣称“述而不作”即是中国经学历史的缩影，“述而不作”即是中国经学诠释学的代名词，“述而不作”就是经学与意义本身。

所以，如果“意”只能是西方学术语境中隔着语言符号所表达的“意义”（meaning），是那永恒发散着“神性”的逻各斯（logos），任何从经学走出的，乃至任何来自中国的“圣人”必定是“无意”的。“圣人”之意自在经文之意之中，而经文之意又在天地、山水、人情的“述”“作”关系之内-它不是因为过于玄妙、无人论及而隐藏幽闭，而是由于过于日常明显而被熟视无睹。所以，“作者”之意无需“探秘”推定，经文之意也不必破秘“解码”。天地日月自照之下，儒家“以经解经”诠释传统深层次的意味豁然解开——“以经解经”之“经”或许不仅仅指经文、经义，更有可能包含将“经”作为一种“述而不作”方

① 《庄子·齐物论》论孔子注“六经”有与“述而不作”极为接近的表达：“六合之外，圣人存而不论；六合之内，圣人论而不议；春秋经世先王之志，圣人议而不辩。”见郭庆藩：《庄子集释·齐物论第二》，北京：中华书局，2013年，第80页。

法论的启示。因此“以经解经”主导的，最少不完全是一种文本意义的封闭和独断，而理应包含对儒家意义形态和揭示意义方法的提示：四时有节、万物生发本身即是“意义”的自在流露。而“述而不作”建构却不破坏、描述却不约束，以“不作”之隐彰显“天道”之显，其起于言而又止于言的种种性状恰恰是对“天何言哉?”的最佳回答，也是施行“费而隐”君子之道的最佳指南。① 分析至此，我们终于可以道出儒家的“意”长久以来向我们展出却未能得到充分关注的东西——“意”不是一个语词、一套术语，而是一种让显而易见却熟视无睹的规律倾泻而出方法、一个不断填充、持续涌动的意义生成范围。圣人之“意”，从不是从属于静态的“偏正短语”，而是一套有关圣人践行观天取意方法论的“动宾关系”；与其说是语言指代世界的能力，不如说是人于天地之间自处与共处的一种态度，立场和体系。这远远超出西方传统哲学研究范畴的“意”现世化又境域化，不可被固定于任何强力和概念抽象中。而“述而不作”正是“意”的载体、“训诂”的恒常。

4. “述”“作”之争与《春秋》“三传”

“述者，将传于旧章”（《礼记·乐记》），维持连绵且持续历史的正是史官所代表的“述”的精神。强调突破与创新《公羊》家要“存三统”“作新王”，必以商礼周道为终将陈腐的过往，推夫子为尧、舜、禹，夏、商、周之后一个全新时代、最为先进和关键的“作者”（素王）；《左传》家要证“周道集古圣之成”，必以“周公之垂法，史书之旧章”为治《春秋》的立足点，极力渲染夫

① 语出《中庸》：“君子之道，费而隐。夫妇之愚，可以与知焉；及其至也，虽圣人亦有所不知焉。夫妇之不肖，可以能行焉；及其至也，虽圣人亦有所不能焉。”见郑玄：《礼记正义·中庸》，孔颖达正义，上海：上海古籍出版社，2008 年，第 1619 页。

子为“周公之志，仲尼从而明之”的“述者”。① 两家对待历史的态度形成“述”与“作”两种诠释立场，投射出两套有关“真理”方向的“坐标”。徐彦解何休《公羊序》云：“《左氏》先著竹帛，故汉时谓之古学。《公羊》汉世乃兴，故谓之今学，是以许慎作《五经异义》，云‘古者，《春秋左氏》说；今者，《春秋公羊》说’是也。”② 但事实是，无论“竹帛”还是“口传”，“尊孔”还是“循周”，“解诂”还是“致用”都仅为表象，未及今古文经学罅隙的肇始。两派分异尽在“作”“述”二字，如是而已。而对孔子“作《春秋》”还是“述《春秋》”的不同认定又直接引发了“三传”之异，这样“三传”于“经”之得失，在口传、笔著，师法、家法的背面，也仍是“述者”与“作者”的交锋。

宋代王应麟《困学记闻》汇集总结了历代对“三传”最具影响力的评价，从中既能总览众家臧否“三传”要略，也能见两派意见至宋代仍成胶着之态：

“三传”皆有得于“经”而有失焉。《左氏》善于《礼》，《公羊》善于谶，《穀梁》善于“经”，郑康成之言也。《左氏》艳而富，其失也巫；《穀梁》清而婉，其失也短；《公羊》辩而裁，其失也俗，范武子之言也。《左氏》之义有三长，二“传”之义有五短，刘知幾之言也。《左氏》拘于赴告，《公羊》牵于谶纬，《穀梁》窘于日月，刘原父之言也。《左氏》失之浅，《公羊》失之险，《穀梁》失之迂，崔伯直之言也。《左氏》之失专而纵，《公羊》之失杂而拘，《穀梁》不纵不拘而失之随，晁以道之言也。事莫备于《左氏》，例莫明于《公羊》，义莫精于《穀梁》；或失之诬，或失之乱，或失之凿，胡文定之言也。《左氏》传事不传义，是以详于史而事未必实；《公羊》《穀梁》传义不传事，是以详于

① 杜预：《春秋左传正义·序》，孔颖达正义，北京：北京大学出版社，1999 年，第 12 页。

② 何休：《春秋公羊传注疏·序》，徐彦疏，上海：上海古籍出版社，2014 年，第 11 页。

‘经’而义未必当，叶少蕴之言也。《左氏》史学，事详而理差；《公》《穀》经学，理精而事误，朱文公之言也。学者取其长，舍其短，庶乎得圣人之心矣！啖赵以后，凭私臆决，甚而阁束三“传”，是犹入室而不由户也。①

宋人治“经”偏重义理，自河洛之学兴起，就避“周孔”与“新王”之旧途，正心诚意修“内圣”之道。王应麟学宗朱熹，得理学要略，本可抽离汉唐之见，从“第三条路线”对“三传”异同有所突破。但如其宗师及诸多同代南宋学人，王应麟却最终不免落于窠臼，止步于“三传”于“经”“有得有失”，学者应“取长舍短”的空泛之谈。制作、体例特别如《春秋》，究竟以何“得”、以何“失”？“三传”如何“取其长，舍其短”？王氏所论，看似执中公允，实则含混疲软，缺乏立场。但若切换视角，从“述者”与“作者”再论历代“三传”之别，双方胶着对峙或有新解：郑康成言《左氏》“善于《礼》”、刘原父（1019—1068）言《左氏》“拘于赴告”、叶少蕴（1077—1148）言《左氏》“传事不传义”，朱子言《左氏》“事详而理差”，或贬或赞，皆因《左传》“述”王章旧旨，不肯多一份“义理”；反观对《公》《穀》二“传”的评价，胡文定（1074—1138）“例莫明于《公羊》，义莫精于《穀梁》”、刘原父“《公羊》牵于谶纬，《穀梁》窘于日月”、晁以道（1059—1129）“《公羊》之失杂而拘，《穀梁》不纵不拘而失之随”，也俱是从“作”的角度，论衡《公》《穀》作法立意的局限与创建。一言以统之，《左传》如有一得，便在于“述”周道孔德，《左传》若有一疏，也在于仅“述”周道孔德；同理，《公》《穀》如有一得，便在于“作”孔子一王之法，《公》《穀》若有一疏，也在于“作”孔子一王之法所循的体例和方法。

然而吊诡之处在于，无论今、古之学均无差别地奉“述而不作”为释“经”的原则和前提——“述而不作”不仅仅是古文经

① 王应麟：《困学记闻·卷六〈春秋〉》，上海，上海古籍出版社，2008年，第414页。

学家对经文字句反复训诂、祈向“原义”的原发动力，也是今文学家铸造思想殿堂的基石。即便是天然拒斥“好古”的今文宿儒，也从不曾否认“述而不作”的普适性。恰恰相反，《公》《穀》二“传”与经文的一问一答，本身即是对“述而不作”态度的正面继承，也是历代今文经学家攻讦《左传》正统性的有力武器。而自戴宏、何休直至范甯、徐彦、杨世勋注疏《公》《穀》，苦心发掘二“传”五世相传的谱牒，也均是要证明如果二“传”中存在“新意”，也不过是圣人未及道出的“本意”，二家亲师不过是对夫子口传大义的“述而不作”。更重要的是，述”本身对“返本”与“开新”，“好古”与“求变”的兼顾，使古今两派皆无比坚信自己手中掌握着运用“述而不作”的不二法门，唯有自家门径下的“述而不作”方能观见圣人的真正“心意”，获得“真诠”。所以，若将《春秋》今古文经学之争仅仅归纳为“述”与“作”的冲撞抗衡，强行为《左传》与今文二“传”贴上“述”与“作”的标签，不仅有失偏颇，更低估了“述而不作”命题中新与旧、历史与当下之间圆融共生的微妙关系。所以，在推出“述而不作”命题对于《春秋》“三传”乃至整个经学的重大意义之后，我们再次面临新的议题：如果“述而不作”只是圣人为我们标注出的一座灯塔，那么无论古文今文便都有权按照胸中的构划制定朝着“灯塔”行进的路线图；无论古文今文亦可高声宣称亲见邂逅经文大写的“作者”心意，并在此刻身处“灯塔”的制高点。这样，“述而不作”就沦为一句空洞的口号、一个影影绰绰的理想。于微观之处，“述而不作”是否就此失去了调停古今“三传”的价值？于宏观而言，遵循“述而不作”制式拔地而起的中国经学，西方虚妄超验主义的风蚀消磨之下是否还有岿然不动的根基？

可见，之于“三传”，仅仅显明“述而不作”这一中国经学的隐含逻辑并不足以平息有关“圣人之意”的历史性纷争。既然“述而不作”是今、古双方所共推的诠释立场，在具体执行过程中的“规范”与“标准”就成为一切问题的关键。而中国经学的强韧之处在于，“经”从来不是几部著作、万卷书帛，而是围绕“天”与“人”关系发展出的盘根错节、相互滋养的思想体系。

“述而不作”尽管是《论语·述而》开篇平地而起的概念，但绝不是一句空泛、孤悬的口号。“六经”之中无处不是对“述而不作”精神的生动注解——夫子删《诗》《书》，定《礼》《乐》，赞《周易》，修《春秋》，无一不是对周礼的“述而不作”，对先圣先贤悟解“天意”成果的辗转传达。正如先前所论，儒家问“天”，实为问“人”。儒家包裹在内圣外王思想之中的内核“不是普遍主义，也不是特殊主义，而是以家庭关系为源头，以农耕为根本、不崇拜高科技、以礼乐教化为治国原则、以仁政王道为政治追求的天道主义”①。“《礼》以节人，《乐》以发和，《书》以道事，《诗》以达意，《易》以道化，《春秋》以道义。”（《史记·自序》）“六经”虽皆为以“天”为“原道”围绕礼乐教化、仁政王道“述而不作”，各“经”其中的精义要妙也尽可以用“天”与“人”、古与今、变与常三对关系悉数覆盖。但若论“究天人之际，通古今之变”，将三者关系推演至极致之作，唯有《春秋》。

① 张祥龙：《复见天地心——儒家再临的蕴意与道路》，北京：东方出版社，2014年，第43页。

第七章　历史的“生命”与《春秋》大义

先贤圣人秉持“述而不作”精神探问“天意”与“人世”，“六经”之意、圣人之意皆可以“述而不作”一言以蔽之。然而，即便在“六经”之中，“天道”呈现与“述而不作”的手段也存差异。自两汉以来，无论是“志在《春秋》，行在《孝经》”，还是“大经谓六艺而指《春秋》”，都直指《春秋》为“五经”之“冠冕”。① 时至近代，今古文二学复立，“经”“史”之辨、古史之辨迭起，但《春秋》在“六经”之中的特殊地位从未动摇。②

---

① 郑玄注《中庸》“惟天下至诚，为能经纶天下之大经，立天下之大本，知天地之化育，夫焉有所倚”云：“至诚谓孔子也，大经谓六艺而指《春秋》也；大本，《孝经》也。”见郑玄：《礼记正义·中庸》，孔颖达正义，上海：上海古籍出版社，2008年，第13页。

② 《春秋》于“六经”之中的重要意义已在第三章有详述，在此仅以钱穆、熊十力二人之见为证：钱穆重史，虽不悉数认同章学诚“‘六经’皆史”、《春秋》学实为“王官学”之说，但也将“《春秋》还是一部亦‘经’亦‘史’的一家言”作为其治《春秋》的出发点；熊十力论“经”，力主《公羊》解“经”之道，痛陈杜元凯“独以奸心，而造臆说”。二人于《春秋》立场之南辕北辙可见一斑。但前有熊十力言：“孔子之道，内圣外王。其说具在《易》《春秋》二‘经’。余‘经’（《诗经》《书经》《礼经》《乐经》，即《乐记》）皆此二‘经’之羽翼。”后有钱穆平论《春秋》《论语》曰：“《论语》乃孔子门人弟子记载孔子平日言行的一部书，而《春秋》则是孔子自己的著作，而且是孔子晚年的，又是他唯一的著作。而且又说是孔子极用心、严谨、深微的著作呀！”分见钱穆：“孔子与春秋”，《两汉经学今古文平议·孔子与〈春秋〉》，北京：中国商务印书馆，2015年，第317页；熊十力：《读经示要》，长沙：岳麓书社，2013年，第344页。

足证康南海"大道萃于《春秋》""若学孔子而不学《春秋》，是欲其入而闭之门"断非一家之妄言。① 今文经学家素重《春秋》，乃因其开一代"新法"之功，行"改制"之实；古文经学家主《春秋》，则重其"崇古"之德，"深切著明"之风。从中不难发现，二派对《春秋》的看重，甚至是开《春秋》研究之先河的孟子殆莫是从《春秋》的社会效用和文化导向出发，均不曾真正从"经"的创生和存在、《春秋》之所以为《春秋》的深层次渊源正视《春秋》的价值。圣人修著"六经"，当日所思所想固然邈杳不可考证，但圣人已在众"经"之中暗藏了解"经"所需的方法和态度。如上章所述，作为统盖"知人论世"与"圣人绝四"的"述而不作"，有能力代表中国经学创制的基本精神，足够覆盖圣人之"意"、经文之"义"，是中国经学有别于印度与西方的最核心的"异"。所以从经学政治学、章句训诂小学、历史哲学芸芸今古二学之争的表象中暂时抽离，遵照"以经解经"的思路从经学内部提炼出"述而不作"，并以之为标准纵论《春秋》及"三传"，不仅是经学本身的应有之意，更是平复今古二学门庭之见、恢复经学贯通之意的一大枢机。

1. "太官厨"与"卖饼家"：对历史语境的记忆与遗忘

回顾众家对《春秋》身份纷纭之辩，自东汉刘歆起，左氏学与公羊、穀梁学之间就"经"与"史"、"事"与"义"、"孔"与"周"所引发的相互攻驳与日俱增。围绕《春秋》及其"三传"的驳诘从三家传人学术争鸣逐渐升级演变成为士人、经生择派而争，党同伐异的阵营。虽有郑玄采两家之见遍注群经、兼及纬书，极力平复今古文经学鸿沟，但至魏晋与《春秋》与"三传"相关的熙攘之声从未止歇。《魏略》曾记三国一段轶事：

① 康有为：《康有为全集·桂学答问》，北京：中国人民大学出版社，第18页。

> 严幹字公仲，李义字孝懿，皆冯翊东县人也。冯翊东县旧无冠族，故二人并单家，其器性皆重厚。……（幹）从破乱之后，更折节学问，特善《春秋公羊传》。时司隶锺繇不好《公羊》而好《左氏》，谓《左氏》为“太官”，《公羊》为“卖饼家”。故数与幹共辨析长短。繇为人机捷，善持论，而幹讷口，临时屈无以应。繇谓幹曰：“公羊高竟为左丘明服矣。”幹曰：“直故吏为明使君服耳，公羊未肯也。”①

在两派互掷的各类攻讦诋毁中，“官膳”与“饼食”之比无疑极富生活意趣。如果说前人对《春秋》经学还是史学、“王官学”还是“百家言”的诸多论争仍是对“经传”体制渊源的探讨，仍在学术的讨论范围之内，“太官厨”与“卖饼家”显然已经将今古二学之争日常化和世俗化。锺繇（151—230）出身名门世家，以食“太官厨”为贵，自是不屑于光顾“粗鄙疏陋”的“卖饼家”。而严幹出身“旧无冠族”的冯翊东县，善治《公羊》，便是“折节学问”。可见，“三传”的偏好取舍如三餐饮食，成为判断个人品位志趣，乃至区分社会阶层高下的依据。“官膳”选材考究、制作过程繁复，但未必是人人口中的珍馐佳肴；“糕饼”虽简便易得，却是寻常生活中不可或缺的美味。喜食官膳者以街头饼家难登大雅，饼家常客以官膳流于形式，失饮食真味。严幹与锺繇有关“官厨”与“糕饼”的争论终以“干讷口，临时屈无以应”落幕。但如严幹所述，他本人的失利不代表《公羊传》的失势，公羊高未曾“为左丘明服矣”，“太官厨”与“卖饼家”之间的隔阂依然如故。

口味偏好本无高下之分，阶层之见更不过为陈腐之论，锺氏居高临下指分“官膳”与“饼食”有刻意就偏之嫌。但既以此与二“传”类比，在互不相属的表象之下必然存在不容忽视的内在联系。“太官厨”严谨精致，从遴选食材到制作流程、烹饪技法无不需遵循礼法旧制。《左传》以史料为基，选材、记述中的虚实微妙

① “太官”与“饼家”之典出自《魏略》，其书唐代后散佚，收入《三国志·魏书·裴潜传》及虞世南《北堂书钞》等类书中。严幹，《北堂书钞》记严翰。此处转引自《三国志·魏书二十三·裴潜传》，上海：上海古籍出版社，2014年，第1213页。

皆由史官沿袭旧制悉心拿捏。以其对“官膳”，恰恰切合其至大居正记事风格中的万千“王官”气象。“卖饼家”街头巷尾随处可遇，火候口味、工序配料皆可由各家自定。《公羊》采用口传问答体例，逐字逐句阐“经”释义，直观通俗。以其为“卖饼家”，也只因虽有夫子口传七十子为源头，其对经义的论说挥发难免给人乡野私塾“村朴秀才”之感。① 但引人省思之处在于，《春秋》已是私人著史，传《春秋》的《左传》更是与“官修”毫无关系，氤氲《左传》的“王官”气象自何处来?② 而《公》《穀》盛极一时，屹立官学数百年，大行“贬天子，退诸侯，讨大夫”之王事，本应比《左传》更具“王官”之气，而为何锺元常却讥其“市井”风味，为寻常百姓光顾，士人高官所不屑的“卖饼家”？如第三章所论，夫子亲传口授极有可能是“三传”共同的生发源头。这样，就内容而言“三传”不应有庙堂味道与市井气息之别。而自武帝以来，“三传”先后立于官学，同列“十三经”之中，同为儒生取士、论治对策的文献依据。因此，是否有“官家言”的气度风韵与“三传”的外在应用场景和受众群体更是毫不相关。

既论及“官宴”与“官言”，或许我们应当注意到，“官”之于“官学”与“王官学”的分疏：自夏至周，“官学则掌于史”，宗庙史官为王室特设之吏，执掌典册档案，为官学之总枢。③ “六

---

① 古文经学家素来讥今文二“传”流俗，今文经学家为“俗儒”。甚至今文经学家范甯评“三传”得失也有“《左氏》艳而富，其失也巫。《穀梁》清而婉，其失也短。《公羊》辩而裁，其失也俗”之语。朱子虽不从古学，也有相似观点，尝曰：“《公羊》是个村朴秀才，《穀梁》又较黠得些。”分见范甯：《春秋穀梁传注疏序》，杨士勋疏，北京：中华书局 1980 年影印世界书局阮元校刻本，第 17 页；黎靖德：《朱子语类·卷八十三〈春秋〉》，王星贤注，北京：中华书局，1986 年，第 2153 页。

② 尽管左丘明为鲁国史官，曾掌鲁国国史几乎为当今学界的共识，但丘明《左传》并非为鲁修史，因此也与“官修”毫无干系。

③ 钱穆认为，古代宗庙史官掌管官学，后世称“史”者，多由“史官”之“史”延伸而来。“古代政府掌管各衙门文件档案者皆称‘史’，此所谓‘史’者，实略当于后世之所谓‘吏’。”所以，“六经皆史”中的“史”并不泛指历史，而是指代“官学”。见氏著：《两汉经学今古文平议·孔子与〈春秋〉》，北京：商务印书馆，2015 年，第 278 页。

艺”名为“王官之学”，实可称为“史官之学”。秦去六国史记，史官唯掌秦一代之史，因此创设“博士官”，专六国之家学，沿袭至汉。至汉武帝黜“百家博士”，改立“五经”博士，设“五经”官学为汉王一朝代之“新官学”，标志着“王官学”与“官学”彻底分割。钱穆总结二者区别云：“古代旧王官学之总汇在‘太史’，而秦代新王官学之总汇在‘博士。’”①“三传”同跻于“新官学”，但唯有《左传》给人以端方持重之感，其“官膳”气质，只能出自“王官学”而非“官学”。再细化具体的话，出自史官记事系统和章法、严循《尚书》《春秋》的书写体例。“王官学”亦是“史官学”，所以《左传》的“官气”，是“史官”气质、史学传统的气质、是历史语境赋予的一心向“古”、以“古”为范的“述古”气质。而《公羊》给人的“世俗”印象，也多因传文在一问一答间，以“旁观者”“评论者”之姿跳脱了《春秋》经文构筑的连续历史空间，在“史官之学”畛域之外另起一套新的、从风格到内容完全可以独立于《春秋》历史语境的话语体系。因此，讥《公》《穀》“村朴市井”，不过是因为与《左传》相比，二“传”离心于《春秋》叙事之外，一问一答独立评述，不受任何先有的体例限制，缺乏历史连续而“厚重”的气息。“太官厨”与“卖饼家”之别最终落于历史内外之别，因严幹“讷于言”而未尽的辩夺如不进入史官传统和史学书写的轨辙恐怕永无真正落幕之日。

古文经学家坚守《春秋》盖“旧典礼经”的动机并非对今文“通经致用”宗旨的全盘否定；《左传》家以为唯有《左传》得《春秋》“真意”也不完全出自对今文“传”口传源头的权威性的怀疑。剥除门户之见、利禄之争，古文经学家真正抵制的，是对《春秋》自有历史语境的剥除和对时间的遗忘。古文经学家并不是史学家，但对他们而言，《春秋》字字句句构成的历史语境不仅是一份沉甸甸的文化记忆，更是夫子本人向着远古先民、智者贤王、向着人类对天地之间“作者”原初印象的持续下探。而引导圣人朝向历史深处下探的那束熠熠生辉的光源，是远古先王的功德事

① 钱穆：《两汉经学今古文平议·孔子与〈春秋〉》，北京：商务印书馆，2015年，第280页。

迹、是永不言说的“天”、是周行不殆的“道”，也是“六经”努力摹写的、世间真正的“经”。所以，无论将古文经学家之“古”理解为与“今”相对的时间概念，还是文字形式的新旧更迭都不能真正反映古文经学家的诠释立场和对意义的信念追求。古文经学家之“古”是指向真理所在方向的路标，是“述古”“好古”“崇古”。因为所有关于那唯一而圣神“作者”的踪迹就存录在无数“作古”的记忆里，唯有上溯人类与宇宙时间，才能遭遇“经”的“真理”和“真相”。也正是因此，在古学的视域之中，蕴藏人间大道大法的《春秋》不仅仅是“包裹”在“史”的外衣下的“经”，同时还以“史”为形式揭示出定位“真理”坐标。如此看来，“三传”之中唯有以“史”传“史”的《左传》从形式到内容完整继承了《春秋》的要旨，从历史出发抉隐接近“真理”。站在古文经的立场上，经学与史学从一开始便并无分殊——“经”是目的，“史”是方法，“经”的恒常并不发端于当下，固定于一隅，而是体现在“史”的连绵持续之中。二者在“述而不作”的轨道上时而并行、间或并轨，所谓“六经皆史”的奥秘尽在于此。所以，无论《左传》为今文还是古文书写，都是古文经学家的必然选择。

既是解“经”，就必须“依经起义”，这是两派的共识，但与古文经学家不同的是，历史的语境对今文经学家有截然不同的价值。尽管初代《公羊》家以“善复古，讥易常”为口号，开宗明义地提出“《春秋》之道，奉天而法古”①。但公羊派推《春秋》“贬天子，退诸侯，讨大夫，以达王事”，将《春秋》作“新法”，以孔子作“素王”，“更新换代”意味不言自彰。公羊“三科九旨”的首要主张，即“存三统”“张三世”，在“存”与“张”后隐藏的又何尝不是对“三世”以外隔代历史大刀阔斧地黜退与遗忘。② 让古文经学家感怀一个时代终结的“西狩获麟”对《公》

① 董仲舒：《春秋繁露·楚庄王》，周桂钿译注，北京：中华书局，2011年，第6页。

② 董仲舒：《春秋繁露·楚庄王》，周桂钿译注，北京：中华书局，2011年，第8页。

《穀》二家却意味着“斯麟之来，归于王者”，标志着一个崭新时代的起始。① 因此，何休才敢于喊出“新周，故宋，以《春秋》当新王”的口号。② 无论是“故宋新周”，还是“《春秋》黜杞”，③ 今文经学家对揭秘《春秋》大义有清晰的蓝图，即有计划、呈步骤地“更新”《春秋》的诠释论域，永远以当下的、近世的经验替代来自远古的记忆。随着关于三皇、五帝、九皇，六十四民的制度与文化传统随没落的王朝一步一步被更迭替换，并最终隐灭于“当代”的视域，唯有参与当下的宪政建构和政治意识形态的归纳，亦即为“新王”立“新法”才可堪担当今文经视角下《春秋》的经学大义。所以，对今文经学家而言，证明《春秋》绝非为“史”的过程就是解释《春秋》有大义的过程。或者说，抛却“齐桓晋文”的史实史例，但论孔子“新作”之书法大义是今文经学家安顿立场的唯一选择。而这一选择之所以被讥讽“市井”，不过是为达“致用”所必须的面向当下、为新王创法的“创作”指向的映照。正是基于两种对待时间与历史经验的迥异态度，自董子以降的今文经学家才会不遗余力地强调“仲尼之作《春秋》也，上探天端，正王公之位，万民之所欲，下明得失，起贤才，以待后圣”④。而在时空的另一隅，刘歆、杜预不厌其烦重申“(《春秋》) 其发凡以言例，皆经国之常制，周公之垂法，史书之旧章”⑤。可见，“太官”与“饼家”并无谓品味轩轾，今古二学围绕《春秋》的一切争议全权可归为究竟以“持续之历史”还是“断代之历史”，“在历史之中”或者“在历史之外”解读《春秋》

① 范甯：《春秋穀梁传注疏・哀公十四年》，杨士勋疏，北京：中华书局 1980 年影印世界书局阮元校刻本，第 2553 页。

② 何休：《春秋公羊传注疏・序》，徐彦疏，上海：上海古籍出版社，2014 年，第 6 页。

③ 同上：《春秋公羊传注疏・宣公十六年》，第 998 页。

④ 董仲舒：《春秋繁露・俞序》，周桂钿译注，北京：中华书局，2011 年，第 79 页。

⑤ 杜预：《春秋左传正义・序》，孔颖达正义，北京：北京大学出版社，1999 年，第 14 页。

大义的问题。

鲁隐公二年（公元前721）秋，纪国国君遣大夫裂繻为君主迎娶鲁惠公女：

《经》：九月，纪裂繻来逆女。

《左传》：九月，纪裂繻来逆女，卿为君逆也。

《公羊传》：外逆女不书，此何以书？讥。何讥尔？讥始不亲迎也。

《穀梁传》：逆女亲者也。使大夫，非正也。

对于这次看似平常的历史事件，《春秋》的选择是忠于事件本身，丝毫不透露裂繻身份，或是事件的“非常”之处，静待读者用自身的“礼教”修养判断事件意义。结果是，经文看似事件完备，意义链闭合，但却遗留了太多可以“填充”的开放端口。“三传”之中只有《左传》回到了“逆女”发生的现场，前句完全承袭经文，只在后句加入“卿为君逆也”，提醒读者关注到事件的特殊之处，即裂繻为“卿”，代“君”逆女。适时提醒，却“点到为止”，因事加注，就事论事，注解与历史事件本身浑然一体，将是非判断的权利全权交给读者——这是《左传》的选择。而观《公羊》《穀梁》做法，二“传”均搁置历史事件本身，前者单从“书与不书”的成例出发，循序善诱，发掘微言大义，最终推出事件中并未出场的纪公，将夫子讥其“不亲迎”的判断送至读者眼前；后者则在何人有资格参与迎娶上做文章，以为圣人之意在于指责大夫裂繻为臣“非正”。“三传”相较，创发与因循、进入历史与跳出历史两种倾向尽可一览无遗。今古文经学二派正是本着这样两种倾向，发展出两套存在张力性冲突的诠释理念、方法和准则——前者不断回到历史，以连串历史事件拼合出一个永远在场、运作稳固的意义体系；后者破除文本壁垒，以“破坏性诠释”（destructive interpretation）、“暴力性诠释”（violent interpretation）与“创造性诠释”（creative interpretation）一次次构筑新的思想体系。① 然而，对“经”而言，究竟“破坏”后在当下的“重建”才是“得”，还是遵循基础上的稳固才是“得”？“意义”究竟在历史之中还是永远在目光所及的当下，已成为经学诠释之争。事实上，自尼采宣称“上帝死了”，以超验和恒定观念为基础的思想形式就已经没落，而德里达、罗蒂（Richard Rorty，1931—2007）和福柯（Michel Foucault）等一批当代西方思想巨匠早已为这场论证画下了句点。随着“意义”和“真理”逐步走向相对、变化和多元，古文经学回到时间的原初、祈望意义“初始”的愿景不啻“痴人说梦”。但是，我们不应遗忘，中国经学的“意”生长于一方截然不同于西方符号与神学世界的、自然与人文合德的广阔天地——它灵动活泼，不囿于语言符号的固滞，却又庄严稳固，刻印在山川河流和民族历时的文化记忆里。这就决定了无论海德格尔如何从思想气质上认同和靠近东方，根植于西方语言体系的现象哲学都很难整体施于纯粹中国的思想建构之中；无论德里达如何从根源上撼动了整个西方的诠释体系，虚妄与超验的“逻各斯”与经学文本中的宏旨大道间也不存在必然的等同关系。因此，即便盎格鲁——西方哲学以各种形式反复强调当下与现世、重构与解构的立场，但这并不意味着中国思想就必须以防止“偏狭”、促动“融合”为名并入一条为西方古典主义哲学“纠偏”而设计的路线轨道，更不能以此为基准裁定一场生成于中国思想核心深处、有关中国人认知意义和存在的争论。

这里，我们并不是宣扬文化间的不可通约性，20 世纪以来比较文学与比较哲学取得的丰硕成果足以证明异质文化间互文对答对人类文明进步的启发性和建设性。但古文学家不同于康德（Immanuel Kant，1724—1804）、黑格尔，“理性”和“逻辑”无论多么高尚纯粹都从来不是古文经学家努力的方向。同样地，今文经学家也绝不是德里达，消解神圣经典文本意义的连续性和权威性

① 杨乃乔：《口传注经与诠释历史的真值性》，收于杨乃乔主编：《比较经学：中国经学诠释传统与西方诠释传统的对话》，上海：上海人民出版社，2018 年，第 209 页。

也从来不是他们的本意。古文经学家即便认为“六经”文本之中存在恒定的“原道”，这样的“道”也始于人在天地山河之中居间生存的经验智慧，与西方神学或理性的超验意义大相径庭。采撷诞生于西方、致力攻克逻各斯中心主义的命题调停、谋断中国经学诠释观念的分异，无疑是生硬武断，甚至是带有文化优越论意味的。在中西方文明邂逅交汇的数百年来，以西方学者以自身视角为中心对中国文化所作的独断式裁决已是俯仰皆是：黑格尔断言“属于‘精神’的一切——在实际上和理论上，绝对没有束缚的伦常、道德、情感、内在的‘宗教’‘科学’和真正的‘艺术’一概都离他们（中国人）很远”①。西方哲学家极有可能“按照盎格鲁-欧洲哲学的官方法典，拒绝孔子的哲学家成员身份，原因在于他没有思考‘真正的哲学问题’”②。而面对中国史学，即便是西方最具影响力的汉学家沙畹（Edouard Chavannes，1865—1918）也不能免俗地在西方历史记述中提取评价《春秋》的现成答案——“这部枯燥、无生气的编年史无法与仅仅迟了一个半世纪的希罗多德的名著相提并论”③。换言之，套以西方学术的标准，无论经学还是子学均不具备成为“哲学”“科学”“艺术学”的资格。

美国汉学家郝大维（David L. Hall，1937—2001）与安乐哲（Roger T. Ames，1947—　）在多年躬耕中国典籍翻译之余深刻反思中国与西方文明融合的机遇，清醒地认识到“怡然自得地依照自我诠释结构诠释外来文化”只能造就偏狭和蒙昧，而“分析哲学家的教条主义对理解中国哲学和文化造成的伤害丝毫不亚于将中国哲学引入西方的前几代翻译者和诠释者们神学教条主义的危害”。④ 所以，西方解构主义与重构主义思想的横空出世之于中西

① 黑格尔：《历史哲学》，王造时译，上海：上海书店出版社，2001年，第136页。

② 郝大维、安乐哲：《通过孔子而思》，何金俐译，北京：北京大学出版社，2006年，第324页。

③ 转引自弗朗索瓦·于连：《迂回与进入》，杜小真译，北京：商务印书馆，2007年，第85页。

④ 郝大维、安乐哲：《通过孔子而思》，何金俐译，北京：北京大学出版社，2006年，第326页。

文化对话最重大的启发莫过于清算以往用以判断、衡量价值的教条、框架、理念和方法论，在狭隘的单极观念以外找到可容纳多种定义哲学，以及其他一切思想活动性质的更为多元的空间，而不能，也不应在扬弃旧的“教义”之后成为一种新的“教条”，助长新一轮的偏见。所以，德里达、罗蒂与福柯反对超验意义，否认科学和理性主义的绝对客观确定性，这与古文经学家回到文本、祈向“原意”的诉求，与中国诠释学“知人论世”“以意逆志”的基本原则不但没有本质上的冲突，相反，他们对主导西方思想几个世纪“真理”的解构与创建恰好从外部证明，哲学研究的场域不能仅在超验世界之中，而应回归具体语境、情景之中，即“哲学家开展工作的诠释语境是文化，是作为显现现有意义知识库的文化语境”①。这就决定了，一切离开经学意义生成的连续文化语境的价值判断、所有来自“外来”异质文化的强行介入调停，都不可能独断经学诠释目的和方法的合理性。而对中国经学而言，构成“显现现有意义知识库”的文化语境首先是“唤起敬意的历史范例的知识库”②。这是因为，在西方哲学以上帝、理性与科学为视角不断对现实世界规约、提纯、抽象之际，中国先哲选择以身处其中的内在视角打量周遭的自然与人文世界。菲希德（Johann G. Fichte，1762—1814）总结西方文化的“道”与“术”云：“人类一切文化之目的，不外驱策自然，使其受理性之宰制。自然与理性，且在不断的争斗中。除非人类变为上帝外，此争斗无止息之日。但自然为理性所范围，则自然之力日弱而理性之力日强。”③自然与理性此消彼长的背后，是人类与上帝的对立，也是自然世界与理想世界的隔阂。提炼“不完美”“非理性”的自然世界，以神性的绝对纯粹砌造精美的“理想国”不仅是柏拉图（Plato，公元

① 郝大维、安乐哲：《通过孔子而思》，何金俐译，北京：北京大学出版社，2006年，第320页。

② 郝大维、安乐哲：《通过孔子而思》，何金俐译，北京：北京大学出版社，2006年，第325页

③ 菲希德：《对德意志国民演讲》，张君劢译，转引自张君劢：《民族复兴之学术基础》，北京：中国人民大学出版社，2009年，第7页。

前427—公元前347）的追求，也是黑格尔所代表的整个西方古典哲学的面向。

与之相较，中国哲学开启于对自然世界饶有兴致的观察和记录，这一过程明文记录在中国经学原典中：“仰则观象于天，俯则观法于地，观鸟兽之文与地之宜，近取诸身，远取诸物，于是始作八卦，以通神明之德，以类万物之情。”① “天”“地”“鸟兽”“神明”“万物”都是中国哲学的观察对象，而“通”与“类”则是观察世界的方法和目的，即一个因“感通”而“相类”，又因“大通”而“无类”的圆融世界。“通”的“互通”“通达”指向决定了中国哲学从情感上不可能以分割自然与超验、经验与理性、人间与神界为格局；而“类”在平行事物间迅速建立相关性的特质则意味着中国哲学中出现的一切实体或概念均能辗转相连。普遍意义的理性精神和高悬的“道德律令”的缺省注定了中国哲学无须费神思考如何依照由上至下、从抽象原理到具体运用的法则自我履践证明。儒家将从人际关系中所观察提取到的经典情景与人格典范定名为“仁”与“善”，并以此为天人之际最高层级的“道”。虽以“仁”与“善”定名，但无论是“仁”“善”，还是其他中国文化所推崇的“礼”“义”“信”“诚”等诸多美德，均基于人类情感交往的体验，不具有西方概念化定义的规约属性。儒家之“道”“千人千面”的呈现形式决定了它不能规约、不能限定，只能在一个个生活场景之中、在一个个典范人格的事例之中、在一个共享的文化氛围传统之中去体验、感受和描述。是以，“克己复礼”为“仁”（《论语·颜渊》）、“恭、宽、信、敏、惠”亦是“仁”（《论语·阳货》）；“刚、毅、木、讷”近乎“仁”（《论语·子路》）、“力行”同样“近乎仁”（《礼记·中庸》）。一旦固定、统一的“概念”无法用以约定中国哲学的基本意义，“道”的推行、意义的诠释便只能转向具象性、描写性的案例和语境。对于厘定“工作定义”，并以此为核心向外、向下延展辐射的西方经

① 孔颖达：《周易正义·系辞上》，王弼、韩康伯注，载李学勤主编《十三经注疏》（第1册），北京：北京大学出版社，1999年，第311页。

典求知思考模式而言，中国哲学以“情景”替代“观念”的做法无疑是难以理解的。特别是当西方急于寻求“最快路径”解读中国，抛出判断句式“What is…?”，“Who is…?”并期待西方式的回答之时，两种诠释构架间的迥别异常明显。

2. 子路的沉默：当苏格拉底遭遇孔夫子

在近代中国与西方文明的邂逅史中寻找对意义判断的不同价值取向注定不会空手而归，但这一次，取道西方似乎有舍近求远之嫌——只需细读《论语》就不难发现关于描述、寻绎“意义”的“两种思路”在中国文化内部古来有之。《述而》第十八章：叶公问孔子于子路，子路不对。子曰：“女奚不曰：‘其为人也，发愤忘食，乐以忘忧，不知老之将至云尔。’”① 钱穆盛赞此章功在刻画夫子一以贯之、毕生以之的“好学”精神——“学有未得，愤而忘食。学有所得，乐以忘忧”，理解此章对大通《论语》，乃至登堂入室、窥圣人之道有至关重要的意义：“学者就此章，通之于《论语》全书，入圣之门，其在斯矣。”② 诚如众多论者所言，“学”构成了儒家哲学不倦不厌、生生不息的生命精神。这种精神引领人类在接受生命有限的同时层层向上、奋力生存，“不怨天，不尤人，下学而上达”（《论语·宪问》），开启无垠无限的内在精神世界，也理应成为进入儒家世界、了解孔子本人不可回避的议题。③ 然而，与夫子自述“为学”相比，子路的沉默也许更值得我们关注。楚大夫叶公“问孔子”，自然是想知孔子其人（to know about Confucius），期待孔子身边最亲近的弟子能对“夫子是怎样的一个人”（Who is Confucius?）给出“客观公允”的评断。

① 刘宝楠：《论语正义·述而第七》，高流水点校，北京：中华书局，1990年，第270页。

② 钱穆：《论语新解》，北京：九州出版社，2018年，第378页。

③ 分见钱穆：《论语新解》，北京：九州出版社，2018年，第378页；李泽厚：《哲学纲要》，北京：北京大学出版社，2011年，第316页；徐复观：《中国人性论史·先秦篇》，北京：九州出版社，2014年，第64~66页。

子路即仲由（公元前542—公元前480），《史记》载其少孔子九岁，跟随夫子周游讲学，不仅是孔门弟子，更是夫子眼中的同道同好，是即便“道不行，乘桴浮于海”（《论语·公冶长》）也不离不弃的忠实信徒。① 但《仲尼弟子列传》篇首列孔门七十七子中精于德行、言辞、文学者，其中并无子路。② 《论语·先进》《公冶长》二篇中夫子对子路的评价是“好勇”（“由也好勇过我，无所取材”）、“粗喭”（“由也喭”），无论德行、言辞、文学皆难为上乘。但子路虽“好勇”，却绝不“讷言。《阳货》《雍也》二篇记子路诘问夫子，一针见血、切中要害。③ 耿介粗粝、面对亲师尚且可言辞无碍、直抒胸臆的子路偏偏却对叶公寻常之问“无以对”，这样的“反常”之举很难不引发我们的思考。孔安国、郑玄以降，对“子路不对”原因的注解从未止歇。郑注将其归因于“未知所以答”。《正义》补充云：“子路以己之知不足知圣人也。”④ 朱熹却认为，“子路”极有可能是有意为之，其“不对”或有“不愿”和“不能”两个层面的解释：“叶公，楚叶县尹沈诸梁，字子高，僭称公也。叶公不知孔子，必有非所问而问者，故子

① “子曰：‘道不行，乘桴浮于海。从我者，其由与？’子路闻之喜。子曰：‘由也好勇过我，无所取材。’”见《论语正义·公冶长第五》，高流水点校，北京：中华书局，1990年，第172页。

② “德行：颜渊，闵子骞，冉伯牛，仲弓。政事：冉有，季路。言语：宰我，子贡。文学：子游，子夏。师也辟，参也鲁，柴也愚，由也喭，回也屡空。”司马迁：《史记·仲尼弟子列传》，裴骃集解，北京：中华书局，1963年，第2194页。

③ 《阳货》记鲁国季氏家臣公山弗扰、晋卿赵鞅的家臣佛肸先后叛反，欲召夫子入仕，夫子欲往而子路不悦，两次言语尖刻质问夫子曰：“昔者由也闻诸夫子曰：‘亲于其身为不善者，君子不入也。’佛肸以中牟叛，子之往也，如之何？”刘宝楠：《论语正义·阳货第十七》，高流水点校，北京：中华书局，1990年，第681~683页。《雍也》篇记孔子见南子曰：“子见南子，子路不说，夫子矢之曰：‘予所否者，天厌之！天厌之！’”其中虽未记录子路质问夫子具体所言，但从“夫子矢之”的语气猜测，子路必然言辞激烈。刘宝楠：《论语正义·雍也第六》，高流水点校，北京：中华书局，1990年，第244页。

④ 刘宝楠：《论语正义·述而第七》，高流水点校，北京：中华书局，1990年，第270~271页。

路不对。抑亦以圣人之德，实有未易名言者与?”① 同样关注“子路不对”的钱穆在《孔子传》中亦从朱子说，云：“大圣人学养所至，有非他人之言辞所能形容者。且孔子远来楚邦，双方情意未洽，子路骤不得叶公问意所在，故遂避之不答。”② 汉学家森舸澜（Edward Slingerland，1969—　）在其译著《论语》*Confucius Analects* 中据此归纳亦有所发微：

子路没有回答叶公有两种解释：早期评注者认为叶公嗜权，曾千方百计游说孔子为其所用。子路存提防之心，恐其纠缠，因而“不对”。照这样的解释，夫子回应叶公之问的目的之一在于暗示，他无意因金钱或物质的奖赏而接受一个在礼法道德意义上存疑的官职。而自朱熹之后的评注者则将叶公刻画为一个同情孔子遭遇、钦佩孔子为人的形象，认为子路无法回答皆因孔子高尚、神秘品德的“不可言说性”（ineffability）。如果是这样，孔子的回答直截了当，令人耳目一新：孔子认为自己并不神秘，只是一个对“古人之道”（the Way of the ancients）充满热爱的普通人。③

① 朱熹：《四书章句集注》，北京：中华书局，1983 年，第 98 页。

② 钱穆：《孔子传》，北京：生活·读书·新知三联书店，1998 年，第 91 页。

③ Edward Slingerland. *Confucius Analects*. Indianapoli: Hackett Publishing Company. Inc. 2003: 70. 中文为本书作者译，原文如下：“The Duke of She was a high minister in the state of Chu; commentators explain that, since the Chu rulers had already usurped the title of ‘king’, Chu ministers had begun calling themselves ‘dukes’. There are two main explanations for why Zilu does not answer his query. Early commentators claim that Duke She was a power-hungry figure who was insistently trying to lure Confucius into his service, and that Zilu was leery of encouraging him in his efforts. Under this interpretation, one purpose of Confucius’ response is to indicate that he is not interested in accepting a morally questionable position for the sake of a salary or other material rewards. Later commentators, beginning with Zhu Xi, portray the Duke as a more sympathetic figure who admires Confucius, and see Zilu’s failure to respond as a result of the perceived ineffability of Confucius’ lofty, mysterious virtues. In this case, Confucius’ reaction is refreshingly straightforward: he is far from mysterious, being merely an ordinary man possessed by a great love for the Way of the ancients.”

森舸澜本人更倾向于第二种解释。这或许因为，无论叶公其人如何，及其称“公”如何僭越、不合“礼”，子路都不能代替夫子决策——毕竟从夫子听闻此事后隔空回答来看，他本人不仅希望子路“有所对”，而且给出了“参考答案”——“其为人也，发愤忘食，乐以忘忧，不知老之将至”。我们很难想象，“好勇力，志伉直，冠雄鸡，佩豭豚”（《史记·仲尼弟子列传》）的子路遇非礼之事会讳言、闪躲、避而不语。而《论语·子路》中记夫子两次正面回答叶公“问政”，也大大消解了第一种解释成立的内在逻辑。① 然而，即便按照第二种、也更为通行的解释，即子路无法回答是因“未知所以答”，或者按照森舸澜的说法，孔子德行的神秘、缥缈使其成为“只可意会不可言传”（ineffability）的东西，依然无法释解“子路不对”这一事件中违常理之处——对孔门亲传弟子而言，长达数十年的追随、侍奉、陪伴理应有足够的信心回答任何有关“夫子其人”的提问。尤其是考虑到“为学”本应是夫子日常躬行、长年累月教学的核心主旨，即便圣人之德高山仰止，“以己之知不足知圣人也”，子路也断然不该沉默以对。

如果借中国的经师大儒提供的“不愿”“不知”“不能”三种“答案”皆不能推出一幅构图“合理”的历史画卷，反身考证西方

① 高诱注《吕览察微篇》《淮南览冥训》云：“楚僭称王，其守邑大夫皆称公。”《庄子释文》曰：“叶公姓沈，名诸梁，字子高。”杜预注《左传·宣公三年》提及公元前 491 年楚国吞并蔡国叶地，楚大夫诸梁为县尹。哀公六年，孔子年六十三岁，绝粮于陈、蔡之间，遂适蔡，见楚叶公。因此，《论语·子路第十三》两处记载叶公“问政”于孔子（3. 16：叶公问政。子曰：“近者悦，远者来。”13. 18：叶公语孔子曰：“吾党有直躬者，其父攘羊，而子证之。”孔子曰：“吾党之直者异于是：父为子隐，子为父隐，直在其中矣。”叶公“问子路”与“问政”孰先孰后，今日已难审别。钱穆梳理孔子生平年表，主张叶公“问政”在先，出于“慕重”而有“其人”之问：“孔子至蔡，叶公必敬礼相迎，其问政当在前。叶公之于孔子，既知慕重，但不能真识孔子之为人，故又私问于子路。”分见刘宝楠：《论语正义·述而第七》，高流水点校，北京：中华书局，1990 年，第 270~271 页；钱穆：《论语新解·孔子年表》，北京：九州出版社，2018 年，第 378 页；钱穆：《孔子传》，北京：生活·读书·新知三联书店，1987 年，第 28 页。

汉学家的视角就成为“增益其所不能”的另一种思路。理雅各在《中国经典》第一卷《论语·大学·中庸》（*The Chinese Classics* Vol. I. *The Analects · The Great Learning · The Doctrine of the Mean*）第十八章《述而》导言中如是说：“（本节为）孔子对自身性格的描述，即一个快乐、真诚的普通学习者。”① 这是无疑是理雅各对“叶公问孔子”整个事件核心意义的概括——叶公问子路，子路不对，孔子辗转作答的意义在于引出孔子“对自身性格的描述”。可见在理雅各眼中，“叶公之问”无关紧要、“子路不对”顺理成章，唯有结果，即对孔子人品性格、才能操守的具体“定义”才是本章题眼。不仅如此，这样的“定义”应符合形式的规范，即在“孔子是一个……的人”（a...man/person）的句法框架中，将孔子关联于一个或多个名词属性中（a man/a person/a learner），借助形容词对该名词施加种种限定（cheerful/earnest），完成对孔子的描述。依理氏所见，孔子的答语非但不像森舸澜所言的那样“直截了当”“耳目一新”（refreshingly straightforward），反而“旁逸斜出”“偏离主线”，需要译者下意识的“加工”和“改写”才能回到“正轨”，突出“主题”，即使这些精细微妙的“加工”和“改写”极有可能有违译者的本意：

The Duke of Sheh asked Tsze-lu about Confucius, and Tsze-lu did not answer him. The Master said, “Why did you not say to him, —**He is simply a man**, who in his eager pursuit (of knowledge) forgets his food, who in the joy of its attainment forgets his sorrows, and who does not perceive that old age is coming on?” ②

---

① James Legge. *The Chinese Classics*. Vol. I. 上海：华东师范大学出版社，2011：201. 原文如下（大写为原文作者使用）：“CONFUCIUS' DESCRIPTION OF HIS OWN CHARACTER, AS BEING SIMPLY A CHEERFUL, EARNST LEARNER.”

② James Legge. *The Chinese Classics*. Vol. I. 上海：华东师范大学出版社，2011：201. 为突出比较，中文部分为英译版的回译，加粗部分为笔者添加。

叶公向子路询问孔子，子路没有回答他。夫子说："你为什么不告诉他：'**他不过是**一个努力追求知识的时候会忘记自己的食物、在获得知识愉悦时会忘却自己的愁苦，一个总是感受不到（自己的）老年正在到来**的普通人**。'"

1893年理雅各《中国经典》五卷本再版印刷，理雅各在第一卷前言中总结了自己三十余年英译活动的宗旨："忠实中文原作永远重于行文典雅"（always been faithfulness to the original Chinese rather than grace of composition）。① 而事实上，"忠实"也是众多海外汉学家对理雅各《中国经典》系列丛书的一致评价。② 毋庸置疑，无论是翻译本章、本卷还是整套丛书，理雅各穷尽努力想要"还原"《论语》的"本来面目"（to let it stand as it first occurred to him）。而当东方的思想落实于西方的语言，变异的种子便开始滋长。③ 为凸显差异，我们将本章"核心"，即孔子自述的原文，钱穆、李泽厚、杨伯峻的白话试译与理雅各英译的中文回译（back translation）共置一处：

其为人也，发愤忘食，乐以忘忧，不知老之将至。《论语·子路》

他不过是一个努力追求知识的时候会忘记自己的食物，在获得

---

① James Legge. *The Chinese Classics*. Vol. I. 上海：华东师范大学出版社，2011：x.

② 如 Burton Watson 在 *The Tso Chuan: Selections from China's Oldest Narrative History* 一书的第一章所言："理雅各的翻译风格有时带有明显的《圣经》色彩，但总体而言极为忠实原文。尽管如今看来有些过时，但他的翻译依然是一项了不起的成就。"中文为笔者译，原文如下："Legge's style, sonorously Biblical in places and always remarkably faithful to the wording of the original, is now largely out of date, though the translation as a whole remains a highly impressive achievement."

③ James Legge. *The Chinese Classics*. Vol. I. 上海：华东师范大学出版社，2011：x.

知识愉悦时会忘却自己的愁苦，一个总是感受不到（自己的）老年正在到来的普通人。(理雅各)

这人呀！他心下发愤，连吃饭也忘了。心感快乐，把一切忧虑全忘了，连自己老境快到也不知。(钱穆)

他这个人用起功来便忘记吃饭，经常快乐而忘记忧愁，不知道自己快老了，如此等等。(李泽厚)

他的为人，用功便忘记吃饭，快乐便忘记忧愁，不晓得快乐会要到来，如此罢了。(杨伯峻)①

“其为人也”，是拟子路之口谓夫子为人，既是本句的先导，也是对叶公之问的回应，而“发愤忘食，乐以忘忧，不知老之将至”皆可看作对“为人”如何的具体描述。② 从句式结构上看，“其为人也”中的“为”与系词“是”在众多应用场景中均可互换通用，辅用“也”字煞句，完成了判断句的经典构式。③ 而从译本上看，理雅各亦作此理解——采用英语中的系表结构（S+V+P）（he is a man who…）承担主句，将“发愤忘食，乐以忘忧，不知老之将至”后置，作“其人”的定语。但此处“为人”之“为”显然不等于系词的“是”，用来煞句的“也”字亦可以是说话人“对所说之事的真实性深信不疑”的语气助词。④ 因此，理雅各将“其为人也”译作“他是一个……的人”，只是看到了近似

① 分见，James Legge. *The Chinese Classics*. Vol. I. 上海：华东师范大学出版社，2011：201；钱穆：《论语新解》，北京：九州出版社，2018年，第133页；李泽厚：《论语今读》，北京：生活·读书·新知三联书店，2008年，第222页；杨伯峻：《论语译著》，北京：中华书局，2006年，第102页。

② 与《论语》同时期的作品中也有类似的用语结构，如《荀子·解弊》：“其为人也，善射以好思。”王先谦：《荀子集释·解弊篇第二十一》，沈啸寰、王星贤点校，北京：中华书局，1988年，第778页。

③ 王力认为：“判断句是以名词或名词性的词组为谓语”“秦汉以前判断句一般不用系词，而是在谓语后面用语气词‘也’来帮助判断”。王力：《古代汉语》（第一册），北京：中华书局，1996年，第242页。

④ 王力：《古代汉语》（第一册），北京：中华书局，1996年，第247页。

的语法形式逻辑，其背后意义的相关性却值得推敲。这不仅仅是因为，从使用频率上看，上古汉语用“为”引导判断句式极为罕见。① 更直接的原因在于，“发愤忘食，乐以忘忧，不知老之将至”的修饰对象是“为人”，而不是“人”本身。这一点无论是从钱穆还是李泽厚、杨伯峻的今文翻译中均可得到佐证。“人”（a man）与“为人”（to be a man）当然密切相关，但“人”的属性生而有之，是开端也是结论，既不能改写也不能回避，而儒家的“为人”则源于后天对高尚“人格”的滋养灌溉，基于个人选择，在“为学”的进程之中自然发生。“为人”之“为”是“不为已甚”之“为”（《孟子·离娄下》），其中既有动宾的语义关系，即“立己”“做人”，也潜藏着规约“人之为人”的一套原则体系；既是动态性的行为，也是静态的方法，既是论“人”，更指“处世”。“其为人也”与“其为一个人”在相近结构的表象之下并不存在理想中的对应关系。上升至整句，就句法来看，“其为人也”与“发愤忘食，乐以忘忧，不知老之将至”也本没有理雅各所认定的偏正性修饰关系。也就是说，“发愤忘食，乐以忘忧，不知老之将至”并不应是“其人”（a man）的定语，而是展现、解释其“为人如何”（how）的状语。二者的区别在于，前者包含以“人”为语义重心的主次、偏正、从属关系，而后者更接近一种松散的、“主题-解释”的语义集合；前者以是非判断为手段将“发愤忘食，乐以忘忧，不知老之将至”视为限定“其人”品质和特征的绝对边界，而后者仅仅是为寻找“其为人也”的答案提供一种范畴、一个方向，一系列可能性。这一点在钱穆的白话今译中体现得更为明显：“其为人也”甚至独立成感叹句（这人呀！），与“发愤忘食，乐以忘忧，不知老之将至”构成语义上关联、句法上并列的单元。

我们自然可以从英汉语言结构差异入手理解理氏与钱穆、李泽厚、杨伯峻译解的分殊，然而英语中同位语结构为语义并列、松散排布、

① 王力：《古代汉语》（第一册），北京：中华书局，1996 年，第 242 页。

互为补充的信息链提供了足够丰富的句式资源，也为译者预留出充足的选择空间。但从《论语》的诸多译本看，以形式逻辑判断语义关系不仅是理雅各译本之弊，也是在众多海外汉学家的共同思路：

The Duke of She asked Zilu about Confucius. Zilu had no reply. (Upon Zilu's return,) the Master said, "Why did you not just say: '**He is the type of person who** is so passionate that he forgets to eat, whose joy renders him free of worries, and who grows old without noticing the passage of the years.' " Watson Burton①

The Governor of She asked Zilu about Confucius, and Zilu gave no answer. The Master later said to Zilu, "Why didn't you simply say that **he is the sort of person who** forgets to eat when pursuing a question, who forgets to worry when suffused with joy, and who does not note that old age is coming?" 金安平②

在结构闭密、语法关系等级森严的目的语与疏松、开阔的原语结构背后，我们不应只看到英汉句法的“硬件”差异，而应该更加关注和思考两种对于“孔子其人”之间的答题思路。同以英语为目的语，另有一派汉学家选择尽力保留原句松散的结构特征，拒绝用闭合的偏正结构描述“作为一个人的孔子”（He is a man who...）：

The "Duke of She" asked Tzu-lu about Master K'ung (Confucius). Tzu-lu did not reply. The Master said, Why did you not say "**This is the character of the man**: so intent upon enlightening the eager that he forgets his hunger, and so happy in doing so, that he forgets the bitterness of his lot and does not realize that old age is at

① Burton Watson. *The Analects of Confucius*. New York: Columbia University Press, 2007: 50.

② 安金平. *Analects of Confucius*. 鄢秀译. 桂林：广西师范大学出版社，2019：122.

hand. That is what he is." 阿瑟·韦利①

The Prince of She asked Dz-lu about Confucius. Dz-lu did not reply. The Master said, Why did you not say, "**This is the kind of man he is**: in his enthusiasm he forgets to eat; in his happiness he forgets his sorrows; he is not even aware that old age will soon be at hand." 白牧之、白妙子②

The lord of She asked Zilu about Confucius, but Zilu did not respond. Confucius said, "Why not say something like: **he's this sort of man**—so outraged he neglects to eat, so exultant he forgets his troubles, heedless that old age is upon him." 罗慕士③

仅从英语语义学出发，两派译文间并不存实质性隔阂——"他是一个……的人"（He is a man who）与"他这种人是这样的……"（He is this sort of man）也许在绝大多数日常语境中的含义都别无二致。但语言之下的基柱永远是思想，定语与同位语的细微差别足以揭示两种截然不同的思考模式。以文化沟通为动机的翻译永不会创生分歧，而是披显藏掩在两种文化之中的异质理念。

依宾四先生之论，鲁哀公六年（公元前489年），孔子自陈至蔡，叶公来迎，而后有《子张》中"问政"二则。叶公听罢心生敬慕之心、延请之意，但又恐不能"真识孔子之为人"，故又私问于子路。④ 这样看来，叶公亲见孔子其行，亲耳听其言，却仍"问其人"的动机也许并不仅仅如理雅各所说，是要子路"描述孔子的性格"（description of his characters），而是在"仰之弥高，钻之弥坚，瞻之在前，忽焉在后"的圣人之德面前，想要获得一种对

① Arthur Waley. *Analects of Confucius*. London: George Allen & Unwin Ltd., 1998: 127.

② E. Bruce Brooks and A. Taeko Brooks. *The Original Analects: Sayings of Confucius and his Successors*. New York: Columbia University Press, 1998: 41.

③ Moss Roberts. *The Analects: Conclusions and Conversations of Confucius*. California: University of California Press, 2020: 74.

④ 钱穆:《孔子传》，北京：生活·读书·新知三联书店，第28页。

“孔子究竟是怎样的人”全面深刻、沦肌浃髓的“真诠”。换句话说，叶公之问，志在“知人”。孔门之教，重于所以为人，亦在何以知人。① 作为一种“生命哲学”，“知人”与“自知”是儒家思考的起始，也是孔孟学说的要义精髓。《论语》起首便云“人不知而不愠”，而《孟子》则专论“知人论世”，此在前章皆有详述。所以，叶公欲“知人”既是情理之中，也无违儒家本义。然而，究竟应以何种方法“知人”？叶公显然认为，最直接便宜的方法是询问身边亲近之人，由他们提供现成的答案。“观”与“问”，及其所衍生的“眼”与“耳”确是儒家“求知”的登堂入室之途。但“始吾于人也，听其言而信其行；今吾于人也，听其言而观其行”（《论语·公冶长》）。于“知人”，无论是孟子的“知人论世”“以意逆志”还是孔子的“视其所以，观其所由，察其所安”（《论语·为政》），都主导我们“由迹观心”“以事窥意”，通过个人的“视”与“观”，察“事”论“世”，走向更为直观的事情、情景、人情中，即某一历史的片段之中，而非偏听偏信一家之言，抑或照搬他人之所见所想。② 如此，子路“不愿”，抑或“不能”回应叶公之问，或许真正的原因在于，叶公所问所求是一种凌驾于具体的事件与生活场景之上的、统领一切、概论一切的“定义”，是一种对于观念性、普遍性客观真理的追问，体现出的是对意义“本质性”的期待。而这样的期待从根本理路上而言出自苏格拉底而非孔门：

第一位哲学史学家亚里士多德不止一次指出，苏格拉底功绩有

① 钱穆在《公冶长第五》篇首云：“本篇皆论古今人物贤否得失，《论语》编者以继前四章之后。孔门之教，重于所以为人，知人物之贤否，行事之得失，即所学之实证。”见氏著：《论语新解》，北京：九州出版社，2018年，第79页。

② 见《论语·为政第二》：“子曰：‘视其所以，观其所由，察其所安。人焉廋哉？人焉廋哉？’”钱穆评曰：“此章乃由迹观心，由事窥意，未有观人而可以略其心意于不论者，学者其细阐之。”氏著：《论语新解》，北京：九州出版社，2018年，第133页。

二："归纳推理"和"普遍定义"。归纳被理解为从特殊到普遍的渐进过程：从对多种例证的观察出发，精神上升到普遍的性质，这个性质把例证统一在一个类下；定义则像真正的逻各斯那样，是说出事物的本质的这些普遍性质的集合。①

叶公亲见夫子行事为人，亲闻夫子"为政"之教，仍执意问子路，正是想借子路之口实现从"例证"到"普遍"的"归纳推理"，从而真正获得"本质性的性质"，得出关于夫子其人的"普遍定义"。叶公对于"定义"的执着，映照出的正是苏格拉底对"公共""简捷"答案的执着；叶公求助于"定义"的动机，正是笃信"定义在抽象化的过程中对本质的揭示"②。因此，叶公所问基于"是与不是"的绝对判断，它的终极彼岸，必然是一种"将一类与另一类分开，就像将两块土地分开的界限"那样的定义方法。③ 所以，叶公所问正是苏格拉底毕生所求，换言之，叶公之问即是"苏格拉底之问"。

反观孔门弟子"知人"之问，则呈现出于叶公（苏格拉底）相反的思路。且看子张问楚令尹子文、齐大夫陈文子：

子张问曰："令尹子文三仕为令尹，无喜色；三已之，无愠色。旧令尹之政，必以告新令尹。何如?"子曰："忠矣。"曰："仁矣乎?"曰："未知。焉得仁?"

"崔子弑齐君，陈文子有马十乘，弃而违之。至于他邦，则曰：'犹吾大夫崔子也。'违之。之一邦，则又曰：'犹吾大夫崔子也。'违之。何如?"子曰："清矣。"曰："仁矣乎?"曰："未知。

① 弗朗索瓦·朱利安：《迂回与进入》，杜小真译，北京：商务印书馆，2017年，第219页。

② 苏格拉底：《泰阿泰德篇》，转引自弗朗索瓦·于连：《迂回与进入》，杜小真译，北京：商务印书馆，2017年，第219页。

③ "界限"（orizesthai）希腊文原义表明，苏格拉底的"定义"本质上就是"限定"。详见弗朗索瓦·于连：《迂回与进入》，杜小真译，北京：商务印书馆，2017年，第229页。

焉得仁?”(《论语·公冶长》)

又如子贡未指其名之问：

子贡问曰：“乡人皆好之，何如?”子曰：“未可也。”“乡人皆恶之，何如?”子曰：“未可也。不如乡人之善者好之，其不善者恶之。”(《论语·子路》)

子张欲知子文为人，先告子文三任三去，却不见喜愠之色、以旧政令告新尹之事；欲知陈文子，先论其因崔子弑君愤而去官，三去乱邦。子贡欲论“为人”，亦先设定一人“乡人皆好之”与“乡人皆恶之”两种境遇。二人之问无不内嵌在具体事件的发生场景之中。相应地，夫子答二人“知人”之惑，评断依据也仅限于其事其行中所见，逾出本事一分便只能答“未知”。子张、子贡与叶公一般，皆存“知人”“为人”“成人”之惑，但叶公之问与二子之问的差异是抽象与具象、一般与特殊、真理与观念的差异。无论“知人”还是“论道”，夫子及弟子都在尝试用语言构筑一个时间上闭合、空间上开放的维度——这一维度的时间坐标永远停留在完成的事件、结束的行为中，但这一维度却一直朝向当下敞开，邀约我们进入其中去重温和亲历，去发掘那些熟视无睹、显而易见的东西。子张、子贡之问才是儒家之问，才是孔门师生学养所在，而子路骤然被叶公引入一片全然陌生的领域中，要求他放弃儒家思考的气质思路，剥离一切具体场景，抽象升华孔子其人，茫然之后的沉默也就是他唯一的选择。而搁置定性的总结，转而重建具体而典型生活片段，将问题拉回到儒家意义建构的经典场域中，令生活片段之中的“人”述说自身，也正是孔子隔空回答和破解叶公之问的思路。因此，夫子以平时之为人告叶公，自云“发愤忘食，乐以忘忧，不知老之将至”，与其说夫子“切实平近之至”的为人风格，证明夫子不过是个“普通人”(He is simply a man)，不如看作夫子在以东方应答西方，以儒家“智慧”应答西方“哲学”，以“平时日常”应对“普遍绝对”，传达出的是儒家对于“意义”所在的深切体悟。

所以，子路的沉默既不意外，也非个案，师生之间自有默契。《公冶长》第八则记鲁国大夫孟武伯曾问众弟子之“仁”：

> 孟武伯问：“子路仁乎？”子曰：“不知也。”又问。子曰：“由也，千乘之国，可使治其赋也，不知其仁也。”“求也何如？”子曰：“求也，千室之邑，百乘之家，可使为之宰也，不知其仁也。”“赤也何如？”子曰：“赤也，束带立于朝，可使与宾客言也，不知其仁也。”①

叶公以“夫子其人”问子路，子路“不对”；鲁大夫问夫子“子路仁乎”，夫子亦云“不知”。师生互答，相映成趣。子路、冉求、公西赤三子皆孔门贤人，于“仁道”修行笃深，与夫子常年相伴，但孟武伯问及三子之“仁”，孔子三言“不知”。郑注解惑云：“仁道至大，不可全名也。”② 郑注如此，显然因敏锐地捕捉到了夫子言“不知”，并非否定“三子”之能、之贤，而是反对孟武伯“全名”的思想倾向。当“仁”成为衡量“人”的尺度和界碑，就注定结果只能是以“仁”为界，将“不仁”圈割在外。同样地，以“仁”为“头衔”“冠冕”颁与三子中任何一位，都意味着有关“仁”的“唯一范本”就此诞生，无差别的定义就此确定。

《周易·系辞下》曰：“变动不居，周流六虚，上下无常，刚柔相易，不可为典要。”韩康伯（332—380）注云：“不可立定准也。”③“不对”与“不知”看似陌生和疏离的背后，是师生二人亲厚的学养关系，是儒家对以“整”与“全”为动机的“定名”

---

① 夫子多次谓弟子“不知其仁”，如《公冶长第五》评冉雍（5.5）：“或曰：‘雍也仁而不佞。’子曰：‘焉用佞？御人以口给，屡憎于人，不知其仁。焉用佞？’”

② 刘宝楠：《论语正义·公冶长第五》，高流水点校，北京：中华书局，1990年，第172页。

③ 孔颖达：《周易正义》，王弼、韩康伯注，载李学勤主编《十三经注疏》（第1册），北京：北京大学出版社，1999年，第352页。

“典要”“定准”，或者说概念化定义一以贯之的拒斥。“仁者，人也。”（《礼记·中庸》）在儒家的世界中，“问仁”与“问人”本就如一体两面，实出同源。而将叶公之问与孟武伯之问紧紧串联的，是二人对于一种无例外、无差别“真理”的期待。夫子之道即为“仁道”，但其却仍坚称生平“罕言利与命与仁”（《论语·子罕》）的原因，正是因为“人”之为“人”，犹如“人”之为“仁”，本是个人参与到天地间大道运行之中的直觉和直观，是通过与其他人的关系“使每个人向道德开放的维度”，是我们在具体境遇之中能够不断感受到并被感召，却难以“定名”和总结的集合。① 所以，子路之“仁”可治“千乘之国之赋”，冉求之“仁”可宰“千室之邑，百乘之家”，公西赤之“仁”可“束带立于朝，与宾客言”。但三子中任何一人的“仁”，乃至三子“仁”之加乘都不可能超越个别，上升至普遍而“本质”的“仁”。

叶公“问人”与孟武伯“问仁”发生在不同历史时空，二事独立存在，本不存在绝对的因果关联。但夫子与子路师徒两代人在“不知”与“不答”中交替展示出的退避和沉默，却足以揭示二问的内在逻辑联系。无论是叶公的求证，还是孟武伯探问都基于一种“共识”——即唯有在“本质”领域内作统盖一切现象的追问，在“是”与“否”、“仁”与“非仁”之间砌起一道高墙，才能逼近意义的“真相”。于是二人之问与季康子“杀无道以就有道”（《论语·颜渊》）在思维方式上并无二致。② 而夫子的每一次作答都在善意地提醒我们，“道”的判断不存在普遍化的标准，“人”之为“人”的意义和价值，亦即关系儒家立身之本的所有重大术语只有在特定的“氛围”中才能自证。这样的“氛围”来自那些

① 弗朗索瓦·于连：《迂回与进入》，杜小真译，北京：商务印书馆，2017年，第229页。

② 《论语·颜渊》载季康子问政于孔子曰：“如杀无道，以就有道，何如？”孔子对曰：“子为政，焉用杀？子欲善而民善矣。君子之德，风，小人之德，草，草上之风，必偃。”张祥龙分析认为，孔子不仅反对季康子“杀无道”的具体为政策略，也反对其思维方式，以“杀无道”来“就有道”本身就是“非道”的。见氏著：《海德格尔与中国天道》，北京：商务印书馆，2011年，第319页。

千变万化的、“实证”的、典范“案例”，及其变化表象之下的气韵的、精神的、情理的汇聚。因此，儒家“不可为典要”“不可全名”“唯变所适”的指导意义，并不在于放弃对“统一”“永恒”“真理”的祈问，而是抵制对“真理”的抽象化运作、反对抽离人间理想获取便捷的“统一”与“永恒”。它倡导的是在变化着的一幅幅具象之间，在情理与事理融合的生态中发现那隐形却恒久的“道”，以及那横贯一切具体“案例”的“全面”和“整体”。这样的“实证”的、典范“案例”可来自理想时代先王、先贤的政典教化，亦可以是对先圣先师言行的记述描摹。但无论如何，它们无一例外地从历史中的某一点为出发，持续向过去与现在延伸，成就横向的、历时的、“一以贯之”的“常”与“道”。

回首反思，焉知孟子友一乡、一国、天下善士仍未足，还要“上友古人”之意，不是要尽收内外古今“善”之“案例”，以便尽览“仁”之全貌？圣人拒绝定义、反对普遍主义，就是要通过人性的良知和直觉实现“意义”在历史和时空中最大限度的浑然一体。面对如此浩大的“意义”，生命本身的有限性不足以构成“仁”的边界。因此，森舸澜将孔子“不知其仁也”与“罕言仁”归因于个体生命未结束前不能对其盖棺定论（no final judgment concerning whether or not a given person possesses Goodness can be delivered until that life has been completed）显然是从苏格拉底走向了另一种偏狭。① 从理雅各的“他不过是一个普通人”（He is simply a man who...），到森舸澜“‘仁’是一项永远在进程中的事

① Edward Slingerland. *Confucius Analects*. Indianapoli: Hackett Publishing Company, Inc. 2003: 42. 原文如下：“The fact that Goodness functions as the ultimate *telos* defining the narrative arc of one's life means that no final judgment concerning whether or not a given person possesses Goodness can be delivered until that life has been completed. This is why Goodness is portrayed as a dimly perceived and ever-receding goal to a work eternally in progress in 9. 11, and why Confucius is reluctant here and elsewhere（5. 19, 7. 26, 7. 33, 14. 1）to pronounce anyone truly Good, including himself（7. 34）. There is probably also a secondary concern that seeing oneself as having already achieved Goodness would make one complacent and lazy.”

业”（a work eternally in progress），我们应当看到的是西方汉学家从苏格拉底传统中，从“能指”与“所指”二分法中逐渐走出，真正开始以中国的思想填补语言间的缝隙。然而，森舸澜的“突围”却在无意间撞破了“人”与“仁”永远不可能“对等”的迷局。“吾生也有涯，而知也无涯。”（《庄子·养生主》）与圣人之“意”的无垠幅距相比，任何一个个体的视域显得如此有限，没有哪一个个体可以超越生命的时长、摆脱物质的形体收集掌握意义之“整体”。即便终生“学而不厌”，无论如何不辞劳苦、博闻强识，尽友天下善士也是绝难完成的理想，遑论“上友古人”。若上论不谬，我们可否推定，从《易经》到《论语》，无论儒家如何从根本上如何反对定义、片面和偏狭，“意义”也只能是个人视域所见的片段或片段的集合，充满了随机、任意、不完整。这是否又驳回了“人”得“道”的权利，意味着从过去到现在从未更改、“一以贯之”的“道”又回到“天神”和“上帝”手中？

宇宙时间虽然自然连续，但人类生活的“案例”与“情景”却犹如点、线片段并不关联。而人类脆弱的记忆与书写又不可避免地将无法具数的历史片段遗忘在时间的背面，又将无数段记述按照个人或集体的意志重构成为“理想”的模样。但儒家之“道”始终落脚于“人”，“人”既是问题也是回答，既提供理解的手段又决定了传布的方法。“夫仁者，己欲立而立人，己欲达而达人。能近取譬，可谓仁之方也。”（《论语·雍也》）儒家所倡导的“以己为喻”“推己及人”“彊恕而行”（《孟子·尽心上》）的方法论基调决定了儒家经典中每一个关于“如何成为人”的“案例”都天然释放着召唤的信号，呼唤身处任何一个时代的读者在自身所在的当下开展“推己及人”式的传导。① 所以，圣人“一以贯之”的“道”，并非将希望寄托于超越时间与记忆的上帝视角，而是在于以一个典范催生一个新的典范，以一个伟大、完整的心灵感召出

① 孟子曰：“万物皆备于我矣。反身而诚，乐莫大焉。彊恕而行，求仁莫近焉。”《论语正义》曰：“即此‘近取譬’之意。”刘宝楠：《论语正义·雍也第六》，高流水点校，北京：中华书局，1990 年，第 250 页。

无数“同仁”之心。“道”的领悟和传达、“儒家诠释学”存在的真几，即在宇宙时间之外，另起这样一座由“人事”贯穿、以“人情”相连的平行时空。① 这一时空因生活其中一代代“人”对完美人格、大同理想的薪尽火传而延绵且持续。在这一时空中，物理的、心理的时间虚化后置，事理的、情理的时间取而代之，在流动变异之中楔入整齐如一的标尺。在这里，时间与距离，这两大获得“真诠”道路上“不可逾越”的障碍断然不会阻断经义的流传，因为事理不二、人情不远，亲亲-仁民-爱物的儒家本能从未移异，共情的包容性足以超克时间带来的远化和异化。“儒家根深蒂固的非普遍主义使它从源头处就是生态的、道-德的、正（政）义的、文-化的、身体的”。② 因此，即便是在普遍主义浪潮汹涌而至，概念化、对象化已成思想领域主导范式的今天，“真儒家”也依然如同千年前一样，是“深刻意义上的农民、士子、艺术家和行王道者的结合体”，归属于家乡、土地、山川、四季。③ 同样，在这里，个人的视域和前见也不构成感知经义的门阀，因为一切目力所见虽在区域上只构成“局部”，但无不以幽微曲折的方式指向那个从未

① 是否存在“儒家诠释学”学界并未形成统一：一方面，汤一介（1927—2014）、赖贤宗（1962— ）已经用学术话语实践肯定了“中国诠释学”“儒家诠释学”存在的价值。见赖贤宗：《儒家诠释学》，北京：北京大学出版社，2010 年；而在另一方面，经学训诂学与西方诠释学从动机和出发点上的差异决定了深植于西方宗教传统之中的术语“诠释学”（Hermeneutics）与儒家诠释传统存在难以弥缝的差异。见本书第五、第六章。此处使用“儒家诠释学”仅为突出诠释学这一学科概念的普遍适用性。

② 张祥龙：《海德格尔与中国天道》，北京：商务印书馆，2011 年，第 322 页。

③ 张祥龙试图对席卷全球的“普遍主义”（universalism）归纳定义，认为“普遍主义指这样一种思想方式和行为方式，它主张最有价值——不管是认知的、伦理的、宗教的、经济的、政治的，还是其他的价值——的东西可以作为命题而得到直接表达，而且这种价值总可以，并且总应该被普遍地推广，或者叫做被普遍化，形成一种对所有有关现象都无差别地有效的‘标准’”。同上，第 310 页。

被切分的整体，那个作为根源而非目的“普遍”。① 这就意味着，在儒家的这一方时空中，真正的儒士从任何“局部”出发，只需深入前行、推而达之，均可抵达圣人“发无二之语”的“原”与“初”。②

正因存在这样的时空，经学之义、夫子之道才能在强调“化”与“易”的大格局中觅得稳定和持续。而这一时空的轮廓从夫子架构“六经”之日起就已见端倪。“我欲载之空言，不如见之于行事之深切著明也!”③ “汉时人言行事、成事，皆谓已行已成事也。”④“行事”即是“旧事”“往事”,⑤ 是在一举一动，不同境遇之中展现出的“行事”与“为人”。以“行事”之具体明确见圣学之隐奥深切，夫子之道尽可“默而识之”的缘故就在其中。以“空言”与“行事”规划“六经”，《诗》《书》《礼》《乐》《易》传先代遗文遗典，考往圣先贤之成法，皆可归为以“言”为重。唯有《春秋》，从“行”出发，记录“弑君三十六，亡国五十

① “诗三百”可以“一言以蔽之”（《论语·为政》），“六经”之道皆可炼化为一字一句正是基于“局部”对“整体”的揭示。先儒对“六经”之义理、功效多有淬炼，本书第一章中已有列述，在此不作赘言。

② 语出程颐《二程集》,《论语·子路第十三》曰：“樊迟问仁。子曰：‘居处恭，执事敬，与人忠。虽之夷狄，不可弃也。’”程子论曰：“此是彻上彻下语，圣人初无二语也。”转引自朱熹：《四书章句集注》，北京：中华书局，1983年，第147页。

③ 汉人董仲舒、司马迁与赵岐皆引此为夫子亲言。分见司马迁《史记·太史公自序》、赵岐《孟子·孟子题辞》、董仲舒《春秋繁露·俞序第十七》。三处虽措辞略有出入，但内容大致相同。司马贞索隐《史记》案曰：“孔子之言见《春秋纬》，太史公引之以成说也。空言谓褒贬是非也。”《春秋纬》于何处得此言，早已无从稽考，但以“言”与“行”、“问”与“观”、“耳”与“眼”为知人论世、答疑解惑、传道传教的联动方法论在“经”文之中处处可得佐证。司马迁：《史记·太史公自序》，裴骃集解，北京：中华书局，1963年，第10册，第3297页。

④ 王先谦：《〈汉书〉补注·翟方进传》，上海：上海古籍出版社，2012年，第5183页。

⑤ 王念孙：《汉书十二“行事”》，南京：江苏古籍出版社，2000年，第342~343页。

二，诸侯奔走不得保其社稷者不可胜数"之桩桩旧事，以众生之"行"，"上明三王之道，下辨人事之纪"。(《史记·自序》)若无《春秋》两百四十二年"旧事"，群"经"中的礼仪道义终无赋形落脚之处。夫子明知"知我罪我"仍作《春秋》，并以其作为"六经"的终章，所怀以"行"证"言"、因"事"明"义"之心又岂非"深切著名"！所以，太史公赞《春秋》为"礼义之大宗""王道之大者"，两汉两宋齐推《春秋》为"六经"冠冕，就并不是从教义深浅、价值高低出发，而是以《春秋》为余"经"之承托，担当经学大义具形面世、着身于"人"的重托。也正因为"六经"之中有《春秋》的存在，儒家一切关键术语的背后永远能找到与之配套的"原生"的语境，圣人之意也总是能在其亲创的具象空间内得到充分诠释。于是，时间、人物和事件三大要素在《春秋》中交汇，情理、事理、道理在《春秋》中贯通。一个属于"六经"、也属于人类社会的、基于时间却完全可以挣脱时间，实现意义"一以贯之"的时空就此形成。

若上论不谬，夫子甘冒天下之大不韪也要将作《春秋》的初衷就在于留存一把解"经"的钥匙，确保"经"之所以称"经"的那些超越时间的重大意义持久恒定地面向任何时代的读者开放。这样，圣人作《春秋》便构成了一次盛大的经学解释性行为，而《春秋》的记事体例则无疑是圣人亲选的解释方法。《春秋》本因鲁国旧史而来，夫子"约其辞文，去其烦重"，精撷所留一切事例皆与余"经"互为问答，为"仁""善""义""理""信""孝"等夫子反复言及，却从未尝试定义和概念化的术语提供具体的应用语境。圣人以作《春秋》的自发实践提出一种对于意义诠释的全新思路，并在日常言传身教中反复印证世间存在一以贯之的"道"(真理)，但这样的"道"永远发生在语境之中、具体情景和案例之中，永远需要活生生的"人"来践行、体验和维持。《春秋》一万八千余字，所录人事上下不过两百四十余年，于人类社会与天地存续时间而言不过只是沧海一粟。但《春秋》打通和照亮的绝不仅仅是区区两百余年。司马公"万物之散聚皆在《春秋》"之言得到最广大的认同的原因，就在于《春秋》拥有遍释群"经"、注解万物的巨大的解释力。《春秋》的诠释力量并不来自于从时间跨度与内容的丰富程度上做到包孕天地，而源自一种拒绝任何形式的理念化、观念化和普遍化的阐释思路，一种无时无刻不身处“真理”之中却从未脱离历史情景的态度。从宏观而言，《春秋》从形式到内容都是对都是对儒家天地——人文生态结构的浮现和映照；而从微观上说《春秋》所记每则事件背后都是对“人”的道德与精神世界“至善”境界，即如何成为“仁君”“忠臣”“慈父”“孝子”的注解。若仅以记载两千年前东周社会生活的珍贵“史料”来评价《春秋》，就远远未曾触及到《春秋》赋能群“经”的内核——那里才有子路“不对”、孔子“不知”、天地“不言”的终极解释。也只有在那里，我们才能发现夫子试图言说、却从未言明的“意义”和“真理”。

3.《论语》对话《春秋》：“问”的动机与前提

《春秋》诠释能量的层层披显足以照见前人未能充分察觉的隐秘。夫子创发《春秋》，并以其为节点续写“五经”的初衷绝不是为了留下一道供后学破解的“谜题”，而是要提供关“经”的“谜底”。因此，《春秋》绝不仅仅是“被诠释”和“被注解 ”的东西，《春秋》大义更不应在“三传”各自的牵引扰动下摇摆偏移。在此，我们无意加入中唐啖助、赵匡“去传求经”的“阵营”。①但如果“三传”的诠释起点是《春秋》有“大旨”“大义”，“三传”辗转传授的也只能是《春秋》之中所固有的东西。如以《春秋》为“日月”“三传”为天下万物，“日月之晖不因物而设”，万物不过从中“各取其照”而已。② 所以，无论是否删去“不可以书见”的讥褒讳挹损之文辞，无论圣人是否另有“口授”“面

① 由啖助、赵匡、陆淳引发的中唐经学之变见本书第三章。

② 语出王夫之《春秋家说》：“圣人之于经教，若悬日月焉。晖不为物设，而物徧取照。”见氏著：《春秋稗疏·春秋家说·春秋世论·续春秋左氏传博议》，长沙：岳麓书社，2011年，第232页。

传"之机宜，都不可能撼动《春秋》大义的独立存在。然而，叩问《春秋》大义，显发圣人的"本心"和"原义"，从没有一条"直达通道"，夫子与子路的相继沉默绝非个案，不能因贪图"便捷""高效"依从"what is..."的提问思路，希冀得到"A is B"式简单判断。①《述而》《公冶长》二则中师生高度一致的态度所揭示出的不仅是贯穿《论语》的思想指南，更提供了以《论语》对话"六经"，尤其是对话《春秋》的契机。无论之于"为仁"还是"为人"，夫子之"意"、"六经"之"义"，都大大超越了西方式的线性之问的向度和广度。抛出普遍主义命题并期待康德意义上"行为准则"式的回答无异于以点求面，所得必然只能是以偏概全。同理，任何从概念化动机出发定性定量追问《春秋》大义是什么的尝试，都不啻以苏格拉底的"公式"强行推定儒家万象生态人伦，终不免落入楚叶公、孟武伯"问仁"与"问人"的窠臼。

但"线性"与"非线性"、"普遍主义"与"非普遍主义"、"定义"与"反定义"从不是中华文化为隔绝自身、逃避交往刻意划分的鸿沟。汉字与汉语从构型模式到语用、句法特征处处彰显着有别于印欧语系的文化结构和人文心理。西方语言符号与外部世界间的规约性指代关系写定了一整套"规则"指导下的表意模式。在这一模式中，一般性的"信号"经"定义"上升为语言符号，语言符号又借助"规则"反映现实世界。"人"虽身处世界之中，却只有透过"语言符号"才能走向"世界"，其路径正如卡西尔

① 张祥龙与于连在《论语》之中均观察到作为一种普遍现象的"孔子不言"，如："夫子之言性与天道，不可得而闻也"（《论语·公冶长第五》），"默而识之，学而不厌，诲人不倦，何有于我哉？"（《论语·述而第七》），"子罕言利与命与仁"（《论语·泰伯第八》），"予欲无言"（《论语·阳货第十七》）。二人共同认为，孔子"不言"不是因为"不信任话语"，或者认为"现实无法言说"，而是拒绝以多余的话语干扰"时义"的自然显露，警惕话语被当作"普遍标准规范人生"。见张祥龙：《海德格尔与中国天道》，北京：商务印书馆，2011年，第314页。弗朗索瓦·于连：《圣人无意或哲学的他者》，闫素伟译，北京：商务印书馆，2019年，第93页。

(Ernst Cassirer，1874—1945）所言，“要理解宇宙的意义，我们就必须理解言语的意义”①。外部指涉的“规则”与内部构造的“语法”从底层建构上奠定了西方语言对抽象、科学、普世的追求。与之相较，汉字“观物取象”的构型则意味着每一个汉字都出自“人”的视角，是以“人”的直觉和感官发出对周遭世界和自身的赞叹。汉字的语汇世界铸造出中华文化，而儒家思想又是中华文化的大宗大本。这就意味着，汉字的气质直接影响儒家的精神，无论是“天人合一”还是“仁者爱人”皆可视为对汉字开放式和体验性的深刻内省和哲理提炼。

如果“隐藏”和“加密”从不是汉字的气质，坦诚和共享才是汉语言持续发出的文化信号，那么“封闭”与“沉默”就绝不可能是儒家“本意”。所以，无论《春秋》中隐去了多少“不可书见”的文辞，无论《春秋》其文如何约省婉幽，《春秋》大义都不应该、也绝不可能是晦涩、艰深、封闭，只供特定的少数“探秘”的东西。圣人及其门徒在《论语》中的惯常性沉默，也许并不仅仅是抵御“苏格拉底”式的“真理”考问采取的对策，更不是对不同阵营思想的鄙薄和厌弃。“圣人毋意”“予欲无言”不是因为“不能言”“不屑言”，或是故作神秘“不愿言”，而是天地如一、情理如一光照下的“无须言”。唯有不作评断、不设命题、不下结论，才能不干扰、不中断，任由人悉心“观”“见”，让本该显而易见的内在性自发流淌。同样地，《春秋》“微言”，也许与“贬损大人”“当世君臣”，惧避“时难”并没有必然联系，而是夫子在《论语》中呈现的“毋意”“无言”的延伸和实践。

我们在《论语》中观察到的子路“不对”、孔子“不知”与“无言”渐渐聚合，成为一种明确的态度，启发我们走向一种更“自然”、也更“直观”的意义体验。这对我们认识《春秋》有重大借鉴意义：回避和隐藏不是圣人作《春秋》的初衷，“明见”才是《春秋》的“本意”。如果这一“本意”就是后人苦索的“大义”“直观感受”而非“客观提炼”才是圣人应许的方法。但

① 卡西尔：《人论》，上海：上海译文出版社，1985年，第29页。

“直观”不意味着排他，显露那些本应明白可“见”的东西也并不意味着独倚“看见”一途。眼所见，耳所闻，手所触，鼻所嗅，舌所尝皆可为“意义”的观感，皆为汉语言及儒家开放人文精神的体现。我们更不应无视或忽略的是，如本书第四章所论，在“观”之外，尚有“问”，由“问”引发的省思和道德内化同样可以成就意义的内在性的显露。① 观《论语》所记，夫子十四次答子弟问“仁”，与弟子、及弟子之间互问“孝”、问“政”、问“耻”、问“君子”、问“知”不可具数。不仅如此，孔子受邀入太庙观“礼”，更是“每事问”。（《论语·八佾》）与弟子殷勤问“道”夫子循序善诱、诚心作答相比，“问而不答”之处少之又少，只能算作“特例”和“偶发”。可见，夫子虽不断重申四时有节，万物生发背后不需点化和启示的“道”，但师生之间却从未因此对“问”心怀成见、刻意提防，反而乐于此道。②《论语》之后，精于“问道”者，莫过于《公》《穀》二“传”。《春秋》《隐公元年》云：“元年春，王正月。”短短六字引发《公羊》十一问：

元年者何？君之始年也。春者何？岁之始也。王者孰谓？谓文王也。曷为先言王而后言正月？王正月也。何言乎王正月？大一统也。公何以不言即位？成公意也。何成乎公之意？公将平国而反之桓。曷为反之桓？桓幼而贵，隐长而卑，其为尊卑也微，国人莫

---

① “问”亦是孔门一贯尊“礼”、习“礼”的手段，也因此与“观”一样构成儒家解读经典、批讲经义的策略体系，甚至极有可能是孔孟“日常教学”的常态：“学者须将论语中诸弟子问处便作自己问，圣人答处便作今日耳闻，自然有得。虽孔孟复生，不过以此教人。”见朱熹、吕祖谦：《朱子近思录·读〈论语〉〈孟子〉法》，严佐之导读，上海：上海古籍出版社，2000年，第59页。

② 夫子十三次答弟子问“仁”，包括《公冶长》（5.5，5.8，5.19）、《雍也》（6.26，6.30）、《颜渊》（12.1，12.2，12.3，12.22）、《子路》（13.9）、《宪问》（14.6，14.7）、《卫灵公》（15.10）、《阳货》（17.6）。仅《颜渊第十二》《子路第十三》两篇中就记问“仁”五次，问“政”十二次，问“修慝”两次，问“士”两次、问“君子”一次，问“明”“达”“知”各一次。

知。隐长又贤，诸大夫扳隐而立之。隐于是焉而辞立，则未知桓之将必得立也。且如桓立，则恐诸大夫之不能相幼君也，故凡隐之立为桓立也。隐长又贤，何以不宜立？立适以长不以贤，立子以贵不以长。桓何以贵？母贵也。母贵则子何以贵？子以母贵，母以子贵。①

对此六字经文，《穀梁》亦存六问：

虽无事，必举正月，谨始也。公何以不言即位？成公志也。焉成之？言君之不取为公也。君之不取为公何也？将以让桓也。让桓正乎？曰不正。《春秋》成人之美，不成人之恶。隐不正而成之，何也？将以恶桓也。其恶桓何也？隐将让而桓弑之，则桓恶矣。桓弑而隐让，则隐善矣。善则其不正焉何也？《春秋》贵义而不贵惠，信道而不信邪。孝子扬父之美，不扬父之恶。先君之欲与桓，非正也，邪也。虽然，既胜其邪心以与隐矣，已探先君之邪志而遂以与桓，则是成父之恶也。兄弟，天伦也。为子受之父，为诸侯受之君，已废天伦而忘君父以行小惠，曰小道也。若隐者可谓轻千乘之国，蹈道则未也。②

“王春正月”逐字问意，有问有答、口耳相承，如同耳闻圣人授《春秋》现场。《公》《穀》以“问”入题，是对以问“仁”为代表的《论语》教学传统的回顾，当然也是儒家意义情感化、体验化和人伦化的明征。③《论语》与今文二“传”在“问”的形式和

① 何休：《春秋公羊传注疏·隐公元年》，徐彦疏，上海：上海古籍出版社，2014年，第12页。

② 范甯：《春秋穀梁传注疏·隐公元年》，杨世勋疏，北京：中华书局，1980年影印世界书局阮元校刻本，第2553页。

③ 《论语·泰伯》曰：“以能问于不能，以多问于寡。”“问”与“学”的关系在《论语》中尤为突出，“问”的开始就是“学”的开端。由“问”激发的、“学”的内化进程将“学”与“问”牢牢绑定，成为“学”的某种前提基础。而“学”又紧扣《论语》首章，是“儒”之为“儒”的基本精神，也是孔门之“学”延续繁衍的命脉。

“学”的精神上极为投契，但今文二“传”之问与圣人及其弟子之“问”是否同质？或者，由此深入我们至今尚未及的议题，孔门师生之“问”与楚叶公、孟武伯之“问”究竟以何区别？夫子“知”或“不知”、“答”或“不答”内心可有度衡？以《论语》观《春秋》，在开放对“意义”的感知体验的过程中，“问”的“从他性”是否妨碍、干扰“观”的独立性？换言之，怎样的“问”才是圣人“学问”？

《论语·颜渊》四次问“仁”，五次问“政”，两问“崇德辨惑”，问“君子”“明”“达”“知”“友”各一，可为《论语》乃至孔门“问”道的一次集中体现。其中，尤以四次问“仁”最具特色，摘录如下：

12.1 颜渊**问仁**，子曰：“克己复礼为仁。一日克己复礼，天下归仁焉。为仁由己，而由人乎哉？”

12.2 仲弓**问仁**，子曰：“出门如见大宾，使民如承大祭。己所不欲，勿施于人。在邦无怨，在家无怨。”

12.3 司马牛**问仁**，子曰：“仁者，其言也讱。”

12.12 樊迟**问仁**，子曰：“爱人。”

《颜渊》篇中四次问“仁”构成对儒家最关键“术语”最“核心”的解释。从邢昺、朱熹到当代钱穆、李泽厚，四问的分量从未分毫减轻，除注、疏、正义外披究四问的今古文学文献长篇累牍。对“克己复礼”“己所不欲，勿施于人”“仁者爱人”等命题的揣摩争鸣，在披显儒学心性的同时却也让另一些同样有价值的命题在我们面前隐匿。譬如，夫子对“仁”的系列回答皆因“问”而起，然而“问”究竟意味着什么却鲜有问津。“问，讯也。”“讯，言也。”① 无论是《说文》还是《尔雅》，对“问”的解说都几近单

① 段玉裁：《说文解字注》，上海：上海古籍出版社，1981年，第221页。

意。① "问"似乎是天地间最普通平凡的事件，任何解释都显得多余。然而，同是"问仁"，为何众弟子得到一一答复，孟武伯得到的却是"不知"？同是"问"仁，樊迟所"问"与颜渊、仲弓、司马牛之"问"又是否相同？如果辞书中没有提供现成的答案，（或者依靠辞书定义"问"本就不是夫子的本意），从夫子之"问"的具体案例中撷得启示就成为我们的不二选择。

在《论语》中，与师生间的问答相比，夫子之"问"弥足珍贵。除却感叹与设问，最具代表性的也许就是《八佾》中的"每事问"。②

3.15 子入大庙，每事问。或曰："孰谓鄹人之子知礼乎？入大庙，每事问。"子闻之，曰："是礼也。"

夫子始仕于鲁，恰逢鲁太庙祭周公，得入而"助祭"。③ 夫子"每事"必问的敬谨与今文二"传"问"元年"、问"春"、问"王"的殷勤似成呼应。然而，试想夫子初入太庙之神情意态，见礼官周旋揖让、观各类礼器仪文，闻祭乐吟诵，可会问"何为礼？""何为乐？"？夫子之"问"起于"观礼"，落实于"每事"，以目之所见或印证、或填充"心"之所学，所问之"事"有因果、有场景，是嵌入在具体人事之中的"问"，也是建立在全身心投入身临之境，张开身心观感的"问"。因此，孔子以"问"所求，并不是终结性、判断性的回答，而是在人生境遇中寻求"悦"与"乐"，是建立人生依归和信仰的"学"的精神繁衍。这样的"问"总是

① 李学勤：《字源》，天津：天津古籍出版社，2012年，第83页。

② 如"文王既没，文不在兹乎？"（《子罕》）、"二三子以我为隐乎？"（《述而》）、"里仁为美，择不处仁，焉得知？"（《里仁》）等，皆是夫子之"问"。然而这些"问"的修辞意义大于"问"的实际意义。

③ 孔子观"礼"问"礼"参见本书第四章。邢昺、孔安国注见刘宝楠：《论语正义·八佾》，高流水点校，北京：中华书局，1990年，第104页；朱熹注见：《四书章句集注》，北京：中华书局，1983年，第65页。

“在世间”的，总是世俗化、“具体而微”的。正是这样的“问”才是对“为学”，即“学为人”真正有借鉴意义的，也才具有直指“本体”的力量。再观樊迟与颜渊、仲弓、司马牛“问仁”。我们无从得知在何等情况下、怎样的事件激发出三子之问。但三人出身、性格迥异，“问仁”并不是期待从夫子口中获得“学问”的终南捷径，掌握有关“得道”的终极奥义，而是从不同的际遇所见，背负各自的职责使命，在践行“仁道”的过程中呼唤印证和点拨。① 也正是因深知三子之“问”源发的不同人生语境，夫子三次答“仁”才会各有侧重且个个落于实处——以颜渊“三月不违仁”之贤，夫子传其如何道德自律（“克己复礼”）；因知冉雍出仕之志，夫子授其如何“为政”（“承事如祭”）；司马牛“多言而躁”，有兄作乱，夫子体察其必有所难言，便以“讷言”劝导（“言也讱”）；樊迟年幼（少夫子四十六岁），夫子便教导其如何从最基本的人性中召唤出公共道德（“爱人”）。程颐言“圣人之语，因人而异”，但这并不足以照见答三子之语各异的根本。② 三子之“问”虽不曾提供“事件”作为语境，但三人的出生、成长、求仕、学习经历、与父母、兄弟、亲友、同胞的情爱构成了“问”动态语境。而夫子答三子，并不是从“什么是‘仁’”这一超验命题出发，而是设身处地深入三人之“问”的隐藏语境，以感通为媒见三人之所见，感三人所感，深味三人为学、为人路途上的困惑与挣扎，感同身受予以作答。因此，不仅三子问“仁”，夫子所答非一，甚至同一人在人生、修学的不同阶段问“仁”，夫子的解

---

① 三子性格、出身、经历各异：樊迟勤奋好学、爱好广泛；颜渊一生安贫乐道，“不改其乐”（《论语·雍也》）；冉雍出身“犁牛之子”，初与季桓子为宰，复从夫子（《论语·雍也》）；司马牛“为人多言而躁”（《史记·仲尼弟子列传》），自叹“人皆有兄弟，我独亡”（《论语·颜渊》）。

② 转引自朱熹：《四书章句集注》，北京：中华书局，1983 年，第 77 页。

答也不尽相同。① 问“仁”如此，问“孝”、问“知”无不这般。如此看来，孔门师生之“问”与楚叶公、孟武伯之“问”并不存在“技术手段”的差别（如何问），区别尽在是否因事而问、是否依据所观所见而问、是否落于人生实处。而夫子“知”与“不知”，“答”或“不答”完全取决于夫子是否能以自身所知所见，心感体察，想见还原“提问者”未及言明的人生境遇，提出切中具体伦常日用的建议。因此，夫子之“问”、门下贤人之“问”可以循文入意、披文入情，是以“观”为前提：观见事件依时依次展开、观见万物行止动静、观见他人心境处境，才能以“类万物之情”的触类旁通理解、并中肯回答他人之“问”。

以《公》《穀》之“问”类比樊迟与颜渊、仲弓、司马牛，甚至初入鲁太庙助祭“每事问”的夫子，二“传”问“王春正月”可曾以“事”为实在？诚然，二“传”俱言“桓幼而贵，隐长而卑”旧事，构成“问”的整体语境。但《公》《穀》的志向显然在“就事论事”之外——《公羊》问“母贵则子何以贵？”《穀梁》问“善则其不正焉何也？”处处透露出超越“桓幼而贵，隐长而卑”，上升至总括《春秋》（“《春秋》贵义而不贵惠，信道而不信邪。”），乃至统概人伦关系“准则”的志向（“立适以长不以贤，立子以贵不以长。”“为子受之父，为诸侯受之君，已废天伦而忘君父以行小惠，曰小道也。”）不仅如此，《穀梁》自问自答曰：“让桓正乎？曰不正。”以“正”与“不正”评断隐公让君位与桓公，这与季康子问“如杀无道，以就有道”、孟武伯“子

---

① 樊迟三次问“仁”：第一次问“仁”见《雍也》（6.22）：“樊迟问知，子曰：‘务民之义，敬鬼神而远之，可谓知矣。’问仁，曰：‘仁者先难而后获，可谓仁矣。’”第二次问“仁”即本处所引《颜渊》“爱人”篇。第三次问“仁”见《子路》（13.19）：“樊迟问仁。子曰：‘居处恭，执事敬，与人忠。虽之夷狄，不可弃也。’”孔子三次所答不仅内容各异，且明显存在从勉励（“先难后获”）到初步启发（“仁者爱人”）再到点拨的“阶梯式”上升。

路仁乎?”岂非如出一辙?①《公》《穀》二“传”之“问”句句看似落于《春秋》记“事”框架之中,但“事”之于《公》《穀》,均是“手段”而非“目的”。二“传”元年之“问”虽皆因隐公“让国”之“事”而起,但述元年隐公诸事却不是二者志趣所在,不过是提炼“菁纯大义”的“原材料”。无怪船山诘二“传”云:“初年而元,将二年不元矣,其将取法于亨乎?而体仁长人之德,岂一年而竟乎?”②

船山所讥,是《公》《穀》二“传”“事随义动”“强事就义”之举。究其实质,批判的是二家企图剥除“人情动容,饮食起居交接应酬之务,君臣父子夫妇兄弟之常”,企图在“伦常日用”之外提炼弥高弥坚的“道”。③二“传”所问所答,其意皆在超脱于此时此事之外的“大道法则”,从而使“借事明义”中的“事”沦为铸造“大义”的铺垫衬托。复循此轨的后世今文经学家更是将“事”的真实性无限弱化,大张旗鼓地铺设超验之“问”的必要性和合理性:

(《春秋》)犹今之《大清律》,必引旧案以为比例,然后办案乃有把握,故不得不借当时之事,以明褒贬之义,即褒贬之义,以为后来之法。如鲁隐非真能让国也,而《春秋》借鲁隐之事,以明让国之义;祭仲非真能知权也,而《春秋》借祭仲之事,以

① 《论语》中固然有:“晋文公谲而不正,齐桓公正而不谲”(14.16)之句,但“谲而不正”“正而不谲”的词旨绝不是简单的是非判断,“正”与“谲”之间存在某种弹性张力,详见下文对“述而不作”的语义结构辨析。事实上,夫子在《论语》中虽多次论及“正”(如“政者,正也。子帅子正,孰敢不正”;“其身正,不令而行;其身不正,虽令不从”)但夫子一直回避“仁”“正”“非仁”“不正”的判断。如《宪问》子贡问孔子曰:“管仲非仁者与?桓公杀公子纠,不能死,又相之。”夫子只云:“管仲相桓公,霸诸侯,一匡天下,民到于今受其赐,微管仲,吾其被发左衽矣!”

② 王夫之:《春秋家说》,收于氏著:《春秋稗疏·春秋家说·春秋世论·续春秋左氏传博议》,长沙:岳麓书社,2011年,第109页。

③ 钱穆:《论语新解》,北京:九州出版社,2018年,第170页。

明知权之义；齐襄非真能复仇也，而《春秋》借齐襄之事，以明复仇之义；宋襄非真能仁义行师也，而《春秋》借宋襄之事，以明仁义行师之义。所谓见之行事，深切著明，孔子之意，盖是如此。故其所托之义，与其本事不必尽合，孔子特欲借之以明其作《春秋》之义，使后之读《春秋》者，晓然知其大义所存，较之徒托空言而未能征实者，不益深切而著明乎？三“传”惟公羊家能明此旨，昧者乃执《左氏》之事，以驳《公羊》之义，谓其所称祭仲、齐襄之类，如何与事不合，不知孔子并非不见《国史》，其所以特笔褒之者，止是借当时之事做一样子，其事之合与不合，备与不备，本所不计，孔子是为万世作“经”，而立法以垂教，非为一代作“史”，而纪实以征信也。①

《春秋》因鲁史以明王法，改周制而俟后圣，犹“六书”之假借，说《诗》之断章取义。故虽以齐襄、楚灵之无道，祭仲、石曼姑、叔术之嫌疑，皆假之以明讨贼复仇、行权让国之义，实不予而文予。②

两个声音如出一人——既然孔子所作《春秋》并非为一代作“史”，而是为万世作“经”，那么事件本身，甚至是林林总总事件汇集而成的历史是否符合客观实际并不重要，因为这些“当时之事”本就是夫子拿来“做一样子，其事之合与不合，备与不备，本所不计”。反而是借由“问”引发的那些激扬义例，那些高高在上、冷冷俯视隐公元年众生图景的东西才是《春秋》穿越时代递送给我们的真正价值。这样的“问”反复传达的不过是同一种理路——在时间、事件、世间之外构造终极目的、脱离内容而仅仅诉诸形式的绝对普遍性，一种“从云端向下的鸟瞰”、一种“超出历史自身，甚至是脱离历史自身而站在纯净的‘无定高处’达成的

① 皮锡瑞：《经学通论》，北京：中华书局，1977年，第520~521页。

② 刘逢禄：《刘礼部集·释三科例》（卷四），上海：上海古籍出版社，1995年续修四库全书影道光十年思误斋刻本，16页。

对历史的观看"①。这即是徐复观（1903—1982）将今文二"传"的传"经"风格总结为"代历史讲话"，或是说让"孔子代历史讲话"的理据。② 褫夺"让历史自己讲话"的权利，就是放弃"把孔子从历史中抽取的经验教训还原入历史之中"的机遇，而后者对孔学的意义甚比传《春秋》更为重大。③ 理念的演绎和推断不仅是对《论语》中夫子反复匡正的、"问"的范式的背弃，也是对"观"主体性的剥夺，终不免走向苏格拉底的轨辙，走向了《春秋》的反向、汉字精神与中华文化的反向。

《春秋》如果具备跨越时代、直指人心的诠释力量，其源泉与其说来自某一字、某一句对至高真理的证明或是解说，不如说是一种对待意义平实稳健的指向——从"春"至"秋"是自然时序、也是万物进程，意义身居其中，永远不会超越自然进程存在。时间与事件不是意义的背板，陈述与机遇构成了意义本身。④ 如果"参天地赞化育"是"六经"的目的、意义的根源，物尽其性、人尽其情，仰观天象，俯察万类才是"经"的言说模式。这一模式不设优先的立场（"圣人毋意、毋必、毋固、毋我"）、不制定无差别的标准（何以为"仁"）、不探讨没有变化的"本质"（"不可为典要"），将意义永远留存在情景、情境之中。而只有充分尊重且优先开放静观、默识、"不言而存诸心"的意义体验通道，进入情景、情境之中才能与这种言说模式达到最深层的共鸣。⑤ 正因如此，我们很难想象罕言"利与命与仁"（《论语·泰伯》）、不言"性与天道"（《论语·公冶长》）的夫子会沉浸在对"元年者

① 陈赟："'普遍历史'构思的文明论困局"，《华东师范大学学报》（哲学社会科学版），2021年第3期，第22页。

② 徐复观：《两汉思想史·左氏"以史传经"的重大意义与成就》，上海：华东师范大学出版社，2001年，第270~278页。

③ 徐复观：《两汉思想史·左氏"以史传经"的重大意义与成就》，上海：华东师范大学出版社，2001年，第273页。

④ 弗朗索瓦·于连：《迂回与进入》，杜小真译，北京：商务印书馆，2017年，第223页。

⑤ 朱熹：《四书章句集注》，北京：中华书局，1983年，第93页。

何?”此类问题的回答中。我们更不能接受，以“予欲无言”引领我们看到“天何言哉?”（《论语·阳货》）的夫子，会用非正即邪的人为评断（“先君之欲与桓，非正也，邪也”），打断弟子体验“四时行”“百物生”中自然流露出的“深切著明”。我们从不怀疑今文二“传”的真伪，也无法否定二者注解《春秋》的正统地位，但《论语》中夫子及其弟子以“不知”“不对”“不言”对真正儒家之“问”的筛选，已经彻底显化其与《春秋》的“微言”的互文联动。而《论语》中诸子问“仁”、问“孝”、问“知”的不同答案，则让我们正视《春秋》大义的直观、开放，以及与“人”的境遇和需求的不可分离。在西方哲学在“真理的平原上不知疲倦地建筑理论的高堂大厦”，让人“站在上面瞻仰真理的尊容”，或是“顺着思考的通道向下挖掘”，让人“发现真理的矿床”之际，孔子另辟蹊径，以其“问”与“答”提醒我们关注另一种不以“完全”和“普遍”为目标的平实“真理”，以及理解这一“真理”更切身、平等、直观的方法。①

第四章“必要的绕道”一节，我们就“观”与“问”的源头，及二者作为两种解“经”、传“经”手段，及其对三“传”成书的影响作出了充分阐论。然而，在《论语》与《春秋》的对话中，特别是对《论语》之“问”与今文二“传”之“问”的类比之中再次发掘了“观”之于经学的重大意义。“观”的存在，成为一种纽带，串联起前文诸多有关意义诠释的命题：“知人论世”是对人生语境“直观”复建，“圣人绝四”是对意义“可观性”的优先尊重，“圣人无言”是引导我们“观注”事物自然进程予以我们的体验。“观”作为圣人自持的诠释态度，一路引领我们发现可被“看到”的意义，无论称这一“意义”为“经”、或“常”、或“道”，它都持久地落实于直观的、动态的、过程性的事件之

① 弗朗索瓦·于连：《圣人无意或哲学的他者》，闫素伟译，北京：商务印书馆，2019年，第86页。

中。而夫子创制《春秋》本身则成为一次盛大的“观意”事件:孔子婉约言辞、避开“空言”,只将不同时间与情景下的“行事”编入两百四十二个“春秋”的记录中,邀请我们进入其中,感受他眼中的“深切著明”。

赫拉克利特(Heraclitus,公元前530—公元前470)赞叹:“神是日与夜,是冬与夏,是战争与和平,是餍足与饥饿。”① 但中国圣人的“春秋”不同于赫氏的“冬夏”,因为《春秋》中并不存在什么“神性”的主宰。从“春”至“秋”,是时序进程、是万物的发展,是一则书写天时与人事的历史事件,而《春秋》大义就在历史的桩桩件件之中。郝大维、安乐哲二人适时提醒我们,即便是在“意义”的确定性和稳固性遭无限消解的今天,“意义”仍有承载的“母体”,有可供追溯的“原型”-“历史成为传统,而传统则被视为内在关联着的意义的固有母体,为揭示和创造意义的活动提供资源。”② 在“观”与“问”的居间调停下,“三传”之争暂可歇止,记录事件的历史因呈现出的情景直观成为《春秋》与《春秋》大义的最终落脚点。从这一意义来说,《春秋》大义即在历史之中。对那些对《春秋》大义抱有宏大期许的人而言,这一结论也许平淡微末、令人失望。但即便能以《春秋》大义征询本人,夫子的回答也应如答“仁”“礼”“孝”“知”之问一样,或曰“不知”,或琐碎日常,因人而异、因需而异,但这并不损耗《春秋》大义的持久精深。“莫见乎隐,莫显乎微。”(《礼记·中庸》)日常不代表没有立场,微末也不代表没有力量,相反,它意味着从我们近处持续展现最广泛的整体、最博大的解释

---

① 转引自 G. S. Kirk. *Heraclitus: The Cosmic Fragments*. Edited with an Introduction and Commentary. London: Cambridge University Press, 1962: 71. 中文译文引自弗朗索瓦·于连:《圣人无意或哲学的他者》,闫素伟译,北京:商务印书馆,2019年,第86页。

② 郝大维、安乐哲:《通过孔子而思》,何金俐译,北京:北京大学出版社,2006年,第320页。

向度。之于《春秋》、之于经学，日常微末的力量尤为重要，因为它将意义交付于最古老却最发达的文化传统，并从中获得源源不断的滋养，这一传统即是“史”。

4. “不朽”的追问：历史的“意”与“义”

如果鲁国先人以《春秋》命名史简的初衷是记录从“春”至“秋”发生的一切自然的或是“非自然”的事件，这看似简单质朴的“春秋”题名却构成了最宏大交错的叙事主题“天”与“人”、古与今、变与常。从“春”至“秋”是不以人的意志为转移的恒定次序，却也标识着人类关系和活动的起落和衰败；是对一段宇宙时间的回溯，也是对当下凝重的劝诫与未来满心展望；是对大化流行、周流不怠勤勉记录，也是对变化之下“不朽”的谨慎探问。“春”之繁兴、“秋”之萧索，本为世间两极，但鲁人偏采二字并列，涵涉关联出浸润滋养中国史学的原初命题。但与传统意义上期待逐一、唯一“解答”的“命题”所不同的是，从鲁国旧史到圣人之作，再到中国史学千年未止的探索突破，不是为了找到其中任何一个“关键词”的“真相”，而是求诸三者之间平衡促动的生态关系，并以此折射出人类与天地、与自身和谐相处的群居关系。记录过去是智慧生物的文化本能，不分泰西中华。但中国史学在以“春秋”冠名之始就注定与西方史学擦肩而过、相背而行。神学笼盖的欧洲中世纪，从春到秋的过渡从不是什么自然的规律，而是神的创造和恩旨。“人”在西方历史之中整体缺席，历史的最大意义就是印证信徒的期盼，坚定基督终将再度降临的信念。文艺复兴以后，人文主义、浪漫主义、理性主义和实证主义相继、或交杂涤荡西方，历史终于不再被看作“主的功绩”，“谁创造了历史就由谁来书写”不仅是维柯（Giovanni B. Vico，1668—1744）个人的呐喊，而是一个时代的宣言——“这个民族世界确实是由人类创造出来的，所以它的面貌必然要在人类心智本身的种种变化之中找出”①。但随着完美而抽象的“人性”上升为主宰西方的时代精神，“真实再现过去发生了什么”（wie es eigentlich geweseri）的“历史理性”和挖掘“真相”的“科学方法”接手掌管宣讲历史意义的话语权。② 于是，西方从“宗教的天国变为理性指导一切的哲学王国”，历史的使命也相应更迭，从记录人类向着天国的朝圣变更为称颂人类理性的赞歌。③

比较之下，中国史学在“春”与“秋”、古与今、常与变之间的错落安插显得如此格格不入、难以琢磨，来自西方的赞誉与毁谤都极有可能成为偏见的一部分。④ 在《历史哲学》中黑格尔感叹：中国拥有“任何民族所不及”的修史传统，却又笃定坚称中国没有真正意义上的“历史”，因为“在中国人中间，历史仅仅包含纯粹确定的事实，并不对于事实表示任何意见或者理解。他们的法理学也是如此，仅仅把规定的法律告诉人；他们的伦理学也仅仅讲到决定的义务，而不探索关于他们的一种内在的基础”⑤。而另一方面，黑格尔所诟病的“纯粹确定的事实”却被认为是中国史籍从不具备的东西，因为“将‘客观’与‘真相’挂钩似乎从不是中国史学传统”，而中国史学家“从未尝试过将历史视为客观理解之

① 维柯：《新科学》，朱光潜译，北京：人民文学出版社，1997年，第165页。

② 兰克在其第一部重要著作《拉丁和条顿民族史 1494—1533》前言中开宗明义，称历史就应如实记录所发生的事（wie es eigentlich geweseri）。见 Leopold von Ranke. *Geschichten der romanischen und germanischen Völker von 1494 bis 1535*. Leipzig: Reimer. 1994: i.

③ 陈新：《西方历史叙述学》，北京：中国社会科学文献出版社，2005年，第28页。

④ 罗蒂（Richard Rorty，1931—2007）站在20世纪省思西方文化对“科学”的普遍化追求：“In our culture, the notion of ‘science’ ‘rationality’ ‘objectivity’, and ‘truth’ are bound up with one and another.”见氏著：*Objectivity, Relativism, and Truth: Philosophical Papers*. Cambridge: Cambridge University Press, 1991: 35.

⑤ 黑格尔：《历史哲学》，王造时译，上海：上海书店出版社，2001年，第136页。

事，更别说取得这方面的成就了”①。普勒姆（J. H. Plumb，1911—2001）称中国史学“从未发育出一套自我批评的机制，以及发现历史真相的机制，从未对历史归纳展开无情考量，也从未对文献卷宗实施有目的的追索以便证明相应的假设。”② 在精于中国史传研究的普实克（Jaroslav Prusek，1906—1980）眼中，中国史学却又是另一番图景：

> 中国的历史学家不加工史料（work up historical sources），不把他发现的史实按照事件的先后排列，不组织情节（fictionalize），但他们自有一套安排事件先后的逻辑。他们从不致力于艺术化的“创造”和再现过去（creating some sort of artistic picture of the past），仅仅是在读者需要时呈现保存的史料。③

更引人深思的是，在科林伍德深刻反省亚里士多德“实质主义的形而上学”倾向，清算其为希腊——罗马历史编纂传统渲染上的厚重“反历史主义”（anti-historical tendency）色彩之际，范佐伦

---

① 分见（Q. Edward Wang）“Objectivity，Truth，and Hermeneutics：Rereading the *Chunqiu*”：“Interestingly，this association between objectivity and truth seems to have never occurred in the Chinese historiographical tradition.” 收入 Ching-I Tu（ed.）. *Classics and Interpretations：The Hermeneutics Traditions in Chinese Culture*. New York：Routledge，2017：169；普勒姆：《过去之死》，林国荣译，北京：华夏出版社，2020 年，第 6 页。

② 普勒姆：《过去之死》，林国荣译，北京：华夏出版社，2020 年，第 51 页。

③ Jaroslav Prusek. “History and Epics in China and in the West” in *Chinese History and Literature：Collection of Studies*. Dordrecht，Holland：D. Reidel Publishing Company，1970：24. 所引中文系作者译，原文如下：“He（Chinese historians）does not work up his historical sources，he does not combine the facts he has found in successive chains，he does not fictionalize them，but he arranges them into certain categories. He does not strive at creating some sort of artistic picture of the past，but in presenting the material that has been preserved in the most accessible for to the reader.”

(Steven Van Zoeren) 的声音又在学界回响：儒家修著和解读历史带有深刻的“反历史” (ahistorical) 意味，他们表达的“真实”从不是唯一的、而是可以根据其所身处的场景和需要任意发挥的东西 (feel free to articulate the truths)。①

科林伍德与范佐伦的批评立场不同、角度各异，但二人之论共享一套隐含逻辑，即“理想的”历史应是绝对时间和绝对史实的等价物-绝对的时间性意味着对变化的无条件遵从，而绝对的历史性则昭示对有且仅有“真相”的至高崇敬。我们看到，西方史学界对标“理想历史”的模板，积极校正柏拉图、苏格拉底、亚里士多德构筑于城邦生活之上的“绝对认识”“绝对精神”，及其背后的“绝对神性”，将历史的变化归还人类经验和现象，而非当作质料证明抽象的概念和信仰。② 而以“求真”为要务的中国的史学则在经历了今文经学拆解、“新史学”宣言与“古史辨”运动的审慎考辨后震荡重塑，朝着精密的“科学”与严谨的“体系”再造进发。在共同的目标，即“理想的历史”的召唤下，中西史学相互靠近，似乎为了“成为彼此”各自努力。但吊诡之处在于，来自西方的声音规诫西方史学回归时间性、督促中国史学反映历史性，但时间性与历史性是否可以共存理想？如将历史的主宰统统交给时间，变化成为唯一的主题。在这川流的时间中是否能找到那绝对的“真相”？又或，如果历史是关于恒定稳固的“真相”，就是

① 分见科林伍德：《历史的观念》，何兆武、张文杰、陈新译，北京：北京大学出版社，2010 年，第 22～23 页；Steven Van Zoeren. *Poetry and Peresonality: Reading, Exegesis, and Hermeneutics in Traditional China*. Stanford: Stanford University Press, 1991: 21. 原文如下：“In a profoundly ahistorical way, they felt free to articulate the truths in which they participated in terms appropriate to their situations, revising and expanding what they had been taught as the occasion demanded.”

② 以兰克、布克哈特（Jacob C. Burckhardt, 1818—1897）为代表的西方史学界对柏拉图、苏格拉底、亚里士多德，以及黑格尔所代表的、赋予历史“终极意义”的体系化“绝对哲学”进行了彻底的清算，呼吁在历史中寻找意义。详见陈赟：“‘普遍历史’构思的文明论困局”，《华东师范大学学报》（哲学社会科学版），2021 年第 3 期，第 43～58 页。

默许时间在“真相”面前隐退，哪里还有“绝对的时间”？或者，当那“唯一”的、绝对的“真相”植入奔涌的时间，除了不可具数、不具连续意义的众多“真相”，或者借用海德格尔，除却某种“不可避免又不可理解的东西，一种负担或一个奇迹，一个谬误或者一种合目的的创设，一种闹哄哄的东西或一种‘生活’教训”，我们还能从历史之中获得什么？① 尤其是在新历史主义（Neo-Historism）的劲风下，史学与“真实”“真相”的关系愈发疏离，转而追随文本、修辞和想象的步趋，成为一种“类文学”叙事。② 当“一切坚固的东西都烟消云散了”，历史中是否还有夫子所期待的、经年不朽的诠释力量？但如果不是“科学”、不反映“真实”、不企望“恒定”，历史对于我们又意味着什么？③ 绝对的时间性与纯粹的历史性如果不是中西方历史的“原罪”和“救赎”，反而成为滋生怀疑主义、虚无主义、意义“无政府主义”的温床，历史的意义与历史中的意义就理应是我们再次凝视的方向。

记录历史是人类文明的本能，但历史与“意义”的命题却亘古弥新，它起于人类生命与时间、记忆的抗衡协商，其历程几乎与历史本身和人类精神同样久远。寒来暑往、日升月落，这些明白可见的时间印记引发出人类无可奈何、又无力挽回的巨大焦虑，而历史记录成为对抗变化与遗忘，成就“永恒”和“不朽”的武器。无论在东方还是西方，这都是创造历史，并赋予其“意义”的最

---

① 海德格尔：《谢林：论人类自由的本质》，王丁、李阳译，北京：商务印书馆，2018年，第94页。

② 如在海登·怀特（Hayden White，1928—2018）《元史学：19世纪欧洲的历史想象》（*Metahistory: the Historical Imagination in Nineteenth-Century Europe*）一书中，历史叙事受语言规则和文学手段支配，是一种系统性的“虚构”——“占主导地位的比喻方式以及与之相伴随的语言规则，构成了任何一部史学作品那种不可还原的‘元史学’基础”。见氏著：《元史学：19世纪欧洲的历史想象》，陈新译，北京：译林出版社，2004年，第4页。

③ 语出自马克思、恩格斯：《共产党宣言》，《马克思恩格斯选集》（第1卷），北京：人民出版社，1999年，第254页。“一切等级的和固定的东西都烟消云散了，一切神圣的东西都被亵渎了，人们终于不得不用冷静的眼光来看他们的生活地位、他们的相互关系。”

初起点。然而，对于“不朽”这一生命“最高意义”的实现样态，中西方存在明显分野，而这一分野不仅体现在注重实用理性的儒家传统与灵肉分裂的基督教保罗传统对现世人生价值的不同取向，更决定了“意义”在中西方史学之中的不同归处：

> 一切精神的东西，不管它们是在哪个领域感受到的，都具有历史的一面，它们表现为一种变化、一种受到制约的存在、一个转瞬即逝的因素，并且构成对于我们来说无法量度的巨大整体的一部分；其次，所有发生过的事情都具有精神的一面，这种精神的成分使得发生过的事情有可能永垂不朽。因为精神虽然处于不断变化的过程中，但是它摆脱了稍纵即逝的命运。①

在布克哈特（Jacob C. Burckhardt，1898—1897）看来，事件转瞬即逝，唯有“精神”“永垂不朽”。但“事件”如何化为“精神”，“精神”又如何进入历史？布克哈特不必自证，也毋需言明，因为与物质世界相对的“精神世界”早已是西方文明标志性的“巨塔”。从柏拉图授予理性灵魂（Logical）人类第一本体地位，到亚里士多德对“沉思”（Contemplation）的高歌，再到黑格尔对“绝对精神”（Absolute Spirit）的绝对渴望，精神与“灵性”、理性逐渐等价，织就一张细密的筛网过滤人性中卑微的欲望、激情和冲动，以“神性”之努斯（Nous）洞见“无蔽之真”，将人类送入“高贵”的殿堂。②

---

① 雅各布·布克哈特：《世界历史沉思录》，金寿福译，北京：北京大学出版社，2007年，第5页。

② 亚里士多德认为，在神与人之间存在“努斯”（Nous），它是沉思生活的主事者，也是神与人的联络人。只有通过纯粹的、不杂情欲、物欲的沉思和绝对精神才能真正自我敞开，人类也才能进入更高层的、更接近“神”的生存方式。“这是一种比人的生活更好的生活。因为，一个人不是以他的人的东西，而是以他自身中的神性的东西，而过这种生活。”“如果努斯是与人的东西不同的神性的东西，这种生活就是与人的生活不同的神性的生活。”见亚里士多德：《形而上学》，寿彭译，转引自陈赟：“‘普遍历史’构思的文明论困局”，《华东师范大学学报》（哲学社会科学版），2021年第3期，第43~58页。

从事纯粹思维的需要，是以人类精神必先经过一段遥远的路程为前提的；可以说，这是一种必须的需要已经满足之后的需要，是一种人类精神一定会达到的无所需要的需要，是一种抽掉直观、想象等等质料的需要，亦即抽掉欲望、冲动、意愿的具体利害之情的需要，而思维规定则恰恰掩藏在质料之中。在思维达到自身并且只在自身中这样的宁静领域里，那推动着民族和个人生活的利害之情，便沉默了。①

这是一种“更道德”“更幸福”“更高尚”的存在形式，它昭示着人类的生命的至高意义、获得“幸福”的“恒定的方法”，却也是一则与血与肉生命诀别的宗教寓言。②

15：42 死人复活也是这样：所种的是必朽坏的，复活的是不朽坏的；

So also is the resurrection of the dead. It is sown in corruption; it is raised in incorruption.

15：43 所种的是羞辱的，复活的是荣耀的；所种的是软弱的，复活的是强壮的；

It is sown in dishonour; it is raised in glory: it is sown in weakness; it is raised in power.

15：44 所种的是血气的身体，复活的是灵性的身体。若有血气的身体，也必有灵性的身体。

It is sown a natural body; it is raised a spiritual body. There is a natural body, and there is a spiritual body.

15：45 “经”上也是这样记着说，“首先的人亚当，成了有灵的活

① 黑格尔：《逻辑学》上卷，杨一之译，北京：商务印书馆，1982 年，第 10~11 页

② 亚里士多德：《形而上学》，寿彭译，北京：中国人民大学出版社，1993 年，第 22 页。

人。末后的亚当成了叫人活的灵。
And so it is written, The first man Adam was made a living soul; the last Adam was made a quickening spirit.
15：46 但属灵的不在先，属血气的在先，以后才有属灵的。
Howbeit that was not first which is spiritual, but that which is natural; and afterward that which is spiritual. 《旧约·哥林多前书》①

在宗教的缓慢吟唱中我们我们看到了西方将出离肉身的精神归入不朽的思想根源。从“首先的人亚当”（the first man Adam）无足轻重，“末后的亚当”（the last Adam）才能走向“不朽”。以这样的“不朽”为记录历史的动机，人间诸事充其量是等待被终结、被超越的“质料”——事件的过程不被瞩目和期盼，事件中的人物不完美也不幸福，唯有落幕和终结才是意义的开端。在这样的“不朽”旨归之下，意义注定要“悬浮”在历史之外——“若将意义赋予历史，他就必须抛弃历史”；“历史之所以有意义，只是因为它将要终结。历史的意义不可能是内在的，它在历史的界限之外”②。西方历史生长于斯，深入骨髓的弥赛亚-先知文化传统早已写就了西方历史的“悲剧”：一方面，在宗教、哲学、乃至诗歌、神话、戏剧这些引领人类“摹拟”生活、超越生活的手段面前，记录生活的历史显得如此渺小而卑微；而另一方面，身处夹缝之中的历史需否定自身，承认历史记录的“衰败”“无意义”才能获得普遍价值认可的“意义”。这样的历史，不但不能成为“意义”和“经典”依靠和托付的对象，反而是被神学与哲学边缘和冷落的牺牲品。

反观中国，尤其之于儒家，“不朽”，以及与其形成语义集合

① 《圣经·旧约》（中英对照中文和合本），国际圣经协会。

② 分见 *The Greek Historians: The Essence of Herodotus Thucydides Xenophon and Polybius*，转引自陈赟：“‘见之于行事’与中华文明的历史意识”，《山西师大学报》（社会科学版），2021 年第 1 期，第 2~13 页；别尔嘉耶夫：《末世论形而上学》，张百春译，转引自陈赟：“‘普遍历史’构思的文明论困局”，《华东师范大学学报》（哲学社会科学版），2021 年第 3 期，第 43~58 页。

的“死亡”“来世”很难构成拥有普遍意义的话题。“未知生，焉知死?”（《论语·先进》）的训教将“此生此世”框定为孔门哲学的优先语境。然而，有关“不朽”最初，也最为著名的论述却恰恰出自儒家典籍：

二十四年春，穆叔如晋。范宣子逆之，问焉，曰：“古人有言曰：‘死而不朽’，何谓也?”穆叔未对。宣子曰：“昔匄之祖，自虞以上为陶唐氏，在夏为御龙氏，在商为豕韦氏，在周为唐杜氏，晋主夏盟为范氏，其是之谓乎?”穆叔曰：“以豹所闻，此之谓世禄，非不朽也。鲁有先大夫曰臧文仲，既没，其言立，其是之谓乎！豹闻之，‘大上有立德，其次有立功，其次有立言’，虽久不废，此之谓不朽。若夫保姓受氏，以守宗祊，世不绝祀，无国无之，禄之大者，不可谓不朽。”　《左传·襄公二十四年》

鲁大夫叔孙豹（?—公元前537）与晋大夫范宣子（?—公元前548年）所论“立德”“立功”“立言”并称“三不朽”，被反复提及，成为中国知识分子的集体人生理想。“立”即是“不废绝”，但叔孙豹有意矫正的观点是世禄荫庇、祭祀不绝，“保姓受氏，以守宗祊”不是“不朽”的真意。所谓“立德”，是要“创制垂法，博施济众，圣德立于上代，惠泽被于无穷。”“立功”就是要“拯厄除难，功济于时”；“立言”谓“言得其要，理足可传”。①

儒家所认定的“不朽”与西方神话中的“长生”（immortal）、或犹太-基督传统中的“灵”（spiritual）气质迥别。“立德者”为“大上之人”，是“人之最上”“上圣之人”；“立功者”“立言者”次之，为“大贤之人”，三者展现的理应是亚里士多德无限憧憬的“最幸福、最美好、最理想”的生存方式。但儒家的“不朽”凸显的是一种垂范和泽被后世的典范力量、一种对日常和实际问题“虽久不废”（still in use，not out of date）的指导，一种切中伦常

① 杜预：《春秋左传正义·襄公二十四年》，孔颖达正义，北京：北京大学出版社，1999年，第1003页。

的“应用型”价值的崇敬叩拜。也正是出于这样的理解，对于“不朽”的翻译，理雅各谨慎避开了带有西方宗教和神话联想的语汇，如（incorruption，immortality），采用了一种看似近乎直白对应的翻译“不衰败腐朽”（not decaying），却在“立功”“立德”与“立言”三词的细微处显露心声：

When Muh-shuh (P'aou) went to Tsin, Fan Séuen-tsze met him, and asked the meaning of the saying of the ancients, "They died but suffered no decay," and, before he had replied, went on to say, "Anciently, the ancestor of the Séuen, anterior to the time of Yu (Shun), was the prince of Taou and Tang (Yao see on the *Shoo* III. iii. 7). In the time of Hea, their ancestors were the Yu-lung (see the *Chuen* after X. xxiv. 4). In the time of Shang, they were (the lords of) Ch'e-wei. In the beginning of Chow, they were (the lords of) Tang and Foo. When Tsin obtained the presidency of covenants, we became the (lords of) Fan. -Is this what is meant by the saying?" Muh-shuh said, "According to what I have heard, this is what is called 'hereditary dignity', but it is not that 'not decaying'. There was a former great officer of Loo, called Tsang Win-chung, the excellence of whose word was acknowledged after his death. This may be what the saying intended. I have heard that the highest meaning of it is when there is established (an example of) virtue; the second, when there is established (an example of) successful service; and the third, when there is established (an example of wise) speech. When these examples are not forgotten with length of time, this is what is meant by the saying- "They do not decay". ①

与另一译本的比较，也许更能凸显理雅各的独特思路：

① James Legge. *The Chinese Classics*. Vol. V. 上海：华东师范大学出版社，2011：507.

In the spring of the twenty-fourth year, Shusun Bao went to the state of Jin. Shi Gai walked out to welcome him. He said to Shusun Bao: “It was a proverb said by the ancient. ‘He who has died is immortal.’ What is the meaning of the proverb?” Shusun Bo (Bao) was silent. Shi Gai said again: “My ancestor was Taotang in the time of Yu and Shun, Yulong in the time of Xia dynasty, Shi wei in the time of Shang dynasty and Tang du in the time of Zhou dynasty. And it was Fan in the time of Jin's holding the allied covenants. I imagine what the proverb said is such a case.” Shusun Bao replied: “I was told that you said is called hereditary rank, not immortal. Formerly there was an official in Lu called Zang Wenzhong. He died, but what he said was kept by generations. This should be called immortality. I was also told that the highest extent reached man may reach is the establishment of morality and integrity. The next is the establishment of achievements and another is the establishment of valuable speech. His body extinguished but his establishment remains. This is called three-immortality.”①

十余年浸淫于儒家经典，理雅各清楚认识到，作为“不朽”先决条件、生命的最高意义（the highest meaning），“德”（an example of virtue）不是卓越的思辨产生的完美体系（morality）或是对道德直觉性的感悟（integrity），“功”（an example of successful service）与“言”（an example of wise speech）也不是辉煌事迹定格的瞬间（achievements）或是涤荡人心言辞片段（valuable speech），而是在不可重现、不能逆转的时势和情理之中的一种典范性行为（an example）。它不支持对永生的朝拜，而仅仅提供事件性的启迪。这就决定了，作为一个整体，构成“不朽”是情、理、人、事、时，它们不可规约、不能被“纯化”和提炼。而这

① 罗志野：《左传英译》，南京：东南大学出版社，2017 年，第 313 页。

样的“典范性行为”因始终关涉厚重情景与事件脉络而无法精简为一个概念，或人格化为一尊神像。它之所以能战胜时间，存留在群族记忆中不被遗忘（not forgotten with length of time），显然无法依靠周期性、日常化祭祀和膜拜，而是作为一种时常被提及和采用的案例资源，提供面向现世和当下的“答案”。所以，“不朽”与生死无关、与任何理念构筑出的“永恒”更存泾渭之别。

正是基于这层认识，与另一译本相比，理雅各从出发点上就更有机会接近儒家有关“不朽”的“真相”。理雅各试图唤起西方读者关注的是，令传统中国人心向往之的“不朽”与西方思维定式之中鲜活的肉体、连绵不绝的生命、永恒的形式等等毫不相关。而只需细读原文就能发现，理雅各所理解的不过是左丘明早已借叔孙豹之口表达出的东西-“朽”乃“朽木也”（《说文》），“不朽之木”不是永生不灭的“神木”，它的价值不在于日日接受朝拜供奉，而是“虽久不废”。“存之为置、弃之为废”（《说文》），“不废”的前提是合用、合宜，是始终能作为“可造之材”在某一当下的语境中被念及、重温、借鉴。尽管“immortality”与“不朽”在当代形形色色的中英文语料之中都是固定且现成的对应，但这样的惯常“对应”极有可能蚕食和消解翻译本身——如果翻译不再带来“远方的声音”，而仅仅是提供同一种思路的镜像和回响，翻译似乎就不再有存在的必要。理雅各看似执拗“笨拙”地采用在英语世界之中并不常用的“not decaying”，绝不可能是对现成对应物“immortality”毫不知情，而是看到“decay”“日渐腐朽衰败”（to become gradually damaged）与“虽久不废”的“投契”的联系，看重其所表达出的外部形态仍存，却不再拥有往日的“内在力量”或者说“内在生命”（to become less）的“朽废”。① 理雅各的翻译并非个人创建，其所做的不过是“述而不作”，通过译文揭示出儒家有关“不朽”的平实“真相”：作为人生理想的“不朽”是具体的人居于具体事件之中，与他人作用、磨合，随时势

① 对“Decay”的解释，参见 International Dictionary of English，上海：上海外语教育出版社，2001 年，第 515 页。

变动起伏，却始终融洽合宜的行事“道理”，一种包裹在“具体”之中“普遍”，一种始终在“历史”之中的“意义”。

以“不朽”作为人类文明创造历史的共同起点，儒家“虽久不废”的不朽观注入华夏史传的是对一切外在意图、超验精神的“免疫力”。在这里，“不废”不是一种高于历史本身的终极价值，历史也无须“在经验性与具体性之外另建以理性为根基的逻各斯”。① 这就决定，“不朽”不在“他处”，就在历史之中；人生的最高“意义”也无须在“沉思”中寻觅，它以“行事”轨迹（example）的形式镌写在历史之中。当“我思”与“我在”无须分化、存在与思想从不对峙，“我”不需割裂就获得了观见“真意”的机会。而这样的意义之所以“不朽”，不是因为它始终有“生命”，而是常年拥有“生命力”-不是奄奄一息、行将就木的“活着”（decaying），而是充满本末常变、却勃发不二斗志的生命（never becoming less）。只有这样的“意义”才是“至高的”（the highest meaning）这与宾四先生的观点不谋而合：

在此进行中，有持续，亦有变动，而自有其起讫，而成为一事业，或为一生命。历史正为一大事业，一大生命。故历史上之过去非过去，而历史上之未来非未来，历史学者当凝合过去未来为一大现在，而后始克当历史研究之任务。②

如果我们将之命名为“生命史学”，这无疑是一次史无前例的探索：历史若有生命，其中的人物与事件就不会是孤立断裂的，而是如同细胞、组织、血液、器官一般自有牵动，融会贯通。以一时、一地之一人、一事衡量中国古典历史书写，所见只能是“不加工史料”

① 陈赟：“‘见之于行事’与中华文明的历史意识”，《山西师范大学学报》（社会科学版），2021 年第 1 期，第 21~33 页。

② 钱穆：《中国今日所需要之新史学与新史学家》，收于蒋大椿：《史学探渊》，长春：吉林教育出版社，1991 年，第 1050 页。

(do not work up historical sources)，“不组织情节”（fictionalize），散乱堆积的“断烂朝报”。既是生命，就应报之以生命之温情关切，必当从全体生命综合融通看之，才能见沉浮起灭后的代谢重生。① 当历史不再是“真相”的质料、不再是那些赫赫功业事迹的镜像反射，它也就不再是被客观研究的对象，而成为与你我一般的研究的本体。这就决定了身在东方的我们永不可能如西方史学家一样站在高处“俯瞰”历史，以“反历史”的态度从中提炼终极规则，因为历史不单纯是我们的“记忆”，历史是我们不可脱离的自身。视历史为“一大生命”同时意味着，夫子对“问人”与“问仁”的规诫对于看待历史同样有效，对其意义的评估忖度也只有在桩桩件件的行事之中才合法生效。所以，期待从历史之中收获某一概念或标准，如获至宝奉之为“大义”便犹如“子路仁乎”之问，结果只能是缘木求鱼。

对任何生命而言，至高的“大义”只能是在复杂的环境与情态之中葆有可持续的生机，是无论外部世界和暖春风还是冰霜雨雪都始终相处得宜、应对得当——这是生存的直觉、也是儒家竭力贡献的智慧。生存的直觉不等于利己主义的偏狭，儒家提供给世界文明的不是一套专己排他的功利手段，而是健全、敦睦、友爱的人文生态，自然而然实现生命兴旺发达的生命哲学，这才是其始终对“为人”报以首要关切的动机。② 所以，若要在儒家的“生命史学”中发掘高于生活的“概念化真理”、找寻洁净纯粹的善恶判断标准充当“大义”决不可取-历史既然如你我一般具生命、能代谢，其中的“大义”必然也处于人生百态、自然时序、天地万象的无穷变化之中。《礼计·中庸》曰：“义者，宜也，尊贤为大。”《孔颖达疏》曰：“义者，宜此者也。”以“宜”解“义”是儒家提供

① 钱穆：《中国今日所需要之新史学与新史学家》，收于蒋大椿：《史学探渊》，长春：吉林教育出版社，1991年，第1050页。

② 张祥龙：《海德格尔与中国天道》，北京：商务印书馆，2011年，第317页。

的训释，而从“义”到“宜”先圣先贤试图言明一切大道真理的归身之处。① “义”乃“义理”“义法”，所谓“和顺于道德而理于义”（《周易·说卦》）；“宜”为“适宜”“得当”，即“所安也”（《说文》）。“义在正我，不在正人”，② “义”的主要功能不是提供道德的标尺，而是在时移势易之中调节、平衡、时中，达成生命力量的最大释放。所以，我们看到，“义”可以介入事件之中——“事得其宜谓之义”；也能现身于行为决策——“行而宜之之谓义”；亦可为“事中之理”——“义者，分别事理，各有所宜也。”③ 而无论从何例取意，儒家大义，或者不妨再具体一些，《春秋》大义都不可能是“大一统”“通三统”“张三世”这些宏大的概念能妥帖收纳入内的东西。《春秋》与《论语》的对话足以点醒我们，与其反复质问《春秋》大义是什么（“问其人”），不如退回到具体语境之中，观察《春秋》“行事”（“问其为人”），辨认其到底在调节、平衡着什么，又是什么维系了《春秋》的历史生命。

5.《春秋》“五情”与春秋大义

《春秋》有微言、有大义，历来论者众矣。除《孟子》“乱臣贼子惧”之论外，对《春秋》效用的最早、也是最富影响力的记录当属《左传》。《成公十四年》《昭公三十一年》围绕“定名”两次总结《春秋》之义：

---

① 儒家以“宜”解“义”的传统自先秦而始，详见陈来：“论古典儒学中‘义’的观念——以朱子论‘义’为中心”，《文史哲》，2020 年第 6 期，第 5~21 页。

② 董仲舒：《春秋繁露·仁义法》，周桂钿译注，北京：中华书局，2011 年，第 110 页。

③ 分见汪荣宝：《法言义疏·重黎》，陈仲夫点校，北京：中华书局，1987 年，第 188 页；韩愈：《韩愈文集汇校笺注·卷一原道》，刘真伦校注、岳珍注解，北京：中华书局，2010 年，第 9 页；朱熹：《四书章句集注》，北京：中华书局，1983 年，第 31 页。

《春秋》：九月，侨如以夫人妇姜氏至自齐。

《左传》：秋，宣伯如齐逆女。称族，尊君命也。

九月，侨如以夫人妇姜氏至自齐。舍族，尊夫人也。故君子曰：“《春秋》之称，微而显，志而晦，婉而成章，尽而不污，惩恶而劝善，非贤人谁能修之?” 《左传·成公十四年》

《春秋》：冬，黑肱以滥来奔。

《左传》：冬，邾黑肱以滥来奔，贱而书名，重地故也。君子曰：“名之不可不慎也如是。夫有所名，而不如其已。以地叛，虽贱，必书地，以名其人。终为不义，弗可灭已。是故君子动则思礼，行则思义，不为利回，不为义疚。或求名而不得，或欲盖而名章，惩不义也。……是以《春秋》书齐豹曰‘盗’，三叛人名，以惩不义，数恶无礼，其善志也。故曰：《春秋》之称微而显，婉而辨。上之人能使昭明，善人劝焉，淫人惧焉，是以君子贵之。”《左传·昭公三十一年》

成公十四年（公元前574年）鲁大夫侨如入齐迎女，《左传》记其姬姓，叔孙氏，名侨如，谥宣公。《左传》注、疏皆以为《春秋》详记此事乃因“成公逆夫人，最为得礼”。① 侨如赴齐是“尊君命”、代君迎娶，故《左传》以谥号尊之。九月，侨如带夫人姜氏自齐至鲁，《春秋》直呼其名，以“尊夫人”。往返之间两易其名，引发左丘明对“《春秋》之称”“微而显，志而晦，婉而成章，尽而不污，惩恶而劝善”的阐发。昭公三十一年（公元前511年），《春秋》书“黑肱以滥来奔”，邾国大夫黑肱带着滥地逃亡奔鲁。叛国求食本为不齿之行，但“经”仍具名记之，《左传》认为此中深意在“惩不义也”，并联系齐豹、邾庶其、莒牟夷窃邑叛君之事

① 杜预：《春秋左传正义·成公十四年》，孔颖达正义，北京：北京大学出版社，1999年，第763页。与此次迎娶作参照的是鲁文公四年（公元前622年）文公“逆妇姜于齐”，《左传》曰：“卿不行，非礼也。”春秋诸侯娶亲，如非迎娶周王室女则应由卿大夫代迎。如庄公十一年齐桓公亲自至鲁迎娶王女共姬。

再发《春秋》定名“微而显，婉而辨。上之人能使昭明，善人劝焉，淫人惧焉”之叹。

二处论《春秋》引起杜预高度关注，除在传文内加注说明外，在《春秋序》中另有精述：

故发“传”之体有三，而为例之情有五：一曰，“微而显”，文见于此，而起义在彼，“称族尊君命、舍族尊夫人”“梁亡、城缘陵”，之类是也；二曰，“志而晦”，约言示制，推以知例，参会不地、与谋曰“及”，之类是也；三曰，“婉而成章”，曲从义训，以示大顺，诸所讳辟、璧假许田，之类是也；四曰，“尽而不污”，直书其事，具文见意，丹楹刻桷，天王求车、齐侯献捷，之类是也；五曰，“惩恶而劝善”，求名而亡，欲盖而章，书齐豹盗、三叛人名，之类是也。推此五体，以寻“经”“传”，触类而长之，附于二百四十二年行事，王道之正，人伦之纪备矣。①

杜预将“微而显，志而晦，婉而成章，尽而不污，惩恶而劝善”作为《春秋》写作的“成例”“书例”，以其附于《春秋》两百四十二年行事之中，成就“王道之正，人伦之纪”。为证其论，杜元凯分述“五例”，在回应成公、昭公两年事外，另辅史例，言此“五例”可“以寻经传，触类而长之”。②

杜预之后，《春秋》“五情”之说毁誉参半。崇《左传》好古者多奉之圭臬，将《春秋序》中总结出的“发凡正例”“新意变例”“归趣非例”合称《春秋》“三体”，与“五例”一道并为春

① 杜预：《春秋左传正义·春秋序》，孔颖达正义，北京：北京大学出版社，1999年，第19页。

② 所引之例见《春秋左传正义·僖公十九年》《僖公十四年》《桓公二年》《宣公七年》《僖公十七年》《桓公元年》《庄公二十三年》《庄公二十四年》《桓公十五年》《庄公三十一年》《昭公二十年》《襄公二十一年》《昭公五年》，其事见杜预：《春秋左传正义·春秋序》，孔颖达正义，北京：北京大学出版社，1999年，第1810、1803、1743、1873、1809、1740、1778、1779、1758、1783、2099、1970、2042页。

秋笔法，以其为研读《春秋》“经”“传”之大宗。① 如《文心雕龙》云：“四象精义以曲隐，五例微辞以婉晦，此隐义以藏用。”② 刘知幾谓：“然章句之言，有显有晦。显也者，繁词缛说，理尽于篇中。晦也者，省字约文，事溢于句外”③。虽未具名言及“五情”，但杜说影响可见一斑。及至当代，钱锺书推“五情”乃“古人作史时心向神往之楷模，殚精竭虑，以求或合者也。”④ 而于另一派学者而言，杜氏之举无异于强“传”就“经”，借《左传》附会经文，妄称“义法”，纯属臆造。⑤ 不可否认，杜预阐发《左

① 杜预在《序》云“发‘传’之体有三”：“其发凡以言例，皆经国之常制，周公之垂法，史书之旧章。仲尼从而修之，以成一‘经’之通体。其微显阐幽，裁成义类者，皆据旧例而发义，指行事以正褒贬。诸称‘书’‘不书’‘先书’‘故书’‘不言’‘不称’‘书曰’之类，皆所以起新旧，发大义，谓之变例。然亦有史所不书，即以为义者。此盖《春秋》新意，故‘传’不言凡，曲而畅之也。其‘经’无义例，因行事而言，则‘传’直言其归趣而已，非例也。”杜预：《春秋左传正义 · 春秋序》，孔颖达正义，北京：北京大学出版社，1999 年，第 19 页。对杜预开创的“三体五例”“五十凡”之说，章太炎、刘师培均曾专论肯定。见章太炎：《章太炎全集 · 丙午与刘光汉书》（第四卷），上海：上海人民出版社，1982 年，第 141~161 页。刘师培：《刘申叔遗书 · 春秋左氏传古例诠微》，南京：江苏古籍出版社，1997 年，第 321~327 页。

② 刘勰：《文心雕龙 · 征圣》，开封：河南大学出版社，2008 年，第 283 页。

③ 刘知幾：《史通通释 · 叙事》，浦起龙通释、王煦华整理，上海：上海古籍出版社，2009 年，第 120 页。

④ 但异于前人的是，钱锺书虽认同“五例”之说，但并不赞同将其定名为“《春秋》五例”，因为在他看来“五例”只见于《左传》，“难以之品目《春秋》，《春秋》实不足语于此”。见氏著：《管锥编》，北京：中华书局，1996 年，第 131 页。

⑤ 如清人刘文淇辑梳汇元代赵汸（1319—1369）、清代丁晏（1794—1875）等人之论云：“《春秋》之后，周典散失，左氏采合残缺，传以己意，略示凡例，凡五十条。杜氏一定为周公所制，而不考其不通于‘经’，则亦陋矣。”又云：“杜氏依此传文，遂附会五十凡为周公礼典，臆说无据。”至近人杨向奎（1919—2000），杜预所推《春秋》笔法甚至与夫子、与《春秋》毫不相干：“《左氏》之凡例与书法同一来源，皆为《左氏》之原编者随意加入者也。”分见刘文淇：《春秋左氏传旧注疏证》，北京：科学出版社，1959 年，第 42 页；杨向奎：《绎史斋学术文集 · 论〈左传〉之性质及其与〈国语〉之关系》，上海：上海人民出版社，1983 年，第 193 页。

传》“五十凡”，并以其为周公创制之礼典，确有崇《左》而抑《公》《穀》之功利动机。但事实上“五例”之说打通了“经”“传”之间的隔阂，第一次系统性归纳《春秋》笔法，为解读《春秋》及诸“传”提供了整齐划一的标准。以“五例”作为《春秋》笔法的基本内涵，今人学者几无异议。① 其中，尤以李洲良(1962—)的研究成果最具代表性，后学多有引用：

> 要而言之，笔者认为，“春秋五例”作为“春秋”笔法的基本内涵，其社会功利价值表现为“惩恶劝善”的思想原则与法度，其审美价值表现为“微而显，志而晦，婉而成章，尽而不污”的修辞原则与方法。前者为目的为功用，后者为方法为手段。就修辞艺术而言，又可分为两类：一为直书其事，“尽而不污”者是也；一为微婉隐晦，“微而显”“志而晦”“婉而成章”者是也。微婉隐晦又可分为二类：出于避讳者，“婉而成章”者是也；非出于避讳者，“微而显”“志而晦”是也。②

经杜预发覆后，“五例”界限明晰、各有侧重，规范和塑造着经学与史学叙事话语。将意义置入语境之中，让“行事”代替概念言说“真理”，杜预的路径与我们的分析气质相投，与《论语》之中屡屡“不言”的夫子遥相辉映。然而，贯穿始终，乃称“法度”。既称之为“笔法”“义法”“例法”，“五例”便是圣人作《春秋》的大本大义，犹如《诗》之“无邪”、《论语》之“仁”、《中庸》之“诚”。这是一种不施压于对象、“不可为典要”的主题、精神，也是一种思想倾向。这样的主题、精神，以及思想可否拆分出

① 见曹顺庆：“‘春秋’笔法与‘微言大义’”，《北京大学学报》，1997年第2期，第22~27页；张高评：《春秋书法与左传学史》，台北：五南图书出版孤愤有限公司，2002年；李洲良：《春秋笔法论》，北京：中国社会科学出版社，2012年；张金梅：《春秋笔法与中国文论》，北京：中国社会科学出版社，2012年。

② 李洲良：《春秋笔法论》，北京：中国社会科学出版社，2012年，第54页。

“功用”和“方法”，分别作用于“社会功利价值”与“修辞原则与方法”？或若如杜预之论，“五例”各有侧重、各有对应，就应缺一不可，同一始终，因何《左传》两处“五例”内容不尽对应？加之，“微者，隐行也”；“晦者，月尽也”；“婉者，曲也”；“尽者，器中空”。“微”“晦”“婉”“尽”意皆在幽暗曲折的“隐”。① “显”为“明饰”；“志”乃“记”；“章”为“乐之竟”；“污”为“洿”，为“夸大”之意。② “显”“志”“章”“尽”四字意皆在尽览无遗的“明”。若如杜预所说，“笔法”分属“五例”，《左传》又何须循环往复、重复阐明？

同样关注此题，认为“五例”“颇嫌一意重申，骈枝叠架”的钱锺书主张化“五”为“二”，以“载笔之体”与“载笔之用”论《春秋》“五例”：

就史书之撰作而言，“五例”之一、二、三、四示载笔之体，而其五示载笔之用。就史学之演进而言，“五例”可征史家不徒纪事传人，又复垂戒致用，尚未能通观古今因革沿变之理，道一以贯，三阶已陟其二矣 。“微”“晦”“不污”，意义邻近，犹“显”“志”“成章”“尽”也。“微”之与“显”，“志”之与“晦”，

① 分见段玉裁：《说文解字注》，上海：上海古籍出版社，1981 年，第 81、207、622、521 页。

② 分见段玉裁：《说文解字注》，上海：上海古籍出版社，1981 年，见第 204、504、91 页。对“尽而不污”的解释杜预注言：“曲也，谓直言其事，尽其事实，而不污曲。”但钱锺书指以“尽而不污”为“直书其事”“尽而直”，“颇嫌一意重申，骈枝叠架，与前三语不伦”。钱氏云：“‘直’不必‘尽’（the truth but not the whole truth），未有‘尽’而不‘直’者也。《孟子·公孙丑》章：‘污不至阿其所好’，焦循《正义》：‘‘污’本作‘洿’，盖用为‘夸’字之假借，‘夸’者大也’；《荀子·大略》篇称《小雅》‘不以于污上’，亦即此‘污’字。言而求‘尽’，每有过甚之弊，《庄子·人间世》所谓‘溢言’。不隐不讳而如实得当，周详而无加饰，斯所谓‘尽而不污’（the whole truth，and nothing but the truth）耳。”此处“尽而不污”采钱氏之解。

“婉”之与“成章”，均相反以相成，不同而能和。①

又因“史蕴诗心”“史蕴文心”，《春秋》“五情”亦可以是诗学“五例”、文学“五例”，更成为中国“修辞学之朔”，造就了中国史家与文家身份叠加、史学与诗学交相辉映的盛景：②

明清评点章回小说者，动以盲左、腐迁笔法相许，学士哂之，哂之诚是也，因其欲增稗史声价而攀援正史也。然其颇悟正史稗史之意匠经营，同贯共规，泯町而通骑驿，则亦何可厚非哉。史家追叙真人实事，每须遥体人情，悬想事势，设身局中，潜心腔内，忖之度之，以揣以摩，庶几入情合理，盖与小说、院本之臆造人物，虚构境地，不尽同而可相通。③

《春秋》之“书法”，实即文章之修词。《公羊》《穀梁》两“传”阐明《春秋》美刺“微词”，实吾国修词学最古之发凡起例；“内词”“未毕词”“讳词”之类，皆文家笔法，剖析精细处，骎骎入于风格学（stylistics）。④

昔人所谓“春秋书法”，正即修词学之朔，而今之考论者忽焉。⑤

钱锺书、李洲良之论，创新精妙之处毋需赘言，但无论将“五例”分“体”与“用”，还是“审美价值”与“社会价值”，“五例”

① 钱锺书：《管锥编》（第一卷），北京：中华书局，1996年，第313页。

② “史诗”之说古来有之，史具诗心，亦有“文心”。《春秋》笔法与诗史关系、与文学的关系详见李洲良：《春秋笔法论》，北京：中国社会科学出版社，2012年，第81~94页，160~185页。

③ 钱锺书：《管锥编》（第一卷），北京：中华书局，1996年，第166页。

④ 钱锺书：《管锥编》（第四卷），北京：中华书局，1996年，第967~968页。

⑤ 钱锺书：《管锥编》（第五卷），北京：中华书局，1996年，第21页。

显现出的都是修辞与文体意义，是方法、亦是手段，是分类也是分割。在此之下，圣人之心是否还能体用如一，浑然一体？这样的分割有是杜预分论"五例"的初衷？

杜预在"推此五体，以寻经传"之前早已言明"五例"的性质归属——"故发"传"之体有三，而为例之情有五"。所以，"五例"在"标准""义法"之上首先是"情"，它存乎于人，发乎于心，属于经验和具体。但"情"不等同于"欲"，"欲只在己，常要把外物来满足我"，"情则及物，则把自己的来推人"。① 动物有"欲"，只有灵动鲜活的人类生命方能有"情"。既然"五例"为"情"，这夹杂着杜预自身之"情"、圣人之"情"、《春秋》之"情"、史传之"情"的《春秋》"五例"就应表现出对他者、对万物推己及人，"类万物之情"的关切，及对生命和谐滋长的期盼。只有生命才会关爱生命，只有在"性自命出""道始于情"（《郭店楚简》）的文化氛围之中，只有在中华独有的生命史观烛照之下才能理解《春秋》以及中国史传何以时刻关注"人"的行事遭遇，也只有站在民族的历史情感与文化关怀的角度才能言明《春秋》之"情"所关切，远超作为语言形式的"文体"或"修辞"，乃至远超语言本身。

在中国文化经历颠簸动荡，经学消亡、史学沉沦的时代，钱穆始终坚定不移"文化与历史之特征，曰'连绵'，日'持续'。惟其连绵与持续，故以形成个性而见为不可移易。惟其有个性而不可移易，故亦谓之有生命、有精神。"② 在中国，历史之"生命"不仅仅是一种隐喻，更是一种文化现象、一种民族精神。"中国不曾经历延续数个世纪之久的文明塌陷；也不曾发生过巨大的信仰革命，令往昔时代构筑起来的半壁文化江山归于尘土。"③ 这令西人赞叹不绝的文化奇迹首要归功于中国历史对民族文化的眷顾之

① 钱穆：《双溪独语》，北京：九州出版社，2016 年，第 56 页。

② 钱穆：《国史大纲》，北京：商务印书馆，1994 年，第 911 页。

③ 普勒姆：《过去之死》，林国荣译，北京：华夏出版社，2020 年，第 84 页.

“情”——历史作为一“连绵”且“持续”的大生命每每在文化断裂的生死存亡之际源源不断地将“生”的关切注入时代，使身处其间的每一个人都抱定信念——“我神州华裔之生存食息于天壤之间，实自有其不可侮者在也。”以历史之“情”感召民族之“情”，“一棒一条痕，一掴一掌血，必有渊然而思，憬然而悟，愀然而悲，奋然而起者”①。

如果历史有“情”、《春秋》有“情”是因其具生命，新陈代谢、繁衍延续则是任何生命的首要议题，是生命之大“情”、大“义”。然而，终极真理缺席、神祇之光消隐，中国史学早已坚定地将意义归还万千事件与语境，其生命又该从何处汲取“连绵”且“持续”的动能？于是我们看到，《春秋》之“情”与《春秋》之“义”叠加重合，而杜预找到的答案已在我们眼前：“微而显，志而晦，婉而成章，尽而不污，惩恶而劝善。”《春秋》之“情”即是《春秋》大义，而在微与显，明与晦两极之间不断自我调整、中节得宜就是真正赋予《春秋》、赋予中国史传“意义”与生命的东西。而这一答案从不是秘密，夫子也从不认为这应当是“秘密”——“素隐行怪，后世有述焉，吾弗为之矣。”（《礼记·中庸》）“二三子以我为隐乎？”（《论语·述而》）。相反，这恰是孔门上下处处昭示的信息：“其言曲而中，其事肆而隐”（《周易·系辞下》）、“君子之道费而隐”（《礼记·中庸》）、“莫见乎隐，莫显乎微”（《礼记·中庸》）、“君子隐而显，微而明”（《荀子·儒效》）、“《春秋》推见至隐，《易》本隐之以显”（《史记·司马相如列传》）。无论是“微”与“显”还是“明”与“晦”本身都不具备驱动生命的能量。然而，在微与显，明与晦的调节演变之间，在每一次的“展现”却又适时“内敛”间，却明白无误地展示深不见底的秘而不宣。这就是《春秋》、乃至儒家常看常新、取之不尽的生命之源。

---

① 钱穆：《国史大纲·引论》，北京：商务印书馆，1994年，第2~3，31页。

在隐与显两极之间，二者分量相等，保持平衡。“晦”与“明”平分秋色，但又互相补偿：明暗交接使色彩趋淡，晦暗的明亮使人猜测。这种笔法不是秘藏不露，也不是透明的；作家实际上是向所有人表述，但所用的方式是有保留的；因为正是在这二者之间，即隐约显示这种笔法的地方，意义可能受到重视，同时一方很谨慎地形成。①

只有生命才能孕育生命，如果说中国历史即是民族性命，《春秋》大义究其根本是对生命的情感关怀——唯有“人”有能力赋予历史生命的共情、也唯有“人”能给予历史鲜活灵动。因此，照料历史的生命就是《春秋》大义存在的理由，而“微而显，志而晦，婉而成章，尽而不污，惩恶而劝善”对于历史生命的真正意义不在于佑护历史记录躲避“时难”，而是在迂回和转换之中、呈现与避闪之间呼唤更多的生命走入这一片“明”与“暗”交织之地，参与对历史的体验，源源不绝地注入“新鲜活泼之启悟与发现”。② 任何历史就其本然意义终究是一次性的，如同生命的不可逆转。事件与人物一旦进入历史，便以编年的方式在物理时空与我们拉开了距离。但认识到这一点的儒家并未沉溺于对“不朽”的悼亡，而是进入历史，在体验的时空中一次次重温和经历过去，在人类历史的整全（holistic）视野中传递历史的生命。

在此意义上，与其说是《春秋》“五情”滋养了史传的性命，毋宁说是“人情”维系着史传的性命，是进入历史、体验并重温一幕幕历史场景，并在“知人”“尚友”、体味“不朽”的同时实践性参与历史意义构造的我们滋养了历史的生命。中国经学一切重大议题的阐论始终围绕“人”展开，而一切有关“人”的问题的谜底和谜面又尽数来自历史的场景中。是“人”赋予中国史学连

① 弗朗索瓦·于连：《迂回与进入》，杜小真译，北京：商务印书馆，2017年，第109页。

② 钱穆：《中国学术通义》，北京：九州出版社，2012年，第23页。

绵的记忆、完整的形体、持久的心性，在一人一时一地之所见之上浇筑出“文化的大生命”。因此，中国史学真正区别于西方之处也许并不仅仅在于“以人为主、事件为副”的记叙体例，也不在于以人性善恶取代是非成败，反对“只重曹操不见诸葛孔明”，而是在于“人”与历史、与事件、与家族命运和文化传统的密切关系。① 中国史传之中的“人”，无论是被记述者、还是观摩者，无论是古人、还是今人都从不是历史之中的旁观者，不是由事件推动向前的棋子，更不是命运与天神旨意操纵下的傀儡。史传之内，“人”通过言行事件展开并成就“人”之人格；史传之外，“人”通过研读历史参与到历史之中，获得经验、发现自身。历史的推动者与历史的记录者与见证者一道以“人心”作“史心”，带着对生命意义的启悟成为民族文化大生命的亲历者。

儒家之大义在史传，史传之大义在《春秋》，《春秋》之大义在“生”且有“情”。“生”即意味着召唤生命步入其中，“情”决定了要以己之“情”推及历史，化个人有限的经历与视域成就整个民族的、历史的大视域。因此，《春秋》大义与其说是一种文体、某种修辞或者哲学，不如说是儒家倡导的一种“历史的”生存方式。开启这一生活方式只需遵循“信而好古”的基本精神，这是一种对历史的“温情敬意”，也是一番“深厚的信仰”，它要求我们与孔子一样“能信天，信自己，信古人，信别人，信后人”②。“若世无古今，人生限在百年之中，亦将无学可言”，必从“古史经验前言往行中得之。”③ 正因有千千万万“人”以“信而好古”的精神进入历史，遵循“知人论世”“以意逆志”的纲领倾

---

① 钱穆比较中西史学认为，中国历史“最伟大之处”在于“以人为中心”：“中国史家著史论史，虽不能人人到达此标准，要之有此一标准之存在。故中国历史精神，实际只是中国之文化精神。重在人，不在事。而尤更重在人之心。”钱穆：《中国学术通义》，北京：九州出版社，2012 年，第 123 页。

② 钱穆：《从中国历史来看中国民族性及中国文化》，北京：九州出版社，2011 年，第 104 页。

③ 钱穆：《论语新解》，北京：九州出版社，2018 年，第 133 页。

注人情于史实，以“述者”的生命将“历史的”延伸为“当下的”，又将“当下的”推向“未来的”，历史才能成为“一大生命”，也才拥有了从不止歇的心脏，获得了挣脱与超越的物理时间的“不朽”。

第八章　“述而不作”的翻译与翻译的“述而不作”

如上所论，《春秋》大义不仅仅是文学笔法、修辞手段、史传的基本命题，更重要的是，它是浇灌史传、经学、儒家生命的源头之水。这不是因为《春秋》大义中包含永生不朽的神符谕旨，而是因为事理与人心的常与变、直与曲、显与隐将“意义”置于“敞露”和“展现”之中，但又确保每一次的“敞露”和“展现”都无法穷竭毕露自身，始终有部分处于“待解读”的晦暗之中。时中有节、进退得宜的过程之理不仅是《春秋》提示给史学叙事的“大义”，也是夫子及先圣反复强调的儒学“大义”。其中不存在“唯一”的真相与“永恒”的“意义”，却反复展现并证实了意义有超越古今、“不朽生存”的可能。永不断绝的“意义”来自永不枯竭的生命，但这样的生命不是超克时间的存在，而是来自不同时代与人生境遇，千千万万此起彼伏、连绵不绝却又一以贯之的思想融会。在此过程中，“信而好古，述而不作”乃是一大前提。“信而好古”确保了不断有生命进入历史，保持对意义的回望，即“我非生而知之者，好古，敏以求之者也”。（《论语·述而》）而“述而不作”则保证了儒家一以贯之的精神、永不枯竭的“秘密”始终有所传承，生机盎然。因此，由《春秋》笔法开启、并持续展开的意义的生命，只能被“述而不作”的一代代读者感知接收。或者说，只有由无穷尽的“述者”融合而成的宏大视域才能匹配持续创生之中的儒家“大义”。若无“信而好古”的态度就没有“述而不作”的实践，而没有“述而不作”的实践，《春秋》大义、儒家精义就会因缺乏生气的浇灌而枯萎衰败。可以说，“述而不作”是“经”创立的本质、“意”传递的载体、“训诂”之中的恒常，关乎《春秋》大义的运转，掌握儒家性命的枢机。每一个人，一旦身处儒家的天地人伦便自动选择了“述者”的身份，在“作”的明显与“述”的隐晦之间完成对过去的巡礼、对当下和未来的致意，在古与新之间得宜平衡。

然而，将意义包孕于“显”与“隐”、“述”与“作”之间并非是中华文化为隔绝自身、逃避交往的刻意为之。恰恰相反，沟通合作、坦诚相交才是汉字的精神，也是夫子在“六经”之中极力阐释的“真意”。日之辉、月之明、星之灿、白雪皑皑、山峦层叠、春日萌发、大河奔流，这世界之中的“意象”和“音象”落入眼中心头，化为汉字中的每一个部首笔画；失落、懵懂、沮丧、淋漓、澎湃、压迫、屈服以图示和图形把某一时刻的情感心事推至我们眼前。在汉语的世界中，语言不再是“人”与宇宙之间那永远“隔着一层”的东西，而是“人”与宇宙交汇时的描摹、体验、灵光一闪。在汉字的体系中，人类无须借助语言感知世界，世界也不需借助符号被看到和理解，因为“整个汉字的精神，是从人（更确切一点说，是人身体的全部）出发的。一切物质的存在，是从眼所见、耳所闻、手所触、鼻所嗅、舌所尝出的”①。这里所指的“人”显然不受“一乡”“一国”的限制，而在勇敢地尝试兼包“天下”，召唤一切有眼可见，有耳可闻，有手可触，有鼻可嗅，有舌可尝的性情生命共同参与和体验。这一基础决定了汉字的意义总需要在千姿百态的、有关个体的事件和境遇中持续实现，总是落实在人类遭遇世界时内心的情感波澜。它的呈现方法直观而写意，抛却“加密”的符码，付诸生命的感官，呼唤所有同类进入其中、感同身受地参与意义的构建。究其根本，汉语言文字解决的不是事实问题，不是真假问题，“而是价值选择问题，即客体与人的情感需求问题”②。这样一种深植于“人”的内在主体意识、致

① 姜亮夫：《古文字学》，转引自申小龙：《汉语与中国文化》，上海：复旦大学出版社，2008年，第8页。

② 申小龙：《汉语与中国文化》，上海：复旦大学出版社，2008年，第8页。

力于表达“人”的情感需求的语言，怎会以文字为壁垒限制人类最宝贵的精神创造的流动？一种时时刻刻在歌颂和礼赞众生万物、不设符号密码、开诚布公的语言又怎会以文字为沟壑阻断人类情感的共鸣？

如果“隐藏”和“加密”从不是汉字的气质，坦诚和共享才是汉语言持续发出的文化信号，那么“封闭”与“沉默”就绝不可能是儒家“本意”。圣人之“作”唯有在《春秋》，《春秋》之“作”重在发覆“五经”。所谓“发覆”，即是要破遮去蔽，显露那些本应明白可“见”的东西，此即圣人与太史公一再重申“见之于行事之深切著明”“明三王之道”“明是非”的真意。如此看来，《春秋》功效在“明”与“见”——这与汉字构形表意的“畅通”和“开放”通约同质，相互滋养，这怎又不是圣人“初心”“本意”？所以，无论《春秋》中隐去了多少“不可书见”的文辞，无论《春秋》其文如何约省婉幽，《春秋》大义都不应该、也绝不可能是晦涩、艰深、封闭，只供特定的少数“探秘”的东西。圣人及其门徒在《论语》中的惯常性沉默，也许并不仅仅是抵御“苏格拉底”式的“真理”考问采取的对策，更不是对不同阵营思想的鄙薄和厌弃。“圣人毋意”“予欲无言”不是因为“不能言”“不屑言”，或是故作神秘“不愿言”，而是天地如一、情理如一光照下的“毋需言”。唯有不作评断、不设命题、不下结论，才能不干扰、不中断，任由人悉心“观”“见”，让本该显而易见的内在性自发流淌。

同为“六经”的《中庸》如此记录《春秋》之作：“仲尼祖述尧舜，宪章文武，上律天时，下袭水土。”郑玄注曰：

此以《春秋》之义，说孔子之德。孔子曰：“吾志在《春秋》，行在《孝经》。”二“经”固足以明之。孔子所述尧、舜之道而制《春秋》，而断以文王、武王之法度。《春秋传》曰：“君子曷为为《春秋》？拨乱世，反诸正，莫近诸《春秋》。其诸君子乐道尧舜之道与？末不亦乐乎？尧舜之知君子也。”又曰：“是子也，继文王之体，守文王之法度。文王之法无求而求，故讥之也。”又曰：

“王者孰谓，谓文王也。”此孔子兼包尧、舜、文、武之盛德而著之《春秋》，以俟后圣者也。律，述也。述天时，谓编年，四时具也。袭，因也。因水土，谓记诸夏之事，山川之异。①

细读之下，不难发现其中隐含两类、四维对立共生的意向概念：“尧舜”“文武”一远一近，分属不同的人文时代；“天时”“水土”一上一下，涵盖宇宙与自然时空。于内，《春秋》以“祖述尧舜”“宪章文武”为制作之意；与外，以“律天时”“袭水土”为制作之形。再细分之，“述，传旧而已”“祖述者，远宗其道”。“祖述尧舜”面向过去，重在因循其道而承袭旧例；②“宪，法也；章，明也”“宪章者，近守其法”，“宪章文武”则朝向当下与未来，以“凡自未知未觉，而使天下共知之，共觉之”为指归。③《中庸》所记，郑注所释让我们看到，在“祖述”与“宪章”、古与今、远与近、上与下、天与地之间周转运作的“述而不作”何尝不是一种折衷求“宜”的“大义”？这就意味着“作”与“述”正如同《春秋》大义的“隐”与“显”，二者明与暗的对比之间，本不存在绝对的排斥与对立，没有一成不变的固定立场，也没有绝对的分割。而我们更注意到，联系“述”与“作”的，正是粘合“微”与“显”，“志”与“晦”，“婉”与“成章”，“尽”与“不污”，“惩恶”而“劝善”的“而”。

“而”乃虚词，是随语气的呼吸作用自然演化而得，本不具实际意义。④如《文心雕龙》曰：“至于夫、惟、盖、故者，发端之

① 郑玄：《礼记正义·中庸》，孔颖达正义，上海：上海古籍出版社，2008年，第1620页。

② 朱熹：《四书章句集注》，北京：中华书局，1983年，第272页。

③ 分见朱熹：《四书章句集注》，北京：中华书局，1983年，第272页；刘宝楠：《论语正义·述而第七》，高流水点校，北京：中华书局，1990年，第251~252页；焦循著、刘建臻点校：《焦循诗文集·雕菰集·述难二》，扬州：广陵书社2009年，第133页。

④ 郭绍虞：《照隅室语言文字论集》，上海：上海古籍出版社，2010年，第71页。

首唱；之、而、于、以者乃札句之旧体；乎、哉、矣、也者，亦送末之常科。据事似闲，在用实切。巧者回运，弥缝文体，将令数句之外，得一字之助矣。外字难谬，况章句矣。”① 申小龙考证，甲骨文与今文具无“而”字，自《周易》始见“而”表示先后相承、相互对待、转折和动作的方式。而至《左传》，“而”已经发展出相承、转折、并列、原因、假设、条件、容认、推论、目的等诸多语法功能，形成强大的内聚力，从结构和语气上维系句子成分的统一，显示语法脉络。②“述而不作”之“而”与“微而显，志而晦，婉而成章，尽而不污，惩恶而劝善”之中的“而”既可看作是并列，也可视为转折，更多呈现出平行与冲突共存的一种调节关系。类似的表述并不罕见，“君子周而不比”（《论语·为政》）、“六合之外，圣人存而不论；六合之内，圣人论而不议；春秋经世先王之志，圣人议而不辩。”（《庄子·齐物论》）、“其言曲而中，其事肆而隐”（《系辞下》）、“君子之道费而隐”（《中庸》）均在此列，李泽厚将其总结为“A≠A±”可谓精妙。③ 然而，在“A”正负两极之间并不如李氏所言直接相连，而是由“而”嵌入其中，是缓冲、中和也是平衡。关注到这一现象的于连就“温而厉，威而不猛，恭而安”（《论语·述而》）一句中所含的三个“而”字分析道：

三种说法围绕着作为一个虚词（而）的同一个词，这个词同时意味着对立和并行。在第一（温而厉）和最后的句子中（恭而安），“而”表达在各种敌对性质之间形成的一种补偿；在第二个句子中（威而不猛），“而”得以在仁的性质由于过渡而消失之前把它保持在最佳阶段。这样，从一种说法到另一种说法，是同一种

① 刘勰：《文心雕龙·章句》，开封：河南大学出版社，2008 年，第 211 页。

② 申小龙：《汉语与中国文化》，上海：复旦大学出版社，2008 年，第 216~220 页。

③ 李泽厚：《论语今读》，北京：生活·读书·新知三联书店，2008 年，第 240 页。

自我更新的意义——或毋宁说，这不涉及纯粹意义上的“意义”，而涉及经常更新的平衡的效果：后面的说法相对于前面的说法并没有进步，后者也没有重复前者，而只是一种变化。而任何一种说法都不是结论。从一种说法到另一种说法的移动连续不断，保持着等距离，这些说法围绕着同一个中心——即圣人均衡的中心-转动。①

“温”为“和顺”，“厉”乃“严整”，二者如“微”与“显”一般看似相互矛盾、不能共存，此即郑玄注“凡人之性有异，有其上者，不必有下；有其下者，不必有上”之理。② 然而，“上”“下”之间如绝对固定，便断绝了自我更新、自我进化的可能。“上”不是终点，正如“下”不是结论，唯有“上下相协，乃成其德”。③ 同样，“威”不是绝对的“仁”，“猛”也不意味者绝对的“不仁”，“威”“猛”中和、全体浑然才是仁者修养。反观“述”与“作”，孔子自言“述而不作”，从“好古”的信仰论出发遵从天地间独一无二的“作者”，但云只“传述旧章”，不“新制礼乐”，从形式上闭合了经学意义向外溢出的通道。但“述”“作”之间能相克便要相生，焉能泾渭分明如两潭死水？即便强调“述”为正统，前后、上下有序的郑玄，也不得不言明“述”“作”之间充满余量和可能-“明圣者，述作之谓也。”④ 如此才有朱子中肯之言：“然当是时，作者略备，夫子盖集群圣之大成而折衷之。其事虽述，而功则倍于作矣，此又不可不知也。”⑤

对“爱智慧”（philo-sophie）的西方哲人（philosopher）而言，

① 弗朗索瓦·朱利安：《迂回与进入》，杜小真译，北京：商务印书馆，2017年，第234页。

② 转引自刘宝楠：《论语正义·述而第七》，高流水点校，北京：中华书局，1990年，第270页。

③ 转引自刘宝楠：《论语正义·述而第七》，高流水点校，北京：中华书局，1990年，第270页。

④ 郑玄：《礼记正义·中庸》，孔颖达疏，北京：北京大学出版社，1999年，第890页。

⑤ 朱熹：《四书章句集注》，北京：中华书局)，1983年，第93页。

理解“述而不作”无疑面临双重挑战：当世界的奥义不需挖掘反而如日月之明显而易见，当生存的奥义不是依靠卓绝的智力方能破解的“斯芬克斯之谜”（Riddle of Sphinx），而是只需回望、复述那些“司空见惯”，描述那些前人已知、“唾手可得”的东西，怎样突破自身现有的认识论体系看待“述而不作”的价值？其二，即便能认识到“述而不作”对那种非观念性，自显式知识的指向，西方学人仍需翻越一座“常识”的大山：如果“述”与“作”不是非此即彼的纯粹观念，如何解释其与亚里士多德“矛盾律”与“排中律”不可调和的矛盾？即如何在以“同一个属性不能在同一时间既属于又不属于同一对象并且是在同一个方面”“在同一时间对同一事物加以确认和否定不会是真的”二律为真理、常识的前提下，理解孔子修《春秋》既是“述”也是“作”的事实？① 在此一领域，西方汉学家作出了有益的尝试：

The Master said, “A transmitter and not a maker, believing in and loving the ancients, I venture to compare myself with our old P'ang.”②

理雅各

The Master said, “I have transmitted what was taught to me without making up anything of my own. I have been faithful to and loved the Ancients. In these respects, I make bold to think, not even our old P'êng can have excelled me.” ③ 阿瑟·韦利

The Master said, In handing on and not inventing, in being faithful

① 亚里士多德：《形而上学》，李真译，上海：上海世纪出集团，2006年，第90、97页。

② James Legge. *The Chinese Classics*. Vol. I. 上海：华东师范大学出版社，2011：195.

③ Arthur Waley. *The Analects of Confucius*. London: George Allen and Unwin, 1938: 137.

to and loving antiquity, I might be compared to our old Peng. ①

白牧之、白妙子

The Master said, "Following the proper way, I do not forge new paths; with confidence I cherish the ancients-in these respects I am comparable to our venerable Old Peng." ②　　安乐哲、罗思文

The Master said, "I transmit rather than innovate. I trust in and love the ancient ways. I might thus humbly compare myself to Old Peng." ③　　森舸澜

The Master said, A transmitter and not a maker, trusting in and loving antiquity, I venture to compare myself with our Old Peng." ④

华兹生

Confucius said, "I do not innovate, I receive and convey the ancient past, to which I am devoted, and since I am for that trusted, might I be thought a peer to Old Peng?" ⑤　　罗慕士

七个译本诞生于不同的时代，时间跨度达150余年。译者虽有不同的译介动机，身处不同的时代背景、面对不同的读者群体和阅读期

① E. Bruce Brooks & A. Taeko Brooks. *The Original Analects: Sayings of Confucius and his Successors*. New York: Columbia University Press, 1998: 39.

② Roger T. Ames & Henry Rosemont. *The Analects of Confucius: A Philosophical Translation*. New York: Ballantine Books, 1999: 115.

③ Edward Slingerland. *Confucius Analects*. Indianapoli: Hackett Publishing Company, Inc. 2003: 64.

④ Burton Watson. *The Analects of Confucius*. New York: Columbia University Press, 2007: 47.

⑤ Moss Roberts. *The Analects: Conclusions and conversations of Confucius*. California: University of California Press, 2020: 70.

待，但对于“述而不作”表意结构的处理却可明显分为两类：第一类选择遵从原文“A 而不 B”的表述结构，使用两个词性相同、意义相对的语汇翻译“述”与“作”，如理雅各译本（A transmitter and not a maker），华兹生译本（A transmitter and not a maker），森舸澜译本（I transmit rather than innovate）；第二类试图调整语言结构，通过加入解释性的成分，扩充和添加“述”与“作”，如安乐哲、罗思文采用独立主格结构分割“述”与“作”，并通过添加“述”的宾语“道”（the proper way）明晰“述”的主题；或白牧之、白妙子借用“信而好古”之“古”为“述”的对象（handing on antiquity），又或如阿瑟·韦利以“述”为中心谓语补充成句“I have transmitted what was taught to me”。

杨乃乔比对理雅各、韦利及安乐哲、罗思文译本，认为从对“述”理解的准确程度而言，只有将“述”译为“循道”（Following the proper way）的安乐哲得夫子真意，而三人之中无一破解“作”“制作”“兴作”的双重深意，对“作”与周公、与周礼的关系失于考察。① 在逐一修正三作之后，杨氏得出“最为恰如其分”的译本：

The Master said, “following without making up anything of my own and without making the rise of my own as Saint, believing in and loving the ancients which is about the system of rites and music made by Duke Zhou, I venture to compare myself with our old Peng.”②

的确，无论将“述”译为“传播”（transmitter, transmit）还是“传达”（convey）都无法真切地让人看到“述”与尧舜文武，天

① 杨乃乔：“中国经学诠释学及其释经的自解原则——论孔子‘述而不作，信而好古’的独断论诠释学思想”，《中国比较文学》，2015 年第 2 期，第 2~37 页。

② 杨乃乔：“中国经学诠释学及其释经的自解原则——论孔子‘述而不作，信而好古’的独断论诠释学思想”，《中国比较文学》，2015 年第 2 期，2~37 页。

时水土一脉相承的继承和传递关系。而将“作”译为“创作”（innovate，invent）、“铸造”（forge）、“编造”（make up）则会将读者引入夫子不具“创造力”、经学无法“创新”的歧途。然而，以同样的思路反观，将“圣人”类比上帝选中的“圣徒”（Saint）是否能融入儒家的思想理路？悬置“follow”的宾语，造成语义空缺，这是否还能揭示孔门那意义丰厚的“述”？刻意突出“作”中所含的“肇始”“兴作”之意，译为“自我兴起”（making the rises of my own）是否还能显示出“作”与“述”之间涌动的张力？将连接“述”与“作”关键而微妙的“而”译为“and”，又是否能展开“述”与“作”之间明暗互生的循环更新动力？

如果“圣人毋意”说明了什么，那就是限定立场和观点只能走向“固我”，谨守一字、一意的“定义”不能成为判断翻译优劣的唯一标准。翻译，如果拘泥于“意义翻译”（the translation of meaning）、“对等翻译”（equivalent translation），就无异于将跨文化交流中的那种近乎“无限”的沟通，偏执地收缩于对语言符号所指的转码或复制。如果“知人论世”意味着什么，那便是“道始于情”，中国文化从不曾因“伐异”与“排他”故步自封。对待不曾谋面的同志同道始终以诚相待，对待来自不同时空的思想亦能做到“不执泥其言，亦不鄙弃其言”。不能以“友”的精神尝试理解、还原其处境，就无法断言和批评。如果“圣人不言”代表了什么，那一定是思想无须借助“标准”和“真理”来判断。翻译如不能创造情景与语境，引导读者进入其中开启感通和共情，排斥和缄默就是读者的必然反应。如果《春秋》大义教会了我们什么，那也只能是过度追求至“明”至“显”一定会剥夺意义持续生存所必须的秘而不宣。急切地想要通过翻译尽可能的解释、阐明反而有可能事与愿违，丧失“六经”大义原本的一体浑然。面对这一系列的误解和偏差，我们认为“述而不作”作为中国经学、史学共推的诠释命题，完全有理由成为翻译的一种思想导向：首先，“述而不作”应当成为翻译的基本面向。无论是否身处儒家与中华原典的语境之中，翻译必然向历史与过去敞开——文本一旦形成就永恒地定格于时间。但从当下开始持续涌来的读者，又将翻译的视野不断牵引，回到当下、眺望未来。这样，天然身处过去与现在之间，不断地追溯“原初”又不断地回应现在的“述而不作”，以其“推古”与“开新”并重的品格，理应成为翻译与翻译研究的出发点和思想指南；其二，“作”与“述”所代表的，不是“道”与“术”的割裂，而是“每事问”“毋意毋必”的忠恕诚恳。这不仅仅是孔子问“礼”、为“学”的基本态度，更是面对“异乡”“异客”“知人论世”的情感基底，是儒家有关理解、诠释命题的底色，也应当作为一切文化间沟通的态度。“述”所表达的是对原初意义的精神信仰，是一份无愧于前人的至诚之心，是对待历史之中陌生生命的理解、欣赏，也是对跨越时空沟通的坚定信念。最后，“述”与“作”之间的弹性和张力对翻译提供了新的启示。在变换的情势之中保持持中合宜是“述而不作”的精髓，也应成为翻译的生态。今天的翻译身处前所未有的复杂环境中，来自个人与社会、文化、经济、乃至国家利益与意志的诸多因素构成了翻译天地人文。如何在其中平衡得宜，进而“宜”而求“义”体现出的即为“述而不作”的智慧。因此，在中华典籍外译活动蓬勃复兴、文化翻译日益追求“厚重”的今天（thick translation），“述而不作”辗转千年传递给我们的既是“友天下善士”的一份勉励和鼓舞，也为“翻译如何厚重”提供了新的思路。①

① 厚重翻译（thick translation）源于深度描写的概念，强调文化语境与诠释对翻译的重要性，是通过注释和注解将文本置身于丰厚的文化语境之中的翻译方法。详见 Theo Hermans. Cross-cultural Translation Studies as Thick Translation. *Bulletin of the School of Oriental and African Studies*, University of London, 2003: 380-389.

后　记

1872年秋，苏格兰汉学家理雅各（James Legge，1815—1897）完成了《中国经典》第五卷《春秋左传》的翻译。在前言中，他不无自豪地说："我相信，无论是研读中国典籍的学生，还是一般读者，本书的意义和贡献都毋庸置疑。通过阅读《左传》完整生动、充满意趣的描述，读者将会像了解中世纪欧洲诸国的历史一样，了解春秋时代的中国。"①也许出乎理雅各意料的是，其译著出版后的150年间，无论东方或是西方都从未停止对《左传》的译介，英译版本层出不穷，相关研究持续绵延。这或许源于《左传》中宏大壮阔却又极致精微的历史叙事，或许出于其中千人千面、形神兼备的历史人物形象，又或因其字里行间蕴含的"显而微""志而晦"的"大道真理"，让众多译者、论者在《左传》及其各个风格迥异、特色鲜明的英译本之间留恋徘徊，沉醉不已。笔者亦不例外。

笔者对《左传》英译的研究始于攻读博士学位期间，转眼间距导师蔡新乐先生第一次与笔者论及《春秋》与《左传》充满张力的互释关系已经过去了十余年。十余年间，笔者尝试从《左传》走向《论语》《庄子》，从西方现象学与西方翻译理论批评走向中

---

① 中文为笔者所译，原文如下："He (the author) believes it will be acknowledged that he has thereby rendered an important service to students of Chinese literature and to his readers generally. From the narratives of *Tso* there may be gathered as full and interesting an account of the history of China, From B. C. 721 to about 460, as we have of any of the nations of Europe during the Middle Ages." James Legge. *The Chinese Classics*. Vol. V. Hong Kong: London Missionary Society's Printing Office, 1872.

国经学与训诂学，却惊奇地发现，无论是儒家的大道还是“西儒”真理总是能够在《左传》记载的历史深处得到回应。这一发现让笔者清晰地看到中国经学典籍滋养人类文明根系的无限可能，认识到《春秋》与《左传》间互文互答关系对诠释学以及翻译研究的重大意义。而本书即为揭示这一重大意义作出的尝试。

本书是教育部人文社科研究基金青年项目（项目编号：17YJC740104）的结项成果。然而，《左传》与绝大部分先秦典籍的成书历史足以说明，“单数”的作者仅仅是一种理想。本书在撰写和出版过程中，亦受到了中南财经政法大学外国语学院各位领导和同事的大力支持，也受教于武汉大学出版社的编辑，他们的智慧与声音已融入本书的字字句句，不可剥离，在此一并致谢。蔡新乐先生在百忙之中为本书勘定作序，既是莫大的肯定，也是先生的点悟之心、鞭策激励之情。

“发愤忘食，乐以忘忧，不知老之将至”是夫子的为学之道，也是笔者撰写本书两年间的人生写照，其间的诸般辗转忧乐似都已成为历史。但《春秋》与《左传》提醒我们，历史的意义从不在于简单记录被时光尘封的过去，而是邀请读者在一遍遍的重温和亲历中扩展人格世界，发现生命的根源，开启人类无限融合向上之机。这是儒家与译者的真正归宿，也是笔者愿以毕生托付的理想。

薛　凌

2022 年冬于南湖